Das Gesicht

JACK VANCE

Die Dämonenfürsten IV:
Das Gesicht

Originaltitel: *The Face*
Copyright © 1979, 2013 by Jack Vance
Originalausgabe: *The Face* – New York: DAW, 1979
Deutsche Erstausgabe: *Das Gesicht* – Heyne: München, 1983
Copyright © dieser Ausgabe 2022 by Spatterlight

Titelbild: David Russell
Übersetzung: Andreas Irle
Lektorat: Thorsten Grube, Gunther Barnewald

ISBN 978-161947-432-1

www.spatterlight.de

TEIL I:
ALOYSIUS

KAPITEL I

Aus: *Populäres Handbuch der Planeten*, 348. Auflage, 1525.

Aloysius, Wega VI
Planetarische Konstanten:
Durchmesser:..... 11.745 Kilometer
Masse:..... 0,86331
Siderischer Tag:..... 19,836218 Stunden
etc.

Aloysius zählt mit seinen Schwesterplaneten Boniface und Cuthbert zu den ersten Welten, die von der Erde aus kolonisiert wurden, und der Reisende, welcher ein Ambiente der Antiquiertheit genießt, wird vieles nach seinem Geschmack finden.

Im Gegensatz zu den allgemeinen Vermutungen waren die ersten Siedler keine religiösen Eiferer, sondern Mitglieder der *Gesellschaft Natürliches Universum*, die behutsam mit der neuen Umwelt umgingen und nichts erbauten, was nicht in Harmonie mit der Landschaft war.

Die *GNU* ist längst verschwunden, doch ihr Einfluss durchzieht noch immer das System und nahezu überall wird man eine bedächtige Ehrfurcht für einheimische Gewohnheiten und Eigenschaften bemerken.

Die Achse von Aloysius neigt sich um 31,7 Grad zur Umlaufebene; es gibt saisonale Schwankungen von bemerkenswerter Härte, abgemildert durch eine dichte und feuchte Atmosphäre. Von den sieben Kontinenten ist Marcys Land, mit Neu Wexford als Hauptstadt, der größte. Der kleinste der Kontinente ist Gavins Land, auf dem sich die Stadt Pontefract befindet.

Hier mag angemerkt werden, dass während des Sazerdotiums jedes Land die Diözese eines Kardinals repräsentierte, daher: Kardinal Marcys Land, Kardinal Bodants Land, Kardinal Dimpeys Land und so weiter. Das Appellativum wurde bald darauf unüblich und ist nur noch selten zu hören.

Durch eine Politik der niedrigen Steuern und günstigen Vorschriften fungieren Pontefract und Neu Wexford seit Langem als wichtige finanzielle Zentren, deren Einfluss sich überall in die Ökumene erstreckt. Viele wichtige Publikationshäuser haben ihr Hauptquartier in diesen Orten aufgeschlagen, einschließlich des prestigeträchtigen Magazins *Cosmopolis*.

Religionen, Sekten, Glaubensgemeinschaften, Bewegungen, Gegenbewegungen, Orthodoxien, Häresien, Inquisitionen: das ist der Stoff der frühen weganischen Geschichte; mit Nachdruck auf Aloysius, dessen Name von dem Schutzheiligen des Aloysianerordens stammt. Die Ambrosianer, welche den Aloysianern vorangingen, gründeten die Stadt Rath Eileann neben Lake Feamish im Zentrum von Llinliffets Land. Die Konflikte zwischen diesen nominell religiösen Bruderschaften ergeben eine faszinierende Chronik.

Einheimische Flora und Fauna sind nicht besonders erwähnenswert. Durch intensive Bemühungen seitens der ursprünglichen Siedler sind irdische Bäume und Sträucher weitverbreitet, besonders Koniferen fanden eine gastliche Umgebung, und die Meere wurden mit ausgewählten irdischen Fischen besetzt.

───

Wie es seine ureigene Angewohnheit war, traf Jehan Addels zehn Minuten zu früh am Treffpunkt ein. Bevor er aus dem Wagen ausstieg, machte er sich die Mühe und suchte die Umgebung ab. Die Szenerie war dramatisch, aber offensichtlich bar jeder Bedrohung. Addels sah nichts, was ihn bedenklich stimmte. Zur Rechten war das *Phrusters Inn* mit von Jahrhunderten des Windes und des Regens geschwärztem Holz und dahinter die Dunveary-Felsspitzen, welche sich Spitze um Spitze erhoben und schließlich hinter dem Hochnebel verschwanden. Zur Linken befand sich Phrusters Ausblick, der ein Panorama von drei Viertel eines vollen Kreises und einigen tausend Quadratmetern eines Gebietes bot, das sich, je nach Laune des Wetters, veränderte.

Addels stieg aus dem Wagen, warf einen einzigen skeptischen Blick über die Ehrfurcht gebietenden Dunveary-Hänge und ging hinaus auf die Beobachtungsplattform. Er lehnte sich gegen die Brüstung, hob die Schultern gegen den Wind und wartete: ein dünner Mann mit pergamentfarbener Haut und hoher Stirn.

Es war Mittmorgen, Wega stand halbwegs am Himmel und glühte fahl durch den Nebel. Ein Dutzend andere Leute standen entlang der Brüstung. Addels unterzog jeden einer sorgfältigen Inspektion. Die gerüschte und troddelbesetzte Kleidung in gedämpften Rot-, Braun- und Dunkelgrüntönen kennzeichnete sie als Landvolk; Bewohner der Stadt kleideten sich nur in Braun mit einer gelegentlichen Verzierung in Schwarz. Die Gruppe wirkte harmlos. Addels wandte die Aufmerksamkeit dem Panorama zu: Lake Feamish zur Linken, darunter Rath Eileann, das dunstige Moytal zur Rechten ... Er blickte stirnrunzelnd auf die Uhr. Der Mann, auf den er wartete, hatte präzise Anweisungen gegeben. Ein Mangel an Pünktlichkeit konnte sehr wohl auf eine Krise deuten. Addels stieß ein Schnauben aus, um Neid und zugleich Verachtung für einen Lebensstil auszudrücken, der ereignisreicher war als sein eigener.

Der Zeitpunkt des Treffens war gekommen. Addels bemerkte einen Pfad, der sich weit unten, am Rand von Rath Eileann beginnend, schräg hin- und herschlängelte, um in einer nahebei in den Fels geschlagen Treppenflucht zu enden. Diesen Weg kam ein Mann von durchschnittlicher Statur herauf. Er war auf unauffällige Art muskulös, besaß recht strenge Wangenknochen, flache Wangen und dickes, kurzgeschnittenes dunkles Haar. Es war Kirth Gersen, von dem Addels nur wenig wusste, außer dass er durch

irgendeinen mysteriösen, zweifellos illegalen Umstand in den
Besitz eines gewaltigen Vermögens gelangt war*. Addels bezog
ein üppiges Gehalt als Gersens Rechtsberater, und bisher hatten seine Skrupel als solche noch nicht gelitten. Gersen waren
IPCC-Prozeduren† offenbar gut vertraut, was Addels in Zeiten
des Stresses einen gewissen Grad an nervösem Trost spendete.

Gersen lief die Stufen hinauf, hielt inne, entdeckte Addels
und überquerte die Beobachtungsplattform. Addels bemerkte
objektiv, dass nach einer Kletterpartie, die ihn bis zum Stadium
keuchender Erschöpfung getrieben hätte, Gersen nicht einmal
schwer atmete.

Er vollführte eine gemessene Geste des Grußes. »Ich bin
erfreut, Sie bei guter Gesundheit zu sehen.«

»Ganz recht«, entgegnete Gersen. »War Ihre Reise ange-
nehm?«

»Ich war abgelenkt und habe kaum etwas bemerkt«, sagte
Addels in gemessenem und bedeutungsvollem Ton. »Aber Sie
erfreuen sich gewiss Ihres Aufenthalts im *Domus*?«

Gersen stimmte zu. »Ich sitze stundenlang im Foyer und sauge
die Atmosphäre in mich auf.«

»Aus diesem Grund bleiben Sie hier in Rath Eileann?«

»Nicht nur. Das ist, was ich mit Ihnen besprechen will, hier, wo
man uns nicht belauschen kann.«

Addels blickte nach rechts und links. »Sie vermuten Lauscher
im *Domus*?«

»Hier oben ist das Risiko zumindest minimiert. Ich habe die
üblichen Vorkehrungen getroffen, zweifellos Sie ebenfalls.«

»Ich habe alle Vorkehrungen getroffen, die ich für notwendig
hielt«, erwiderte Addels.

»In diesem Fall sind wir mit großer Gewissheit sicher.«

Addels einzige Reaktion war ein frostiges Glucksen. Einen
Augenblick blieben die beiden Männer an die Brüstung gelehnt

---

* Siehe *Die Mordmaschine.*

† Interwelten Polizei Coordinierungs Compagnie.

stehen und blickten über die graue Stadt, den See und das nebelige Tal unter sich.

Gersen sprach. »Der örtliche Raumhafen ist in Slayhack, nördlich des Sees. Heute in einer Woche wird die *Ettilia Gargantyr* eintreffen. Der registrierte Eigner ist die Celerus Transportgesellschaft mit Sitz in Vire auf Sadal Suud Vier. Dieses Schiff war einmal die *Fanutis**, registriert auf die Service Raumwege, ebenfalls in Vire. Die Registraturen sind beide nominell. Damals war das Schiff Eigentum von Lens Larque und ist es vermutlich jetzt immer noch.«

Addels schürzte die Lippen missfällig. »In unserer Unterhaltung erwähnten Sie den Namen bereits. Etwas zu meiner Sorge, muss ich gestehen. Er ist ein berüchtigter Krimineller.«

»Genau.«

»Und Sie beabsichtigen, Geschäfte mit ihm zu machen? Das ist nicht empfehlenswert. Man kann ihm nicht trauen.«

»Unsere Geschäfte gehen in verschiedene Richtungen. Sobald die *Ettilia Gargantyr* eintrifft, will ich ein Pfandrecht oder eine ähnliche Urkunde in der Hand haben, die auf Schiff und Fracht erhoben wird, sodass das Schiff beschlagnahmt wird und keine Möglichkeit zur Abreise hat. Ich will, dass der Titel des Schiffes angefochten wird, damit der eigentliche Eigner – nicht sein Agent oder sein Rechtsvertreter – hierherkommen muss, um seine Interessen zu vertreten.«

Addels runzelte die Stirn. »Sie wollen Lens Larque hierher nach Rath Eileann holen? Eine extravagante Hoffnung.«

»Es ist einen Versuch wert. Er wird natürlich unter anderer Identität kommen.«

»Lens Larque vor einem Gerichtshof? Absurd.«

»Genau. Lens Larque erfreut sich an Absurditäten. Außerdem ist er habgierig. Wenn die Klage legitim wirkt, wird er sein Schiff nicht durch Nichterscheinen vor Gericht verlieren wollen.«

---

* Bei dem Überfall auf Mount Pleasant, als Gersen sein Zuhause und seine Familie verlor, war die *Fanutis* als Sklaventransporter verwendet worden.

Addels gab ein Grunzen widerwilliger Zustimmung von sich.
»Ich kann Ihnen wenigstens soviel sagen. Die überzeugendste
Tarnung für Legitimität ist die Legitimität selbst. Es sollte keine
Schwierigkeit geben, eine Handlungsgrundlage zu finden. Raum-
schiffe ziehen eine große Zahl von kleineren Beschwerden in
ihrem Kielwasser hinter sich her. Die Schwierigkeit ist die der
Jurisdiktion. Hat das Schiff Rath Eileann zuvor schon angeflo-
gen?«

»Nicht, dass ich wüsste. Gewöhnlich befährt es das Argo-
Randgebiet.«

Addels beschied in formellem Ton: »Ich werde der Angelegenheit die größte Aufmerksamkeit widmen.«

»Ein wichtiger Punkt ist zu bedenken: Lens Larque ist kein
liebenswerter Mensch, trotz all seiner Tricks und seiner Fantasie. Mein Name – ich brauche dies wohl kaum zu betonen – darf
nicht genannt werden. Sie selbst würden klug daran tun, diskret
zu handeln.«

Addels fuhr sich nervös mit den Fingern durch das spärliche
blonde Haar. »Ich möchte ihm überhaupt nicht begegnen, ob nun
diskret oder sonst wie.«

»Nichtsdestotrotz«, sagte Gersen, »muss das Schiff hier in
Rath Eileann festliegen. Verwenden Sie einen Haftbefehl, eine
Pfändungsverfügung oder ein ähnliches Dokument. Der tatsächliche Eigner muss definitiv erscheinen oder ansonsten seinen Titel
wegen Nichterscheinen vor Gericht verlieren.«

Addels meinte gereizt: »Wenn die Eignerschaft körper-
schaftlich ist oder eine Beteiligung an einer Gesellschaft mit
beschränkter Haftung, ist kein solches Resultat möglich. So einfach ist eine Klage nicht.«

Gersen lachte grimmig. »Wenn es einfach wäre, würde ich es
selbst erwirken.«

»Ich verstehe vollkommen«, entgegnete Addels verdrosse-
nen Tones. »Lassen Sie mich die Angelegenheit ein, zwei Tage
überdenken.«

⚜

Drei Tage später, in Gersens Zimmern im *Domus St. Revelras,* signalisierte ein Musikton einen Anruf. Gersen berührte den »Monitor«-Knopf; eine Kaskade explodierender Sternchen bescheinigte, dass die Verbindung ohne Fremdbeeinflussung war. Einige Sekunden später erschien Addels' feinknochiges Gesicht auf dem Bildschirm.

»Ich habe vorsichtige Erkundigungen eingezogen«, sprach Addels im didaktischsten Tonfall. »Ich habe eine definitive rechtliche Auskunft erhalten, die besagt, dass eine Klage der Art, wie Sie sie sich vorstellen, nur Gültigkeit besitzt, wenn ein ortsansässiger Bürger einen substanziellen Schaden erlitten hat und die Schuld oder der Schaden günstigenfalls vor Ort und in jüngster Zeit stattgefunden hat. Bisher erfüllen wir keine dieser Ansprüche. Deshalb können wir keinen gültigen Haftbefehl erwirken.«

Gersen nickte. »So etwas habe ich befürchtet.« Er wartete geduldig, während sich Addels das knochige Kinn rieb und nach Worten suchte.

»Im Zusammenhang mit der *Ettilia Gargantyr* als solcher habe ich nach Aufzeichnungen über Pfandrechte, Schulden und Klagen gesucht, die sich in Rechtsstreit befinden. Da Schiffe durch den Raum von Hafen zu Hafen fliegen, gehen sie oft kleinere Schulden ein oder verursachen geringfügige Schäden, welche zu verfolgen sich gewöhnlich niemand die Mühe macht. Die *Ettilia Gargantyr* bildet keine Ausnahme. Vor zwei Jahren hat es einen Vorfall in Thrump auf David-Alexanders-Planet gegeben. Der Kapitän veranstaltete ein Bankett für eine Gruppe örtlicher Frachtagenten und stellte Schiffsstewards und anderes Personal ab, um die Speisen vorzubereiten und zu servieren. Statt des Messesaals der Gargantyr bevorzugte er ein Zimmer im Raumhafen. Die Thrumper Viktualiengilde hat versichert, dass ein solches Vorgehen gegen örtliche Verordnungen verstoße. Sie reichten eine Klage wegen entgangenen Lohns und außergewöhnlich hoher Schädigung ein. Das Schiff reiste ab, bevor eine Vorladung zugestellt werden konnte, und so ruht die Klage bis zur unwahrscheinlichen Rückkehr des Schiffes.«

Er hielt inne, um nachzudenken. Gersen wartete geduldig. Addels ordnete seine Gedanken und sprach weiter: »Unterdessen hat die Viktualiengilde ein Darlehen mit einer gewissen Cooneys Bank ausgehandelt, ausgestellt in Thrump auf eben David-Alexanders-Planet. Zusammen mit anderen Vermögenswerten vertreten sie den Fall der Klage gegen die *Ettilia Gargantyr*. Vor etwa einem Monat wurde die Gilde in Bezug auf die Schuld säumig und das Verfahren ist nun übergegangen in die Interessen der Cooneys Bank.« Addels' Stimme nahm einen spekulativen Ton an. »Es kommt mir häufig in den Sinn, dass Ihre Angelegenheiten über eine Bank flexibler zu handhaben wären. Cooneys Bank ist im Grunde genommen solide, leidet jedoch unter einer müden, alten Geschäftsführung. Die Anteile sind für einen vernünftigen Preis zu haben und Sie könnten leicht die Kontrolle erwerben. Zweigstellen könnten dann errichtet werden, wo es zweckdienlich erscheint: zum Beispiel in Rath Eileann.«

»Ich nehme an, die Klage könnte dann übertragen werden.«

»Ganz recht.«

»Und ein Pfandrecht könnte auferlegt werden, sodass das Schiff hier in Rath Eileann aufgehalten wird?«

»Ich habe, aufgrund hypothetischer Fälle, Erkundigungen eingezogen und herausgefunden, dass die Klage weder vor dem Stadtpodest noch dem Landgerichtshof erhoben werden darf, sondern nur vor dem Gericht der Interwelten-Billigkeit, das dreimal jährlich im Estremont unter der Leitung des Bezirkspropositors zusammentritt. Ich habe mir Rat von einem Spezialisten in Interwelten-Billigkeit eingeholt. Er denkt, dass die Klage der Cooneys Bank wohl verfolgt werden wird, wenn die *Ettilia Gargantyr* in Rath Eileann eintrifft, ihre körperliche Präsenz würde für eine *in rem* Gerichtsbarkeit sorgen. Er ist allerdings sicher, dass kein Magistrat aufgrund einer solchen Trivialität einen Gerichtsbefehl für die Anwesenheit des Schiffseigners aussprechen wird.«

»Das allerdings ist die Essenz des Ganzen! Lens Larque muss nach Aloysius kommen.«

»Ich wurde unterrichtet, dass ihm dies nicht aufgezwungen

Er hielt inne, um nachzudenken. Gersen wartete geduldig. Addels ordnete seine Gedanken und sprach weiter: »Unterdessen hat die Viktualiengilde ein Darlehen mit einer gewissen Cooneys Bank ausgehandelt, ausgestellt in Thrump auf eben David-Alexanders-Planet. Zusammen mit anderen Vermögenswerten vertreten sie den Fall der Klage gegen die *Ettilia Gargantyr*. Vor etwa einem Monat wurde die Gilde in Bezug auf die Schuld säumig und das Verfahren ist nun übergegangen in die Interessen der Cooneys Bank.« Addels' Stimme nahm einen spekulativen Ton an »Es kommt mir häufig in den Sinn, dass Ihre Angelegenheiten über eine Bank flexibler zu handhaben wären. Cooneys Bank ist im Grunde genommen solide, leidet jedoch unter einer müden, alten Geschäftsführung. Die Anteile sind für einen vernünftigen Preis zu haben und Sie könnten leicht die Kontrolle erwerben. Zweigstellen könnten dann errichtet werden, wo es zweckdienlich erscheint: zum Beispiel in Rath Eileann.«

»Ich nehme an, die Klage könnte dann übertragen werden.«

»Ganz recht.«

»Und ein Pfandrecht könnte auferlegt werden, sodass das Schiff hier in Rath Eileann aufgehalten wird?«

»Ich habe, aufgrund hypothetischer Fälle, Erkundigungen eingezogen und herausgefunden, dass die Klage weder vor dem Stadtpodest noch dem Landgerichtshof erhoben werden darf, sondern nur vor dem Gericht der Interwelten-Billigkeit, das dreimal jährlich im Estremont unter der Leitung des Bezirkspropositors zusammentritt. Ich habe mir Rat von einem Spezialisten in Interwelten-Billigkeit eingeholt. Er denkt, dass die Klage der Cooneys Bank wohl verfolgt werden wird, wenn die *Ettilia Gargantyr* in Rath Eileann eintrifft, ihre körperliche Präsenz würde für eine *in rem* Gerichtsbarkeit sorgen. Er ist allerdings sicher, dass kein Magistrat aufgrund einer solchen Trivialität einen Gerichtsbefehl für die Anwesenheit des Schiffseigners aussprechen wird.«

»Das allerdings ist die Essenz des Ganzen! Lens Larque muss nach Aloysius kommen.«

»Ich wurde unterrichtet, dass ihm dies nicht aufgezwungen

werden kann«, entgegnete Addels selbstgefällig. »Ich schlage
vor, wir wenden unsere Aufmerksamkeit nun anderen Angelegenheiten zu.«

»Wer ist der Propositor, der zu Gericht sitzt?«

»Dessen können wir nicht sicher sein. Es gibt fünf solcher
Magistrate, welche durch die Bezirke im Wega-System reisen.«

»Das Gericht hat zurzeit keine Sitzungsperiode?«

»Es hat gerade sein Prozessregister abgeschlossen.«

»Und wird vermutlich für Monate nicht mehr tagen.«

»Genau. Jedenfalls würde der Propositor mit an Sicherheit
grenzender Wahrscheinlichkeit jeden Antrag in Bezug auf die Präsenz des Eigners der Gargantyr ablehnen.«

Gersen nickte gedankenvoll. »Das ist ungünstig.«

Nach einem Augenblick erkundigte sich Addels: »Nun denn –
was ist mit der Cooneys Bank? Soll ich sie erwerben?«

»Lassen Sie mich die Dinge überdenken. Ich rufe Sie heute
Abend an.«

»Nun gut.«

KAPITEL II

Aus: »Stadt der Nebel« in *Cosmopolis*, Mai 1520:

Auf einer Karte zeigt sich Rath Eileann wie ein umgekehrtes T. Entlang der oberen Horizontalen, von rechts nach links, befinden sich die Ffolliot-Gärten, Bethamy, die Altstadt, die Orangerie mit dem *Domus* dahinter, dann das *Estremont* auf einer Insel im Lake Feamish. Die Vertikale des T zieht sich kilometerweit unregelmäßig nach Norden, durch den Moynalbezirk, dann Drury, Wigaltown, Dundivy, Gara mit seinem Dulcidrom und schließlich Slayhack, wo sich der Raumhafen befindet.

Von all diesen Bezirken strahlt die Altstadt den verführerischsten Reiz aus. Trotz triefenden Nebels, eigenartig riechender Dünste, gekrümmter Straßen und wunderlicher Gebäude ist dieser Bezirk keineswegs langweilig. Das lokale Volk trägt seine Kleidung lediglich in Brauntönen: Sandfarben und Taupe, über mittlere Hellbraunschattierungen sowie Eichen- und andere Holzfarben bis hin zu den tiefsten Umbratönen. Wenn sie hinausgehen in das launenhafte Wegalicht, ruft ihre Kleidung vor den Steinen, dem schwarzen Eisen und dem rußigen Holz eine Wirkung sonderbarer Pracht hervor, umso mehr, wenn sich darunter gelegentlich ein dunkelroter, gelber oder dunkelblauer Turban befindet. Des Nachts leuchtet die Altstadt im Licht unzähliger Laternen, die, einer uralten Verordnung zufolge, vor dem Eingang eines jeden Bierhauses aufgehängt werden müssen. Da die verworrenen Straßen und unzähligen kleinen Alleen nie benannt wurden, geschwei ge denn Namensschilder vorhanden sind, lernt der Fremde schnell, einen Kurs mittels der Bierhauslaternen zu steuern.

Die Ambrosianermönche waren die ersten, welche sich neben Lake Feamish niederließen. Sie bauten in geringschätziger Missachtung jeglicher Ordnung, in Übereinstimmung mit der hektischen Inbrunst ihres Kredos. Der Orden der Aloysianer, der vierzig Jahre später kam (und der Welt ihren Namen gab), versuchte halbherzig, die Altstadt zu modifizieren, verlor dann das Interesse und verwandte, nachdem das Bethamy-Viertel gegründet war, all seine Energie darauf, den Tempel von St. Revelras zu konstruieren.

≈

Gersen verließ das *Domus* und schlenderte die Zentralpromenade der Orangerie entlang: ein 20 Morgen großer, formeller Garten, der unangemessen benannt war, da unter den sorgsam gestutzten Bäumen keine Orangenbäume zu finden waren, sondern lediglich Eiben, Linden und die einheimischen Grünglasbäume.

Auf der Großen Esplanade bog Gersen nach Osten um die Biegung des Sees ab und überquerte kurz darauf den Damm zum Estremont, einem massiven Gebäude aus silbergrauem Porphyr, das über vier versetzte Ebenen erbaut war und von vier hohen Türmen sowie einer Zentralkuppel überragt wurde. Im Justiziariat zog Gersen eine Reihe von Erkundigungen ein, anschließend kehrte er, noch gedankenvoller als zuvor, zum *Domus* zurück.

In seinem Zimmer nahm er Papier und Stift und arbeitete einen sorgfältigen Plan von Zeiten und Ereignissen aus, den er gründlich überdachte. Anschließend wandte er sich dem Kommunikator zu und brachte das Abbild von Jehan Addels auf den Schirm. »Heute«, sagte Gersen, »haben Sie ein Vorgehen hinsichtlich der *Ettilia Gargantyr* skizziert.«

»Es war nicht mehr als eine zögerliche Idee«, entgegnete Addels. »Der Plan fällt in sich zusammen, sobald wir das Estremont erreichen. Der Bezirkspropositor wird niemals ein für uns günstiges Urteil fällen.«

»Sie sind übermäßig pessimistisch«, meinte Gersen. »Seltsame Dinge geschehen, die Gerichtshöfe sind unvorhersehbar.
Bitte handeln Sie so, wie wir es besprochen haben. Erwerben Sie
die Cooneys Bank und eröffnen Sie sogleich eine örtliche Zweigstelle. Dann, sobald die *Ettilia Gargantyr* ihr Luk öffnet, schlagen
Sie mit jeglicher Art von Papier zu, das Ihnen in den Sinn kommt.«

»*Ganz wie Sie wollen.*«

»Denken Sie daran, wir haben Umgang mit Leuten, die leicht-
sinnig mit ihrer rechtlichen Verantwortung umgehen, um nur das
Mindeste zu sagen. Versichern Sie sich, dass das Schiff festliegt.
Stellen Sie die Papiere mit zumindest einem Zug von Konsta-
blern zu und lassen Sie die Crew sofort an Land gehen. Ziehen
Sie die Kraftsperre, versiegeln Sie die Verbindungen mit einem
Destruktionsschloss, sichern Sie die Frachtluks mit Ketten. Dann
postieren Sie eine starke Wache aus wenigstens sechs bewaffneten
Männern rund um die Uhr davor. Ich möchte sicherstellen, dass
das Schiff in Rath Eileann bleibt.«

Addels versuchte einen missmutigen Scherz. »Ich werde in die
Kapitänskajüte ziehen und das Schiff von innen bewachen.«

»Ich habe andere Pläne mit Ihnen«, erwiderte Gersen. »So
leicht kommen Sie mir nicht davon.«

»Denken Sie daran, die Gerichtsbarkeit liegt bei dem Gericht
der Interwelten-Billigkeit. Es wird, aufgrund des Prozessregisters,
monatelang keine Sitzung mehr geben.«

»Wir wollen dem Eigner Zeit für sein Erscheinen geben«,
sagte Gersen. »Stellen Sie sicher, dass unsere Klage Böswilligkeit,
Konspiration und Geschäftspraktiken vorsätzlichen interstellaren
Betrugs umfasst – Beschuldigungen, die nur der Eigner angemessen dementieren kann.«

»Er wird die Anklagebank betreten und alles dementieren. Der
Richter wird den Fall verwerfen, und Sie werden übrig bleiben,
um den Gerichtssaal auszukehren.«

»Mein lieber Addels«, beschied Gersen, »es liegt auf der
Hand, dass Sie mein Vorhaben nicht verstehen – was vielleicht
nur gut ist.«

»Eben«, versetzte Addels rau. »Ich möchte nicht einmal darüber spekulieren.«

Einen Monat später traf sich Gersen beim Phrusters Ausblick erneut mit Addels.

Es war Mittnachmittag, die Nebel über den Dunvearys waren zu einigen wenigen Strähnen geschwunden, die Landschaft zeigte sich im kalten, grellen Schein des Wegalichts in kahler Grandeur.

Wie zuvor hatte Gersen den Pfad erklommen, der von den Ffolliot-Gärten am westlichen Rand von Rath Eileann hinaufführte. Er stand an die Brüstung gelehnt da, als Addels gemächlich im Wagen eintraf.

Addels überquerte die Straße und gesellte sich zu Gersen an der Brüstung. Mit gewichtiger Stimme sagte er: »Die *Gargantyr* ist gelandet. Die Dokumente wurden zugestellt. Der Kapitän hat protestiert und versucht, in den Raum zurückzukehren. Er wurde aus dem Schiff entfernt und beschuldigt, sich der Gerichtbarkeit entziehen zu wollen. Nun befindet er sich in Gewahrsam. Alle Vorkehrungen wurden getroffen. Der Kapitän hat eine Information an sein Heimatbüro geschickt.« Inzwischen hatte Addels die Einzelheiten von Gersens Vorhaben erfahren und die Fassung noch nicht vollständig wiedererlangt. »Außerdem hat er einen Rechtsanwalt beauftragt, der vermutlich kompetent ist und enormen Kummer über uns alle bringen wird.«

Gersen sagte: »Lassen Sie uns hoffen, dass der Lord Oberrichter in diesem Fall unseren Standpunkt teilt.«

»Eine amüsante Vorstellung«, knurrte Addels. »Lassen Sie uns hoffen, dass die Zustände im Karzer nicht weniger amüsant sind.«

KAPITEL III

Aus: *Das Leben*, Band I von Unspiek, Baron Bodissey:

Wenn Religionen Krankheiten der menschlichen Psyche sind, wie der Philosoph Grintholde versichert, dann müssen Religionskriege zu den sich daraus ergebenden Wunden und Geschwüren gerechnet werden, die den gesamten Körper der menschlichen Rasse infizieren. Von allen Kriegen sind diese die abscheulichsten, da sie um keinerlei greifbaren Gewinn geführt werden, sondern lediglich, um dem Verstand eines anderen eine Reihe willkürlicher Kredos aufzuzwingen.

Nur wenige solcher Konflikte können sich im Hinblick auf groteske Ausschreitungen mit den Ersten Weganischen Kriegen messen. Die Angelegenheit bezieht sich, in ihrer unmittelbaren Phase, auf einen heiligen weißen Alabasterblock, den die Aloysianer für ihren St.-Revelras-Tempel verwenden wollten, während die Ambrosianer denselben Block für ihren St.-Bellaw-Tempel beanspruchten. Die kulminierende Schlacht am Rudyer Moor ist eine Episode, welche die Vorstellungskraft strapaziert. Der Ort: das nebelige Hochland der Mournan-Berge. Die Zeit: der späte Nachmittag, an dem Wega Strahlen fahlen Lichtes hier- und dorthin wirft, wie es die rollenden Wolken erlauben. An den oberen Hängen steht eine Schar abgehärmter Ambrosianer in flatternden braunen Roben und mit aus Corrib-Eibe geschnitzten Stöcken. Darunter hat sich eine noch größere Gruppe der Aloysianischen Bruderschaft versammelt – kleine, kurzbeinige Männer, rundlich und beleibt, jeder mit einem rituellen Spitzbart und einem

Haarbüschel auf dem Kopf, bewaffnet mit Essbesteck und Gartenwerkzeug.

Bruder Whinias stößt einen Schrei in einer unbekannten Sprache aus. Den Hang hinunter springen die Ambrosianer und stoßen hysterische Schreie aus, um wie Wilde über die Aloysianer herzufallen. Eine Stunde lang ist die Schlacht unentschieden, keine Seite kann einen Vorteil erringen. Gegen Sonnenuntergang lässt der ambrosianische Kornettist, nach der rigorosen Regel des Kredos, den Zwölftonruf zur Vesper ertönen. Die Ambrosianer nehmen in Entsprechung ihrer unveränderlichen Gewohnheit religiöse Haltung an. Die Aloysianer geben sich geschwind ans Werk und vernichten die gesamte ambrosianische Schar gut eine Stunde, bevor ihre eigene Andacht beginnt und so endet die Schlacht von Rudyer Moor.

Die wenigen überlebenden Ambrosianer schleichen in weltlicher Kleidung zurück in die Altstadt, wo sie schließlich zu einer gerissenen Gruppe von Kaufleuten, Brauern, Bierhausbesitzern, Antiquaren und Geldverleihern werden, möglicherweise aber auch anderen, verstohleneren Berufen nachgehen. Was die Aloysianer angeht: der Orden zerfällt noch binnen des Jahrhunderts; ihre Inbrunst wird zu nicht mehr als einer urigen Tradition. Aus dem St.-Revelras-Tempel entsteht das *Domus*, die großartigste aller weganischen Herbergen. Der St.-Bellaw-Tempel ist nunmehr ein trauriger Haufen moosbehafteten Steins.

~

Gersen saß in der öffentlichen Halle des *Domus* St. Revelras, dem uralten Hauptschiff, in dem die Mönche unter dem Starren des gnostischen Auges geschwitzt hatten. Die Gäste des gegenwärtigen *Domus* wussten wenig von der Gnosis, noch weniger von dem Auge, doch alle blickten ehrfürchtig im großen Saal um.

Der hallende Ton eines tausend Jahre alten Gongs kennzeichnete die Stunde des Spätnachmittags. In den Saal trat ein hochgewachsener dünner junger Mann mit einer schmalen, scharfen Nase und grauen Augen von großer Klarheit und einem Ausdruck unbeschwerter Intelligenz. Dies war Maxel Rackrose, der örtliche Korrespondent von *Cosmopolis*, welcher nun zur Unterstützung für »Henry Lucas« – der Identität, die Gersen in seiner Rolle als Sonderautor für *Cosmopolis* benutzte – abgestellt worden war.

Maxel Rackrose ließ sich in einen Sessel neben Gersen fallen. »Ihr Sujet ist zugleich schwer fassbar und Unheil verkündend.«

»All das sorgt für interessante Ausgaben.«

»Zweifellos.« Rackrose holte ein Paket von Papieren hervor. »Nach einer Woche der Suche habe ich nur wenig mehr als Allgemeinwissen in Erfahrung gebracht. Der Bursche hat ein Talent für Anonymität.«

»Bei allem, was wir wissen«, sagte Gersen, »sitzt er hier in der Halle des *Domus*. Das ist gar nicht so unwahrscheinlich, wie Sie vielleicht annehmen.«

Rackrose schüttelte zuversichtlich den Kopf. »Ich habe gerade eine Woche mit Lens Larque verbracht. Ich würde es riechen, wenn er sich in einem Umkreis von einem Kilometer aufhielte.«

Solche Überzeugungen waren nicht notwendigerweise von der Hand zu weisen, dachte Gersen. »Dieser große Mann dort drüben, mit dem Nasenteil. Könnte er Lens Larque sein?«

»Definitiv nicht.«

»Sind Sie sicher?«

»Gewiss. Er strahlt Patchouli und Ispanola aus, aber nichts von dem Geruch, von dem man sagt, dass Lens Larque ihn verströme. Zweitens stimmt er nur insofern mit Beschreibungen von Lens Larque überein, als dass er groß, schwer und kahl ist und sich hässlich kleidet. Drittens … «, Rackrose stieß ein unbekümmertes Lachen aus, » … weiß ich zufällig, dass der Mann Dett Mullian ist, der antike Tavernenlampen für Touristen herstellt.«

Gersen lächelte ironisch, bestellte Tee bei einem Kellner in der Nähe und wandte dann die Aufmerksamkeit Rackroses Dokumenten zu.

Einiges von dem Material hatte er bereits gesehen, wie einen Auszug aus *Der Mount-Pleasant-Überfall* von Dauday Wams, veröffentlicht in *Cosmopolis*:

> Als sich die Dämonenfürsten trafen, um ihren Pakt zu bekräftigen, kollidierten die massiven Persönlichkeiten häufig miteinander. Howard Alan Treesong vermittelte die Dispute auf lässige Art und Weise. Attel Malagate erwies sich als so unnachgiebig wie Stein. Viole Falushe nahm Positionen ein, die auf böswilliger Willkür beruhten. Kokor Hekkus, unvorhersehbar und innovativ, entzückte niemanden. Lens Larques Arroganz erregte viel Feindseligkeit. Nur Howard Alan Treesong behielt seinen Gleichmut. Was für ein Wunder, dass das Unternehmen überhaupt einen Erfolg zeitigte! Es ist ein Tribut an die Professionalität der Gruppe.

Das nächste Papier, überschrieben mit *Lens Larque der Flagellant*, war die Arbeit von Erasmus Heupter. Unmittelbar unter Titel und Verfasserangabe erschien die Zeichnung eines nahezu nackten Mannes von immenser Größe mit einer subtilen und geschmeidigen Muskulatur. Der Kopf war klein und kahl, schmal an der Schädeldecke, breit von der Kinnpartie. Starke Augenbrauen trafen sich über einer langen, herunterhängenden Nase. Das Gesicht, welches aus dem Bild herausblickte, drückte eine geistlose und schmutzige Euphorie aus. Der Mann trug lediglich Sandalen und eine kurze enge Hose über einem wuchtigen und unangenehm fleischigen Hintern. Mit der rechten Hand schwang er eine Peitsche mit drei Riemen und kurzem Griff.

Rackrose kicherte in sich hinein. »Wenn das unser Mann ist, glaube ich, werden wir ihn erkennen, selbst hier im *Domus*.«

Gersen zuckte mit den Schultern und las den Text:

> Lens Larque wird nachgesagt, er sei verliebt in die Peitsche; er betrachtet sie als vertrauensvollen Freund

und als geeignetes Instrument für die Bestrafung seiner
Feinde. Er verwendet sie häufig zu diesem Zweck, bevor-
zugt sie gegenüber anderen Methoden. In Sadabra besitzt
er ein großes Haus mit einem halbkreisförmigen Raum,
in dem er sein Essen zu sich nimmt: große Mengen von
Hork und Pummigum* mit Humpen von Most. Für den
guten Geschmack hat er eine feine Peitsche mit kurzem
Griff an seiner Seite, mit einem drei Meter achtzig langen Strang. Der Knauf besteht aus Elfenbein, darauf ist
der Name der Peitsche eingraviert: PANAK. Der Bezug
ist, soweit dem Verfasser bekannt, niemals aufgeklärt
worden. Der Strang endet in einem zehn Zentimeter
langen, gegabelten Lederteil: dem »Skorpion«. An der
Wand stehen Lens Larques Feinde, an Ringe gekettet
und nackt wie gepellte Eier. Am Hintern eines jeden ist
eine herzförmige Zielscheibe angeklebt, siebeneinhalb
Zentimeter im Durchmesser. Um seine Mahlzeit zu beleben, versucht Lens Larque, die Zielscheiben mit einem
Schwung der Peitsche abzuschlagen. Sein Geschick darin
soll sehr groß sein.

Darunter, in einer anderen Schriftart, erschien die Bemerkung:

Der oben wiedergegebene Artikel erschien ursprünglich in der *Galaktischen Rundschau* und ist wahrscheinlich
nicht mehr als eine Übung in blühender Fantasie, insbesondere in Bezug auf die Illustration. Berichte stellen
Lens Larque als großen Mann dar, aber der oben
beschriebene kichernde Gigant ist wohl kaum eine glaub-
hafte Darstellung.

---

* Pummigum: ein Brei aus gelbem Mehl, Fleisch, Tamarinden,
Ogaven, Skiviten und ähnlichen Früchten, der in Tausend Varianten
in Restaurants serviert wird, welche die Raummänner des gesamten
Universums verköstigen.

Es ist aufschlussreich anzumerken, dass der Verfasser, Erasmus Heupter, kurz nach Veröffentlichung des Artikels von der Bildfläche verschwand und nie wieder gesehen wurde. Eine seiner Kolleginnen erhielt einen kurzen Brief:

Liebe Cloebe:

Ich bin schwer bei der Arbeit, die Bedeutung des Namens PANAK herauszufinden. Ich habe bereits einige Hinweise gefunden, doch die Arbeit ist nicht ohne einige kleine Überraschungen.

Das Wetter ist schön, dennoch wäre ich ebenso gern zu Hause.

In aller Aufrichtigkeit, Erasmus.

Gersen stieß ein leises Grunzen aus. Rackrose bemerkte: »Die Haut prickelt einem dabei etwas, nicht wahr?«

»Ja, genau. Sind Sie immer noch gewillt, bei diesem Projekt mitzuarbeiten?«

Rackrose zuckte zusammen. »Bitte erwähnen Sie nicht meinen Namen.«

»Wie Sie wünschen.« Gersen studierte den nächsten Artikel: ein Blatt eines Typoskriptes, offensichtlich die Arbeit von Rackrose selbst:

Der Name Lens Larque ist wahrscheinlich ein Pseudonym. Kriminelle tendieren dazu, falsche Namen und Aliase zu verwenden. Ein wirklicher Name kann zu einem Heimatort zurückverfolgt werden, wo Fotografien und intime Verbindungen zu finden sind. Dadurch werden Verschwiegenheit und Sicherheit zunichte. Außerdem verspürt ein Krimineller, wenn er bei seinen illegalen Geschäften Erfolg hat, gewöhnlich den Impuls, in seine Heimatgemeinde zurückzukehren, um dort unter jenen den Magnaten zu spielen, die ihn in der Vergangenheit

verschmäht haben. Das hübsche Mädchen, welches ihn
eines normalen Ehemannes wegen zurückgewiesen hat:
nun kann er sie herablassend behandeln, insbesondere,
wenn sie ihr gutes Aussehen verloren hat und in schweren
Verhältnissen lebt. All dies ist nur möglich, wenn er nicht
als Krimineller identifiziert werden kann. Daher fühlt er
sich genötigt, einen anderen als den eigenen Namen für
seine Operationen zu verwenden.

Diese Konzepte, sind sie erst einmal aufgezeigt,
erscheinen recht offensichtlich. Dennoch, sie führen
uns zu der Frage: Welches ist die Herkunft solch eines
angenommenen Namens? Hier gibt es zwei Variationen:
Erstens, die Namen, welche zufällig gewählt werden und
darauf abzielen, unbestimmbar zu sein. Zweitens, die mit
symbolischer Bedeutung. Letztere überwiegen unter den
Kriminellen mit persönlicher Kraft und Extravaganz, für
die Lens Larque ein vorzügliches Beispiel ist. Deshalb
gehe ich davon aus, dass »Lens Larque« ein Alias ist, welches symbolische Bedeutung besitzt.

Ich habe den örtlichen UTBD* aufgesucht und eine
Suche in allen Sprachen und Dialekten der Ökumene und
des Jenseits, aus der Vergangenheit und Gegenwart nach
Homonymen zum Namen »Lens Larque« durchgeführt.

Ich füge das Resultat bei.

Gersen studierte ein orangefarben eingerahmtes Blatt, das
einen Ausdruck des UTBD zeigte:

Lens Larque – Homonyme mit Definitionen:

1. Lencilorqua: ein Dorf mit 657 Einwohnern auf dem
   Kontinent Vasselona, Reis, dem sechsten Planeten
   von Gamma Eridani.

---

* Universeller Technischer Beratungs-Dienst.

2. Lanslarke: ein räuberisches, geflügeltes Wesen von
   Dar Sai, dem dritten Planeten von Cora, Argo Navis
   961.

3. Laenzle arc: der geometrische Ort eines Punktes,
   welcher durch das siebte Theorem der Triskoiden
   Dynamik erzeugt wird, wie von dem Mathematiker
   Palo Laenzle (907-1070) definiert.

4. Linslurk: ein moosähnliches Gewächs, einheimisch
   in den Sümpfen von Sharmant, Hyaspis, dem fünften
   Planeten von Fritz' Stern, Ceti 1620.

5. Linsil Orq: ein See in der Paradiesischen Prärie,
   Verlaren, dem zweiten Planeten von Komred, Epsilon
   Sagittae.

6. Lensle Erg: eine Wüste ...

Die Liste umfasste zweiundzwanzig Einträge, welche sich
immer weiter vom Muster entfernten.

Gersen kehrte zu Rackroses Analyse zurück:

> Unter der Voraussetzung, die Hypothese sei richtig,
> ging ich davon aus, dass der zweite Eintrag der mit der
> höchsten Wahrscheinlichkeit sein musste.
>
> Ich holte alle Einzelheiten bezüglich des Lanslarke aus
> dem UTBD heraus. Es ist ein vierflügeliges Geschöpf
> mit einem pfeilförmigen Kopf und einem stechenden
> Schwanz, das eine Länge von drei Metern erreicht, den
> Schwanz nicht gerechnet. Es fliegt in der Morgen- und
> Abenddämmerung über die Darshwüsten und erbeu-
> tet Wiederkäuer und gelegentlich einen einsamen
> Menschen. Das Geschöpf ist listig, flink und wild, wird
> mittlerweile aber nur noch selten gesichtet, obwohl es als
> Fetisch des Bugold-Clans privilegiert ist, frei über deren
> Domänen zu fliegen.
>
> So viel zum Lanslarke und weiter zu Artikel Nr. 8 der

beigefügten Papiere. Dabei handelt es sich um den einzigen aufgezeichneten Bericht von einem Treffen mit Lens Larque in einem relativ frühen Stadium seiner Laufbahn. Der Erzähler identifiziert sich nicht, aber es scheint als sei er Offizieller eines Industriekonzerns. Die Örtlichkeit des Treffens ist ebenfalls unbestimmt: Diskretion in Vollendung.

Gersen wandte sich Artikel Nr. 8 zu.

Auszüge aus Reminiszenzen eines reisenden Einkaufsvertreters von Sudo Nonimus, veröffentlicht in Druck, einem Handelsjournal der metallurgischen Industrie. (Der Name des Verfassers, so wie hier angegeben, ist ganz offensichtlich ein Pseudonym.)

Wir (Lens Larque und ich) trafen uns in einem öffentlichen Gasthaus hundert Meter die Straße vom Dorf hinunter. Das Gebäude war eine Übung in massiver Grobheit, als hätte eine monströse Wesenheit unbekümmert große Betonblöcke übereinandergestapelt, nahezu willkürlich, um eine Reihe weitläufiger, unregelmäßiger Anlagen zu schaffen. Diese Blöcke, weißgewaschen und im vollen Glast der Sonne, blendeten ziemlich die Augen. Die Räume im Inneren jedoch waren kühl und dämmerig, und als ich erst die Furcht abgelegt hatte, die Blöcke könnten mir auf den Kopf fallen, bewertete ich den Effekt als malerisch und denkwürdig.

Auf Nachfrage bei einem trägen Servierburschen wurde ich zu einem Ecktisch geführt. Hier saß Lens Larque über einem großen Teller mit Fleisch und Hülsenfrüchten. Die Speise verströmte einen Hauch von saurem Gewürz, herb und beleidigend für die Nüstern. Nichtsdestotrotz, ein Einkaufsvertreter kennt keine Skrupel, also nahm ich ihm gegenüber Platz und beobachtete ihn beim Essen.

Eine Weile ignorierte er mich, als sei ich nichts anderes

als einer der Puffkäfer, die träge im Raum umherschwebten, deshalb nutzte ich die Gelegenheit, um ihn meinerseits zu taxieren. Ich sah einen großen Mann, massiv, nahezu korpulent, umhüllt von voluminösen weißen Gewändern, die Kapuze eng um das Gesicht drapiert. Ich konnte seinen Teint erkennen, der einen reichhaltigen rostbraun-bronzenen Ton besaß, wie die Hinterbacken eines Braunen. Zudem konnte ich etwas von seinen Zügen ausmachen, die grob, aber seltsam zusammengekniffen oder gar -gepresst waren. Seine Augen – als er schließlich geruhte mich anzusehen – brannten mit einer gelben Intensität, die mich hätten verzagen lassen, wäre ich im Verlauf meiner normalen Arbeit nicht vielen anderen solcher Blicke begegnet, die überwiegend aus habgieriger Hoffnung resultieren. Nicht jedoch in diesem Fall!

Als er mit der Mahlzeit fertig war, begann der Mann zu sprechen, in Sätzen, die aufs Geratewohl gewählt schienen und keinen plausiblen Inhalt transportierten. War dies ein neuer Verhandlungstrick? Hoffte er, mein Denken mit einer Spirale von Verblüffungen einzulullen? Da war er an den Falschen geraten: Wie immer hatte ich nicht vor, mich drängen oder hereinlegen noch viel weniger mich betrügen zu lassen. Ich erwog jedes Wort, was er sagte, achtete darauf, weder zuzustimmen noch abzulehnen, aus Furcht diese Signale würden als Grundlage für einen Handel betrachtet werden. Meine Geduld schien eine gegenteilige Wirkung auf diesen seltsamen Mann auszuüben. Seine Stimme wurde durchdringend und hart und seine Gebärden durchschnitten die Luft wie Dreschflegel.

Schließlich schaffte ich es, einen dezenten Vorschlag in seinen Sermon einzuwerfen. »Darf ich, im Zusammenhang mit unserem Geschäft, nach Ihrem Namen fragen?«

Die Frage überraschte ihn. Mit böser Stimme wollte er wissen: »Stellen Sie mein Wort infrage?«

»Keineswegs!« beeilte ich mich zu erwidern, da der Mann offensichtlich aufsässig war. Ich hatte im Verlauf meiner Geschäfte mit vielen dieses Schlags zu tun, aber keiner

*von ihnen war derart verdrießlich gewesen. In freundlichem
Ton fuhr ich fort.* »Ich bin Geschäftsmann. Ich möchte lediglich die Identität der Person verifizieren, mit der ich zu tun
habe. Es ist eine Angelegenheit von gewöhnlicher kommer-
zieller Praktik.«

»Ja, ja«, *murmelte er.* »Ganz recht.«

Ich nutzte meinen Vorteil. »Ehrenmänner, die sich an
den Verhandlungstisch setzen, verwenden konventionelle
Umgangsformen, und es ist nur höflich, dass wir uns gegenseitig mit Namen anreden.«

*Der Kerl nickte gedankenvoll und produzierte einen höchst
bemerkenswerten Rülpser, der an das Gewürz gemahnte,
welches er zu sich genommen hatte. Da er der Angelegenheit
keine Beachtung schenkte, machte ich keine Anstalten, mir
anmerken zu lassen, dass ich es bemerkt hatte.*

Wieder sagte er: »Ja, ja; ganz recht.« *Und dann:* »Nun,
es ist wirklich keine große Angelegenheit. Sie kennen mich
vielleicht als Lens Larque.« *Er beugte sich vor und starrte
mich durch die Falten seines Umhanges an.* »Dieser Name
passt gut zu mir, meinen Sie nicht?«

»Bei einer solch kurzen Bekanntschaft kann ich nicht
vorgeben, eine Meinung zu haben. Nun zum Geschäft. Was
haben Sie anzubieten?«

»Vier Tonnen Duodezimat* Schwarz, SG-22, erste
Qualität.«

*Wir hatten keine Schwierigkeiten, einen Handel abzu-
schließen. Er nannte seinen Preis. Ich konnte ihn annehmen
oder ablehnen. Ich entschloss mich zu demonstrieren, dass
auch andere mit Würde und Entschlossenheit, ohne zu*

---

* Duodezimaten: jene stabilen, transuranischen Elemente mit
Ordnungszahlen von 120 oder mehr. Duodezimat Schwarz ist ein
unraffinierter Sand, der aus verschiedenen Duodezimatsulfiden,
-oxiden und ähnlichen Verbindungen mit einem spezifischen
Gewicht besteht, das hier mit SG-22 angegeben ist.

schmeicheln, zu feilschen oder Entrüstung vorzugeben, han-
deln können. Ich akzeptierte sein Angebot auf der Stelle, eine
Überprüfung der Qualität vorausgesetzt. Meine Bedingung
traf ihn in seiner Eitelkeit, aber ich schaffte es, seinen Ärger
zu zerstreuen. Schließlich hatte er ein Einsehen und wurde
erschreckend jovial. Der Servierbursche brachte zwei große
Humpen eines widerlichen Biers, das nach Maus schmeckte.
Lens Larque trank seine Portion in drei Schlucken. Die Situa-
tion erforderte, dass ich es ihm gleichtat. Während ich trank,
dankte ich inbrünstig, wenn auch still, meinem eisernen
Magen und dessen einzigartiger Kapazität, die sich durch
meine langen Jahre als Einkaufsvertreter entwickelt hatte.

Gersen legte die Papiere in die Mappe zurück. »Sehr gute
Arbeit. Lens Larque nimmt Substanz an. Er ist ein großer flei-
schiger Mann mit einer großen Nase und einem großen Kinn, das
mittlerweile operativ verändert sein könnte. Bei zumindest einer
Begebenheit war seine Haut rötlich-bronzen. Natürlich kann er
genauso leicht Hauttöner verwenden, wie jeder andere auch.
Schließlich mag seine Ursprungswelt gut und gerne Dar Sai sein,
worauf der Name und auch die Erwähnung der Duodezimaten
hinweist, welche auf Dar Sai abgebaut werden.«

Rackrose richtete sich im Sessel auf. »Kennen Sie Wigaltown?«
»Mitnichten.«

»Es ist eine raue und triste Gegend mit einem Dutzend oder
mehr Außenweltenklaven. Insgesamt altmodisch, natürlich. Dennoch, wenn man seltsame Gerüche und sonderbare Musik mag,
ist Wigaltown der Ort, den man besuchen muss. Es gibt dort eine
kleine Darshkolonie, und sie unterhalten eine Gaststätte auf der
Pilkampstraße. *Tintles Schirm* wird der Ort genannt. Ich habe häufig das Schild gesehen, auf dem steht: ›Feines Darshfutter‹.«

»Das ist eine interessante Neuigkeit«, sagte Gersen. »Falls
Lens Larque ein Darsh ist und er zufällig durch diese Gegend
kommt, können wir erwarten, ihn in *Tintles Schirm* zu treffen.«

Maxel Rackrose warf einen Blick über die Schulter. »Sogar

Dett Mullian fängt an, Unheil verkündend auszusehen. Weshalb nehmen Sie an, dass Lens Larque in der Nähe ist?«

»Ich habe keinen bestimmten Grund dafür. Dennoch, er könnte jederzeit ankommen.«

»Wenigstens garantiert dies die mathematische Wahrscheinlichkeit.«

»Genau. Wir sollten uns mit *Tintles Schirm* vertraut machen, gerade für eine solche Eventualität.«

Rackrose zuckte zusammen. »Der Ort riecht nach seltsamen Aromen. Ich frage mich, ob ich dem gewachsen bin.«

Gersen stand auf. »Wir werden das ›Feine Darshfutter‹ zum Abendessen versuchen. Vielleicht werden wir noch zu Anhängern.«

Rackrose raffte sich zögernd auf. »Besser, wir wechseln unsere Kleidung«, murrte er. »Für das *Domus* angezogen, werden wir in *Tintles Schirm* auffallen. Ich tarne mich als Dachdecker und treffe Sie hier in einer Stunde wieder.«

Gersen blickte auf seine eigene Kleidung: ein eleganter, weit geschnittener blauer Anzug, ein weißes Hemd mit weitem Kragen, eine purpurne Schärpe. »Ich fühle mich bereits, als sei ich getarnt. Ich ziehe mich um und gehe als ich selbst.«

»In einer Stunde. Pilkampstraße, genau in der Mitte von Wigaltown. Wir treffen uns auf der Straße. Wenn Sie per Omnibus kommen, steigen Sie bei Noonans Allee aus.«

Gersen verließ das *Domus* und ging über die Orangeriepromenade durch die Dämmerung nach Norden. Er trug eine dunkle Bluse, eine an den Knöcheln geraffte graue Hose und weiche halbhohe Stiefel: die typische Kleidung des arbeitenden Raummannes.

An der Esplanade bestieg er eine Transportplattform und wartete. Der See reflektierte das letzte Glimmen der Farben des Sonnenuntergangs: Rostrot, Apfelgrün, Dunkelorange. Während Gersen zuschaute, schwanden sie, und der See nahm einen metallischen blaugrauen Schimmer an, beleuchtet von einigen schwachen Lichtern entlang des gegenüberliegenden Ufers … Ein

Omnibus mit offenen Seiten näherte sich. Gersen trat an Bord, setzte sich und ließ eine Münze in den Schlitz fallen, damit er nicht beim nächsten Halt hinausgeworfen werden würde.

An der Biegung des Sees ging die Esplanade in die Pilkampstraße über. Der Omnibus glitt unter einer endlosen Kette von blau-weißen Straßenlampen durch Moynal und Drury nach Norden.

Der Bus erreichte Wigaltown. An einer Rampe in der Nähe der Noonans Allee stieg Gersen aus.

Dunkle Nacht hatte in Wigaltown Einzug gehalten. Pfeiler aus schwarzem Fels krümmten sich hinter Gersens Rücken bis in den See hinein. Entlang der Pilkampstraße drückten schmale Gebäude ihre Dächer in die Höhe, um merkwürdige Formen und seltsame Winkel gegen den Himmel zu zeichnen. Einige der hohen schmalen Fenster zeigten Licht, andere waren dunkel.

Diagonal über der Straße hing ein beleuchtetes Schild:

TINTLES SCHIRM

Feines Darshfutter:

Chatowsies

Pourrian

Ahagaree

Gersen überquerte die Straße. Aus den Schatten der Noonans Allee trat Maxel Rackrose. Er trug eine braune Cordhose, ein braun-schwarz kariertes Hemd, eine mit Laméwappen verzierte schwarze Weste sowie eine schwarze Kappe mit Metallschnabel.

Gersen las das Schild: »›Chatowsies. Pourrian. Ahagaree‹. Haben Sie Appetit mitgebracht?«

»Nicht wirklich. Ich bin ein pingeliger Esser. Vielleicht koste ich etwas von diesem und jenem.«

Gersen, der häufig Speisen hinuntergewürgt hatte, über die nachzudenken er nicht gewagt hatte, lachte nur. »Ein Journalist mit Hingabe kennt das Wort ›pingelig‹ nicht.«

»Irgendwo muss ein Strich gezogen werden«, entgegnete Rackrose. »Vielleicht hier, in *Tintles Schirm.*«

Sie schoben sich durch die Tür in einen Korridor. Voraus führten Stufen in die oberen Geschosse. An der Seite öffnete sich ein Bogen in ein weiß gefliestes Zimmer, das mit einem muffigen Gestank geschwängert war. Ein Dutzend Männer trank Bier an einem Tresen, der von einer alten Frau in schwarzer Kleidung, mit glattem schwarzem Haar, dunkelorangefarbener Haut und schwarzem Schnurrbart bedient wurde. Plakate kündigten Ausstellungen und Tanzveranstaltungen in Rath Eileann und anderswo an. Auf einem stand:

⇥ DIE GROSSE RINCUS TRUPPE ⇤

Erleben Sie Hundert wunderbare Leistungen!

Sehen Sie Stümpertänze und Spiele,

während die Lederriemen pfeifen und spitzeln!

SWISTERTAG,

IM FUGLASS-SAAL

Auf einem anderen:

Der Peitschige Ned Ticket

und

seine lebhaften Stümper!

Wie sie springen! Wie sie tollen!

Der Peitschige Ned singt Lieder von gleitendem Leder

und rügt seine Truppe bei Fehlern oder

unzureichendem Eifer – vielleicht mit dem

zackigen Prickeln eines kurzen Hiebs!

Die Frau hinter der Bar rief: »Wieso stehen Sie da wie hypnotisierte Fische? Sind Sie gekommen, um Bier zu trinken oder etwas zu essen?«

»Haben Sie Geduld«, meinte Gersen. »Wir treffen gerade unsere Wahl.«

Die Bemerkung ärgerte die Frau. Ihre Stimme nahm eine grobe Schärfe an. »›Haben Sie Geduld‹, sagen Sie? Die ganze Nacht über schenke ich Bier für trunkene Männer aus. Ist das nicht Geduld genug? Kommen Sie rückwärts hier herüber, dann stecke ich den Zapfhahn für einen vollen Schwall an einen erstaunlichen Ort und wir werden sehen, wer nach Geduld schreit!«

»Wir haben beschlossen, etwas zu essen«, sagte Gersen. »Wie sind die Chatowsies heute Abend?«

»Wie immer, nicht schlechter als alles andere. Hinfort mit Ihnen. Verschwenden Sie nicht meine Zeit, es sei denn, Sie wollen Bier ... Was soll das? Sie grinsen mich doch nicht etwa an?« Sie griff nach einem Krug Bier und schleuderte ihn nach Maxel Rackrose, der geistesgegenwärtig zurück in den Vorraum sprang. Gersen folgte ihm auf dem Fuß.

Die Frau schüttelte verächtlich die Mähne, zwirbelte den Schnurrbart zwischen Daumen und Zeigefinger und wandte sich ab.

»Ihr mangelt es an Charme«, murrte Rackrose. »Sie wird mich niemals als Stammgast gewinnen.«

»Der Speissaal hält möglicherweise eine Überraschung für uns bereit«, spekulierte Gersen.

»Eine angenehme, hoffe ich.«

Sie stiegen die Treppe hinauf, die, wie der Schankraum, einen unangenehmen Dunst ausströmte: eine Verbindung von seltsamen Kochölen, außenweltlichen Gewürzen und schalen ammoniakähnlichen Schwaden.

Auf dem ersten Absatz hielt Rackrose inne. »Ehrlich gesagt, finde ich das alles etwas aufreibend. Sind Sie sicher, dass wir tatsächlich hier essen wollen?«

»Wenn Sie Skrupel haben, bleiben Sie zurück. Ich selbst war schon an besseren und schlechteren Orten.«

Rackrose murmelte etwas vor sich hin und trottete die Treppe hoch.

Zwei massive Holztüren führten ins Restaurant. An weit auseinanderstehenden Tischen kauerten kleine Gruppen von Männern

wie Verschwörer, tranken Bier oder aßen von Tellern unmittelbar
unterhalb ihrer Gesichter.

Eine wuchtige Frau trat vor. Gersen schätzte sie als nicht weniger formidabel ein, als die Frau, die den Zapfhahn bediente, wenn
auch vielleicht einige Jahre jünger. Wie die Frau von unten trug
sie ein formloses schwarzes Gewand und ihr Haar hing in einem
üppigen Wirrwarr herunter. Ihr Schnurrbart war nicht ganz so
füllig. Mit glitzernden Augen blickte sie von einem zum anderen.
»Nun denn, Sie wollen etwas essen?«

»Ja. Deshalb sind wir hier«, erwiderte Gersen.

»Setzen Sie sich dort drüben hin.«

Die Frau folgte ihnen durch den Raum. Als sie saßen, beugte
sie sich gewichtig, die Hände auf den Tisch gestützt, vor. »Was ist
nach Ihrem Geschmack?«

»Wir kennen Darshspeisen nur vom Ruf her«, sagte Gersen.
»Welches ist Ihr Spezialgericht?«

»Ah, ha! Das ist uns selbst vorbehalten. Hier draußen servieren
wir *Chichala** und Sie müssen das Beste daraus machen.«

»Was ist mit dem feinen Darshfutter, für das Sie werben? Chatowsies, Pourrian, Ahagaree?«

»Sehen Sie sich um. Die Männer essen.«

»Das ist wahr.«

»Dann ist es das, was Sie auch essen müssen.«

»Bringen Sie uns Portionen von all diesen Gerichten. Wir werden sie kosten.«

»Wie Sie wollen.« Die Frau verschwand.

Rackrose saß bedrückt schweigend da, während Gersen sich im
Saal umschaute. »Unser Mann ist nicht unter den Anwesenden«,
stellte er schließlich fest.

Rackrose blickte skeptisch von Tisch zu Tisch. »Haben Sie
ernsthaft angenommen, ihn hier zu finden?«

»Nicht ernsthaft. Dennoch, Zufälle gibt es. Falls er durch Rath

---

* Chichala: eine unfeine Bezeichnung. Im vorliegenden Kontext sug-
  geriert das Wort Speisen, die für Männer zubereitet und Männern
  serviert werden.

Eileann käme, wäre dies der Ort, wo wir ihn zu finden hoffen würden.«

Maxel Rackrose musterte Gersen zweifelnd. »Sie sagen mir nicht alles, was Sie wissen.«

»Überrascht Sie das etwa?«

»Keineswegs. Aber ich hätte gern eine Andeutung, worauf ich mich einlasse.«

»Heute Abend brauchen Sie sich nur vor den Chatowsies und vielleicht dem Pourrian zu fürchten. Sollten unsere Nachforschungen weitergehen, könnte das mit Gefahren verbunden sein. Lens Larque ist ein finsterer Mann.«

Rackrose blickte sich nervös im Raum um. »Ich würde es vorziehen, dem Kerl keinen Anlass zum Anstoß zu geben. Er hat eine bösartige Veranlagung. Erinnern Sie sich an Erasmus Heupter? Was immer das Wort ›Panak‹ auch bedeutet, ich möchte es nicht wissen.«

Die Frau näherte sich mit einem Tablett. »Hier ist das Bier, das Männer gewöhnlich zu ihrem Essen nehmen. Außerdem ist es üblich, dass Neulinge für ein wenig Unterhaltung sorgen. Die Schattenkiste ist dort drüben – eine Münze zaubert eine Truppe amüsanter Gespinste herbei.«

Gersen wandte sich an Rackrose. »Sie sind Experte in solchen Angelegenheiten; suchen Sie etwas aus.«

»Mit Freude«, meinte Rackrose recht schwerfällig. Er ging zu der Schattenkiste, las die Liste der Darbietungen, zog an einem Seilzug und ließ eine Münze in den Einfülltrichter fallen. Eine schrille Stimme rief: »Javil Natkin und seine Gerissenen Gauner!« Zu einer klappernden Musik von Blöcken und Klimperstiften erschienen die Unterhalter als projizierte Bilder: ein hochgewachsener dünner Mann in schwarz-weißen Windeln, der eine Peitsche hatte, und eine Bande von sechs kleinen Burschen, die lediglich lange rote Strümpfe trugen.

Natkin sang eine Reihe Knüttelverse, welche sich über die Fehler seiner Schützlinge ausließen, dann vollführte er einen exzentrisch tänzelnden Hüpftanz, wobei er die Peitsche hier- und dorthin schnappen ließ, während die Burschen sprangen, umherwirbelten und mit außergewöhnlicher Agilität herumtollten. Natkin, der seine Unzufriedenheit mit ihren Possen ausdrückte, schnalzte mit der Peitsche nach ihren runden Hinterteilen. Derart angeregt vollführten die Burschen verzweifelte Purzelbäume, bis Natkin inmitten der purzelnden Burschen stand, woraufhin er die Arme triumphierend in die Luft warf und die Bilder verschwanden. Die Gäste, welche der Darbietung ernste Aufmerksamkeit geschenkt hatten, murmelten und murrten und wandten sich wieder dem Essen zu.

Aus der Küche kam die schwarzgekleidete Frau mit Schüsseln und Tellern. Sie knallte sie auf den Tisch. »Hier ist das Essen. Chatowsies. Pourrian. Ahagaree. Essen Sie, bis Sie satt sind. Was Sie übrig lassen, kommt zurück in den Topf.«

»Vielen Dank!«, entgegnete Gersen. »Übrigens, wer ist ›Tintle‹?«

Die Frau schnaubte spöttisch. »Tintles Name steht auf dem Schild. Wir machen die Arbeit. Wir lassen die Kasse klingeln. Tintle bleibt auf Distanz.«

»Wenn es möglich ist, würde ich gern einige Worte mit Tintle wechseln.«

Ein weiteres spöttisches Schnauben. »Sie wollen überhaupt nichts von Tintle. Er ist dumm und träge, aber was macht es schon. Sie finden ihn im Hinterhof, wie er dabei ist, seine Finger zu zählen oder sich mit einem Stock zu kratzen.«

Die Frau ging fort. Gersen und Rackrose probierten zaghaft ihre Mahlzeiten. Nach einigen Augenblicken meinte Rackrose: »Ich weiß nicht, was schlechter schmeckt. Die Chatowsies riechen übel, aber das Ahagaree ist grausam. Der Pourrian ist einfach nur widerlich. Und es scheint, als hätte die Dame ihren Hund in dem Bier gebadet ... Wie? Sie essen noch mehr davon?«

»Das müssen Sie auch. Wir wollen die Voraussetzung für ein Wiederkommen schaffen. Hier, versuchen Sie etwas von dieser bemerkenswerten Würze.«

Rackrose hob die Hand. »Ich habe genug, zumindest auf Basis meines gegenwärtigen Einkommens.«

»Wie Sie wünschen.« Gersen schluckte einige weitere Mundvoll hinunter, dann legte er gedankenvoll den Löffel beiseite. »Für
heute Abend haben wir genug gesehen.« Er signalisierte der Frau.
»Madame, unsere Rechnung, wenn ich bitten darf.«

Die Frau blickte über die Teller. »Sie haben heißhungrig geges-
sen. Ich werde zwei oder besser noch drei SVE von jedem von
Ihnen einstreichen müssen.«

Rackrose rief protestierend. »Drei SVE für einige wenige
Mundvoll Essen? Das wäre im *Domus* exorbitant!«

»Das *Domus* serviert faden Gutsch. Bezahlen Sie die Rechnung
oder ich setze mich auf Ihren Kopf.«

»Kommen Sie«, beschwichtigte Gersen. »Das ist keine Art,
eine treue Kundschaft anzuziehen. Ich darf anfügen, dass wir darauf warten, ein gewisses Mitglied des Bugold-Clans zu treffen.«

»Pah!« spottete die Frau. »Was macht mir das? Ein Bugold-
Ausgestoßener hat das Kotzash-Lagerhaus ausgeraubt, deswegen
lebe ich jetzt hier an diesem Ort der feuchten Winde und des
geronnenen Ausflusses.«

»Ich habe eine etwas andere Geschichte gehört«, entgegnete
Gersen mit einem Ausdruck unbekümmerter Allwissenheit.

»Dann haben Sie Unsinn gehört! Der Bugold-Rachepol und
dieser Skorpion Panshaw haben gemeinsame Sache gemacht. Sie
sollten gebrochen sein, nicht der arme Tintle. Nun zahlen Sie mir
meine Zeche und gehen Sie Ihrer Wege. Dieses Gerede von Kotzash hat mich aus der Bahn gebracht.«

Resigniert legte Gersen sechs SVE hin. Mit einem triumphie-
renden Starren in Richtung Maxel Rackrose klaubte die Frau die
Münzen auf. »Was das Trinkgeld angeht: Zwei weitere SVE werden als angemessen betrachtet.«

Gersen händigte die Münzen aus und Madame Tintle verschwand.

Rackrose rümpfte entrüstet die Nase. »Sie sind viel zu gefällig. Die Habgier der Frau wird nur von der Abscheulichkeit ihrer
Küche übertroffen.«

Madame Tintle sprach über seine Schulter hinweg. »Zufällig

habe ich diese Bemerkung gehört. Bei Ihrem nächsten Besuch koche ich meinen Schlüpfer zusammen mit Ihren Chatowsies.« Und wieder fegte sie davon. Gersen und Rackrose machten sich ebenfalls auf den Weg.

Draußen auf der Straße standen sie noch einen Augenblick zusammen. Nebel hing über dem See. Straßenlampen im Norden und Süden entlang der Pilkampstraße zeigten sich als schwindende Aureolen aus hellblauem Licht.

»Was nun?« fragte Rackrose. »Sollen wir uns um Tintle kümmern?«

»Ja«, entgegnete Gersen. »Günstigerweise ist der bei der Hand.«

»Dieses vulgäre Weib hat einen Hinterhof erwähnt.« murrte Rackrose. »Den finden wir, wenn wir dort drüben herumgehen, dort, die Noonans Allee hinauf.«

Die beiden Männer gingen um die Ecke von *Tintles Schirm*, den Hügel neben einer Mauer hinauf, welche kurz darauf ein Tor aus Metallstangen aufwies, das in Tintles Hinterhof führte. An der Rückseite standen einige baufälliger Schuppen, von denen einer beleuchtet war.

An einem oben gelegenen Fenster erzeugte jemand ein Getöse, indem er mit einer Pfanne gegen die Wand schlug, anschließend wurde ein Korb an einem Stück Kordel heruntergelassen.

»Es scheint«, sagte Gersen, »dass Tintle beabsichtigt, zu Abend zu essen.«

Die Tür zum Schuppen ging auf und offenbarte die Silhouette eines gedrungenen Mannes mit massiven Schultern. Er schlenderte über den Hof, löste den Korb von der Leine und trug ihn zurück zum Schuppen.

Rackrose rief durch das Tor: »Tintle! He, Tintle! Hier drüben, beim Tor!«

Tintle hielt überrascht inne, dann wandte er sich um und lief spreizbeinig zum Schuppen. Die Tür schloss sich hinter ihm. Die Lichter gingen sofort aus.

»Das wäre für heute Abend alles von Tintle«, meinte Gersen.

Die zwei kehrten zur Pilkampstraße zurück, stiegen in den nächsten Omnibus und fuhren zurück zur Altstadt von Rath Eileann.

KAPITEL IV

Aus: *Die Dämonenfürsten* von Caril Carphen:

Während der Verfasser dieser Monografie über die Dämonenfürsten und ihre fantastischen Taten nachdenkt, verwirrt ihn häufig die Vielfältigkeit der Ereignisse. Um diesen Zustand zu beheben, flüchtet er sich in Allgemeinheiten, nur um zu erkennen, dass ein solches Gebäude unter dem Gewicht der Voraussetzungen zusammenbricht.

Eine grundsätzliche Tatsache ist, dass die fünf Individuen nur einen einzigen Aspekt gemeinsam haben: ihre totale Missachtung des menschlichen Schmerzes.

Daher erhalten wir, wenn wir Lens Larque mit seinen Verbündeten vergleichen, keine Übereinstimmung, außer in dieser einen Eigenschaft. Selbst jene Anonymität und Heimlichkeit, die man als grundsätzliches Element dieses Handwerks annehmen könnte, ist im Fall von Lens Larque verdreht zu etwas Grobem und Dreistem, sodass es beinahe wie ein Verlangen nach öffentlicher Aufmerksamkeit wirkt. Zuweilen erscheint Lens Larque nahezu eifrig darauf bedacht, sich selbst darzustellen.

Dennoch, wenn wir zusammenfassen, was wir über Lens Larque wissen, entdecken wir einige definitive Fakten: Er ist als hochgewachsener Mann mit massiver Gestalt beschrieben worden, der, des brennenden Blicks und der abrupten Bewegungen wegen, den Eindruck einer leidenschaftlichen und impulsiven Veranlagung vermittelt. Es gibt keine klare Beschreibung seines Gesichtes. Gerüchten zufolge ist er ein Experte im Gebrauch der Peitsche und hat Freude daran, seine Feinde damit zu züchtigen.

Das Essay schließt mit einer Zusammenfassung:

Lassen Sie mich, indem ich noch einmal dem Reiz der Verallgemeinerung nachgebe, folgende These vorbringen:

Die böse Großartigkeit der Dämonenfürsten kann nicht quantitativ verglichen werden. Auf einer qualitativen Basis können sie, vielleicht intuitiv, charakterisiert werden.

1. Viole Falushe ist so bösartig wie eine Wespe.
2. Malagate der Weh ist unmenschlich gefühllos.
3. Kokor Hekkus erfreut sich an schrecklichen Possen.
4. Howard Alan Treesong ist unergründlich, verschlagen und sehr wahrscheinlich verrückt, wenn ein solches Konzept überhaupt auf solche Personen anzuwenden ist.
5. Lens Larque ist brutal, rachsüchtig und außergewöhnlich empfindlich gegenüber Affronts. Wie Kokor Hekkus ist ihm Sadismus in grotesken Variationen nicht unbekannt. Gelegentlich findet man Anspielungen auf einen »Gestank« oder eine »derbe Ausdünstung« im Zusammenhang mit seiner Person, aber ob es sich um eine psychologische Aura oder einen tatsächlich schlechten Geruch handelt, ist unklar. Dennoch scheint Lens Larque der körperlich unansehnlichste aller Dämonenfürsten zu sein, bis auf Howard Alan Treesong, möglicherweise, dessen Erscheinungsbild unbekannt ist.

〜

Regenschwaden eines vormorgendlichen Sturms strichen über das nördliche Ende von Lake Feamish. Über Rath Eileann jagten und rasten Wolken um die Wette und ließen grelle Schäfte von Wegalicht bis hinunter in die graue Stadt fallen. So gingen Gersen und Jehan Addels im Wechsel von Licht und Schatten über die Esplanade in Richtung Estremont.

Addels marschierte steif und ohne Enthusiasmus, mit gekrümmten Schultern sowie verdrossenem und trostlosem

Gesichtsausdruck. Als sie sich dem Damm näherten, blieb er abrupt stehen. »Das ist purer Wahnsinn, wissen Sie!«

»Aber für eine gute Sache«, sagte Gersen. »Eines Tages werden Sie sich selbst dazu gratulieren.«

Addels ging widerwillig weiter. »An dem Tag, an dem ich aus den Froschdorf-Gruben entlassen werde.«

Gersen gab keine Erwiderung.

Am Damm hielt Addels noch einmal inne. »Sie sollten nicht weitergehen. Wir dürfen nicht zusammen gesehen werden.«

»Genau. Ich werde hier warten.«

Addels ging über den Damm weiter. Die großen Türen aus Glas und Eisen öffneten sich vor ihm. Er betrat ein stilles, mit weißem Marmor und Stelt* gefliestes Foyer.

Addels stieg zum vierten Geschoss empor und marschierte mutlos zu den Büros des Hauptschreibers. Draußen auf dem Korridor hielt er inne, holte tief Luft, zog die Schultern zurück, fuhr sich mit der Zunge über die Lippen, entspannte das Gesicht zu einer Maske der Gelassenheit und Zuversicht und trat anschließend durch die Tür.

Ein marmornes Pult durchzog den Raum. Dahinter prüften vier Unterschreiber in dunkelroter Kleidung Dokumente. Sie blickten mit leerem Ausdruck auf, dann widmeten sie sich wieder ihrer Arbeit.

Addels klopfte gebieterisch auf den Marmor. Einer der Schreiber schnitt ein bekümmertes Gesicht, stand auf und näherte sich dem Pult. »Was ist Ihr Anliegen?«

»Ich möchte den Hauptschreiber konsultieren«, sagte Addels.

»Wann haben Sie Ihren Termin?«

»Mein Termin ist jetzt«, schnappte Addels. »Kündigen Sie mich an und zwar ein wenig plötzlich!«

Der Schreiber sprach ein, zwei gelangweilte Worte in ein Gitter, dann geleitete er Addels in ein Zimmer mit hoher Decke, das

---

* Stelt: eine kostbare Schlacke, die von den Oberflächen ausgebrannter Sterne gewonnen wird.

von einer Kristallkugel mit Hundert Facetten beleuchtet wurde. Rosenrote Samtgardinen hingen vor den hohen Fenstern. Ein halbkreisförmiger Schreibtisch im Alten Imperialstil, mit Elfenbein emailliert, vergoldet und mit Zinnober akzentuiert, nahm das Zentrum eines hellblauen Teppichs ein. Dort saß in aller Bequemlichkeit ein beinahe kahlköpfiger Mann mittleren Alters, wohlgenährt, rundgesichtig und mit gütigem Ausdruck. Wie die Unterschreiber trug er dunkelrote Kleidung, außerdem eine quadratische weiße Kappe, die das offizielle Emblem von Llinliffets Land zur Schau stellte. Als Addels vortrat, stand er höflich auf. »Anwalt Addels, es ist meine Aufgabe und meine Freude, Ihnen zu Diensten zu sein.«

»Vielen Dank!« Addels setzte sich in den ihm angezeigten Sessel.

Der Hauptschreiber schenkte Tee in eine Tasse zerbrechlichen Beleeks aus und platzierte sie in Addels' Reichweite.

»Sehr liebenswürdig von Ihnen«, sagte dieser. Er nippte. »Superb. Lutisches Gold, um eine Vermutung zu wagen? Mit ein wenig von etwas, um die Klinge zu schärfen?«

»Sie haben ein feines Urteilsvermögen«, entgegnete der Hauptschreiber. »Es ist Lutisches Gold, vom Nordhang, mit einer Unze Schwarzem Dassawary auf das Pfund. Für einen lebhaften Morgen wie diesen halte ich ihn für durchaus angemessen.«

Einige Minuten lang erörterten sie Teesorten, dann sagte Addels: »Nun zu meinen Geschäften. Ich repräsentiere die Cooneys Bank, die nun auch hier in Rath Eileann ansässig ist. Wie Sie vielleicht wissen, haben wir eine Klage gegen die Celerus Transportgesellschaft von Vire, Sadal Suud Vier, das Schiff *Ettilia Gargantyr* und andere eingeleitet. Ich habe mit dem Ehrenwerten Duay Pingo konferiert, der für das Schiff eintreten wird. Er ist darauf bedacht, den Fall zu beschleunigen und dem stimme ich vollkommen zu. Somit spreche ich für beide Prozessparteien. Wir ersuchen um den frühestmöglichen verfügbaren Kalenderplatz.«

Der Hauptschreiber schürzte die Lippen, blähte die Wangen und konsultierte ein vor ihm liegendes Dokument. »Zufällig ergibt es sich, dass wir eine relativ prompte Anhörung ansetzen können. Ein gewisser Lord Oberrichter Dalt ist dem Gerichtsbezirk zugewiesen worden.«

Addels hob die rotblonden Augenbrauen. »Handelt es sich dabei um Oberrichter Waldemar Dalt, der im Interweltenhof in Myrdal auf Boniface zu Gericht saß?«

»Derselbe. Es gibt einen Artikel im Juristischen Beobachter.«

»Der Juristische Beobachter, wie? Ich habe dieses Journal noch nicht gesehen.«

»Es ist die erste Ausgabe, veröffentlicht in Neu Wexford. Ich habe ein Freiexemplar bekommen, ohne Zweifel aufgrund meines Büros.«

»Ich muss eine Ausgabe finden«, sagte Addels, »wenn auch nur, um über Dalt zu lesen.«

»Es ist eine interessante Lektüre. Er erhält Komplimente wegen seiner Genauigkeit, wird jedoch ein wenig wie ein Zuchtmeister geschildert.«

»Das ist auch meine Erinnerung.« Addels nahm das Magazin auf und studierte den Artikel. Eine Fotografie stellte einen harschgesichtigen Mann dar, der einen schwarz-weißen Gerichtsanzug trug. Die schwarze Stirnfranse der traditionellen Kopfbekleidung hing ihm tief über die Stirn. Schwarze Augenbrauen betonten eine extreme Blässe. Ein verkniffener Mund und eng stehende, glitzernde Augen deuteten Inflexibilität und möglicherweise Strenge an.

»Hmpf!«, befand Addels. »Das ist Oberrichter Dalt. Ich habe ihn schon im Gericht erlebt. Er ist genauso hart wie er aussieht.« Er legte das Magazin beiseite. Der Hauptschreiber nahm es auf und las laut vor.

»›Zuweilen als übertrieben abstrakt und übertrieben rigoros betrachtet, ist Oberrichter Dalt keineswegs ein verträumter Theoretiker – ganz im Gegenteil, er beharrt auf vollkommener Etikette. Hofbeamte halten ihn für einen strengen Zuchtmeister‹.«

Mit einem schwachen Lächeln fragte Addels: »Und was halten Sie davon?«

Der Hauptschreiber schüttelte bekümmert den Kopf. »Er scheint ein tyrannischer alter Greif zu sein, soviel ist sicher.«

»So alt ist er gar nicht. Tatsächlich sagen einige, dass er sich in dieser Hinsicht beinahe ein Bein ausreißt.«

»Ja, ja«, brummte der Hauptschreiber. »Ich habe eine ganz ähnliche Geschichte gehört, aus der ein oder anderen Quelle.«

»Bereiten Sie Ihre Gerichtsdiener vor«, sagte Addels. »Geben Sie Ihren Stentoren Halspastillen – denn Oberrichter Dalt kommt, um Ihren Hof zu beleben. Er beobachtet wie ein Adler. Falls jemand bei seiner Aufgabe pfuscht, wird er bis zu den Knochen ausgepeitscht. Ich persönlich würde einen umgänglicheren Richter vorziehen. Will nicht jemand anderes die Sitzung abhalten?«

Der Hauptschreiber schüttelte betrübt den Kopf. »Sie müssen mit Dalt vorliebnehmen, genau wie ich selbst. Vielen Dank für Ihren Rat! Ich werde die Gerichtsdiener warnen, und Oberrichter Dalt wird keinen Grund zur Beschwerde haben.«

Die zwei Männer nippten in gedankenvoller Stille an ihrem Tee. Dann meinte Addels: »Vielleicht habe ich letzten Endes Glück, an Dalt geraten zu sein. Er ist drakonisch gegenüber Schwindlern und kürzt Förmlichkeiten ab, um zur Gerechtigkeit zu gelangen. Dennoch ist es ein zweifelhaftes Vergnügen. Wann findet die Anhörung statt?«

»Nächsten Maastag, um Mittmorgen.«

Am Maastagmorgen fegte ein Sturm über Lake Feamish und peitschte Wellen mit Schaumkronen auf, welche gegen die Fundamente des Estremonts schlugen. Die hohen Fenster des Gerichtssaales ließen nur ein wässriggraues Licht herein und die drei Kronleuchter, welche die drei weganischen Planeten symbolisierten, leuchteten mit voller Kraft. Der Hauptschreiber saß an seinem Platz und trug eine tadellose scharlachrote und schwarze Robe mit einem schwarzen Polsterhut. An der Tür standen zwei Gerichtsdiener, aufrecht, wachsam und sich sehr wohl des Rufes von Oberrichter Dalts Jähzorn bewusst. Zur Rechten saß Anwalt Duay Pingo mit seinen Klienten, zur Linken Anwalt Jehan Addels

mit Offiziellen der Cooneys Bank. Ein halbes Dutzend beiläu-
fige Zuschauer waren anwesend, aus nur ihnen selbst bekannten
Gründen. Stille herrschte im Saal. Lediglich das entfernte Wispern von Wellen gegen Stein war zu vernehmen.

Ein Läuten zeigte die Stunde des Mittmorgens an. Aus dem
Hinterzimmer trat Lord Oberrichter Dalt, eine Persönlichkeit von
mittlerer Größe, hager von Körperbau. Er trug die vollständigen
Insignien des Hochgerichtes. Das Kopfstück franste über seiner
Stirn aus, und schwarze Troddeln hingen ihm über die Ohren.
Weder nach links noch nach rechts blickend, bestieg er die Richterbank, anschließend blickte er sich flink im Saal um, wobei die
kalkweiße Blässe und die gespannten, kompromisslosen Züge
eine Wirkung strenger Eleganz vermittelten.

Mit den Jahrhunderten waren die Rituale des weganischen
Rechtssystems vereinfacht worden, nichtsdestotrotz war es ob seiner symbolischen Homologien berühmt. Der Lord Oberrichter
wurde nicht länger von vier blinden Jungfrauen in einem Sessel zur Richterbank getragen, doch die Richterbank selbst – die
»Waage« – ruhte noch immer auf einem keilförmigen Angel-
punkt, selbst wenn fortschrittlichere Oberrichter stabilisierende
Stützen forderten, um das Zittern der Nadel der Gerechtigkeit*
zu dämpfen.

Oberrichter Dalt hatte starre Stabilisatoren für die Waage verfügt, um die Nadel fest im Gleichgewicht zu halten.

Der Stentor erschien auf einem Balkon hinter der Richterbank.
»Also vernehmet. Achtung! Der heilige Gerichtshof, regiert von
Lord Oberrichter Waldemar Dalt, beginnt zu tagen!« Er warf
drei weiße Federn in die Luft, welche die Freilassung dreier weißer Tauben symbolisierten. Mit hoch erhobenen Armen rief er:

---

* Der Oberrichter, welcher die Waage so starr ritt, dass die Nadel
  keine Bewegung zeigte, wurde im verschmitzten Fachjargon des
  Gerichtssaales als »Steifarsch« bezeichnet, während ein eher
  unruhiger Beamter, unter dessen Rutschen und Zucken die Nadel
  hin- und herschwang, als »alte Flatterhose« bekannt werden
  mochte.

»Lasset die Schwingen der Wahrheit weit über dieses Land ziehen! Das Gericht der Interwelten-Billigkeit sitzt nun zur Tagung.«

Er nahm die Arme herab, zog sich in den Alkoven zurück und verschwand aus dem Blickfeld.

Oberrichter Dalt klopfte mit dem Hammer und blickte auf ein Memorandum. »Ich will einleitende Darlegungen im Fall der Cooneys Bank gegen die Celerus Transportgesellschaft, das Schiff *Ettilia Gargantyr*, seine Offiziellen und seine rechtsgültigen Eigner hören. Sind die Parteien des Rechtsstreites anwesend?«

»Die Kläger sind bereit, Euer Lordschaft«, bestätigte Addels.

»Die Verteidiger sind bereit, Euer Lordschaft«, sagte Duay Pingo.

Oberrichter Dalt wandte sich an Addels. »Seien Sie so gut und bringen Sie Ihre Klage vor.«

»Vielen Dank, Euer Lordschaft! Unser Gesuch nach Schadensersatz gründet sich auf folgende Kette von Ereignissen: An einem Datum, welches, umgerechnet auf Gaeanische Standardzeit, Tag 212 des Jahres 1524 ist, verschwor sich in der Stadt Thrump auf David-Alexanders-Planet der Eigner des Schiffes *Ettilia Gargantyr* auf arglistige und gehässige Weise mit dem kommandierenden Offizier des Schiffes, einem gewissen Wislea Toom, um die örtliche Viktualiengilde um das ihnen legal und rechtens zustehende Geld zu betrügen und setzten ihren vorsätzlichen Plan auf einfache und schamlose Art und Weise in die Tat um, indem ...«

Oberrichter Dalt klopfte mit dem Hammer. »Wenn der Anwalt seine Entrüstung zügeln will, dem Gericht eine einfache Erklärung der Fakten gewährt und mir die Anwendung solcher Begriffe wie >vorsätzlich< und >schamlos< zu entscheiden erlaubt, werden wir bei Weitem knapper in diesem Fall fortschreiten können.«

»Vielen Dank, Euer Lordschaft! Ohne Zweifel habe ich der vollständigen Darlegung vorgegriffen, aber wir plädieren für eine Bestrafung, genauso wie für den eigentlichen Schadensersatz, aufgrund von Vorsätzlichkeit und Schamlosigkeit mit böswilliger Absicht.«

»Nun gut, fahren Sie fort. Aber denken Sie daran, ich hege keine Vorliebe für subjektive Darlegungen.«

»Vielen Dank, Euer Lordschaft! Die Unterschlagung geschah, wie ich vorgetragen habe. Die geschädigte Partei reichte lokal Klage ein, allerdings war die *Ettilia Gargantyr* verschwunden, genau wie auch die Celerus Transportgesellschaft. Nicht lange danach wurde der Fall der Klage an die Cooneys Bank übertragen. Die Ankunft der *Ettilia Gargantyr* in Rath Eileann legte die in rem Jurisdiktion in die Hände dieses Gerichtshofes, gemäß unserer Verfügung zur Beschlagnahme bereiteten wir eine neue Klage vor. Die *Ettilia Gargantyr* ist nun auf dem Raumhafen Slayhack stillgelegt. Wir ersuchen um Schadensersatz in Höhe von zwölftausendachthundertfünfundzwanzig SVE. Wir erklären, dass sich der Eigner des Schiffes, durch die offensichtlich fiktive ›Celerus Transportgesellschaft‹, vorsätzlich und in arroganter Geringschätzung des rechtmäßigen Verfahrens mit Kapitän Wislea Toom zum Schaden des Rechtsvorgängers des Klägers verschworen hat. Wir denken, dass ein solches geschildertes Verhalten nur zu alltäglich ist und einen rigorosen Tadel verdient, und dies ist die Grundlage unseres Plädoyers für strafmäßigen Schadensersatz.«

»Sie verwenden den Begriff ›Eigner‹ der *Ettilia Gargantyr*. Ich verabscheue Darumherumreden. Bitte identifizieren Sie die Person mit ihrem Namen.«

»Es tut mir leid, Euer Lordschaft! Ich kenne den Namen nicht.«

»Nun gut.« Klopf machte der Hammer. »Anwalt Pingo, haben Sie etwas festzustellen?«

»Einfach nur dies, Euer Lordschaft. Die Klage ist ungeheuerlich und extravagant. Es ist eine spitzbübische Ausnutzung von etwas, was schlimmstenfalls ein recht triviales Versehen gewesen ist. Wir stellen nicht infrage, dass zu einer Zeit ein Anspruch an das Schiff bestanden hat. Wir leugnen in dieser Beziehung unnachgiebig die Zuständigkeit der Cooneys Bank zu klagen und betrachten die Beschuldigungen der Vorsätzlichkeit und Verschwörung als unzutreffend.«

»Sie erhalten die Gelegenheit, dies durch das Zeugnis Ihrer Mandanten zu beweisen.« Oberrichter Dalt musterte Duay

Pingos Klienten. »Der rechtliche und registrierte Eigner des Schiffes ist jetzt anwesend?«

»Nein, Euer Lordschaft, das ist er nicht.«

»Wie gedenken Sie sich dann gegen die Beschuldigungen zu verteidigen?«

»Durch den Beweis ihrer absoluten Absurdität, Euer Lordschaft.«

»Aha, Anwalt! Da beleidigen Sie meine Intelligenz. Meiner Erfahrung nach haben sich Dutzende offensichtlicher Absurditäten als unerschütterliche Fakten herausgestellt. Ich möchte betonen, dass die Klage spezifisch ist. Sie führt Vorsätzlichkeit, Betrug und Verschwörung an, und diesen Beschuldigungen kann nicht mit Rhetorik oder Verdunkelung begegnet werden. Sie verschwenden die Zeit dieses Gerichtes. Wie lange werden Sie brauchen, um die genannten Angeklagten beizubringen?«

Pingo konnte nur mit den Schultern zucken. »Einen Augenblick, wenn ich bitten darf, Euer Lordschaft.« Er ging, um seine Klienten zu konsultieren, die unsicher miteinander murmelten. Pingo kehrte zurück und stellte sich Oberrichter Dalt. »Euer Lordschaft, ich weise darauf hin, dass meine Klienten infolge der Unterhaltungskosten des Schiffes, einschließlich Gehälter, Versicherung, Liegeplatzmiete und dergleichen, unnötigen Härten unterworfen sind. Dürfen wir einen Bond als Garantie für die Zahlung einer gerechten Regulierung leisten, sollte Ihr Urteil in der Tat gegen uns ausfallen, und so das Schiff auf seinen Weg schicken? Das ist nur die einfache Gerechtigkeit.«

Dalt starrte Duay Pingo an. »Sie ernennen sich selbst, in meinem Gericht, als Herr und Erklärer der Gerechtigkeit?«

»Keineswegs, Euer Lordschaft! Es war lediglich eine Art des Redens. Eine unglückliche Phrase, für die ich mich entschuldige!«

Oberrichter Dalt schien zu überlegen. Jehan Addels, der den Arm hob, als kratze er sich am Kopf, murmelte in seinen Ärmel: »Spezifizieren Sie den Gesamtwert von Schiff und Ladung. Kein Bondsmann in der Stadt oder sonst wo wird so viel riskieren.«

Oberrichter Dalt sprach: »Ich entscheide zugunsten der

Anfrage der Verteidigung, vorausgesetzt, sie leistet einen Bond
in voller Höhe des Wertes von Schiff und Ladung, was eine maxi-
male Entschädigung repräsentieren würde.«

Duay Pingo zuckte zusammen. »Das wird wohl kaum möglich
sein, Euer Lordschaft.«

»Dann bringen Sie die angemessenen Zeugen bei, und lassen
Sie uns den Fall angemessen verhandeln! Sie können nicht beides
haben! Wozu eine Verteidigung ohne Fakten oder sachdienliche
Aussagen von teilnehmenden Zeugen? Kümmern Sie sich um
diesen Fall oder Sie verlieren wegen Nichterscheinens.«

»Vielen Dank, Euer Lordschaft, ich werde auf der Stelle Rück-
sprache mit meinen Klienten halten! Darf ich um einen kurzen
Aufschub bitten?«

»Gewiss. Für wie lange?«

»Gegenwärtig bin ich noch nicht sicher. Ich werde in Kürze
den Gerichtsschreiber benachrichtigen, sofern dies meinem
geschätzten Kollegen und Eurer Lordschaft recht ist.«

»Ich bin einverstanden«, sagte Jehan Addels, »solange die
Dauer einen vernünftigen Zeitraum nicht überschreitet.«

»Nun gut, so wird entschieden. Lassen Sie uns definitiv sein,
Anwalt Pingo. Ich verlange eine direkte Aussage der Hauptperson
des Falles. Dies wird die Person sein, welche das Schiff zum Zeitpunkt der angeblichen Übertretung besaß, dazu einen Beweis
seiner Eignerschaft. Ich werde keine eidesstattlichen Erklärungen,
Handlungsvollmachten oder Mittler akzeptieren. Solange dies
klar ist, gestehe ich Ihnen einen Aufschub von zwei Wochen zu.
Falls Sie mehr Zeit benötigen, wenden Sie sich an den Gerichtsschreiber.«

»Vielen Dank, Euer Lordschaft!«

»Das Gericht ist vertagt.«

Der Lord Oberrichter stolzierte zu seinem Zimmer. Der Haupt-
gerichtsschreiber wischte sich das Gesicht mit einem blauen
Taschentuch und murmelte einem Gerichtsdiener zu: »Haben
Sie je so einen Greifen erlebt?«

»Er ist ein Schlimmer, das ist sicher, empfindlich wie ein

Blastiff mit Furunkeln. Bin ich froh, dass ich ihm nie im Gericht gegenüberstehe.«

»Pah!« murmelte der Hauptgerichtsschreiber. »Rülpsen Sie einmal in seinem Gericht und er befiehlt, dass Ihr Muskelmagen geröstet wird. Ich schwitze schon allein vom Einhalten der Luft.«

Am Abend erhielt Gersen einen Anruf von Jehan Addels.

»Wundersamerweise«, bemerkte Addels, »sind wir immer noch nicht im Gefängnis.«

»Es ist ein angenehmes Gefühl«, sagte Gersen. »Genießen Sie es, solange Sie können.«

»Es steht alles auf tönernen Beinen! Angenommen, ein fleißiger Journalist schaut in das Rechtsregister? Angenommen, der Hauptgerichtsschreiber schwatzt mit jemandem auf Boniface? Angenommen, er trägt andere Fälle in die Liste der Gerichtstermine ein?«

Gersen grinste. »Oberrichter Dalt wird ohne Zweifel billiges Recht sprechen.«

»Angemessener wäre, Oberrichter Dalt würde seine Indisposition erklären«, erklärte Addels. »Denken Sie daran, nicht alle Anwälte sind Narren!«

»Kein Grund, sich künstlich aufzuregen. Pingo schickt Nachrichten durch die Galaxis. Irgendwo wird es großes Aufhebens geben.«

»Wie wahr! Nun denn – was als Nächstes?«

»Wir warten ab, wer auftaucht, wenn die Anhörung wieder beginnt.«

KAPITEL V

Aus: *Dar Sai und die Darsh* von Joinville Akers:

Die darshschen Peitschentänze stellen eine hochstruktu-
rierte Kunstform dar. Ich sage dies klipp und klar und ohne
Vorbehalt, nachdem ich diesem Thema eine beträchtliche
Zeitspanne gewidmet habe. Eine wilde und abstoßende
Kunstform, zugegeben, eine Kunstform, die sich auf eine
ganze Ansammlung sexueller Verirrungen gründet, d. h.
Päderastie, Flagellation, Sadomasochismus, Voyeurismus,
Exhibitionismus: soviel muss eingeräumt werden. Es ist eine
Kunstform, die mich persönlich nicht anspricht, mitunter
jedoch eine gewisse entsetzliche Faszination ausübt.

Dem Uneingeweihten entziehen sich die Feinheiten des
Peitschentanzes zur Gänze. Während der üblichen Routine
fügt der Peitschenschwinger den Tänzern, ganz im Gegensatz zum Anschein, nur selten Verletzungen oder ernsthafte
Schmerzen zu. Wie bei anderen, augenscheinlich entsetz-
lichen Vorstellungen, ist ein großer Teil Schau. Das thema-
tische Material erscheint dem Außenseiter als repetitiv und
limitiert und hängt häufig von einer einfachen, bewährten
und getreuen Voraussetzung ab: dem Peitschenmeister und
seiner Truppe schelmischer, ungebärdiger oder aufsässiger
>Stümper<-Jungen. Die Variationen dieses Themas aller-
dings sind kompliziert, subtil, oft geschickt, häufig amüsant
und bei den Darshmännern unendlich beliebt. Darshfrauen,
auf der anderen Seite, beobachten diese Spektakel mit
geringschätziger Gleichgültigkeit und betrachten sie lediglich als einen weiteren Aspekt der männlichen Albernheit.

Gersen und Maxel Rackrose stiegen aus dem Omnibus, danach blieben sie einen Augenblick stehen und blickten über die Pilkampstraße zu *Tintles Schirm*. »Auch bei Tageslicht bietet es keinen ansehnlicheren Anblick«, beschied Rackrose. »Tatsächlich kann ich jetzt abblätternde Farbe erkennen, und alle Fenster hängen schief.«

»Einerlei«, entgegnete Gersen. »Die Baufälligkeit ist malerisch und wird unser Mittagessen bereichern.«

»Heute,« erklärte Rackrose, »mangelt es mir an jeglichem Appetit. Aber lassen Sie sich deshalb nicht von Ihrer Mahlzeit abhalten.«

»Vielleicht führt Sie etwas auf der Karte in Versuchung.«

Sie überquerten die Straße, schoben sich durch die Tür, gingen am Biertresen vorüber und stiegen die feuchten Stufen zum Restaurant hinauf.

Nur einige wenige Tische waren besetzt. Madame Tintle stand müßig im Küchendurchgang und zwirbelte die Spitze ihres Schnurrbarts. Träge winkte sie sie zu einem Tisch und schlenderte herüber, um sich nach ihren Bedürfnissen zu erkundigen. »Also sind Sie beide wieder zurück. Ich hätte nicht gedacht, Sie noch einmal zu sehen.«

Gersen versuchte es mit Galanterie. »Ihre farbige Persönlichkeit hat uns ebenso angezogen wie das Essen.«

»Was wollen Sie damit sagen?«, verlangte die Frau zu wissen. »Entweder ist es eine abfällige Äußerung mir gegenüber oder gegenüber dem Essen. Dafür kippe ich Ihnen einen Topf mit Schmutzwasser über den Kopf.«

»Es war keine Beleidigung beabsichtigt«, meinte Gersen. »Tatsächlich bin ich in der Lage, Ihnen einiges an Geld zu verschaffen, sofern Ihnen diese Aussicht zusagt.«

»Von allen Rassen ist die der Darsh am habgierigsten. Wie lautet Ihr Vorschlag?«

»Ein Freund von mir wird in Kürze von Dar Sai eintreffen, zumindest erwarte ich das.«

»Ist er ein Darsh?«

»Ja.«

»Eine solche Situation ist kaum möglich. Darshmänner schließen keine Freundschaften, sie schaffen sich nur Feinde.«

»Dieser Herr ist, wenn Sie es vorziehen, ein Bekannter. Wenn er eintrifft, wird er sicher *Tintles Schirm* aufsuchen, um vertrautes Essen zu sich zu nehmen. Ich möchte, dass Sie mich über sein Eintreffen in Kenntnis setzen, damit wir unsere Bekanntschaft auffrischen können.«

»Leicht getan, aber wie erkenne ich ihn?«

»Informieren Sie mich oder meinen Freund, wann immer ein neuer Darsh in *Tintles Schirm* kommt.«

»Tja – das ist nicht besonders praktisch. Ich kann mir nicht jeden einzelnen Gumba* ansehen, der von der Straße hereinkriecht. Meine Neugierde würde frivole Kommentare aufkommen lassen.«

»Möglicherweise könnte Tintle selbst zum Dienst herangezogen werden«, schlug Rackrose vor.

»Tintle?« Die Frau erzeugte ein raspelndes Geräusch in der Kehle. »Tintle ist besudelt und gebrochen. Er darf hier oben nicht sein; alle würden sich die Nase zuhalten und verschwinden. Ich kann seine Gegenwart im Hof kaum dulden.«

Gersen fragte: »Wie ist es dazu gekommen?«

Madame Tintle blickte sich im Saal um und ließ sich, als sie fand, dass sie nichts Besseres zu tun hatte, dazu herab zu antworten. »Im großen Ganzen war es ein trauriges Missgeschick, das Tintle niemals verdient hat. Tintle war stolzer Wächter des Kotzash-Lagerhauses. Aber als sie gekommen sind, um zu plündern und zu stehlen, hat Tintle geschlafen, statt zu wachen und hat den Knopf nicht gedrückt. Alle Duodezimaten waren fort. Dann wurde bekannt, dass Ottile Panshaw, der Finanzverwalter, die Versicherung säumig war, also ging alles verloren. Panshaw

---

* Ein abwertender Begriff, der von Darshfrauen in Bezug auf Männer verwendet wird: eine Person von vulgärer, nutzloser Dummheit.

wurde nicht gefunden und so zeigten alle auf Tintle. Drei Tage lang wurde er unter der öffentlichen Latrine festgebunden und alle konnten sich ausdrücken, wie sie wollten. Tintle und Dar Sai konnten sich nicht länger ausstehen, also sind wir in diesen trübsinnigen Sumpf gekommen. Das ist die Geschichte.«

»Hmpf!«, versetzte Gersen. »Wenn Tintle ein Freund von Lens Larque gewesen wäre, hätte die Angelegenheit anders ausgehen können.«

Die Frau beäugte ihn mit mürrischem Argwohn. »Wieso sprechen Sie von Lens Larque?«

»Er ist ein berühmter Mann.«

»Berüchtigt eher. Lens Larque war es, der das Kotzash-Lagerhaus ausgeraubt hat. Wieso sollte er ein Freund von Tintle sein? Doch genau so lautete die Beschuldigung.«

»Dann kennen Sie Lens Larque vom Sehen?«

»Er ist ein Bugold und keine meiner Angelegenheiten.«

»Er könnte in diesem Augenblick hier im Raum sitzen.«

»Solange er nichts auszusetzen hat und seine Rechnung bezahlt – was kümmert es mich?« Sie blickte sich verächtlich im Raum um. »Heute ist er nicht hier, das ist gewiss.«

»Gut und schön«, sagte Gersen, »aber zurück zu unserer Vereinbarung. Wenn ein fremder Darsh auftaucht – Lens Larque oder jeder andere – benachrichtigen Sie mich oder meinen Freund Maxel Rackrose, der jeden Tag hier zu Mittag essen wird. Jedes Mal, wenn Sie ihm einen fremden Darsh zeigen, erhalten Sie zwei SVE. Falls Sie auf Lens Larque hinweisen, verdienen Sie zehn SVE. Und wenn Sie mich zu meinem Freund führen, sollen Sie zwanzig SVE bekommen.«

Madame Tintle presste die schwarzen Brauen vor Verblüffung zusammen. »Eine höchst unübliche Vereinbarung. Was wollen Sie von Lens Larque? Die meisten Leute würden zehn SVE bezahlen, um ihm aus dem Weg zu gehen.«

»Wir sind Journalisten. Ich halte ihn für eine geeignete Person für ein Interview, sollte er auftauchen. Gewiss können wir ein solches Glück nicht erwarten.«

Madame Tintle zuckte mit den Schultern. »Ich habe nichts zu verlieren. Nun, was wollen Sie essen?«

»Ich nehme ein paar Happen vom Ahagaree«, sagte Gersen.

»Das Gleiche für mich«, entschied Rackrose, »aber mit weniger Jod und Schwefel als üblich.«

»Was ist mit Chatowsies?«

»Heute nicht.«

Gersen und Rackrose verließen das Restaurant, bogen um die Ecke des Gebäudes und näherten sich dem eisernen Tor. Durch die Stangen sahen sie Tintle, der im fahlen Sonnenlicht vor einem der Schuppen kauerte. Beide seiner siebeneinhalb-Zentimeter-Ohrläppchen endeten in herabhängenden Metallornamenten. Er vergnügte sich damit, sie mit einem Finger anzuschnippen und sie schwingen zu lassen. Gersen rief: »Tintle! He, Tintle!«

Tintle stand langsam auf: ein gedrungener Mann mit kupferfarbener Haut und plumpen Zügen. Er kam einige Schritte vor und blieb dann stehen, um argwöhnisch in Richtung des Tores zu spähen. »Was wollen Sie von mir?«

»Sie sind der Tintle, der das Kotzash-Lagerhaus bewacht hat?«

»Darüber weiß ich nichts!« bellte dieser. »Ich habe geschlafen und bin in jeglicher Hinsicht unschuldig!«

»Aber Sie sind gebrochen worden.«

»Das war ein grober Fehler!«

»Und nun planen Sie, sich zu rehabilitieren?«

Tintle blinzelte. »So weit voraus habe ich noch nicht gedacht.«

»Wir würden entschieden gern Ihre Version des Falles hören.«

Langsam kam Tintle in Richtung des Tors. »Wer sind Sie, dass Sie solche Fragen stellen?«

»Ermittler in Sachen der Gerechtigkeit.«

»Ich hatte genug der Gerechtigkeit. Ermitteln Sie bei Ottile Panshaw und brechen Sie ihn; ich werde die Reihe zur Latrine anführen.« Tintle machte kehrt und ging auf den Schuppen zu.

»Einen Augenblick nur noch!«, rief Gersen. »Wir haben noch nicht über Profite gesprochen.«

Tintle kam zu einem zögerlichen Halt. »Was für Profite?«

»Zunächst ein Honorar als Zahlung für den Wert Ihrer Zeit. Zweitens, Bestrafung der Räuber.«

Tintle gab ein Geräusch ungläubigen Amüsements von sich. »Wer hat vor, Lens Larque zu bestrafen?«

»Es kann alles geschehen. Im Augenblick möchten wir lediglich Einzelheiten über den Fall hören.«

Tintle blickte von einem zum anderen. »Was ist Ihr offizieller Status?«

»Erkundigen Sie sich nicht zu genau. Hohe Beamte können keine Honorare anbieten.«

Schließlich zeigte Tintle Flexibilität. »Wie viel bieten Sie an?«

»Das hängt davon ab, was Sie uns erzählen. Fünf SVE, wenigstens.«

»Das ist keine große Summe«, murrte Tintle. »Trotzdem, ich nehme an, das muss genügen.« Er blickte hinauf zum Fenster an der Rückseite des Restaurants. »Da steht sie, wie eine große Ratte, die aus ihrem Loch starrt. Lassen Sie uns unser Geschäft in *Groarys Taverne* abwickeln, auf der anderen Seite des Weges.«

»Wie Sie wünschen.«

Tintle öffnete das Tor und trat hinaus auf die Allee. »Sie wird sehr verärgert sein, uns zur Taverne gehen zu sehen, und ich werde eine Woche lang Abwasser vorgesetzt bekommen. Trotzdem, machen wir uns auf den Weg. Ein Mann darf das Heulen seiner Frau nicht beachten.

Schwarze Pfähle, die aus dem Wasser von Lake Feamish ragten, stützten das hintere Deck von *Groarys Taverne*. Die drei Männer nahmen an einem hölzernen Tisch Platz. Tintle beugte sich vor, und Gersen vermeinte, einen Anflug von widerlichem Gestank wahrzunehmen. Einbildung? Tintle? Eine Blase, die aus dem Schlamm des Seegrundes aufgestiegen war?

»Ich glaube, es wurden fünf SVE erwähnt«, sagte Tintle.

Gersen legte Geld auf den Tisch. »Wir sind an dem Kotzash-Raub interessiert. Denken Sie daran, wenn die Beute wiederbeschafft wird, könnten Sie rehabilitiert werden und eine Entschädigung erhalten.«

Tintle stieß ein herbes Lachen aus. »Halten Sie mich für einen Narren? In diesem Leben folgen die Ereignisse solch freundlichen Mustern nicht. Ich sage Ihnen, was ich weiß, nehme Ihr Geld und damit Schluss.«

Gersen hob die Achseln. »Sie waren Wächter im Kotzash-Lagerhaus. Was genau ist ›Kotzash‹?«

»Ottile Panshaw hat das Unternehmen gegründet. Die Bergmänner brachten die Duodezimaten ein und deponierten sie bei Panshaw, der sie mit Anteilen an Kotzash Mutual bezahlt hat. Die Anteile waren angeblich jederzeit gegen SVE einlösbar. So nahm es seinen Lauf und das Lagerhaus in Serjeuz war prall gefüllt mit Paketen von feinem Duodezimat. Wie konnte Lens Larque nicht in Versuchung geraten? Einige behaupten, dass Ottile Panshaw ihn benachrichtigt hat, als das Lagerhaus nichts mehr aufnehmen konnte. Also ließ Lens Larque sein großes schwarzes Schiff während der Nacht am Lager niedergehen. Seine Schurken kamen ins Lagerhaus gesprungen, und ich hatte Glück, ihnen zu entkommen, denn sicherlich hätten sie mich getötet. Diese Betrachtung konnte die allgemeine Wut nicht bändigen. Sie verlangten zu wissen, wieso ich, der designierte Wächter, versäumt hätte, das Lagerhaus zu schützen und wieso das große Tor offen gestanden hätte. Ich gab Ottile Panshaw die Schuld, aber er war nicht anwesend. Deshalb wurde ich zum Zentralsumpf geschleift und gebrochen.«

»Eine traurige Geschichte«, bekundete Gersen. »Dennoch, woher wissen Sie, dass Lens Larque dafür verantwortlich war?«

Tintle bewegte den Kopf sorgenvoll, was die Ohrhänger in Schwingung versetzte. »Es genügt, was ich Ihnen bisher erzählt habe. Es ist kein Name, den man ausgiebig diskutieren sollte.«

»Nichtsdestotrotz, der schuldige Mann muss vor Gericht gebracht werden, und Ihr Beitrag könnte hilfreich sein.«

»Und falls Lens Larque von meinem Wortschwall erfährt, was dann? Tanze ich zehn Fandangos zur Musik von Panak.«

»Ihr Name wird nicht erwähnt werden.« Gersen holte einen weiteren Fünf-SVE-Schein hervor. »Erzählen Sie uns, was Sie wissen.«

»Es ist nicht sehr viel. Ich bin vom Dupp-Clan. Lens Larque ist ein Bugold. Ich kannte ihn gut in den alten Tagen. Im Naidnaw-Schirm haben wir Hadaul* gespielt, und alle haben sich in einer Kabale gegen ihn verschworen. Aber er hat eine Gegenstrategie entwickelt, und ich war es, dessen Knochen gebrochen wurden.«

»Was für eine Art Mann ist er?«

Tintle schüttelte den Kopf, weil er keine Worte fand. »Er ist ein großer Mann. Er hat eine lange Nase und höhnische Augen. Im Kotzash-Lagerhaus trug er einen Thabbat†, aber ich habe ihn an seiner Stimme und an seinem Fust‡ erkannt.«

»Wenn er in *Tintles Schirm* käme, würden Sie ihn erkennen?«

Tintle gab ein gedrücktes Grunzen von sich. »Ich werde im Schirm nicht geduldet. Er könnte ein Dutzend Mal kommen und gehen; ich wäre nicht klüger.«

»Als Sie Hadaul gespielt haben, welchen Namen hat er da verwendet?«

»Das war vor langer Zeit. Damals war er einfach Husse Bugold, doch er war bereits ein Rachepol.«

»Haben Sie Fotografien von Lens Larque?«

Tintle schnaubte. »Wieso sollte ich solche Andenken besitzen? Er steht hoch, ich unten. Ihm entströmt ein Fust von Meriander, feinem Koruna und Rotöl-Ahagaree; ich stinke nach Sumpf.«

Gersen schob das Geld über den Tisch. »Falls Sie Lens Larque sehen, seien Sie wachsam. Erheben Sie keinen Anspruch auf Bekanntschaft; lassen Sie sich nicht von ihm erkennen. Setzen Sie

---

* Hadaul: ein Darshspiel, welches Elemente der Verschwörung, des Doppelspiels, des Geschicks, der Tricks und ein allgemeines Gerangel und Handgemenge umfasst.

† Thabbat: der Darshhut, gewöhnlich aus weißem oder blauem Stoff.

‡ Fust: ein von einem Darshmann ausgehender Geruch.

sich auf der Stelle mit Maxel Rackrose in Verbindung.« Er schrieb etwas auf eine Karte und reichte sie über den Tisch.

Tintle verzog den Mund in einem kurzen, unbehaglichen Zucken. »Es sieht so aus, als würden Sie Lens Larque erwarten.«

»Das können wir nur hoffen«, meinte Gersen. »Er ist ein schwer fassbarer Mann.«

Tintle war im Begriff, es sich anders zu überlegen. »Es mag sein, dass ich ihn jetzt nicht mehr erkenne. Es wird gesagt, dass er sich verändert hat. Haben Sie gehört, wie die Methlen ihn verhöhnt haben? Er wollte in einem feinen Haus leben, aber der Nachbar hat es nicht erlaubt. Er sagte, er wolle kein hässliches Darsh-Gesicht über seinem Garten hängen haben. Lens Larque war erbittert und hat auf der Stelle sein Gesicht verändert. Wer weiß, wie er jetzt aussieht?«

»Nutzen Sie Ihre Intuition. Was ist mit Ottile Panshaw geschehen?«

»Er ist nach Twanish auf Methel gereist. Meines Wissens ist er noch dort.«

»Und was ist mit Kotzash: Ist das Unternehmen immer noch existent?«

Tintle spie auf den Boden. »Ich habe vierhundert Unzen guten schwarzen Sandes bezahlt – ein richtiges Vermögen – und habe vierzig Aktienanteile erhalten. Ich habe beim Hadaul gesetzt und besitze jetzt zweiundneunzig.« Aus einer schmierigen Brieftasche nahm er einen Packen gefalteter Papiere heraus. »Hier sind die Zertifikate. Ihr Wert: Null.«

Gersen studierte die Papiere. »Es sind Inhaberzertifikate. Ich kaufe sie Ihnen ab.« Er platzierte zehn SVE auf dem Tisch.

»Wie bitte?« schrie Tintle. »Für beinahe hundert Anteile erstklassiger Kotzash-Aktien? Sehe ich wie ein solcher Dummkopf aus? Jeder Anteil repräsentiert nicht nur zehn Unzen Sand, sondern auch andere Werte: Rechte, Optionen, Pachtverträge ...« Er blickte entsetzt auf, als Gersen die zehn SVE wieder an sich nahm. »Nicht so schnell! Ich akzeptiere Ihr Angebot.«

Gersen ließ das Geld über den Tisch gleiten. »Ich vermute,

Sie haben den besseren Handel gemacht, aber einerlei. Wenn Sie zufällig den Mann bemerken, über den wir geredet haben, informieren Sie uns, und Sie werden entlohnt werden. Gibt es noch etwas anderes, was Sie uns sagen können?«

»Nein.«

»Wenn Sie uns weitere Informationen geben, werden wir Sie gut bezahlen.«

Tintle ließ sich nur zu einem mürrischen Grunzen herab. Er stürzte sein Bier mit einem Schluck hinunter und verließ die Taverne. Als er vorüberging, wichen Gersen und Rackrose ob des Lufthauchs zurück.

KAPITEL VI

Aus: *Das Leben*, Band I von Unspiek, Baron Bodissey:

Der böse Mensch ist eine Quelle der Faszination. Gewöhnliche Personen fragen sich, was zu solchen Extremen des Verhaltens nötigt. Die Lust am Wohlstand? Ein weitverbreiteter Beweggrund, zweifelsohne. Das Verlangen nach Macht? Rache an der Gesellschaft? Lassen Sie uns auch dies als sicher annehmen. Doch wenn der Wohlstand gewonnen, die Macht erreicht und die Gesellschaft in einen Zustand speichelleckerischer Unterwürfigkeit niedergerungen wurde, was dann? Weshalb macht er weiter?

Die Antwort muss lauten: Aus Liebe zum Bösen als solchem.

Dieser Beweggrund, obwohl dem gewöhnlichen Menschen unverständlich, ist nichtsdestotrotz drängend und wirklich. Der Übeltäter wird zur Kreatur seiner eigenen Taten. Ist der Übergang einmal gemacht, tritt eine Reihe neuer Standards in Kraft. Der einfühlsame Übeltäter erkennt seine Bosheit und ist sich seiner Taten in vollem Umfang bewusst. Um seine Skrupel zu stillen, flüchtet er in einen Zustand des Solipsismus' und begeht aus purer Hysterie unverhohlen Böses, und seinen Opfern erscheint es, als sei die Welt verrückt geworden.

～

Gegen Mittag am St. Dulverstag präsentierte sich Rackrose in Gersens Zimmern im *Domus*. Sein Betragen war gedämpft. Er sprach nur wenig. »Während der letzten beiden Wochen habe ich in Slayhack, Neu Wexford und Pontefract eintreffende Reisende überwacht. Zwanzig kamen aus dem Cora-System, aber nur drei gaben sich als Darsh zu erkennen. Die anderen waren Methlen. Keiner der Darsh passte zu den Spezifikationen. Drei der Methlen könnten durchaus unser Mann sein. Hier sind die Fotografien.«

Gersen blickte über die Gesichter: Keines sagte ihm etwas. Mit dem Ausdruck eines Magiers, der einen Trick vollführt, platzierte Rackrose eine weitere Fotografie vor ihm. »Dieser Mann ist Ottile Panshaw, der vergessen hat, Kotzashs Versicherungsprämien zu bezahlen. Er ist gestern eingetroffen und befindet sich jetzt hier im *Domus*.«

Gersen studierte die Fotografie vom Raumhafen, die einen dünnen und zierlichen Mann mittleren Alters mit einem kleinen luxuriösen Spitzbauch, einem großen Kopf mit wachsamen, leuchtenden Augen und einem gefühlvollen Mund darstellte, dessen Winkel herabgezogen waren. An beiden Seiten einer kahlen Stirn hingen spärliche rostfarbene Locken herab. Seine Haut war beißendgelb getönt. Ottile Panshaw trug modische und verzierte Kleidung: einen scharlachrot und silbern paspelierten quadratischen schwarzen Samthut, eine taubengraue Hose, ein hellrosa Hemd mit einem gerollten schwarzen Kragen und ein beigefarbenes Jackett.

»Interessant!« meinte Gersen. »Ich hoffe darauf, Panshaw die ein oder andere Frage stellen zu können.«

»Das sollte einfach genug sein. Er ist keine hundert Meter entfernt. Ehrliche Antworten zu erhalten, könnte, seinem Gesicht nach zu urteilen, ein größeres Problem darstellen.«

Gersen nickte gedankenvoll. »Das ist kein Gesicht eines ehrlichen Mannes. Es ist auch nicht das Gesicht eines Mannes, der vergisst, Versicherungsprämien zu zahlen.«

»Ja. Eine verwirrende Situation. Möglicherweise waren die Prämien exorbitant. Das ist nicht unwahrscheinlich, so dicht am Jenseits.«

»Und so nahe an Lens Larque. Möglicherweise haben die Versicherungsvertreter die Versicherung aufgrund dieser Überlegung verweigert.«

»Oder – was noch wahrscheinlicher ist – Panshaw hat die Zahlung nur vorgegeben und das Geld in die eigene Tasche gesteckt.«

Gersen musterte noch einmal das clevere Gesicht auf der Fotografie. »Ich würde bestimmt nicht wollen, dass Panshaw über mein Geld verfügt ... Vielleicht hatte er einen Grund, den Wert der Kotzash-Aktien zu mindern.«

Rackrose runzelte die Stirn. »Was sollte ihn dazu veranlassen?«

»Ich kann mir verschiedene Möglichkeiten vorstellen. Eine könnte die Stimmenmehrheit der Gesellschaft sein.«

»Wenn sie bankrott ist?«

»Tintle hat andere Vermögenswerte erwähnt: Pachtrechte, Optionen und dergleichen.«

»Ich nehme an, alles ist möglich.«

Gersen überlegte einen Augenblick, dann wandte er sich dem Kommunikator zu und holte das blasse Fuchsgesicht von Jehan Addels auf den Schirm. »Es gibt einen neuen Aspekt bei unserem Geschäft«, sagte Gersen. »Das Kotzash Mutual Syndikat mit Sitz in Serjeuz auf Dar Sai im Cora-System. Könnte es Informationen darüber in Neu Wexford geben?«

Addels zeigte einen seiner selteneren Gesichtsausdrücke: er grinste. »Sie wären erstaunt, über welche Informationen wir verfügen können. Falls Kotzash Geschäfte in Höhe bis zu einer SVE mit irgendeiner Bank in der Ökumene abgewickelt hat, ist die Information zur Hand.«

»Ich bin interessiert an Vermögenswerten, Vorstandsmitgliedern, Kontrollprozedur und allem anderen, was interessant erscheinen könnte.«

»Ich werde in Erfahrung bringen, was zu erfahren ist.«

Der Schirm wurde dunkel. Als Gersen sich umdrehte, entdeckte er einen gedankenvollen Ausdruck in Rackroses Gesicht. »Für einen einfachen Journalisten üben Sie eine überraschende Autorität aus«, stellte dieser fest.

Gersen hatte seine Rolle als Henry Lucas, Sonderautor für *Cosmopolis*, vergessen. »Keine große Sache. Addels ist ein alter Freund.«

»Ich verstehe … Nun, was sollen wir betreffend Ottile Panshaw unternehmen?«

»Beobachten Sie ihn ausgiebig. Heuern Sie professionelle Hilfe an, falls notwendig.«*

Rackrose sagte zweifelnd. »Ein Mann wie Panshaw wird eine solche Aufmerksamkeit sicher bemerken.«

»Wenn, wird sein Verhalten von Interesse sein.«

»Wie Sie wünschen. Wie werde ich die Detektive bezahlen?«

»Stellen Sie Belege aus, die von *Cosmopolis* bezahlt werden.«

Mit einem Seufzen matter Verzweiflung stand Rackrose auf und zog von dannen.

Kurz danach kehrte Addels Gesicht auf den Schirm zurück. »Kotzash ist ein seltsames Geschäft. Aus dem Lagerhaus in Serjeuz wurde Erz im Wert von zwanzig Millionen SVE geraubt. Der Rechnungsprüfer war mit der Versicherung säumig und die Gesellschaft wurde aufgelöst. Kein formeller Bankrott allerdings: der Verlust hing nur an den Aktieninhabern. Es ist wohl unnötig zu sagen, dass die Aktien wertlos sind.«

»Und wer hält die Aktien?«

»Die Kotzash-Satzung wurde bei der Chanseth Bank in Serjeuz eingereicht. Kopien erreichten später das Verbindungsbüro hier in Neu Wexford. Sie schreibt vor, dass jeder, der fünfundzwanzig Prozent oder mehr Anteile hält, Direktor mit Votum im Verhältnis zu seinen Anteilen wird. Es sind viertausendachthundertzwanzig Anteile im Umlauf. Zwölfhundertfünfzig Anteile, etwas über fünfundzwanzig Prozent, sind auf den Namen Ottile Panshaw registriert. Der Rest sind herausgegebene, nicht registrierte kleinere Anteile.«

»Sehr seltsam.«

»Seltsam und bedeutungsvoll. Panshaw ist der einzige Direktor. Er kontrolliert Kotzash.«

»Er muss im Wert gefallene Anteile gekauft haben«, sagte

---

* Weganisches Recht untersagt den Gebrauch mobiler Spionzellen und ähnlicher Vorrichtungen. Rigorose Strafen sind mit der Verwendung solcher Ausrüstung verbunden und Detektive sind auf die traditionellen Methoden der Überwachung angewiesen.

Gersen. »Gewiss hat er nicht eine halbe Tonne Duodezimaten aufgebracht.«

»Nicht so schnell. Panshaw ist ein Mann von Stil. Weshalb hart verdientes Geld für wertlose Anteile ausgeben?«

»Weshalb eigentlich? Ich brenne vor Neugierde.«

»Kotzash unterhält offensichtlich ein Büro auf Methel. Der Emissionsprospekt führt Adressen in Serjeuz und Twanish auf. Deswegen ist Kotzash eine Interwelten-Gesellschaft und reicht einen jährlichen Bericht ein. Letztes Jahr wurden als Vermögenswerte gelistet: Minenpatente, Pacht- und Forschungsrechte, bis hin zum Asteroiden Granate und dem Mond Shanitra. Kotzash besitzt auch einundfünfzig Prozent der Hector Transit- und Handelsgesellschaft in Twanish. Wer besitzt die übrigen neunundvierzig Prozent? Ottile Panshaw. Es sieht so aus, als hätte er, als Kotzash-Rechnungsprüfer, zwölfhundertfünfzig Anteile der Kotzash-Aktien herausgegeben und an sich gezahlt – für einundfünfzig Prozent der Hector Transit- und Handelsgesellschaft.«

»Und was sagen die Aufzeichnungen über Hector Transit und Handel?«

»Nichts. Sie haben niemals einen Emissionsprospekt eingereicht.«

»Ich finde das höchst verwirrend«, offenbarte Gersen.

»Es ist nicht verwirrend«, erwiderte Addels. »Es ist lediglich ein Fall von Jonglieren und Papierarbeit, um skrupellose Personen leicht an ihren Verantwortungen vorbeizuführen.«

»Werden die Kotzash-Aktien an der Börse notiert?«

»Das Register gibt einen Nennwert von einem Centim pro Anteil an, wobei es weder Angebote für den Kauf noch für den Verkauf gibt. Im Grunde sind die Aktien tot.«

»Strecken Sie Ihre Fühler aus«, sagte Gersen. »Wenn irgendeine Kotzash auf den Markt kommt, kaufen Sie.«

Addels schüttelte bekümmert den Kopf. »Es ist aus dem Fenster geworfenes Geld.«

»Ottile Panshaw denkt anders. Er hält sich offenbar im *Domus* auf.«

»Wie bitte? Erstaunlich! Nun gibt es Grund zu Mutmaßungen!«

»Ich bin nicht weniger verblüfft als Sie. Aber gemach. Morgen tritt das Gericht zusammen. Oberrichter Dalt erlaubt kein Ausweichen, er wird die Angelegenheit geraderücken.«

»Falls wir der Schande und Einkerkerung entgehen. Wir wandeln auf des Messers Schneide! Panshaw ist höchst aufgeweckt!«

»Falls alles gut geht, kann Panshaw in Frieden seiner Wege gehen, soweit es mich angeht.«

»Wenn Sie sagen, ›falls alles gut geht‹, meinen Sie das Auftauchen von Lens Larque im Estremont?«

»Genau.«

Addels schüttelte nachdrücklich den Kopf. »Es tut mir leid, das sagen zu müssen, aber Sie jagen Irrlichter. Ein Wahnsinniger, ein brutaler Kerl, ein Folterer – dies alles mag Lens Larque sein, aber ein Narr ist er nicht.«

»Tja, wir werden sehen. Jetzt müssen Sie mich entschuldigen. Es ist an der Zeit für Oberrichter Dalt, sein Mittagessen einzunehmen.«

Pünktlich hielt Oberrichter Dalt einen würdevollen Einzug in das Restaurant des *Domus*: ein starrer, aufrechter Mann, weiß von Hautfarbe, mit schwarzen Locken, die sich um ein kaltes und strenges Gesicht rankten. Seine Kleidung spiegelte eine formelle Eleganz wider, die seit Dekaden überholt war. Köpfe drehten sich, um den bemerkenswert unerbittlichen Juristen durch den Saal zum Tisch schreiten zu sehen.

Er konsumierte ein frugales Mahl aus Salat und kaltem Geflügel, anschließend saß er in gewichtiger Meditation über einer Tasse Tee. Ein dünner Mann von nicht großer Statur, welcher auf der anderen Seite des Saales gesessen hatte, näherte sich dem Tisch.

»Lord Oberrichter Dalt? Darf ich mich für einen Augenblick zu Ihnen gesellen?«

Oberrichter Dalt wandte dem Bittsteller einen bleiernen Blick zu, dann sprach er in einem trockenen, gemessenen Ton: »Falls Sie ein Journalist sind, habe ich nichts zu sagen.«

Der andere Mann lachte höflich, wie aus Anerkennung über Oberrichter Dalts kleinen Scherz. »Mein Name ist Ottile Panshaw und ich bin definitiv kein Journalist.« Flink machte er es sich auf dem Stuhl gegenüber Oberrichter Dalt bequem. »Morgen hören Sie Cooneys Bank gegen die *Ettilia Gargantyr* et al. Würden Sie es für unschicklich halten, wenn ich den Fall mit Ihnen besprechen wollte?«

Oberrichter Dalt, der Ottile Panshaw musterte, sah einen reifen Mann von schwachem Körperbau, mit großem Kopf, beweglichen Gesichtszügen und einem liebenswürdigen Ausdruck, der einen gediegenen Anzug in Pflaumenfarbe und Umbra trug.

Panshaw ertrug des Oberrichters Starren mit höflichem Gleichmut. Oberrichter Dalt stellte schließlich eine knappe Frage: »Wie ist Ihre Position in diesem Fall?«

»In gewissem Sinne bin ich mit dem Beklagten verbunden, aber natürlich bin ich nicht gekommen, um unerhörte Bitten zu stellen. Der Fall ist außergewöhnlich, und gewisse Elemente werden vielleicht nie formell bekannt werden. Dennoch könnten sie gut Ihr allgemeines Bild beleuchten.«

Oberrichter Dalts Augenlider nahmen eine träge Schwere an. Sein Ausdruck wurde distanzierter denn je. »Ich bin an speziellen Darstellungen nicht interessiert.«

»Ohne Frage. Seien Sie versichert, dass ich nur einige wenige Punkte der Hintergrundinformation präsentieren möchte. Sie werden ihr eigenes Gewicht an Überzeugung haben.«

»Nun gut, fahren Sie fort.«

»Vielen Dank, mein Herr! Zunächst einmal repräsentiere ich den Eigner der *Ettilia Gargantyr*. Das Schiff ist an die Hector Transitgesellschaft vermietet, eine Tochtergesellschaft von Kotzash Mutual, einem Syndikat, dessen geschäftsführender Direktor ich bin. Alles schön und gut, aber der letztendliche Eigner des Schiffes ist ein gewisser Lens Larque. Ist Ihnen der Name bekannt?«

»Er ist ein berüchtigter Krimineller.«

»Genau. Er würde nur ungern vor einem weganischen Gericht stehen und sich zu erkennen geben. Eigentlich ist diese Vorstellung verrückt. Daher schlage ich vor, dass meine eigene Aussage, die des funktionellen Eigners, statt der von Lens Larque, akzeptiert wird.«

Oberrichter Dalts blasses Gesicht veränderte sich nicht um ein Zucken. »In der vorläufigen Anhörung habe ich bestimmt, dass nur der tatsächliche Eigner zum Zeitpunkt des angeblichen Deliktes eine sachdienliche Aussage machen kann. Ich sehe keinen Grund, diese Bestimmung zu ändern. Der spezielle Stand dieses Zeugen tut nichts zur Sache und berührt die Bestimmung nicht.«

»Ganz recht«, entgegnete Ottile Panshaw mit einem klaren, reuevollen Grinsen. »Ihr Standpunkt ist, dass, wenn Lens Larque vor dem weganischen Gericht aussagen möchte, er nicht ein Krimineller hätte werden sollen.«

Oberrichter Dalt erlaubte dem lautersten Geist eines Lächelns, seine Lippen zu biegen. »Genau. Das Gericht tritt morgen zusammen. Ist dieser Larque anwesend, um auszusagen?«

Ottile Panshaw senkte die Stimme. »Ich nehme an, unsere Unterhaltung ist inoffiziell und vertraulich?«

»Dazu kann ich mich nicht verpflichten!«

»In diesem Fall kann ich nichts sagen.«

»Ihre Vorsicht lässt auf vieles schließen. Ich muss annehmen, dass diese Person anwesend ist.«

»Lassen Sie uns eine Hypothese formulieren. Sollte Lens Larque anwesend sein, wären Sie gewillt seine Aussage unter Ausschluss der Öffentlichkeit aufzunehmen?«

Oberrichter Dalt runzelte die Stirn. »Ich erwarte, dass er aussagen wird, um seinem Fall förderlich zu sein. Dem Ruf nach hat er geplündert, gefoltert und gemordet, weshalb sollte er vor einem Meineid zurückschrecken? Kann er seine Aussage untermauern?«

Ottile Panshaw stieß ein leises, freundliches Lachen aus. »Sie und ich, mein Herr, in all unserer Verschiedenheit, sind gewöhnliche menschliche Wesen. Lens Larque ist etwas vollkommen anderes. Ich könnte nicht wagen, seine Aussage vorherzusagen. Eine Untermauerung mag es geben oder auch nicht. In der Tat, in Ihrer Bestimmung haben Sie angedeutet, dass Sie nur die Aussage des Eigners benötigen.«

Oberrichter Dalt überlegte. »Der Fall der Cooneys Bank gegen
die *Ettilia Gargantyr* ist offenbar nichts Gewöhnliches. Ich kann
ohne Zeugnis der Vorgeschichte der Klienten nur die genaueste
Billigkeit gewährleisten, die mir möglich ist. Es ist mein aufrich-
tiges Bestreben, jeden Fall unter seinen eigenen Bedingungen zu
verhandeln. Deshalb werde ich, entgegen meiner persönlichen
Neigung zu formellen Vorgehensweisen, darauf eingehen, diesen
Mann unter Ausschluss der Öffentlichkeit anzuhören. Sie dürfen
ihn in zwei Stunden in meine Suite hier im *Domus* bringen. Ich
habe das Gefühl, dass ich mich im Interesse der Gerechtigkeit und
Billigkeit recht weit aus dem Fenster lehne.«

Ottile Panshaw lächelte zurückhaltend. »Würden Sie mich
jetzt zu einem Ort meiner Wahl begleiten?«

»Gewiss nicht.«

»Sie müssen die Beklommenheit dieser Person verstehen.«

»Hätte er ein tadelloses Leben geführt, könnte er unbekümmert einherschreiten.«

»Oh, sein Schreiten ist unbekümmert genug.« Ottile Panshaw
erhob sich und zögerte einige Sekunden. Seine Mundwinkel zuckten in einer clownesken Grimasse nach unten. »Ich werde tun,
was ich kann.«

Des Oberrichters Suite, die am schönsten und exquisitesten aus-
gestattete im *Domus*, umfasste unter anderem einen Salon, eingerichtet mit antiken Stücken in jenem Stil, der als »Dravanische
Requisition« bekannt war. In einem massiven Armsessel saß der
Oberrichter. Er hatte es vorgezogen, seine Amtsrobe zu tragen,
um den Ernst des Anlasses zu betonen. Sein Gesicht, leichenblass
ob der weißen Tönung, mit den schmalen Wangen, dem harten
Kinn und der kurzen geraden Nase, stand im starken Gegensatz
zu den üppigen schwarzen Locken der zeremoniellen Perücke.
Des Oberrichters Hände, stark und hager, mit geraden starken
Fingern, schienen ebenfalls ein wenig unpassend; sie wirkten eher
wie die Hände eines aktiven Mannes, der es gewohnt war, Werkzeuge und Waffen zu führen.

Jehan Addels saß, in sorgenvoller Haltung, auf der anderen Seite de s Raums. Es lag auf der Hand, dass er es vorgezogen hätte, woanders zu sein.

Ein Läuten erklang: Addels erhob sich, ging hinaus in das Foyer, betätigte einen Knopf. Die Tür glitt zur Seite, um Ottile Panshaw und einen großen, fleischigen Mann in einem weißen Kapuzenumhang einzulassen. Unter der Kapuze zeigte sich ein flaches und mondartiges Gesicht mit rötlich-bronzener Haut, einer klumpigen Nase, starken Lippen und runden schwarzen Augen.

Oberrichter Dalt wandte sich an Ottile Panshaw. »Sie sind bekannt mit dem Anwalt des Klägers, dem Ehrenwerten Jehan Addels. Insofern als alle Fragen durchaus hier und jetzt geklärt werden können, habe ich es für angemessen erachtet, ihn von unserem Treffen zu unterrichten.«

Ottile Panshaw nickte schnell und vogelartig mit dem Kopf. »Ich verstehe, Lord Oberrichter. Erlauben Sie mir, einen Klienten in diesem Fall vorzustellen. Ich werde seinen Namen nicht aussprechen, es gibt keinen Grund jemanden in Verlegenheit zu bringen ...«

»Ganz im Gegenteil«, meinte Oberrichter Dalt. »Wir sind gerade deshalb hier, um Identitäten zu bestätigen und unmissverständliche Antworten auf die Tatfragen zu erhalten. Sie, mein Herr: Wie lautet Ihr Name?«

»Ich habe viele Namen verwendet, Oberrichter. Unter dem Namen ›Lens Larque‹ habe ich die Eignerschaft über die *Ettilia Gargantyr* übernommen. Während meiner Zeit als Eigner habe ich keine Taten der Bosheit oder Rachsucht begangen. Ich bin der Verschwörung, die von der Cooneys Bank behauptet wird, nicht schuldig. Gegen diese Behauptung leiste ich meinen über alles erhabenen Eid ab.«

»Wir benötigen etwas mehr als Eide in Fällen dieser Art«, entgegnete Oberrichter Dalt. »Anwalt, seien Sie so gut und rufen Sie den Schreiber.«

Jehan Addels öffnete eine Seitentür und winkte. In den Raum trat der Hauptschreiber, der ein Instrument vor sich herschob.

Oberrichter Dalt sagte: »Schreiber, erlauben Sie diesem Herrn,
seine Behauptung zu bestätigen.«

»Sofort, Euer Ehren.« Der Schreiber schob die Maschine
auf den Mann im weißen Umhang zu. »Mein Herr, dies ist eine
harmlose Vorrichtung, die Emanationen Ihrer begrifflichen Erfas-
sungen abliest. Sehen Sie diesen leuchtenden Indikator: Die
Wahrheit lässt ein grünes Licht aufleuchten, Falschheit wird rot
angezeigt. Ich werde das Registriergerät an Ihrer Schläfe anbrin-
gen. Erlauben Sie mir, Ihre Kapuze zurückzuziehen.«

Der Mann wich verärgert zurück und murmelte Ottile Panshaw
etwas zu. Dieser reagierte lediglich mit einem halb lächelnden,
halb niedergeschlagenen Achselzucken. Der Schreiber, welcher
behutsam die Kopfbedeckung zurückschob, platzierte einen Haft-
flicken auf die rötlich-bronzefarbene Schläfe.

Oberrichter Dalt sprach. »Anwalt Addels, stellen Sie Ihre Fragen, aber nur mit dem Zweck, die Identität zu ermitteln und die
Beweggründe zur Zeit des angeblichen Delikts festzustellen.«

Ottile Panshaw sagte in sanftem Ton: »Darf ich vorschlagen,
Euer Ehren, dass eine genaue Objektivität besser zu erreichen
wäre, wenn Sie selbst die Fragen stellen würden?«

»Ich bin mit nicht weniger als der Wahrheit zufrieden. Solange
Anwalt Addels der Wahrheit folgt, müssen wir alle dies billigen.
Anwalt, stellen Sie Ihre Fragen.«

»Mein Herr, Sie behaupten, Ihr Name sei Lens Larque?«

»Ja, dieser Name wurde mir gegeben.«

Der Indikator glühte grün.

»Wie lautet Ihr eigentlicher Name?«

»Er ist Lens Larque.«

»Wie lange sind Sie unter diesem Namen schon bekannt?«

Ottile Panshaw rief: »Euer Ehren, die Tatsache ist bereits von
dem Indikator klargestellt und verifiziert worden! Müssen wir uns
unablässig einer nutzlosen Inquisition unterziehen lassen?«

»Euer Ehren, ich behaupte, dass die Identifikation noch nicht
eindeutig ist.«

»Ich stimme zu. Fahren Sie fort.«

»Nun gut. Wo sind Sie geboren?«

»Auf Dar Sai. Ich bin ein Darsh.« Ein nahezu närrisches Grinsen ließ den Mund des Mannes breiter werden.

»Und wie lautet Ihr Geburtsname?«

»Das ist keine Angelegenheit von Bedeutung.« Das rote Licht flackerte, dann glühte das grüne Licht auf.

»Seltsam«, sann der Oberrichter. Er stellte selbst eine Frage: »Wie lange sind Sie denn nun als Lens Larque bekannt?«

»Das ist nicht wichtig.« Das rote Licht leuchtete hell.

»Hat Ihnen jemand vor kürzerer Zeit – innerhalb der letzten ein, zwei Wochen – den Namen ›Lens Larque‹ gegeben?«

Die Augen des Darshs traten vor und er vollführte ruckartige Bewegungen mit den Schultern. »Das ist eine beleidigende Frage.«

Oberrichter Dalt beugte sich scharf vor. »Das ist kein angemessener Ton. Entweder Sie sind Lens Larque, woraufhin wir den Fall in den Griff bekommen, oder Sie sind es nicht, woraufhin Sie und Herr Panshaw eine höchst ernstliche Unschicklichkeit begangen haben.«

»Die ganze Angelegenheit ist eine Farce«, murrte der Darsh. »Akzeptieren Sie die Tatsache, dass ich Lens Larque bin, und stellen Sie Ihre Fragen.«

Oberrichter Dalts Augen glitzerten. »Wenn Sie Lens Larque sind, beantworten Sie dies. Wer waren Ihre Verbündeten bei dem Mount-Pleasant-Überfall?«

»Pah, ich vergesse solche Einzelheiten.«

»Was sagt Ihnen der Name ›Husse‹?«

»Ich kann mir keine Namen merken.«

»Das kann gut sein. Offensichtlich sind Sie nicht der richtige Lens Larque. Zum letzten Mal: Geben Sie die Identität an, unter der Sie die letzten zwanzig Jahre gelebt haben.«

»Ich bin Lens Larque.« Der Indikator leuchtete rot.

»Und ich erkläre Sie und Ottile Panshaw für Verschwörer, Meineidschwörer und Betrüger. Schreiber, stellen Sie diese Männer unter Arrest! Nehmen Sie sie in Gewahrsam und sperren Sie sie in separate Kerker!«

Der Schreiber blies die Wangen auf und trat vorsichtig vor. »Sie beide müssen sich nun als in Gewahrsam des Estremonts stehend betrachten. Bleiben Sie ruhig stehen. Halt! Keine Bewegung! Ich repräsentiere die gesamte Autorität des weganischen Rechts!«

Ottile Panshaws Augenlider senkten sich vor Sorge und Niedergeschlagenheit. »Lord Oberrichter, ich bitte um Ihr Verständnis! Bitte seien Sie sich der besonderen Umstände bewusst!«

Oberrichter Dalt sprach kalten Tons. »Sie haben Ihrem Fall ernsthaft geschadet. Ich bin geneigt, für den Kläger zu befinden, es sei denn, Lens Larque macht sich unverzüglich vorstellig. Sie dürfen dieses Telefon verwenden, um ihn anzurufen. Ihre Tricks langweilen mich.«

Ottile Panshaw zeigte sein bekümmertes, verbogenes Lächeln. »Lens Larque ist berühmt für seine Tricks.« Er hielt inne, dann fuhr er in beinahe zuversichtlichem Ton fort: »Die Cooneys Bank wird sich niemals eines Urteils gegen Lens Larque erfreuen, soviel kann ich behaupten.«

»Wie ist das zu verstehen?«

»Schiffe verschwinden. Auf nicht nur eine Art und Weise, sondern auf viele. Denken Sie an die Tricks! Und nun akzeptieren Sie meine wahrhaftige, aufrichtige Entschuldigung und erlauben Sie uns zu gehen.«

»Halt!« schrie der Schreiber. »Sie sind in meinem Gewahrsam!«

Der Darsh blickte Ottile Panshaw an. »Alle?«

Panshaw hob schwach die Schulter, woraus der Darsh exakte Informationen herauszulesen schien. Er trat zurück und holte ein sonderbares Gerät hervor: einen ein Viertel Meter langen Stiel, der in einem kleinen, mit Stacheln besetztem Knauf endete. Der Hauptschreiber trat entgeistert zurück, dann drehte er sich um und rannte zur Tür. Der Darsh schwang den Griff. Der Stachelball wurde gegen die Rückseite des Kopfes des Schreibers geschleudert. Er warf die Arme in die Luft und fiel nach vorn. Mit der gleichen rhythmischen Bewegung drehte sich der Darsh herum, schwang den Griff und der Ball schnellte auf Oberrichter Dalt zu. Jehan Addels stieß ein wütendes Krächzen aus und taumelte vorwärts, nur um von dem gepflegten Fuß Ottile Panshaws zu Fall gebracht zu werden. Der Oberrichter hatte sich tief zur Seite geduckt. Das Projektil traf die Wand in seinem Rücken. Geduckt rannte er vor, die schwarze Robe flatterte, das weiße Gesicht unter schwarzen Locken. Der Darsh zog sich einen Schritt zurück und zielte mit dem Griff. Oberrichter Dalt ergriff das erhobene Handgelenk, trat nach dem Knie des Darshs, stieß einen Ellbogen unter das massive rote Kinn. Der Darsh stolperte zu Boden. Der Oberrichter entrang ihm den Griff. Der Darsh tastete nach ihm und zog ihn zu Boden. Sie purzelten durch den Raum, weiße und schwarze Roben, wie monströse schwarze und weiße Motten. Ottile Panshaw sprang, eine Handwaffe haltend, hier- und dorthin. Er blickte in Richtung Jehan Addels, der sich unverzüglich flach hinter eine Couch warf. Panshaw wandte sich ab, um atemlos vor Erstaunen stehen zu bleiben, während der träge und elegante Jurist zunächst das Handgelenk des Darshs brach, anschließend dessen Kiefer und danach einen glitzernden schwarzen Splitter hervorholte, mit dem er dem Darsh in den Nacken stach.

Ottile Panshaw zielte halbherzig mit der Waffe. Jehan Addels, der hinter der Couch lag und zuschaute, stieß einen scharfen Schrei aus und warf eine Bronzevase. Oberrichter Dalt langte nach der darshschen Kugelpeitsche. Ottile Panshaw trat still und leise auf die Tür zu, verbeugte sich und verschwand mit dem Gleichmut eines erfolgreichen Zauberkünstlers.

Der Oberrichter stieß den Leichnam des Darshs beiseite und sprang auf die Beine. Jehan Addels tauchte hinter der Couch auf. »Was für eine entsetzliche Situation!«, schrie er. »Sollten wir mit den Toten hier entdeckt werden, kommen wir für ewig hinter Gitter!«

»In diesem Fall verschwinden wir besser. Es ist der einzig vernünftige Weg.«

Der Oberrichter entfernte seine Perücke und entledigte sich der schwarzen Robe. In finsterer Unzufriedenheit blickte er hinunter auf die Leichen. »Ein Fehlschlag. Der Plan ist ruiniert.« Er deutete auf das Häufchen, das einst der Hauptschreiber gewesen war. »Sorgen Sie gut für seine Angehörigen, das ist das Wenigste, was wir für ihn tun können.«

»Ich fürchte um mich selbst und meine eigenen Angehörigen«, sorgte sich Addels. »Nimmt es denn kein Ende mit dieser Gewalt? Und diese Leichen: Wir sind verwundbar! Aus schierer Boshaftigkeit könnte Panshaw den Alarm auslösen!«

»Genau. Oberrichter Dalt muss sich in Nichts auflösen. Eine Schande: Er war ein wirklich bewundernswerter Kerl, mit Stil und Flair. Leben Sie wohl, Oberrichter Dalt!«

»Pah!«, murmelte Addels. »Sie hätten Theatermann werden sollen, statt Mörder oder als was auch immer Sie sich betrachten. Müssen wir uns ewig hier herumtreiben? Die nettesten Kerker sind in Maudley, weitaus schlimmer sind die Froschdorf-Gruben.«

»Ich hoffe, keinen der beiden Orte zu besuchen.« Gersen warf Perücke und Gewand beiseite. »Gehen wir.«

In seinen eigenen Zimmern entfernte Gersen den weißen Hautton. Anschließend zog er sich seine übliche Kleidung an, während Addels mit funkelnder Missbilligung zuschaute. Schließlich konnte letzterer seine Neugierde nicht länger zügeln. »Was haben Sie jetzt vor? Die Sonne geht unter. Denken Sie niemals daran sich auszuruhen?«

Gersen, der gerade dabei war, sich zu bewaffnen, erwiderte halb entschuldigend: »Haben Sie Panshaws Andeutungen gehört? Dass die Cooneys Bank die *Ettilia Gargantyr* niemals als verlässlichen Vermögenswert betrachten sollte? Wie berüchtigt Lens Larque wegen seiner Tricks sei? Lens Larque ist offensichtlich ganz in der Nähe. Ich möchte ihn bei seiner Trickserei beobachten.«

»Mir mangelt es völlig an einer solchen Neugierde! Wenn ich daran denke, was mir widerfahren ist, bin ich entsetzt! Ich bin ein Legalist und Finanzexperte, soviel gebe ich zu, aber weiter geht meine Rechtsmissachtung nicht. Ich brauche Zeit, um zur Ruhe zu kommen. Ich muss meinen Sinn für die Wirklichkeit wiedererlangen. Ich wünsche Ihnen einen guten Abend.« Jehan Addels ging aus dem Zimmer.

Fünf Minuten später verließ Gersen die Suite. Die Stille des *Domus* schien ungestört. Ottile Panshaw hatte offenbar keinen Alarm ausgelöst.

Vor dem *Domus* rief Gersen eines der ehrwürdigen städtischen Mietgefährte heran und kletterte in die Passagierkuppel. Er rief in das Gitter: »Zum Slayhack-Raumhafen, so schnell wie möglich.«

»Jawohl, mein Herr!«

Das Mietgefährt zockelte die Esplanade entlang und um die Biegung herum in die Pilkampstraße. Während der Fahrt verblasste das Abendrot und die Dämmerung schimmerte über Lake Feamish. Durch Moynal und Drury fuhren sie, danach nach Wigaltown, und Gersen sah voraus das gelbe Schild, welches *Tintles Schirm* bewarb. Die oberen Fenster wiesen rote und gelbe Lichter auf und flackerten vor sich bewegenden Schatten: abendliche Lustbarkeiten in *Tintles Schirm*! Von Wigaltown ging es nach Dundivy, dann Gara und schließlich nach Slayhack, wo die Flutlichter des Raumhafens den Himmel erleuchteten. Gersen beugte sich auf dem Sitz vor und versuchte, mittels schierer Willenskraft die Geschwindigkeit des schwerfälligen alten Gefährts zu steigern ... Eine Explosion von Licht über ihm am Himmel, ein schauderhafter Ausbruch gelb-weißer Grelle und Sekunden später ein lautes Rumpeln. Gersen, der aus der Droschke starrte, sah schwarze Fragmente durch das Licht sausen, denen seine Fantasie das Aussehen von menschlichen Gestalten verlieh.

Das Licht verebbte in einer Wolke wallenden Rauchs.

Der Droschkenfahrer schrie vor Furcht: »Mein Herr, was soll ich tun?«

»Bleiben Sie in Bewegung!« rief Gersen, dann, einen Augenblick später: »Halten Sie hier an!«

Er stieg aus der Droschke und blickte über das Feld. An der Stelle, wo die *Ettilia Gargantyr* gestanden hatte, lagen einige wenige schwelende Bruchstücke. Gersen blieb starr vor Wut und Bestürzung stehen. Vorhersehbar!, sagte er sich zwischen zusammengepressten Zähnen. Lens Larque vollführt kuriose Tricks! Er vernichtet den Prozess und das Schiff mit einem Schlag und

streicht die volle Versicherungssumme ein! Diese Prämien wird
Ottile Panshaw nicht säumig gewesen sein!

»Ich bin selbstgefällig geworden«, murmelte er. »Meine
Klinge hat an Schärfe verloren!« Angewidert schwang er herum
und kehrte zur Droschke zurück. Er fragte den Fahrer: »Können
Sie auf das Feld hinausfahren?«

»Nein, mein Herr, das Feld ist uns verboten.«

»Dann fahren Sie ein Stück die Straße entlang.«

Die Droschke umfuhr das Feld. Auf der beleuchteten Fläche
neben den Reparaturwerkstätten bemerkte Gersen eine ausschwär-
mende Gruppe von Männern, offenbar in einem Zustand des
Schocks oder der Hysterie. Gersen rief dem Fahrer zu: »Nehmen
Sie den Zugangsweg dort drüben, in Richtung des Lagerhauses.«

»Ich darf die öffentliche Straße nicht verlassen, mein Herr.«

»Nun gut, warten Sie hier.« Gersen sprang auf den Boden.

Von hinter den Werkstätten kommend, flitzte ein kleiner
Lager-Lastwagen hervor, der unberechenbar gesteuert wurde. Mit
voller Geschwindigkeit flüchtete er über das Feld auf den Zugangsweg zu. Die Männer in der Werkstatt reagierten sofort. Einige
verfolgten ihn zu Fuß, andere sprangen in Fahrzeuge und nahmen
so die Verfolgung auf. Der Lastwagen, welcher auf den Zugangsweg auffuhr, hoppelte mit voller Geschwindigkeit auf die Straße
zu. Als er unter einem Flutlicht herfuhr, sah Gersen das Gesicht
des Fahrers, das breit, rötlich-bronzefarben und grob war und star-
rende Augen besaß: das Gesicht Tintles. Ihm fehlte das Geschick,
den Lastwagen zu lenken, und er geriet von der Straße und in eine
Spurrille. Der Lastwagen ruckelte und holperte, schlingerte zur
Seite und überschlug sich. Tintle wurde durch die Luft geworfen,
strampelte und fiel, halb auf dem Rücken, halb auf der Seite lan-
dend, ausgestreckt hin und blieb einen Augenblick reglos liegen.
Dann taumelte er mühsam auf die Beine, warf einen wilden Blick
über die Schulter und begann, humpelnd über die Straße zu rennen. Seine Verfolger erwischten ihn unter einem der Flutlichter
und versetzten ihm, im Kreis der blau-weißen Beleuchtung, starke
Schläge mit Fäusten und Metallwerkzeugen. Tintle torkelte vor

und zurück und fiel zu Boden. Die Männer traten ihn, sprangen ihm auf Kopf und Körper, bis er blutig, geschunden und tot war.

Gersen, der den Schauplatz erreichte, sprach einen jungen Mann an, der den Arbeitsanzug eines Mechanikers trug. »Was geht hier vor?«

Der junge Mechaniker bedachte ihn mit einem halb ängstlichen, halb trotzigen Starren. »Sehen Sie nicht das Wrack? Den Rumpf dort drüben? Der Mann hat es in die Luft gesprengt und ein halbes Dutzend unserer Kameraden dazu! Dreist wie die Frechheit selbst fuhr er seinen Lastwagen unter das Frachtluk und setzte eine große Kiste ab. Es war Frack, das ist es, was es war! Dann fuhr er davon, und eine Minute später hat uns die Druckwelle fast umgehauen, drüben bei den Werkstätten. Es waren vier Wächter an Bord und sechs Männer der Tagschicht, die gerade im Begriff waren, nach Hause zu gehen. Alle in der Explosion umgekommen!« Vor Entrüstung und von der Bedeutung des Geschehens überkommen, begann der junge Mechaniker zu poltern: »Und wer sind Sie, dass Sie herkommen und fragen, weshalb wir den Drott fassen wollten?«

Ohne sich die Mühe zu machen, etwas zu erwidern, wandte Gersen sich ab. Er marschierte zurück zur Droschke, wo der Fahrer nervös in der Dunkelheit wartete. »Wohin jetzt, mein Herr?«

Gersen warf einen letzten Blick über das Feld, auf dem die Gruppe der Werksleute im grellen Flutlicht winkend, stampfend, gestikulierend immer noch um Tintles Leiche herumstanden. »Zurück in die Stadt«, sagte er.

Hinaus aus Slayhack, über die Pilkampstraße nach Süden, nach Gara und Dundivy rollte die Droschke. Gersen starrte blicklos voraus, entlang der Reihe von Straßenlampen, die sich in einer leuchtenden Kette den gesamten Weg zurück in die Altstadt bog. Sein Brüten wurde von dem Anblick eines Schildes unterbrochen: *Tintles Schirm*. Wie zuvor spielten bunte Lichter und Schatten entlang der oberen Fenster. Heute Abend, während Tintle tot in Slayhack lag, pulsierte *Tintles Schirm* vor fröhlicher Aktivität.

Eine unheimliche Emanation prickelte am Rande von Gersens

Verstand. Für einen Augenblick saß er unentschlossen da, dann ließ er die Droschke anhalten. »Warten Sie auf mich, es wird nicht lange dauern.«

»Jawohl, mein Herr.«

Gersen überquerte die Straße. Aus *Tintles Schirm* drangen gedämpfte Geräusche der Festivität: piepsende Musik, gelegentlich ein Heulen und Jaulen närrischer Fröhlichkeit. Er schob sich durch den Eingang. Die alte Frau in Schwarz blickte steinern durch den Biersaal, sprach aber kein Wort.

Gersen stieg die Stufen zum Obergeschoss hinauf. Als er durch die Tür trat, fand er sich hinter einer Reihe derber Körper, Köpfen und gebogener Schultern wieder, die sich gegen die rosafarbene Beleuchtung dahinter abzeichneten.

Im Zentrum des Saals wurde ein Unterhaltungsprogramm geboten. Zwei Musikanten auf einer Plattform spielten Trommel und Diedelpfeife. Darunter, und nur durch flüchtige Blicke an kahlen Köpfen und baumelnden Ohrläppchen vorbei sichtbar, tollte ein verhutzelter Jugendlicher mit einer vollbusigen, als alte Darshfrau verkleideten Puppe, herum. Mit nasaler Stimme sang er nachdrücklich und atemlos im Darshjargon*, den Gersen nicht vollkommen verstand:

> *I first saw light at Gaggar's Shade beneath the nephar tree;*
> *They gave me bottom beer to drink, then good ahagaree.*
> *My dangle coiled all curlicue to everyone's despair;*
> *A kitchet wandered past the door; it straightened then and there.*

---

* Darshmänner und -frauen verwenden deutlich unterscheidbare Idiome, beide reich an Beinamen. Das Lied wird im männlichen Jargon vorgetragen.

  Ein junges Mädchen ist eine »Chelt«. Nach der Pubertät, bis ihr ein Gesichtsschnurrbart wächst, gewöhnlich nach sechs bis acht Jahren, ist sie eine »Kitchet«. Danach mag sie sich eine große Anzahl von Beinamen zuziehen, üblicherweise abfällige.

  Die Frauen verwenden eine Reihe gleichartiger Begriffe in Bezug auf die Männer.

Tinkle tankle winkle wankle finkle fankle fime
All the aeons gone before are simply wasted time.

I saw a chelt in native pelt and felt a queer condition.
The heartless creature jeered and mocked my meager proposition.
Every day I chased the chelts and prowled the shade by night.
Wondering where the kitchets went when Mirassou shone bright.
    Tinkle tankle winkle wankle finkle fankle fun
    The chelts though brash wear no mustache, the kitchets only one.

Oh where do all the kitchets go on midnight promenade?
Oh what compels the tender things so far from Gaggar's shade?
They walk to Dobbin's Fountain, they climb Knobkelly Row;
Out upon Bagshilly Sand the tender kitchets go.
    Tinkle tankle winkle wankle finkle fankle fex
    A fearful thrill to pit your skill against the female sex!

When I became a bungle boy and Mirassou shone fair,
I ran across Bagshilly Plain to catch a kitchet there.
But who caught me but the vile old khoontz who terrorized the place,
With her biffle belly, monstrous arse and gibble-gobble face.
    Tinkle tankle winkle wankle finkle fankle fane
    Fear and fright by pale moonlight upon Bagshilly Plain!

She seized my draps and dingles, she toyed with my emotion;
She rubbed my private enterprise with scrofulatic lotion.
She put me in a quandary and caused me deep dismay.
She never let me out again until the dawn of day.
    Tinkle tankle winkle wankle finkle fankle fade
    Stark and pale I crawled the trail which leads to Gaggar's Shade.

Now that I'm a pooter bold, I wander where I please.
I chase the kitchet back and forth with condescending ease.
Serene and gay I chanced to stray upon Bagshilly Plain;
Who bounded forth but the same old khoontz and took me once again!

Tinkle tankle winkle wankle finkle fankle foom
Serene and bland, I walked the sand to meet an awful doom.

I'll dare to slog the oozing bog; I'll risk the frozen pole;
I'll challenge fifteen champions at Dinklestown hadaul,
But I won't dare a promenade along Bagshilly Plain,
In craven fear that the vile old khoontz should take me once again.
Tinkle tankle winkle wankle finkle fankle fore
Bagshilly Plain has been my bane; I'll go there nevermore.*

Die Refrains wurden vom Publikum enthusiastisch begleitet: es stampfte, jaulte, rülpste ein getragenes Obligato.

Gersen ging seitlich hinter den Zuschauern in Richtung Küche, wo die Sicht weniger versperrt war. Einige der Anwesenden trugen die übliche weganische Kleidung, andere weiße Darshroben und Thabbat. Zwei Männer an einem Tisch auf der anderen Seite des Saales erregten Gersens Aufmerksamkeit: der erste, massiv und eigenartig still, mit unter dem Thabbat verborgenen Gesichtszügen. Der andere, ein kleinerer Mann, saß mit dem Rücken zu Gersen gewandt und vollführte während des Sprechens spärliche, zurückhaltende Gebärden.

Jemand stieß ihn an und drängte ihn vor. Gersen blickte in das sardonische Gesicht von Madame Tintle. »Sind Sie es nicht? Der glühende Journalist? Sind Sie gekommen, um Ihren Freund zu treffen?«

Gersen fragte höflich: »Welchen Freund meinen Sie?«

Madame Tintle zeigte ein schlaues, arglistiges Lächeln, welches mehr den Schnurrbart bewegte als den Mund. »Dazu kann ich nichts sagen. Für mich sehen alle Iskische[†] gleich aus. Aber möglicherweise sehen Sie ihn bald. Oder sind Sie vielleicht gekommen, um Ned Ticket zuzuschauen?«

»Nicht ganz. Ich habe gedacht, vielleicht mit Ihnen zu sprechen,

---

* siehe Anhang.

† Iskisch: Darshjargon für jeden anderen, außer einem Darsh.

in Zusammenhang mit unserer Vereinbarung. Zum Beispiel sind dies alles regelmäßige Gäste heute Abend? Wer sind diese Männer, die dort drüben sitzen, auf der anderen Seite des Saals?«

»Fremde, frisch von Dar Sai. Könnten sie die Bekannten sein, die Sie suchen?«

»In diesem Dämmerlicht bin ich mir dessen nicht sicher.«

Madame Tintles Lächeln wurde zu einem unangenehmen Grinsen. »Wieso gehen Sie nicht zu ihnen hinüber und machen ihnen Ihre Aufwartung?«

»Eine gute Idee. Das werde ich in Kürze tun. Haben Sie etwas Neues von Tintle gehört? Er wurde auf einen Botengang geschickt.«

»Ist das wahr? Tintle wird noch zum letzten Schrei. Gestern Abend hat er getanzt und flinke Hacken gezeigt.«

Der Sänger beendete sein Lied unter rülpsendem, stampfendem Beifall. Madam Tintle schniefte vor Missfallen. »Dumme alte Khoontz, wie? Keine Angst! Im Frauengeschoss essen wir frischen Ahagaree und feiern Tobo den tatternden Tyrannen. Das ist nur gerecht. Was haben wir als Nächstes? Ticket der Schnaveler? Schauen Sie aufmerksam zu, es wird Sie ablenken!« Madame Tintle bewegte sich ruckartig davon, indem sie Zuschauer, ohne Sorge oder Entschuldigung, mit der Schulter beiseitestieß. Gersen blickte sich nach den beiden Männern auf der anderen Seite des Raums um. Der schlanke Mann war mit großer Gewissheit Ottile Panshaw. Wer mochte der andere sein? ... Eine Trommel wurde geschlagen; auf die Tanzfläche rannte ein großer dünner Mann mit langen dürren Beinen, der ein enges Kostüm in Senfgelb und Schwarz trug. Seine Arme waren mager und gefurcht, die lange zuckende Nase hing über einem langen spitzen Kinn. Er schwang eine Peitsche. Schnalzen und Knalle akzentuierten seinen Vortrag. »He ho jetzt, es ist Zeit für unseren Spaß! Ich bin Nikity Ticket; mein erstes Wasser habe ich an Wabbers Brunnen getrunken. Das Leder habe ich von Roly Tatwyn gelernt. Meine Peitsche ist Whirr; sie wird nie müde, also, wer will tanzen? Wer will zur Ledermusik springen? Anmutig und gefühlvoll! Hier kommen unsere Tänzer!«

Fasziniert beobachtete Gersen die beiden Männer auf der
anderen Seite des Saals. Einer war Ottile Panshaw, der andere
– er wagte es kaum zuzulassen, dass der Name seinen Verstand
erreichte – mochte es Lens Larque sein?

Madame Tintle tauchte aus einem Alkoven hinter den beiden
Männern auf. Sie näherte sich ihnen von der Seite und blieb dann
stehen, in einer Haltung, die gleichzeitig ehrerbietig und verächtlich war. Sie beugte sich vor, sprach und ruckte mit dem Daumen.
Beide Männer drehten sich um und blickten zu Gersen, der auf-
gepasst und sich seitwärts in die Schatten geschoben hatte.

»… hoi, hoi, hoi!« schrie Ned Ticket den Tänzern zu. Er ließ
die lange Peitsche dicht vor ihren Füßen schnalzen und erzeugte
tiefe, satte Geräusche. »Fix jetzt, fix! Tanzt zur Musik des Leders!
Mit einem Tritt und einem Hopp; so muss es gehen, zeigt uns
eure Hacken, dann schwenkt die Ziele!« Die Tänzer trugen kurze
enge Hosen, auf deren Boden scharlachrote Scheiben genäht
waren. Zwei der Tänzer waren Darshburschen, der dritte war
Maxel Rackrose, welcher agil tanzte. »Hopp, happ, hupp!« rief
Ned Ticket. »So tanzen wir in Doodams Schirm! Ein Anflug von
Süße, das gute süße Leder! Das glänzende Leder, subtil und süß!
He Hurra! Ein Schnalzen – und ein Schnalzen – und ein Schnalzen, Schnalzen, Schnalzen! Springt jetzt, lebhaft da! Auf zu einem
fröhlichen Reel! Herum und Schritt, Drehung und Schritt und
eine Kostprobe vom Leder! Meiner Treu, ein feiner fixer Tanz!
Wir sind wahrlich heiter! Hopp und Sprung und ein Schnalzen,
Schnalzen, Schnalzen! Pah, so bald schon? Wieso musst du uns
den Spaß verderben? Ein Schnalzen und ein Schnipsen, genau auf
das Ziel; auf jetzt, wirbelt wie anmutige Elfen. Erschöpfung? Ein
Märchen! Auf, weiter mit dem Tanz; wir können nicht schon auf-
hören! Auf! Bücken und schwenken; ein Lächeln und eine Träne,
verlockt vom Ziel! … Ein Augenblick der Rast.« Ned Ticket
schwang auf den Hacken herum, verbeugte sich vor dem Mann
neben Ottile Panshaw. »Mein Herr, Ihre Peitsche ist berühmt,
wollen Sie am Tanz teilnehmen?« Der wuchtige Mann vollführte
ein ablehnendes Zeichen. Ottile Panshaw rief: »Wir brauchen

frische Tänzer, begeistert und eifrig! Da ist einer bei der Küche, der iskische Spion! Stoßt ihn auf die Tanzfläche.«

Gersen rief: »Rackrose, hierher! Schnell!«

Rackrose drehte den Kopf, keuchte und humpelte mit glasigen Augen auf Gersen zu.

»Noch nicht!« schrie Ned Ticket. »Mach dich bereit für den Tanz!«

Gersen spürte eine Präsenz hinter sich. Er wandte sich um und sah Madame Tintle mit zum Stoß ausgestreckten Armen. Er glitt zur Seite, zog und schwang sie ausgestreckt auf die Tanzfläche. Er griff nach seiner Pistole und feuerte in Richtung Bauch des wuchtigen Mannes. Sein Arm wurde angerempelt; der Strahl ging daneben. Eine Faust schlug ihm die Pistole aus der Hand, dunkle Gestalten rückten auf ihn zu.

»Rackrose!« bellte Gersen. »Hierher! Rasch!«

Eine brüllende Gestalt bedrängte Gersen. Er erhielt einen Schlag auf den Hinterkopf. Er blinzelte, ruckte einen Ellbogen in einen benachbarten Bauch, ließ seine Hand in Metallfinger gleiten und ein Messer in seine rechte Hand fallen. Wieder schlug ihn jemand, Gersen ergriff den Arm. Sein Angreifer stieß ein rasselndes Keuchen aus, als Energie seinen Körper durchzuckte. Stechend und schlitzend erreichte Gersen Rackrose, zog ihn in die Küche, und selbst in diesem Augenblick noch schreckte er vor dem öligen Gestank zurück. Vier Frauen schrien Zeter und Mordio. Gersen packte einen Kessel mit blubbernder Soße, warf ihn hinaus in den Hauptraum und rief damit Schmerzensschreie hervor. Durch eine Seitentür, die zur Treppe führte, kam mit stechenden Augen Madame Tintle. Sie fasste Gersen von hinten und klammerte sich an ihn. »Frauen!« bellte sie. »Holt das Brechöl! Bedient den Herd! Wir braten diesen Iskisch auf dem Ofen!«

Gersen berührte sie mit metallenen Fingern. Sie schrie auf und stolperte zurück, um die Stufen hinunterzustürzen. Gersen warf ein Regal mit Gewürzen auf die Frauen und winkte Rackrose. »Schnell!« Sie rannten die Stufen hinunter und sprangen über die benommene Gestalt von Madame Tintle am Fuß der Treppe.

Die Bierfrau kam herbei und starrte verwundert. »Was ist das für ein Aufruhr?«

»Madame Tintle ist gefallen«, erklärte Gersen. »Am besten, Sie sehen nach ihr. Kommen Sie, Rackrose, wir müssen uns auf den Weg machen.«

Gersen hielt zum letzten Mal Ausschau die Treppe hinauf. Auf dem Absatz stand der wuchtige Mann und zielte mit einer Pistole. Gersen glitt zur Seite, der Strahl fuhr an ihm vorbei. Er warf sein Messer. Der Winkel war schwierig; statt die Kehle des Mannes zu durchbohren, schnitt die Klinge sein baumelndes Ohrläppchen ab.

Der Mann schrie vor Wut auf und feuerte die Pistole noch einmal ab, doch Gersen und Rackrose waren bereits zur Tür hinaus.

Sie rannten über die Pilkampstraße zur Droschke. Gersen rief dem Fahrer zu: »Schnell, mit höchster Geschwindigkeit zurück in die Stadt! Die Darsh sind alle verrückt geworden!«

Die Droschke fuhr ruckelnd los und rumpelte nach Süden. Sie wurden nicht verfolgt. Gersen ließ sich im Sitz zurückfallen. »Er war da … zweimal habe ich versucht ihn umzubringen, zweimal habe ich versagt. Der Plan hat gut funktioniert, er hat den Köder geschluckt. Zweimal habe ich versagt.«

»Ich weiß nicht, wovon Sie reden«, knurrte Rackrose. »Hier und jetzt setze ich Sie davon in Kenntnis: Ich kann nicht mehr länger Ihr Mitarbeiter sein. Die Bezüge …«, Rackrose sprach im Ton sarkastischer Feinfühligkeit, » … entsprechen nicht meinen Aufgaben.«

Gersen war nicht in der Stimmung, Rackrose mit Mitgefühl zu überschütten. »Sie sind mit dem Leben davongekommen, betrachten Sie sich als Glückspilz.«

Rackrose schnaubte und veränderte schmerzhaft seine Position. »Das ist leicht für Sie zu sagen. Sie haben nicht mit Ned Ticket getanzt! Was für eine widerwärtige Angelegenheit!«

Gersen seufzte. »Ich sorge dafür, dass Sie entschädigt werden. Genießen Sie die Striemen, durch sie haben Sie sich das Geld verdient.«

Nicht lange danach fragte Rackrose: »Wer war dieser große Mann in der Darshrobe?«

»Lens Larque.«

»Sie haben versucht, ihn zu töten.«

»Gewiss. Weshalb nicht? Ich habe versagt, ungemeines Pech!«

»Sie sind ein höchst seltsamer Journalist.«

»Da haben Sie zweifellos recht.«

Drei Tage später nahm Jehan Addels über den Kommunikator Kontakt mit Gersen auf. Als dieser Addels sorgsam beherrschtes Gesicht bemerkte, wusste er, dass bedeutende Neuigkeiten bevorstanden.

»Was die *Ettilia Gargantyr* angeht«, sagte Addels in einem derart trockenen Ton, dass es beinahe knisterte, »so ist das Schiff völlig zerstört. Der Rechtsfall der Cooneys Bank gegen die *Ettilia Gargantyr* ist damit obsolet.«

»Das habe ich selbst auch bereits geschlossen«, erwiderte Gersen.

»Man beginnt unverzüglich, sich Gedanken über die Versicherung zu machen«, meinte Addels. »Wir fragen uns nach der Versicherungsagentur, der Deckungssumme und, natürlich, den Begünstigten. Einige Fakten sind nun aufgetaucht und Sie möchten sie vielleicht gern erfahren.«

»Definitiv«, befand Gersen. »Welches sind diese Fakten?«

»Ich habe festgestellt, dass die Police erst vor drei Wochen ausgehandelt wurde, und zwar mit einer Gesamtversicherungssumme, welche dem Wiederbeschaffungswert für das Schiff samt seiner Fracht gleichkommt oder diesen sogar noch übersteigt. Der Versicherungsträger ist die Cooneys Treuhandversicherung, eine Tochtergesellschaft der Cooneys Bank in Thrump auf David-Alexanders-Planet. Die versicherte Partei, das Kotzash Mutual Syndikat in Serjeuz, hat seinen Anspruch vorgelegt. In Übereinstimmung mit der Firmenpolitik wurde der Ausgleich prompt und gewissenhaft geleistet.«

Gersen blickte Addels mit finsterem Ausdruck an. »Ich besitze Cooneys Bank?«

»Das tun Sie. Und ebenso Cooneys Treuhandversicherung.«

»Dann habe letzten Endes ich Lens Larque eine große Summe Geldes gezahlt.«

»Das ist der Fall.«

Gersen, der sich normalerweise keinen gefühlsbetonten Demonstrationen hingab, hob die Hände in die Luft, ballte die Fäuste und schlug sie sich gegen den Kopf. »Er hat mich ausgetrickst.«

»Er ist berüchtigt für seine Streiche«, entgegnete Addels spröde.

»Ja, ich habe es begriffen.«

»Ein uraltes Sprichwort besagt, dass ›der, der mit dem Teufel speist, einen langen Löffel verwenden sollte‹. Es scheint, dass Sie sich mit einer Dessertgabel an einem solchen Mahl versucht haben.«

»Wir werden sehen«, sagte Gersen. »Sind Sie zum Aufbruch bereit?«

Addels Gesicht wurde leer. »›Aufbruch?‹ Wohin?«

»Nach Dar Sai, selbstverständlich.«

Addels senkte halbwegs die Augenlider und neigte den Kopf zur Seite. Mit näselnder Stimme sagte er: »Wichtige persönliche Angelegenheiten halten mich davon ab, Sie bei diesem Unternehmen zu begleiten. Und – eine Nebensächlichkeit, natürlich – Dar Sai ist eine wilde und rohe Welt, auf der ich mich sicherlich nicht wohlfühlen würde.«

»Ja, möglicherweise.«

Nach einem vorsichtigen Augenblick fragte Addels: »Wann reisen Sie ab?«

»Heute Nachmittag. Es gibt nichts, was mich noch hier hält.«

Addels sagte schroff: »Ich verschwende meinen Atem, wenn ich Ihnen rate, Umsicht walten zu lassen. Also wünsche ich Ihnen Glück.«

»Ich bin so umsichtig wie notwendig«, entgegnete Gersen. »Ich werde in Kürze Verbindung mit Ihnen aufnehmen.«

TEIL II:
DAR SAI

KAPITEL VII

Aus: *Touristenführer der Coranne* von Jane Szantho:

Dar Sai, zweiter Planet der Coranne, kann nicht als angenehme oder günstige Welt bezeichnet werden – tatsächlich würde ein zufälliger Beobachter jegliche Möglichkeit der menschlichen Bewohnbarkeit abstreiten. Jede Hemisphäre könnte in Zonen nahezu gleicher Bösartigkeit eingeteilt werden. An den Polen heulen die Winde um einen Wirbel eines immerwährenden Fallwind-Zyklons, was einen unablässigen Niederschlag aus Regen, Schlamm und Schnee nach sich zieht. Die sich daraus ergebenden Grundwasser laufen in die Sümpfe ab, eine Region mit Quellen, giftigen Schleimen, Stilettkäfern und unzähligen Arten an Algen, von denen einige den Wuchs von Sträuchern erreichen.

Aus den Sümpfen läuft das Wasser nach Süden und Norden beziehungsweise in die äquatoriale Hitzezone – dem sogenannten Striemen – ab. Ein Teil des Wassers verdunstet, ein anderer versickert im Sand.

Der Striemen ist dem grellen Licht von Cora gnadenlos ausgesetzt und erscheint genauso bösartig wie jede andere Region von Dar Sai. Leichte, wechselhafte Winde wehen während des Tages, doch in der Nacht ist in der Wüste, die zu dieser Zeit seltsam schön wird, alles ruhig.

Ein kleiner toter Stern, einst Coras Begleiter und posthum als Fideske bekannt, ist dafür verantwortlich, dass Dar Sai für Menschen bewohnbar ist. Vor zwanzig Millionen Jahren zerfiel Fideske in Stücke, von denen das größte, Shanitra, Methel, den dritten Planeten, als Mond umkreist. Einige

Stücke bilden einen Asteroidengürtel, andere fielen auf Methel und Dar Sai und brachten seltene und kostbare Elemente
von hohen Ordnungszahlen mit sich, die Duodezimaten*.
Auf Methel gingen diese Elemente auf dem Meeresgrund
verloren. Auf Dar Sai sind sie zum Bestandteil des Wüsten-
sands geworden, den der Wind stetig siebt und auftrennt.
Die ersten Menschen kamen nach Dar Sai, um Duodezimat-Adern abzubauen. Mit den Jahrhunderten entwickelten
sie sich zu den Darsh, einem Volk so grimmig und verdreht
wie die Welt, die es bewohnt.

Diese ersten Siedler, hauptsächlich Flüchtlinge, Despera-
dos und Tunichtgute, entdeckten schnell, dass sie am Tage
nur mithilfe leistungsfähiger Luftkühler überleben konnten
oder – unter primitiveren Verhältnissen – in Unterständen,
die durch rieselndes Wasser gekühlt wurden. Unter Verwendung des durch Duodezimaten gewonnenen Reichtums
errichteten die Darsh ihre berühmten »Schirme«: enorme
Sonnenschirme von einhundertfünfzig Metern Höhe, die
achtzig oder hundertzwanzig Ar Schatten spenden. Aus
unterirdischen Wasseradern wird Wasser auf die Kronen-
oberfläche gepumpt, das dann über die Peripherie fließt
und in Flächen, Schleiern und kühlen Nebeln hinabtropft.
Unter diesen Schirmen leben die Darsh. Sie pflanzen Mengen von Nahrungsmitteln in ihren Pflanzschalen an, einiges
stellen sie künstlich her und alles Übrige wird importiert.
Die Gewürze, welche ihre Küche bereichern, stammen von
besonderen Arten der Sumpfalgen. Einige dieser Gewürze –
das Ahagaree zum Beispiel – sind vom Gewicht her genauso
wertvoll wie gutes schwarzes Duodezimat.

Die Darsh sind für Außenweltler oder Iskische, um den
Darsh-Jargon zu verwenden, körperlich nicht sehr anspre-
chend. Sie sind starkknochig, oft wuchtig und neigen in

---

* Eine unzutreffende Bezeichnung, die nichtsdestotrotz eine allgemein beliebte Anwendung findet.

ihren späteren Jahren zur Korpulenz. Ihre Gesichtszüge sind grob und ihr Teint tendiert zu einem grellen Rötlichgrau, gelegentlich mit kalkigem Unterton. In der Pubertät verlieren die Männer ihre Haare vollkommen. Im Gegensatz dazu sind die Frauen stark behaart und oft wachsen ihnen zehn Jahre nach der Pubertät Schnurrbärte. In dieser kurzen Dekade zwischen Pubertät und Gesichtsbehaarung erreichen die Mädchen oder Kitchets einen gewissen Grad an körperlichem Charme und werden von Darshmännern jeglichen Alters hochgeschätzt.

Der darshsche Ohrknorpel lässt sich leicht strecken, die Ohrläppchen hängen lose und lang und besitzen zuweilen baumelnde Anhänger. Die Männer tragen weiße Roben und Kapuzen. Wenn sie im Tageslicht unterwegs sind, pumpen kleine Klimageräte kalte Luft unter diese Roben. Die Frauen, welche bei Tage niemals den Schirm verlassen, tragen weniger wallende Kittel in Kastanienbraun, Orange oder Senfgelb: Farben, die in besonders unangenehmer Disharmonie zu ihrem Teint stehen.

Darshkinder finden sich in einem wenig mitfühlenden Milieu wieder. Sie werden auf alle möglichen Arten ausgebeutet; sie empfangen weder Dankbarkeit noch Zuneigung und entwickeln so eine bemerkenswerte Egozentrik, die Stolz nicht unähnlich ist, so als wollten sie gegen das Schicksal wettern: »Du hast mich missbraucht und misshandelt; du hast mir keinen Gefallen erwiesen, aber ich habe überlebt; ich bin beharrlich und stark geworden, trotz alledem!«

Dieser Stolz drückt sich bei den Darshmännern als »Plambosch« aus, eine großtuerische, eigenwillige Extravaganz, eine unbekümmerte Geringschätzung der Konsequenzen, eine Verdrehtheit, die notgedrungen zur Verachtung der Autorität führt. Falls dieser Stolz, durch die ein oder andere Weise, wie beispielsweise bei einer öffentlichen Demütigung, gebrochen oder zerstört wird, ist der Mann »gebrochen« und wird daraufhin nahezu eunuchoid.

Bei den Frauen ist diese Eigenschaft schwieriger zu definieren und nimmt die Form von einstudierter Unergründ-
lichkeit an. Wer immer menschliche Undurchsichtigkeit
erfahren möchte, muss lediglich versuchen, einen witzigen
Umgang mit Darshfrauen herbeizuführen. Männer und
Frauen vermählen sich der ökonomischen Unterbringung
wegen, aus keinem anderen Grund. Die Fortpflanzung wird
durch ein weitaus abenteuerlicheres Verfahren, während
nächtlicher Spaziergänge durch die Wüste, gewährleistet,
insbesondere, wenn Mirassou am Himmel scheint. Das
System ist einfach zu umreißen, jedoch kompliziert in seinen Einzelheiten. Beide, Männer wie Frauen, suchen sich
in aggressiver Weise junge Sexualpartner. Die Männer fangen gerade erst jugendlich gewordene Mädchen ein; Frauen
ergreifen sich nicht viel ältere Jungen. Um die Jungen hinaus
in die Wüste zu locken, schicken die Frauen unbarmherzig
pubertierende Mädchen aus, und so nimmt das Geschehen
seinen Lauf. Das System besitzt Permutationen, die zu erforschen hier unnötig ist. In diesem Zusammenhang wären die
Peitschendarbietungen zu erwähnen. Diese erreichen in den
Hauptstädten kunstvolle Formen, und Außenweltbesucher,
die einen der fremdartigen Riten erleben, werden darüber
erstaunt, fasziniert und ohne Zweifel davon abgestoßen sein.
Das charakteristische Darshspiel *Hadaul* sollte vielleicht
ebenfalls Erwähnung finden, aber es ist mehr unter den Hin-
terlandschirmen verbreitet.

Damit sich der Leser keinen negativen Eindruck von den
Darsh bildet, muss auf ihre Tugenden hingewiesen werden.
Sie sind tapfer – es gibt keine darshschen Feiglinge. Sie
äußern nie etwas Falsches – damit würden sie ihren Stolz
kompromittieren. Sie sind auf eine vorsichtige Weise gast-
lich in dem Sinne, dass es für jeden Fremden oder Außen-
weltwanderer, der in einem abgelegenen Schirm eintrifft,
ein natürlicher Anspruch ist, Nahrung und Unterschlupf
zur Verfügung gestellt zu bekommen. Ein Darsh mag etwas

konfiszieren, einen Anspruch darauf erheben oder einfach etwas gebrauchen, wofür er einen unmittelbaren Nutzen hat, aber er wird sich niemals dazu herablassen, etwas zu stehlen. Die Habseligkeiten eines Fremden sind sicher. Sollte der Fremde allerdings eine Ader mit schwarzem Sand entdecken, könnte er gut und gerne konfrontiert, ausgeraubt und getötet werden. Die Darsh geben zu, dass solche Taten kriminell sind, bringen gegenüber den Tätern jedoch keine große moralische Entrüstung auf.

In Bezug auf die Darshspeisen gilt: Je weniger man darüber sagt, desto besser. Der Reisende muss sich mit dem Darshessen abfinden, wie mit einer Naturkatastrophe. Es führt zu nichts, Genuss vorzugeben. Die Darsh wissen selbst, dass ihre Speisen widerwärtig sind und beziehen offensichtlich einen perversen Stolz aus ihrer Fähigkeit, sie regelmäßig zu sich zu nehmen.

Damit, meine reisenden Freunde, haben Sie in Kurzform ein skizziertes Bild der Welt Dar Sai. Vielleicht werden Sie sie nicht mögen, aber vergessen werden Sie sie nie.

≈

Gersen machte die Passage nach Dar Sai in einem Fantamischen Flitzerflügel von moderater Größe und Erscheinung. Der Kurs führte ihn in die hinter Argo Navis gelegenen Regionen, nahe am Rand des Jenseits': ein Gebiet, das er nie zuvor besucht hatte.

Voraus brannte die weiße Sonne Cora. Im Makroskop machte Gersen die beiden bewohnten Welten Methlen und Dar Sai aus.

In Bezug auf Dar Sai gaben die *Verkehrshinweise* nur eine kurze Auskunft:

> Die Hauptniederlassungen sind, in Reihenfolge ihrer Bedeutung: Serjeuz, Wabbers Brunnen, Dinklestown und Belfeser. Keiner dieser Orte bietet mehr als rudimentäre Einrichtungen für die Reparatur oder Wartung von

Raumschiffen. Es gibt weder Ein- noch Ausreisevorschrif-
ten; tatsächlich gibt es keine zentrale Darshautorität. Um
ihre kommerziellen Interessen zu schützen, wird Dar Sai
in einem gewissen Maß von Methlen-Geschäftsstellen
überwacht, doch abseits der vier Hauptstädte schwindet
der Methleneinfluss. In Serjeuz zeigt ein weiß markier-
tes Rechteck die bevorzugte Landezone an, von dort
gibt es den leichtesten Zugang zu den kommerziellen
Warenlagern.

Aus einer Höhe von drei Kilometern erschien Serjeuz als ein
kleiner Mechanismus, verloren in einer grauen, rosafarbenen und
gelben Einöde. Als Gersen hinabsank, wurden die Einzelheiten
im Morgenlicht Coras deutlicher und Serjeuz wurde zu einer
Ansammlung von Sonnenschirmen, über deren Ränder ringsum
Wasserschleier rannen.

Das Fiasko in Rath Eileann war in den Hintergrund von
Gersens Erinnerung getreten, wo es nagte, wie ein kleines ver-
borgenes Geschwür. Als er auf Serjeuz hinunterblickte, verspürte
er wiedererwachende Gefühle: die Verstohlenheit des Jägers,
prickelnde Wachsamkeit, Ehrfurcht vor der Nähe des schrecklichen Scheusals. Lens Larques Emanationen durchzogen die
Landschaft. Hunderte von Malen hatte er sich unter den flie-
ßenden Sonnenschirmen gekühlt, Hunderte von Malen hatte er
in seiner flatternden Robe die Wüste zwischen Serjeuz und den
Bugold-Schirmen durchquert. Es war denkbar, dass er in genau
diesem Augenblick an einem seiner liebsten Orte, in nicht zehn
Minuten Entfernung, aß und trank.

In einem weiß gekennzeichneten Rechteck ruhten zwei Dutzend Raumschiffe verschiedener Arten und Zustände. Gersen
landete den Flitzerflügel in der Nähe der schimmernden Wasser-
wälle. Das Schiff wurde still; das Deck fühlte sich solide unter den
Füßen an.

Die örtliche Zeit war Mittmorgen. Gersen bereitete sich auf die
Ausschiffung vor. Dem Immunologischen Index zufolge stellten

durch den Wind verbreitete Sporen der Sumpfalgen, welche in den Lungen keimten, die vornehmlichste Bedrohung für die menschliche Gesundheit dar. Gersen hatte bereits vorbeugend Gegenmittel eingenommen. Er zog eine weiße Kapuzenrobe an, steckte Geld sowie ein Bündel Identifikationspapiere in die Tasche, vergewisserte sich seiner Waffen, trat durch das Vestibül und stieg zu der sandigen Oberfläche von Dar Sai hinab. Sofort schlug ihm die Hitze ins Gesicht. Gegen das grelle Licht kniff er die Augen zusammen und machte sich auf den Weg in Richtung Wasserwall.

Vier Darsh, die rittlings auf heruntergekommenen Vehikeln mit ein Meter zwanzig messenden Lufträdern saßen, brachen durch den Vorhang. Mit feinem *Plambosch* fuhren sie, sprangen und hoppelten, und die weißen Roben flatterten hinterdrein. Bis auf metallene Halbkugeln über den Augen, wurden ihre Gesichter von Thabbats bedeckt, was ihnen das Aussehen weißberobter Insekten verlieh. Sie schienen Gersen nicht zu sehen und fuhren ihn beinahe um. Er sprang zur Seite und rief ihnen einen Fluch hinterher, was keine Wirkung zeitigte. Die vier fuhren nach Norden auf das Schimmern eines einsamen Sonnenschirms am Horizont zu.

Gersen trat durch den Wasserschleier in einen Dschungel von Vegetation, die fünfzehn Meter hoch gestapelten Schalen entwuchs. Der Weg verlief unterhalb davon, umging einige gewölbte Lagerhäuser und endete in einem Wirrwarr kleiner Betonkuppeln mit massiven Wänden: niedrige, hohe, große und kleine: Kuppeln über Kuppeln; Kuppeln, die in andere Kuppeln übergingen oder aus anderen Kuppeln herauswuchsen; Kuppeln in Trauben von drei, vier, fünf oder sechs. Dies waren die sogenannten »Dambeln« oder Darsh-Wohnhäuser, die in einer zugleich massiven, vitalen und der Umgebung angemessenen Architektur erbaut waren – Charakteristiken, die auch für die Darsh selbst galten. Vegetation umgab und hing über jeder Dambel. Auf den Wegen und Alleen streiften kleine Kinder umher. Gersen bemerkte eine Gruppe junger Burschen, die ein Drück-Schiebe-Ringkampf-Spiel spielten: eine Kindervariante des Hadauls.

Gersen betrat etwas, was wie eine Hauptstraße aussah und kurz darauf von einem Sonnenschirm in den Schatten eines zweiten, noch höheren und noch aufwändigeren, überging, der ein enormes Volumen an kühlem, luftigem Raum umfasste.

Die Avenue mündete in einer Plaza, die von Beton- und Glaskuppeln halb im Stil der Darsh, halb im Stil der Interwelten-Galaktik gesäumt war. Die größte von ihnen beherbergte die Chanseth Bank, die Minen Investment Bank, die Große Bank von Dar Sai und einige Hotels: das *Sferinde Selekt* und das *Traveler's Inn*. Drei Restaurants befanden sich an der Vorderseite der Plaza: der *Sferinde-Garten*, der Traveler's-Inn-Garten und das Olander. Der *Sferinde-Garten* war auf Gäste eingerichtet, die Gersen nicht sofort einordnen konnte. Der Traveler's-Inn-Garten, welcher sich willkürlich unter Limonen-, Persimonen- und süßen Anissusbäumen erstreckte, diente einer Vielfalt an Kunden: Touristen, Geschäftsreisenden, verschiedenen Wandervögeln und Raummännern sowie einigen weißberobten Darsh. Das Olander auf der anderen Seite der Plaza war ausschließlich auf Darsh eingestellt.

Von den Hotels schien das *Sferinde Selekt* das vornehmste, teuerste und vermutlich bequemste zu sein. Das *Traveler's Inn* wäre möglicherweise etwas entspannter, wirkte jedoch ein wenig schäbig. Noch einmal musterte Gersen die Gäste im *Sferinde-Garten*. Es waren ansehnliche Menschen, dunkelhaarig, mit einem reinen blassolivfarbenen Teint und regelmäßigen Gesichtszügen. Sie trugen formelle Kleidung in einem Gersen unbekannten Schnitt. Wie das *Sferinde Selekt* selbst erschienen sie in der Umgebung Dar Sais fehl am Platz. Gersen hätte sie sich weitaus leichter in einem modischen Ferienort auf einer entfernten Welt, zu einer Zeit weit in der Vergangenheit oder weit in der Zukunft vorstellen können.

Fasziniert entschied Gersen, Unterkunft im *Sferinde Selekt* zu nehmen. Er überquerte die Plaza und schlenderte durch das Gartenrestaurant. Die Gäste, welche in ihren Konversationen innehielten, wandten sich um und beobachteten ihn mit einer kühlen Neugierde, die er als keineswegs schmeichelhaft empfand.

Er betrat die Eingangshalle, welche, unter einer austernweißen Decke, das gesamte Untergeschoss einnahm. Aus einem

Zentralteich wuchs ein Baum mit schwarzen und orangefarbenen Blättern. Kleine vogelähnliche Wesen hüpften durch die Zweige, tauchten in den Teich und flatterten wieder auf, wobei sie leise flötentonartige Laute pfiffen. Der Empfangsschalter nahm einen seitlichen Alkoven in Anspruch. Gersen näherten sich ihm. Der Angestellte, ein blasser junger Mann mit einem strengen Antlitz, warf Gersen einen schnellen Seitenblick zu, dann konzentrierte er seine Aufmerksamkeit eifrig auf das Hauptbuch, in dem er Einträge gemacht hatte.

In höflichem Ton sagte Gersen: »Bitte rufen Sie den Rezeptionsangestellten, wenn ich bitten darf: Ich möchte ein Zimmer mieten oder, besser noch, eine Suite.«

Der Angestellte sprach mit gleichmäßiger, monotoner Stimme: »Wir sind nicht in der Lage, Unterkunft zu bieten, wir sind vollständig ausgebucht. Versuchen Sie es im *Traveler's Inn* oder im *Olander*.«

Gersen wandte sich wortlos ab und verließ das *Sferinde Selekt*. Die Leute im Garten schienen ihn nicht zu bemerken. Er überquerte die Plaza zum *Traveler's Inn*, einer Herberge mit einem gänzlich anderen Charakter als dem des *Sferinde Selekt*s. Das *Traveler's Inn* war auf darshsche Weise erbaut worden, mit großem Vertrauen auf improvisatorisches Verständnis. Die drei gekrümmten Reihen parabolischer Bögen, die acht sich gegenseitig schneidenden Kuppeln, die Rotunden, Oberdecks und Balkone waren in einer abenteuerlichen Gemütsverfassung zusammengestellt worden, die dem Gebäude einen definitiven Geschmack nach Plambosch verlieh. Der Eingang führte durch dicke Wände in eine eher praktische denn verschwenderische Eingangshalle. An einer runden Rezeptionstheke arbeitete ein dünner Mann mit sandfarbenem Haar, schmalem Kiefer und langem Kinn. Er begrüßte Gersen mit einem freundlichen, wenn auch flüchtigen Gruß: »Ihr Begehr, mein Herr?«

»Eine Suite, die beste, die zur Verfügung steht. Ich rechne damit, einige Tage, möglicherweise eine Woche oder gar länger zu bleiben.«

»Da kann ich Ihnen angemessen dienen, mein Herr. Ich habe ein schönes, luftiges Schlafzimmer im Sinn, mit einem weiträumigen Blick über die Plaza. Es gibt einen prächtigen Waschraum, einen mit grünem Fries ausgelegten Salon und eine allgemein ausgezeichnete Einrichtung. Wenn Sie eine Inspektion vorzunehmen wünschen, nehmen Sie die Treppenflucht, wenden Sie sich nach rechts in den ersten Flur und treten Sie durch die blaue, schwarz abgesetzte Tür.«

Gersen suchte die Räumlichkeiten auf und fand sie nach seinem Geschmack. Als er zur Rezeptionstheke zurückkehrte, bezahlte er die Miete einer Woche, um seine Buchung offiziell zu machen.

Der Angestellte war vorteilhaft beeindruckt. »Wir sind glücklich, Sie als Gast zu haben, mein Herr.«

»Das beruhigt mich«, sagte Gersen. »Im *Sferinde Selekt* wollten sie nichts mit mir zu tun haben.«

»Es ist kein Geheimnis: das Sferinde ist ein Methlen-Urlaubsort. Sie sind dort auf niemand anderen eingestellt.«

Erleuchtung überkam Gersen. »Also handelt es sich um Methlen. Sie scheinen recht exklusiv zu sein.«

»›Exklusiv‹ ist das richtige Wort. Wenn der Heilige Symas in all seiner Pracht und mit seinem Gefolge aus doppelt geflügelten Mantiken und Trompete blasenden, auf Löwen reitenden Cherubim zum Sferinde herabstiege, würden sie den Haufen hier herüber zum Traveler's schicken. Von den Methlen ist nichts anderes zu erwarten.«

Der redselige und aufgeweckte Angestellte mochte sich als wertvolle Informationsquelle erweisen, überlegte Gersen. Er fragte: »Weshalb kommen sie überhaupt nach Dar Sai?«

»Einige haben Geschäftsinteressen, andere sind reine Touristen. Sie werden oft Gruppen draußen im Traveler's-Garten sehen, um die unteren Klassen zu inspizieren. Aber sie sind weder gehässig noch ekelhaft. Ihr Wohlstand erlaubt es ihnen spielend zu leben. Für sie ist alles ein theatralisches Spiel. In Serjeuz sind sie alle saft- und kraftlose Aristokraten, mit den armen ahnungslosen Darsh als Trottel und Knappen.« Der Angestellte vollführte eine duldsame Gebärde. »Dennoch, was macht es schon? Ich bin auch dann und wann hochnäsig.«

»Man glaubt es kaum«, entgegnete Gersen liebenswürdig.

»Oh, mit den Jahren bin ich ungezwungener geworden. Denken Sie daran, ich muss mich mit jedem Mondkalb und Flegel abgeben, der es vorzieht, mir sein Gesicht zu zeigen. Viele Jahre lang waren meine Nerven wie Elektrodraht. Dann habe ich das erste Axiom der menschlichen Harmonie entdeckt: Ich akzeptiere jede Person als solche. Ich halte meine Zunge im Zaum. Ich sage meine Meinung nur, wenn ich darum gebeten werde. Was für eine bemerkenswerte Veränderung! Differenzen legen sich, neue Fakten tauchen auf, die Verdauung läuft wie ein breiter Fluss.«

»Ihre Gedanken sind interessant«, meinte Gersen. »Ich würde sie gern später mit Ihnen diskutieren, aber nun will ich Ihr Restaurant in Anspruch nehmen.«

»Sehr wohl, mein Herr. Ich wünsche Ihnen ein angenehmes Mahl.«

Gersen trat in den Garten und wählte einen Tisch mit Blick über die Plaza. Er drückte einen Knopf und die Tischoberfläche wurde zu einer beleuchteten Anzeige der zu bestellenden Speisen und Getränke. Ein Ober trat vor. Gersen deutete auf einen der beschriebenen Punkte. »Was ist das?«

»Das ist unser ›Sonntags-Punsch‹. Er wirkt belebend, mit drei Schlucken Schwarzem-Gadroon-Rum und einem Viertelliter Geheimelixier.«

»Der Tag ist immer noch etwas jung. Was ist das?«

»Das ist ein einfacher Fruchtmix, zubereitet aus Früchten und hellen Elixieren.«

»Das hört sich praktischer an. Und das?«

»Das ist ›Touristen-Ahagaree‹, speziell gemäßigt, um dem Außenweltlergeschmack zu entsprechen.«

»Und dies?«

»Das ist halbgar gekochter Nachtfisch, frisch aus den Sümpfen.«

»Ich nehme einfachen Fruchtmix, Ahagaree und einen Salat.«

»Zu Ihren Diensten.«

Gersen lehnte sich auf dem Stuhl zurück und betrachtete die Umgebung. Die Plaza erstreckte sich bis zu einer Reihe von Bäumen mit Blättern in einem satten Muskatbraun, dahinter erhoben sich die Schäfte entfernter Sonnenschirme. In bestimmten Bereichen verdeckten Schleier fallenden Wassers die Sicht, in anderen konnte er bis zu den fernen Randgebieten von Serjeuz sehen. Kosmopolitische Architekten hatten die meisten Gebäude, welche die Plaza säumten, unter Verwendung von Standardmaterial und Darshmotiven geschaffen, mit der bemerkenswerten Ausnahme des *Traveler's Inn*, das ganz und gar darshisch wirkte.

Der Ober rollte einen mit verdeckten Tabletts beladenen Wagen herbei. Der Ahagaree wurde mit flankierenden Seitentellern auf dem Tisch platziert. Auf den linken kam der Salat, auf den rechten ein Becherglas mit »Einfachem Fruchtmix«. Der Ober zog sich zurück. Gersen kostete vorsichtig und fand, dass der »Touristenahagaree« entschieden genießbarer war, als jener, den Madame Tintle servierte.

Gersen nahm ein geruhsames Mahl zu sich, anschließend blieb er über einer Kanne Tee nachsinnend sitzen. Aus der Tasche holte er eine Mitteilung, die von Jehan Addels verfasst und ihm unmittelbar vor der Abreise von Aloysius übermittelt worden war. Sie begann forsch:

Kotzash Mutual ist ein von einem findigen Betrüger mit beträchtlichem Finanzgeschick aufgezogenes Unternehmen. Ebenso offensichtlich ist es eine unbarmherzige Unverschämtheit und eine äußerste Skrupellosigkeit, die man bei einem Tiefseemonster erwarten mag. Die beiden Herren, deren Bekanntschaft wir kürzlich schlossen, zusammengenommen, werden von der Kotzash-Satzung reflektiert wie von einem Spiegel.

Hier ein Auszug aus der Satzung:

Um eine effiziente und zweckmäßige Geschäftsführung sicherzustellen, wird die Stelle des geschäftsführenden Direktors der Person

oder juristischen Person übertragen, welche die größte Anzahl an
Aktienanteilen hält. Die zweite Direktorenstelle wird der Person
oder juristischen Person übertragen, welche die zweitgrößte Anzahl
an Aktienanteilen hält. Die dritte Direktorenstelle wird der Person
oder juristischen Person übertragen, welche die drittgrößte Anzahl
an Aktienanteilen hält. In all diesen Fällen ist die Mindestanfor-
derung die Eignerschaft über wenigstens fünfundzwanzig Prozent
der ausgegebenen Aktien. Die anderen Aktienhalter wählen in
Proportion zu ihren Aktienanteilen einen beratenden Ausschuss,
dessen Aufgabe es ist, die Direktion in Bezug auf effiziente und
profitable Unternehmen zu beraten und zu informieren.

Die Direktoren – oder ihre Kandidaten – und der bera-
tende Ausschuss treten zu Zeiten und an Orten zusammen,
die von dem geschäftsführenden Direktor festgelegt werden,
um die Geschäftsführung des Syndikates zu beraten und zu
leiten. Bei solchen Zusammenkünften stimmt jeder Direktor
in Proportion zu seiner Anzahl an Aktienanteilen. Nehmen
ein oder mehrere Direktoren – oder Kandidaten – nicht an der
Zusammenkunft teil, bilden die anwesenden Direktoren oder
der anwesende Direktor ein Quorum.

Sie werden bemerken, dass der geschäftsführende Direktor
im Grunde genommen die Gesellschaft kontrolliert, insofern
als er die Zusammenkünfte zu einer Zeit und an einen Ort seiner Wahl einberufen kann, einerlei wie ungelegen dies für die
anderen Direktoren und den beratenden Ausschuss ist.

4.820 Aktienanteile sind im Umlauf, 2.411 Aktienanteile
bilden eine Stimmenmehrheit. Der größte dokumentierte
Anteilsinhaber, gemäß der Interweltenagentur, ist:

Ottile Panshaw
Dindarhaus
Serjeuz, Dar Sai

Er hält 1.250 Aktienanteile. Die Chanseth Bank, (Haupt-
stelle in Twanish, Methel, mit einer Zweigstelle in Serjeuz) hält

1.000 Aktienanteile. Ein gewisser Nihel Cahouse aus Inkins Schirm, Dar Sai, hält 600 Aktienanteile. Ich füge eine mehr oder weniger vollständige Liste kleinerer Inhaber bei.

Der Aktienpreis, wie er gegenwärtig vom IABS gelistet wird, beträgt einen Centim pro Aktie. Kurz, die Aktien sind wertlos. Die von mir aufgeführten Aktien belaufen sich insgesamt auf 2.850 Stück. Sie halten gegenwärtig 92. Die verbleibenden 1.878 Aktien sind auf hundert oder mehr Einzelpersonen, in nahezu jedem Schirm auf Dar Sai, verteilt.

Trotz des nahezu unbedeutenden Wertes der Aktien ist es interessant anzumerken, dass Kotzash nunmehr substanzielle Vermögenswerte besitzt, einschließlich der Kontrolle über einige Tochtergesellschaften: Hector Transit (die kürzlich eine ansehnliche Versicherungssumme eingestrichen hat) sowie Didroxus Bergbau und Sondierung. Kotzash erschiene preislich unterbewertet, wenn nicht das Faktum wäre, dass der geschäftsführende (und einzige) Direktor Ottile Panshaw ist.

Die Situation hat ihre interessanten Aspekte, aber ich würde mir nicht die Mühe geben, sie aus der Nähe zu erforschen. Ich wünsche Ihnen gute Gesundheit und ein langes Leben und dränge Sie zur Vorsicht, aus persönlicher Wertschätzung und Überlegungen des Selbstinteresses heraus, da ich mich weit und breit umsehen müsste, um eine derart vergütete Arbeitsstelle zu finden.

Mit den allerbesten Grüßen

J. A.

Gersen legte den Brief beiseite, lehnte sich auf dem Stuhl zurück und saß tief in Gedanken versunken da. Der Weg zu Lens Larque führte über Ottile Panshaw, vielleicht mittels Kotzash Mutual. In diesem Augenblick war die Situation ausgeglichen und ruhig, wie ein Teich an einem windstillen Tag. Der große Fisch lauerte versteckt hinter glasigen Reflexionen. Um ihn zu einer Bewegung zu zwingen, ihn zum Springen zu veranlassen, damit er sich zeigte, musste das Wasser aufgewühlt werden.

Hinaus in den Garten trat der Empfangschef und blieb, hier- und dorthin blinzelnd, stehen. Gersen hob die Hand. Der Empfangschef trat auf ihn zu: ein drahtiger kleiner Mann, mit sandfarbenem Haar, einem schmalen Gesicht und gescheiten braunen Augen mit schweren Lidern, der entweder o-beinig war oder lahm, denn er bewegte sich mit stolzierenden Hopsern fort.

»Setzen Sie sich«, forderte Gersen ihn auf. »Darf ich Ihnen einen ›Sonntags-Punsch‹ anbieten? Oder ziehen Sie etwas weniger Gehaltvolles vor?«

»Vielen Dank!« Der Empfangschef wandte sich an den Ober. »Ich nehme ein Gill von dem guten Engelmann Gelb.« Er wandte sich wieder Gersen zu. »Haben Sie Ihr Mahl genossen?«

»Ja, in der Tat. Die Geschäftsführung scheint etwas vom Außenweltgeschmack zu verstehen.«

»Das sollte sie auch mittlerweile, sie ist schon seit Jahren im Geschäft.«

»Was ist mit Ihnen selbst? Sie stammen nicht von Dar Sai.«

»Gewiss nicht. Ich bin in Svengay, auf Caph IV, geboren. Eine lebhafte kleine Welt. Sind Sie jemals dort gewesen?«

»Nein. Das Mizar-System dürfte meine größte Annäherung daran gewesen sein oder vielleicht Dubhe. Ich bin mir der Entfernungen nicht genau bewusst.«

»Ich sehe, Sie sind zwischen den Sternen herumgekommen. Wo ist Ihre Heimat, wenn ich fragen darf? Gewöhnlich kann ich es wagen zu raten, doch in Ihrem Fall stehe ich vor einem Rätsel.«

»Ich wurde auf einer Welt geboren, von der Sie noch nie gehört haben. Als Junge hat mich mein Großvater mit auf die Erde genommen.«

»Und wo haben Sie auf der Erde gelebt?«

»Wir sind nie lange an einem Ort geblieben. Ich kenne London gut und San Francisco, Numea, Melbourne – wo immer mein Großvater geneigt gewesen ist, mich zu unterrichten.« Gersen lächelte schwach, als er an die Art der Unterweisung seines Großvaters dachte. »Ebenso vertraut bin ich mit Alphanor und dem

Concourse im Allgemeinen. Darf ich mich nach Ihrem Namen erkundigen? Wie Sie wissen, heiße ich Kirth Gersen.«

»Ich bin Daswell Tippin, zu Ihren Diensten: ein Mensch, ganz ohne Ansprüche.«

»Apropos Ansprüche: Mich würde interessieren, was Sie über die Methlen sagen können. Sie sind mir völlig unbekannte Menschen.«

»Sie sind eine Gruppe von überreichen Paschas und nicht besonders interessant«, entgegnete Tippin. »Ich habe nur selten mit ihnen zu tun. Ihr Geld stammt von den Duodezimaten, und sie sind grundsätzlich hier, um ihren Interessen zu frönen. Nach allem, was ich weiß, sind sie eigentlich wunderbar, superb und äußerst empfindsam. Besäße ich diese Eigenschaften, würde ich Touristen, Darsh und anderes ordinäres Volk ebenfalls meiden.«

»Bauen die Methlen selbst die Duodezimaten ab?«

»Gewiss nicht. Zeigen Sie einem eine Schaufel und er nennt sie ein Werkzeug. Sie kaufen, verkaufen, handeln mit Optionen, Pachtrechten, Termingeschäften und allen Arten von Bergbaufinanzierungen, und natürlich tätigen sie sämtliche großen Investitionen.«

»Was ist Kotzash Mutual? Ist es eine Methlen-Unternehmung?«

Daswell Tippin warf Gersen einen schnellen, scharfen Blick zu, dann stieß er ein empörtes Schnauben aus. »Ganz im Gegenteil. Kotzash Mutual wurde als Reaktion auf die Methlen beworben: als Weg, sie in ihrem eigenen Spiel zu schlagen. Das hat mich sechshundert gute SVE gekostet.«

»Dann müssen Sie Ottile Panshaw kennen.«

»Vom Sehen her, mehr nicht«, erwiderte Tippin mit einem spröden Naserümpfen. »Er unterhält sein Büro immer noch unter Skansel-Schirm.«

»Er wird nicht als Betrüger und Schurke betrachtet?«

»Ich habe Gerede gehört, aber was ist zu beweisen? Nichts.« Tippin leerte sein Kelchglas und setzte es mit einem gedankenvollen Klirren ab. Gersen hob einen Finger in Richtung Ober. »Noch zwei davon, bitte.«

»Vielen Dank!«, sagte Tippin. »Ich trinke selten, aber heute bin ich in der Stimmung dafür.«

»Ich genieße die Unterhaltung mit Ihnen«, versicherte Gersen. »Die Kotzash-Angelegenheit macht mich neugierig. Ist der Name des Räubers allgemein bekannt?«

Tippin blickte sich nach links und rechts um. »Die Leute verwenden einen schauerlichen Namen: Lens Larque, einer der berüchtigten ›Dämonenfürsten‹.«

Gersen nickte. »Ich kenne seinen Ruf. Er ist ein Darsh, wurde mir gesagt.«

Abermals blickte sich Tippin nach links und rechts um. »Offensichtlich ein Bugold-Rachepol*. Ich mag es gar nicht, seinen Namen auszusprechen; ich bringe ihn kaum über die Zunge. Er ist ein Betrüger, mit einem Humor, wie der des Teufels Sclamoth, welcher die Köpfe der Söhne in deren Mutter Ofen steckt.«

»Kommen Sie schon«, meinte Gersen leichthin. »Ein Name ist nicht mehr als ein Wort. Worte sind ohne Substanz.«

»Irrtum!« verkündete Tippin mit heftiger Inbrunst. »Worte sind, woraus Magie gemacht ist! Haben Sie *Farsakars Hokuspokus-Mechanismus* gelesen? Nein? Dann wissen Sie nichts über Worte!«

Gersen, dem es am großen Interesse an diesem Thema mangelte, vollführte eine ungezwungene Gebärde. »Wir leben in einer Welt der Solidität. Ich fürchte den Mann und seine Peitsche. Nicht die Worte ›Lens Larque‹ und ›Panak‹.«

Tippin zog die Stirn über dem Kelchglas kraus. »Tja, so oder so ist es keine große Sache. Er ist ein Mensch und ein Darsh. Wie es die Methlen lieben würden, ihn in die Hände zu bekommen! Er ist ihr Schreckgespenst. Er seinerseits hegt einen Groll gegenüber den Methlen. Waren Sie schon auf Methel?«

»Noch nicht.«

---

* Rachepol: eine aus dem einheimischen Schirm vertriebene Person, ein Ausgestoßener, ein heimatloser Wanderer, häufig ein Krimineller.

»Twanish ist der Raumhafen und die Hauptstadt. Die Methlen können den Geruch von Ahagaree nicht ausstehen, und Darsh müssen in einem besonderen, abwindigen Viertel bleiben. Ist es nicht ein seltsames und wundervolles Universum? Ich glaube, ich könnte mich an noch einem Halbpint dieser vorzüglichen Flüssigkeit erfreuen.«

Gersen gab bei dem Ober eine entsprechende Bestellung auf. »Die Methlen haben bei dem Kotzash-Unheil nichts verloren?«

»Überhaupt nichts. Die Darsh und kleine Spekulanten, so wie ich: Wir sind die Leidtragenden!«

»Und Ottile Panshaw hat weder etwas gewonnen noch verloren?«

»Das weiß ich nicht. Er war monatelang verschwunden, aber jetzt ist er wieder hier in Serjeuz. Ich habe ihn erst gestern gesehen. Er wirkte bleich und ungesund.«

»Verständlich, nach solch einer Katastrophe. Wie viel mögen Ihre Kotzash-Aktien wert sein?«

»Ich besitze zwanzig Aktien. Zwanzigmal Null ist Null.«

Gersen lehnte sich auf dem Stuhl zurück und betrachtete stirnrunzelnd die Unterseite des Sonnenschirms. Er langte in die Tasche und brachte zwanzig SVE zum Vorschein. »Ich habe die törichte Angewohnheit zu spekulieren. Ich kaufe Ihre Aktien, für eine SVE pro Stück.«

Tippins Kinn sackte herab. Er blickte mit krausgezogener Stirn auf die Geldnoten, dann wandte er Gersen einen argwöhnischen Seitenblick zu. »Spekulationen haben ihre Wurzeln gewöhnlich in der Hoffnung.«

»Meine wurzeln in Kaprice.«

»Sie sehen mir nicht wie ein kapriziöser Mensch aus.«

»Angenommen, Lens Larque würde Kotzash entschädigen: Ich würde profitieren.«

»Wenn überhaupt, ist das eine vergebliche Hoffnung.«

»Zweifellos haben Sie recht.« Gersen langte vor, um das Geld wieder an sich zu nehmen, doch Tippins dürre Hand war schneller. »Nicht so schnell. Wieso sollten Sie sich Ihrer Grillen nicht erfreuen?«

»Dafür gibt es keinen Grund. Wo sind Ihre Aktien?«

»Oben in meinen Räumlichkeiten. Ich werde sie Ihnen auf der Stelle holen.« Er eilte fort und kam kurz danach mit den Aktien wieder zurück. Geld wechselte die Hände. »Ich habe Zugang zu weiteren Kotzash-Aktien«, erklärte Tippin. »Ich weiß nicht genau zu wie vielen, aber ich werde sie Ihnen zum gleichen Preis verkaufen.«

Gersen lehnte sich mit einem säuerlichen Grinsen zurück. »Seien Sie absolut diskret! Sagen Sie niemandem, dass ein Außenweltler Kotzash-Aktien kauft. Sie würden einen Betrug argwöhnen und den Preis in die Höhe treiben. Ich würde nicht mehr kaufen und es gäbe für keinen mehr einen Profit. Können Sie diese Kette von Ereignissen nachvollziehen?«

»In jedem Detail, außer einem, welches wäre, wieso Sie die Aktien überhaupt kaufen – außer Kaprice, natürlich.«

»Kaprice und, lassen Sie uns sagen, Altruismus.«

Tippin lehnte sich mit einem missmutigen Grinsen zurück. »Der eine Grund ist so plausibel wie der andere. Bitte schießen Sie mir etwas Betriebskapital vor. Hundert SVE werden für heute reichen. Sie werden sicher alle und jede Kotzash-Aktie für eine SVE pro Stück nehmen?«

»Sicher und definitiv.« Gersen holte das Geld hervor. »Eine letzte Bedingung noch: Treten Sie unter keinen Umständen an Ottile Panshaw heran!«

Tippins Augen flatterten. »Seine Aktien sind so gut wie alle anderen.«

»Er besitzt mehr Aktien, als ich haben möchte. Diskretion ist von absoluter Notwendigkeit. Sind Sie damit einverstanden?«

»Nun, ja, notgedrungen. Trotzdem, ich verstehe nicht …«

»Kaprice.«

»›Kaprice‹ ist ein Laken, das nicht über alle Betten passt. Ich hatte Sie für einen Menschen gehalten, der sich an die harten Fakten hält.«

Gersen hielt ein Paket SVE-Noten hoch. »Dies hier sind meine Fakten. Nennen Sie sie hart, wenn Sie wollen.«

»Der Punkt geht an Sie.« Tippin erhob sich. »Ich erstatte später am Tage Bericht.« Er verließ den Garten und machte sich in einem hüpfenden Trab über die Plaza auf den Weg. Gersen rief den Ober und bezahlte die Rechnung. »Wo ist das Dindarhaus?«

»Dort drüben, mein Herr, unter Skansel-Schirm. Sehen Sie die große Kuppel, genau links vom Schaft, das ist das Dindarhaus.«

Tippin war in Richtung Skansel-Schirm gegangen. Gersen beschloss, ihm zu folgen.

KAPITEL VIII

Aus: *Die Heimat der Darsh* von Stuart Sobek in *Cosmopolis*:

Dar Sai, nahe der Sonne Cora, ist um die Äquatorialzone herum heiß und trocken; hier ist der Sand reich an Duodezimaten. Mit den Jahrhunderten hat eine Rasse von zähen Männern und Frauen Tricks gelernt, um Coras Hitze zu trotzen, während sie Wohlstand aus dem Sand schürft. Es sind die Darsh: eine Rasse von Zehntausend Absonderlichkeiten. Bei Tag erfreuen sie sich des Schutzes großer Metallschirme, welche Wasserschleier über die Ränder speien: die berühmten »Schirme« von Dar Sai. Ungeschützt draußen im Striemen würde ein Mensch binnen Minuten vor Hitze und Sonnenblasen sterben; unter dem »Schirm« erfreut er sich an kühlem Grün und eisigen Sorbets.

Die Darsh sind kein fröhliches Volk noch neigen sie zu philosophischen Einsichten. Dennoch konzentrieren sie sich jeden Augenblick auf das Wesentliche und legen einen kuriosen Hang an den Tag, diese besondere Eigenschaft durch die Erfahrung ihres genauen Gegenteils zu genießen. Ihre Speisen sind mit abscheulichen Würzen gewürzt, damit sie kühles, reines Wasser besser zu schätzen wissen. Sie trinken üblen Tee und widerliches Bier, wenn auch nur, um diese typische Verdrehtheit zu veranschaulichen, die sie um ihrer selbst willen wertschätzen.

Ihre erotischen Beziehungen sind von einer Eigenschaft, die ruhiger Veranlagte alarmiert, und die offensichtlich eher auf Hass und Verachtung beruhen denn auf gegenseitiger Wertschätzung.

~

Gersen passierte den Wasserschleier, der den Zentralschirm von Skansel-Schirm trennte. Der Fluss, ein Nieseln dunstiger Tröpfchen, fühlte sich kühl auf dem Gesicht an und befeuchtete die Kleidung kaum. Er ging weiter bis zur Skansel-Plaza, unter Bäumen und Blättern, vorüber an vom Alter abgetragenen und schäbigen Gebäuden, die im Gegensatz zur kosmopolitischen Modernität unter dem Zentralschirm standen. Die Leute, welche aus den Dambeln hervorschauten, waren urbane Darsh, die man von den Wüstendarsh anhand weicher Schlüpfschuhe, leichter Roben und einem fahlen Unterton in ihren Teints unterscheiden konnte, dennoch besaßen auch sie grobe Nasen, Ambosskiefer und baumelnde, juwelenbesetzte Ohrläppchen.

Gersen hielt am Rande der Skansel-Plaza inne. Tippin war nirgends zu sehen. Einige wenige gewissenhafte Touristen wanderten zwischen den Läden und Buden umher und kauften Kuriosa von Darshfrauen mit hölzernen Gesichtern und schwarzen Schnurrbärten oder tranken beharrlich Darshbier an draußen aufgestellten Erfrischungsständen. Alles in allem, dachte Gersen, eine idyllische und malerische Szenerie, nur belastet durch die körperliche Nähe von Lens Larque.

Zur Rechten erhob sich das Dindarhaus: eine massive Anhäufung von niedrigen, flachen Kuppeln, die sich in gekrümmten, schräg verlaufenden Arkaden kreuzten. Über dem zweiten Geschoss hing ein großes Schild, auf dem zu lesen war:

DAS BERGBAUJOURNAL
Serjeuz, Dar Sai
AUSFÜHRLICHE NACHRICHTEN AUS
DER WÜSTE, DEN MINEN UND DEN SCHIRMEN

Ottile Panshaw unterhielt ein Büro im Dindarhaus. Daswell Tippin hatte sich in dieser Richtung aufgemacht. Während Gersen nicht den Wunsch hatte, Ottile Panshaw in gerade diesem Moment gegenüberzutreten, mochte es klug sein, Tippins Verlässlichkeit auf die Probe zu stellen. Er schlenderte eine Rampe hinauf und betrat das Dindarhaus. Das mit leberfarbenen Fliesen ausgelegte und übel nach einem rauchigen Aroma riechende Foyer gabelte sich in zwei dunkle Flure.

Eine Treppenflucht führte zu den oberen Geschossen.

Gersen konsultierte das Verzeichnis: *Ottile Panshaw, Bergbaueffekten und Pachten,* war als Inhaber der Suite 103 angegeben.

Aufs Geratewohl wählte Gersen einen der Flure und stieß auf eine Reihe hoher grüner Türen mit den Nummern 100, 101, 102. An der Tür mit der Nummer 103 blieb Gersen stehen, um zu lauschen. Er legte sein Ohr an das Paneel. Entweder hatten die drinnen Anwesenden zu sprechen aufgehört oder das Zimmer war leer.

Aus Furcht vor Entdeckung ging Gersen weiter. Angrenzende Büros, bemerkte er, waren durch dreißig Zentimeter starke Betonwände getrennt. Von dort aus wäre ein Abhorchen von Ottile Panshaws Büro nicht möglich, außer durch eine Tür oder ein Fenster.

Gersen verließ das Dindarhaus. An einem nahe gelegenen Kiosk, der durch das Laub eines Kumquatbaumes nahezu verborgen war, verkaufte eine gedrungene alte Dame mit einem Schopf schwarzen Haars und einem bemerkenswerten Schnurrbart Leckereien, Journale, Karten und allgemeinen Krimskrams. Gersen kaufte eine Ausgabe des *Bergbaujournals* und blieb lässig an den Kiosk gelehnt stehen. An der Wand waren Anzeigenplakate befestigt, eines über dem anderen, eine Ablagerung von Jahren. Auf dem neuesten war zu lesen:

EXTRAVAGANZA VON TRICKS UND TÄNZERN

1. Panko Wapshot
   Er tanzt ein Duell gegen die Vier Bewaffneten Schnaveler
2. Stümper und Chelts
   Eine fröhliche Farce
3. Die Vier Skorpione und die Trunkenen Schnaveler
   Sehen Sie ihnen bei ihren Tricks und Streichen zu
4. Miffet und seine Wundervolle Sandmaschine
   Eine bemerkenswerte Erfindung!
5. Andere Farcen und Vorstellungen

Auf Twinkners Plaza,
unter Twinkners Schirm,
am 20. Tag von Dirdolio.

Ein anderes zerfleddertes und ausgeblichenes Plakat gab kund:

BEMERKENSWERTE
ZURSCHAUSTELLUNG
von
SCHNAVELERIE!
Es präsentieren sich:
der Federnde Ticket und die Ungeschickten Stümper
der Hopsende Jipsum und die Unwilligen Chelts
Caliogo und Offisch
Die verrückte Khoontz fängt einen dummen Schnaveler
und andere amüsante Tricks, Posen
und akrobatische Kunststücke

An der Fassade kündigte ein glänzendes, in Grün und Gelb
gedrucktes Plakat an:

GROSSES HADAUL
in Dinklestown
Daffeltag,
den 10. Tag von Mirmone

Gersens Aufmerksamkeit wurde von einem Methlenmädchen
abgelenkt, das aus der Richtung des Zentralschirms kam. Zuerst
beobachtete Gersen sie mit Distanziertheit, danach mit Interesse,
dann fasziniert. Locker fallende schwarze Locken umrahmten ihr
Gesicht, welches im Augenblick konzentriert und beschäftigt war,
das zu anderen Gelegenheiten aber ein lebhaftes Mittel des Aus-
drucks zu sein schien.

Sie trug ein knielanges Kleid aus dunkelgrünem Stoff und hatte
einen großen grauen Umschlag bei sich. Sie bewegte sich mit

einer schwungvollen Unbekümmertheit, die, mit ihrer blassen, leicht dunklen Haut, der kurzen geraden Nase und dem zarten Kinn, eine Herkunft mit unbeschwerten Vorrechten andeutete. Für Gersen stellte sie genau die Existenz dar, welche ihm seine Lage verbot und die gelegentlich bittersüße Sehnsüchte in seinem Bewusstsein aufrührte ... Als sie am Kiosk vorüberging, warf sie Gersen einen gleichgültigen Blick zu, lief dann die Rampe hinauf und hinein ins Dindarhaus.

Gersen beobachtete sie, bis sie außer Sicht war. Ihre Figur, schlank und wohlgeformt, ohne schlaffe Fettpölsterchen, war höchst attraktiv. Er seufzte aus tiefstem Herzen und wandte die Aufmerksamkeit dem *Bergbaujournal* zu.

Zehn Minuten vergingen. Das Methlenmädchen tauchte aus dem Dindarhaus auf und marschierte die Rampe herunter. Als sie Gersens Blick begegnete, wandte sie ihm ein kühles Starren zu, hob ein wenig das Kinn und machte sich auf den Weg in Richtung Zentralschirm.

Gersen lächelte sein schiefes Lächeln, klappte das Journal zu und betrat erneut das Dindarhaus. Wieder näherte er sich Suite 103. Wie zuvor vermeinte er gedämpfte Stimmen zu hören und dann das Rücken von Möbeln. Gersen zog sich schnell nach unten in die Halle zurück und suchte Zuflucht im Schatten hinter einem Strebepfeiler. Aus Suite 103 kamen zwei Männer. Einer war Daswell Tippin, der andere ein großer Darsh mit einem kantigen Gesicht mit harten Zügen, einem starken Körperbau und langen Ohrläppchen. Statt Robe und Thabbat trug er eine herkömmliche muskatbraune Tunika mit hellblauer Kniehose und schwarzen, knöchelhohen Stiefeln.

Die beiden verließen das Dindarhaus. Einen Augenblick später folgte ihnen Gersen hinaus auf die Skansel-Plaza, aber sie hatten einen der von Bäumen verdeckten Nebenwege betreten und waren nicht mehr zu sehen.

Gersen kehrte den Weg zurück, den er gekommen war: zurück durch den Dunstschleier und hinaus auf die Zentralplaza. Er überquerte sie in Richtung *Traveler's Inn* und blickte in die Eingangshalle. Daswell Tippin war nicht am Empfang.

Gersen begab sich hinaus in den Garten. Es war nun Mittnachmittag. Die Luft fühlte sich warm und drückend an. Fallendes
Wasser erzeugte ein einschläferndes Murmeln. Die Leute, die
immer noch unterwegs waren, bewegten sich mit trägen Schritten, zum größten Teil waren es Touristen. Gersen setzte sich an
einen Tisch neben der Plaza. Mit einem Mal gab es vieles, worü-
ber er nachdenken musste. Er holte Addels Brief hervor, schaute
ihn sich noch einmal an und erstellte eine Liste:

> Ottile Panshaw . . 1.250
> Chanseth Bank . . 1.000
> Nihel Cahouse 600
> Andere 1.970

Gersen stellte einige Berechnungen an. Würde er sämtliche
Aktien der Chanseth Bank erwerben und alle, die Nihel Cahouse
besaß, könnte er die Stelle des geschäftsführenden Direktors von
Kotzash beanspruchen, obwohl er immer noch nicht die Aktien-
mehrheit besäße.

Jehan Addels ehrliches Geständnis der Feigheit amüsierte
Gersen. Lächelnd blickte er auf und begegnete erneut den
Augen des Methlenmädchens, das zufällig an der Frontseite des
Traveler's-Gartens vorüberging. Gersen kam nicht umhin, ihr
Aussehen von Reinlichkeit und vollkommener Gesundheit zu
bemerken. Auch schien sie eigenwillig und hochmütig zu sein.
Sie presste den Mund zusammen, warf Gersen einen verärger-
ten Seitenblick zu und ging weiter ihres Wegs. Gersens Lächeln
wurde zu einer lahmen Grimasse. Niedergeschlagen blickte er ihr
nach. Reizend und superb, dachte er, wenn auch etwas reizbar.
Aus einer Laune heraus oder aus Neugierde blickte sie sich über
die Schulter um. Als sie Gersens fortgesetzte Aufmerksamkeit
bemerkte, warf sie den Kopf verächtlich herum und marschierte
über die Plaza davon. Mein Status in diesem Fall ist eindeutig
klar, überlegte Gersen.

Als er an dem Mädchen vorbeisah, erkannte er die Fassade

der Chanseth Bank: eines der prächtigeren Bauwerke der Zentralplaza. Das Mädchen betrat die Bank und war aus der Sicht
verschwunden, aber Gersen hatte sich bereits wieder gesammelt.
Die Chanseth Bank hielt 1.000 Anteile der Kotzash-Mutual-Ak-
tien. Die Zeit mochte gut und gern von Bedeutung sein, nun da
Daswell Tippin, wohl oder übel, sein Partner geworden war. Gersen erhob sich und machte sich über die Plaza auf den Weg.

Ein formaler Garten flankierte den Zugang zur Chanseth
Bank. Umgeben von einer niedrigen Hecke aus rostfarbenen
Knisterbeeren, standen dort vier hohe Pointanenbäume, jeder
in Form einer perfekten Träne. Gersen ging unter einem Bogen
hindurch in einen großen kühlen Bereich, der mit blauen Fliesen ausgelegt war. Zu seiner Rechten umgab eine Balustrade aus
behauenem Alabaster den Arbeitsbereich. Zur Linken stützten
Spiralsäulen eine Reihe von Bildschirmen mit Kristalllinsen.
Auf der gegenüberliegenden Seite des Gemaches befand sich ein
Salonbereich, in dem ein halbes Dutzend Methlen verschiedenen Alters saßen, einschließlich des Mädchens, das Gersen zuvor
beobachtet hatte, und welches nun in Gesellschaft eines älteren
Mannes war. Als sie Gersen bemerkte, fiel ihre Kinnlade überrascht herunter. Sie wandte sich schnell ab und redete ernsthaft
auf ihren Begleiter ein.

Gersen lächelte säuerlich und begab sich zum Schalter. Eine
Minute verging, dann eine weitere. Gersen wurde unruhig. Er
sprach einen Angestellten an. »Ich nehme an, dies ist die Chanseth Bank.«

Der Angestellte erwiderte neutralen Tons. »Ganz recht.«

»Wer ist der geschäftsführende Direktor?«

»Darf ich mich nach Ihren Geschäften erkundigen?«

»Ich möchte eine finanzielle Transaktion erörtern.«

»Unser Geschäft ist nahezu gänzlich kommerziell. Da wir keiner anderen Bank angeschlossen sind, lösen wir weder Schecks
noch Kreditbelege ein.«

»Mein Geschäft ist von einiger Bedeutung. Seien Sie so gut
und rufen Sie Ihren geschäftsführenden Direktor.«

»Es ist der vornehme Herr* dort drüben, der Edle Adario Chanseth. Im Augenblick ist er, wie Sie bemerken werden, mit wichtigen Dingen beschäftigt.«

»Oh? Diese junge Dame ist eine Person von Rang?«

»Sie ist seine Tochter, die Edle Jerdian Chanseth. Sie können mit ihm sprechen, sobald er abkömmlich ist.«

»Mein Geschäft geht über eitles Geschwätz mit einem Mädchen hinaus«, verkündete Gersen. Er verließ den Schalter und näherte sich dem Salon. Zwei hochgewachsene Männer, die identische sich sträubende Schnurrbärte zur Schau stellten, kamen auf ihn zu. Jeder von ihnen ergriff einen seiner Arme, und sie führten ihn prompt in Richtung des Eingangs.

»He, he!« beschwerte sich Gersen. »Was haben Sie vor?«

»Hinaus mit Ihnen und bleiben Sie draußen«, sagte einer der Männer.

»Belästigen Sie nie eine Methlendame, es wird Ihnen nicht gut bekommen!«, meinte der andere.

»Ich habe niemanden belästigt!«, protestierte Gersen. »Sie begehen einen Fehler.« Er zog nach hinten und widersetzte sich ihrer Kraft, doch sie packten ihn am Hosenboden, schleppten ihn zum Eingang und warfen ihn in eine der Knisterbeerenhecken.

---

* Der Methlenbegriff *Averroi* lässt auf einen beträchtlich höheren Status schließen, als jenen, der durch den Begriff »Herr« angedeutet wird. Averroi bedeutet Würde, Korrektheit, Exklusivität, gesellschaftliche Haltung und ein blindes Beherrschen der Methlenetikette. Die Methlen legen ein Lippenbekenntnis für die Fiktion ab, dass jeder Methlen dem anderen gleichgestellt ist; daher verwenden sie eine einzige Ehrenbezeichnung, hier wiedergegeben durch »der Edle«. Tatsächlich sind die gesellschaftlichen Unterscheidungen sehr real und spiegeln Faktoren wider, die bei Weitem zu vielfältig sind, um sie hier zu betrachten.

Beiläufig mag angemerkt werden, dass die Methlen hochgradig anfällig sind gegenüber Lächerlichkeit und Demütigung. Ihr Straf- und Zivilrecht trägt dieser Empfindlichkeit Rechnung.

Gersen erhob sich, wischte sich Blätter und Zweige von der Kleidung und kehrte in die Bank zurück.

Die zwei Herren, erstaunt ob seiner Beharrlichkeit, traten vor. Gersen sagte verärgert: »Bitte halten Sie sich zurück. Meine Geschäfte betreffen den Edlen Adario Chanseth, nicht Sie.« Er trat seitlich um die beiden Männer herum und näherte sich Chanseth, der sich von der Edlen Jerdian abgewandt hatte.

»Nun denn, was hat diese ganze Angelegenheit zu bedeuten?«

Gersen holte seine Geschäftskarte hervor, die er Chanseth überreichte. »Wenn Sie gestatten, würde ich gerne ein Geschäft mit Ihnen besprechen.«

»›Der Ehrenwerte Kirth Gersen‹«, las Chanseth. »›Präsident, Cooneys Bank, Rath Eileann, Aloysius‹.« Er gab ein zweifelndes Grunzen von sich. »Welches sind Ihre Geschäfte mit mir?«

»Müssen wir das hier besprechen? Bei der Cooneys Bank werden die Dinge anders gehandhabt. Wenn Sie kämen, um eine Geschäftsangelegenheit mit mir zu besprechen, würde ich Sie nicht in eine Hecke werfen lassen.«

»Es ist offensichtlich ein Fehler gemacht worden«, entgegnete Chanseth mit frostiger Stimme. »Wenn Sie so gut sein wollen und wenigstens eine Andeutung Ihres Geschäftes geben würden, könnte ich Ihnen sagen, ob ich die richtige Ansprechperson bin.«

»Wie Sie wünschen«, meinte Gersen. »Offen gesagt bin ich hier, um Ihren Rat zu erbitten. Meine Bank hat ein beträchtliches Interesse auf dem Gebiet der Metallurgie und wir hoffen Zweigstellen hier und in Twanish zu etablieren. Wir sind interessiert an Duodezimaten und Duodezimat-Aktien.«

»Lassen Sie uns diese Angelegenheit privat erörtern.« Chanseth führte ihn durch ein plasmatisches Gewebe in ein Büro. Er deutete auf einen Sessel aus gebogenem Weißholz. »Setzten Sie sich, wenn es Ihnen genehm ist.« Chanseth selbst blieb stehen.

Gersen beachtete Chanseths recht ostentative Steifheit nicht und entspannte sich im Sessel. In beiläufigem Ton sagte er: »Die Methlenmethode, Geschäftspartner zu begrüßen, ist definitiv eigentümlich.«

Chanseth erwiderte gemessenen Tons. »Meine Tochter hat berichtet, dass Sie sie in unverschämter Weise beäugt haben, ›grinsend und starrend‹, so hat sie sich ausgedrückt, nicht einmal, sondern mehrere Male, nachdem Sie ihr zu Skansel-Schirm und zurück gefolgt seien und dann hierher zur Bank. Deshalb habe ich angeordnet Sie hinauszuwerfen.«

»Wenn jemand anderes als Ihre Tochter diese Beschwerde vorgebracht hätte«, entgegnete Gersen, »hätte ich sie für eingebildet und flatterhaft gehalten.«

Chanseth, der eindeutig nicht an Gersens Meinung interessiert war, nickte grimmig. »Dies ist eine barbarische Welt, daran besteht kein Zweifel. Die Darsh sind eine unbeschreiblich vulgäre Rasse. Sie sind brutal und ebenso gewalttätig. Sie mögen Serjeuz für friedvoll und gesittet halten. So ist es auch, aber nur, weil die Methlen nichts anderes dulden. Wir sind stets auf der Hut vor Unverschämtheiten, und Ihr Verhalten, wie auch immer dessen Natur gewesen sein mag, hat einen schnellen Tadel nach sich gezogen. Lassen wir diese Angelegenheit auf sich beruhen. Bitte erklären Sie mir Ihre Gründe, sich um Rat an mich zu wenden.«

»Gewiss. Das Sammeln und die Vermarktung von Duodezimaten von Dar Sai ist offenbar ein ineffizienter Prozess. Ich vermute, diese Unternehmungen könnten rationalisiert werden, vielleicht durch eine Zentralagentur, die jedem nutzen mag.«

»Ihre Einschätzung ist korrekt«, sagte Chanseth. »Das Geschäft mit den Duodezimaten ist unterstrukturiert und unsolide. Aber die Bergleute sind Darsh und daher nicht zu einem disziplinierten Verhalten bereit.«

»Dennoch«, erwiderte Gersen, »würden sie die Annehmlichkeit einer einzigen, dauerhaften Agentur zu schätzen wissen. Möglicherweise könnte ein Genossenschaftssystem entwickelt werden.«

Chanseth stieß ein bellendes, humorloses Lachen aus. »Wenn Sie wollen, dass man über Sie herfällt, schneiden Sie dieses Thema gegenüber einem Darshbergmann an. Kotzash Mutual war ein genau solches Syndikat. Die Darshbergmänner haben

Aktienzertifikate für ihr Erz angenommen, das Lagerhaus wurde ausgeraubt und die Zertifikate sind jetzt wertlos.«

»Davon habe ich gehört«, sagte Gersen. »Wenn Kotzash wiederbelebt und auf irgendeine Weise die ausstehenden Ansprüche ... «

»Eine sehr teure Prozedur.«

»Trotzdem könnte ich einige Kotzash-Aktien auftreiben. Zumindest würde ich eine Präsenz in der Kommune gewinnen.«

Chanseth nickte gedankenvoll. Er trat hinter den Schreibtisch und setzte sich. »Möglicherweise. Ich habe einige Aktien – tatsächlich habe ich tausend – die ich für einen Bruchteil ihres Nennwertes verkaufen will.«

Gersen hob gleichgültig die Schultern. »Ich habe keine Verwendung für mehr als ein paar hundert, wenn überhaupt so viele. Wie ist der Börsenpreis für die Aktien?«

»Ich bin mir nicht sicher. Recht niedrig, würde ich sagen.«

»Zweifellos. Nun, ich nehme Ihre Aktien zu einem strikt nominellen Preis. Fünfzig SVE sollten ausreichend sein.«

Chanseth hob die Augenbrauen. »Meinen Sie das ernst? Für tausend Aktien, jede mit dem Wert von zehn Unzen Duodezimat?«

»Zehn Unzen von nichtexistentem Duodezimat. Jede ist genau nichts wert.«

»Ganz recht, es sei denn, jemand übernähme es, die Aktieninhaber zu entschädigen. Sie selbst, zum Beispiel.«

»Diese Möglichkeit müssen Sie für sich selbst abwägen.«

»Dennoch, fünfzig SVE ist eine sehr geringfügige Summe.«

Gersen seufzte bekümmert. »Ich zahle hundert SVE und nicht mehr.«

Chanseth ging zu einem Wandschrank und holte eine Aktenmappe heraus, die er vor Gersen platzierte. »Hier sind die Aktien. Es sind Inhaberpapiere, es ist keine Übertragungsurkunde notwendig.«

Gersen bezahlte hundert SVE. »Natürlich herausgeschmissenes Geld.«

»Dem stimme ich zu.«

»Wie sind Sie in ihren Besitz gelangt?«

Chanseth grinste. »Sie haben mich kein bisschen gekostet. Ich habe sie gegen ebenso wertlose Artikel eingetauscht: Anteile an einer erloschenen Bergbaugesellschaft.«

»Dabei müsste es sich natürlich um Didroxus Bergbau und Sondierung handeln?«

Chanseth beäugte ihn scharf. »Woher wissen Sie das?«

»Das IABS listet Didroxus Bergbau zwar als eine Tochtergesellschaft von Kotzash, gibt allerdings keine Didroxus-Vermögenswerte an.«

»Korrekt. Die einzigen Vermögenswerte sind Abbaurechte auf Shanitra, dem Methelmond.«

»Das hört sich nach wertvollen Konzessionen an.«

Chanseth zeigte sein kühles Lächeln. »Shanitra ist bereits hunderte Male erforscht worden. Er ist nicht mehr als ein Klumpen Bimsstein. Ich habe Nichts gegen Nichts getauscht.«

»Ihr Tausch hat Ihnen hundert SVE eingebracht. Sie sind ein cleverer Mann.«

Wieder zeigte Chanseth ein kurzes, eisiges Lächeln. »Ich biete Ihnen unentgeltlich einen Rat an, der beträchtlich mehr wert ist. Wenn Sie sich eine Zweigstelle Ihrer Bank hier vorstellen – oder überall sonst auf Dar Sai, was das angeht –, verwerfen Sie diesen Gedanken. Es gibt keine Geschäfte für Sie. Unser Handel betrifft nahezu ausschließlich Methlen. Davon werden Sie keinen Anteil erhalten, und die Darsh nutzen nur selten Banken.«

»Ich werde Ihren Rat im Hinterkopf behalten.« Gersen erhob sich. »Überbringen Sie Ihrer Tochter meine Grüße. Eine Schande, dass sie meinetwegen Kummer erleiden musste. Bei der nächsten Gelegenheit werde ich persönlich Wiedergutmachung leisten.«

»Bitte geben Sie sich keine Mühe«, sagte Chanseth. »Sie hat den Zwischenfall bereits vergessen. Jedenfalls kehren wir in Kürze nach Methlen zurück.« Er vollführte eine kurze Verbeugung. »Ich wünsche Ihnen einen guten Tag, mein Herr.«

Gersen verließ das Büro. Im Salon saß die Edle Jerdian mit einem Freund und knabberte Konfekt. Gersen nickte höflich, doch sie starrte nur leer an ihm vorüber.

Gersen ging hinaus auf die Plaza. Nicht weit entfernt wölbte sich ein staubblauer Dendron über ein im Freien gelegenes Café, über und über bedeckt mit weißen und roten Blüten. Gersen fand einen Tisch in einer schattigen Nische, und ihm wurde eine Kanne Tee serviert.

Er saß da und überdachte die möglichen Stadien der Zukunft. Sie ergaben ein verwirrendes Durcheinander: ein Labyrinth, in dessen Zentrum eine finstere Gestalt kauerte. Gersen lächelte über die Extravaganz des Bildes. Lens Larque kauerte irgendwo, gewiss. Er mochte dieser massige Mann sein, der auf der anderen Seite des Cafés ein Vanilleteilchen mampfte. Gersen hatte keine Möglichkeit, es zu wissen. Wie alle Dämonenfürsten verbarg Lens Larque seine öffentliche Identität. Durch das Labyrinth führte ein einziger Faden aus verschiedenen Strängen: das Kotzash Mutual Syndikat, Ottile Panshaw, Didroxus Bergbau und die Shanitra Sondierung- und Entwicklungspachten (Weshalb hatte Panshaw sich die Mühe des Tausches gemacht?) und nun, möglicherweise, Daswell Tippin (Weshalb war Tippin unverzüglich und trotz Gersens Ermahnung geradenwegs zu den Büros von Ottile Panshaw gegangen? Wer war der Quasi-Darsh, den Tippin dort getroffen hatte?).

Die nächste Biegung des »Kotzash-Stranges« schien zu Nihel Cahouse von Inkins Schirm zu führen, der 600 Kotzash-Aktien besaß. Wie war Cahouse in den Besitz so vieler Anteile gelangt? Sie entsprachen einem Gegenwert von drei Tonnen schwarzen Sandes. Einerlei wie seine Methode auch gewesen sein mochte, es wäre klug ihn zu erreichen, bevor Daswell Tippin oder jemand anderes es täte ... Bei dem Gedanken an Tippin vollführte Gersen eine unruhige Bewegung. Die Anwerbung Tippins mochte sehr wohl ein ernsthafter Fehler gewesen sein. Ursprünglich schien er ein nützlicher Mittler für das Zusammentragen kleiner Aktienbesitze zu sein, aber Tippin mochte nun sein Visier auf größere Transaktionen eingestellt haben.

Wer also war Cahouse und wo befand sich Inkins Schirm?

Ein Ladenschild in der Nähe fing seinen Blick ein:

DER WÜSTENHANDELSPOSTEN

- Ausrüstung für den Touristen
- Reiseinformationen
- Expeditionen und Exkursionen,
- arrangiert und geführt
- Seien Sie Zeuge eines authentischen Hadauls,
- sicher und komfortabel

Gersen ging los, um in das vordere Fenster zu schauen. Die Auslage enthielt Artikel, die für Wüstenreisen entworfen worden waren: Motorblasen, Skimmer, Roben im Darsh-Stil, isolierende Stiefel und Unterwäsche, Klimatisierungspakete und ähnliche Waren. Ein Regal mit Büchern, Karten und Broschüren wurde von zwei Staffeleien flankiert. Auf der ersten war ein Plakat ausgestellt. Die Überschrift lautete:

— MITTEILUNG AN TOURISTEN —

mit einem anhängigen Text. Die zweite stellte ein Plakat in dramatischem Grün und Gelb zur Schau:

GROSSES HADAUL

in Dinklestown
Daffeltag,
den 10. Tag von Mirmone

Eines der großen Spiele des Jahres!
Ein Ereignis, das man nicht versäumen darf!

Reisen Sie bequem mit unserem erfahrenen Führer
und werden Sie Zeuge bei diesem typischen Darsh-Spektakel

Gersen betrat den Laden und kaufte ein Buch mit dem Titel *Die Clans von Dar Sai*, einen Folianten mit Karten und eine Broschüre: *Schirm-Führer*.

Er nahm seine Anschaffungen mit zum Tisch unter dem Baum. Er breitete die Karte aus: ein dreißig Zentimeter breiter und neunzig Zentimeter langer Streifen, eingefärbt in verschiedenen Farben über einem darunterliegenden Grundton aus sandigem Gelb. Die Grenzbereiche oben und unten, in Grün gefärbt, waren mit SUMPF beschriftet und ansonsten nicht besonders gekennzeichnet. Die vier Hauptstädte – Serjeuz, Wabbers Brunnen, Dinklestown und Belfeser – waren durch schwarze Sterne, kleine Niederlassungen durch dicke schwarze Punkte, abgelegene Schirme durch kleine Punkte gekennzeichnet. Orte von historischem Interesse, touristische Attraktionen und dergleichen – »Das Würgerportal«, »Die Turmalintürme«, »Die Skorpionfarm«, »Bagshilly Plain«, »Der Skutsch« – waren durch Kreuze oder gestrichelte Umrisse markiert. Eingefärbte Gebiete, einige groß, andere klein, kennzeichneten Clan-Domänen. Gersen machte die »Bugold-Region« und den »Bugold Schirm« etwas nördlich und dreitausendzweihundert Kilometer östlich von Serjeuz ausfindig ... Als Gersen von der Karte aufblickte, bemerkte er Daswell Tippin, der hoppelnd und trabend und mit einem Aussehen besorgter Konzentration die Plaza überquerte. Seine Augen schossen nach links und rechts, aber er versäumte es, Gersen in den Schatten zu entdecken. Mit Interesse und Vergnügen sah Gersen, wie er die Chanseth Bank betrat. Das Gespräch zwischen Tippin und Adario Chanseth würde keinen von beiden erfreuen. Mit halb auf die Bank gerichteter Aufmerksamkeit faltete Gersen die Karte zusammen und sah sich *Die Clans von Dar Sai* an. Das erste Kapitel umriss die Frühgeschichte Dar Sais: die Errichtung der Schirme, die Bildung der Clans. Kapitel zwei, drei und vier schilderten die typischen Verhältnisse eines Clans, die zwischenmenschlichen Beziehungen, Fortpflanzungsgewohnheiten, Kastenunterschiede und Freizeitbeschäftigungen. Im fünften Kapitel wurde das Spiel Hadaul ausgiebig analysiert. Der Verfasser neigte zu der Annahme, dass die Spiele jeder speziellen Gesellschaft als Mikrokosmos der Gesellschaft selbst betrachtet werden könnten ... Aus der Bank heraus trat Daswell Tippin. Sein

Gang war auffällig weniger forsch. Er blickte sich nervös in alle Richtungen um, kam lustlos zum Café und setzte sich, keine zehn Meter entfernt, mit dem Rücken zu Gersen hin.

Ein Ober trat an ihn heran. Tippin gab eine kurze Bestellung auf, und ihm wurde ein kleines Glas mit kohlensäurehaltigem Punsch serviert, an dem er nippte, als sei es Medizin. Mit einer nervösen Gebärde langte er in die Jackentasche und holte ein Bündel Papiere hervor. Gersen erkannte, dass es sich um Zertifikate wie jene handelte, die er von Chanseth erworben hatte. Tippin zählte das Bündel mit unruhigen Fingern durch.

Gersen erhob sich, trat hinter ihn, langte über dessen Schulter und nahm die Zertifikate aus Tippins plötzlich wie gelähmter Hand.

»Gute Arbeit«, sagte Gersen. »Ich nehme sie jetzt und bezahle Sie heute Abend. Nur weiter so.« Er kehrte zu seinem Platz zurück.

Tippin stieß einen kleinlauten, gedämpften Protest aus. Er erhob sich halb vom Platz, dann sackte er langsam wieder zurück.

Gersen zählte die Zertifikate: sechs über zwanzig Anteile, fünf über zehn Anteile und acht einzelne: 178 insgesamt.

Tippin beobachtete ihn einen Augenblick wortlos, dann wandte er sich langsam um und hockte über seinem Getränk, wobei die Wölbung seines Rückens von ärgerlichen Selbstvorwürfen zeugte.

Gersen rechnete seine Anteile zusammen: 1.112 plus 178: 1.290. Er verfügte nun über ausreichend Anteile, um das Recht eines Direktors für sich zu beanspruchen – sogar des geschäftsführenden Direktors, sofern Ottile Panshaw weiterhin lediglich 1.250 Anteile hielt, was allerdings keine realistische Hoffnung war ... Als wäre er aus dem Nichts erschienen, stand an Tippins Tisch der hochgewachsene Darsh, den Gersen beim Dindarhaus gesehen hatte. Er ließ sich auf einen Platz neben Tippin fallen, der einen einzigen kurzen Satz sprach. Der Darsh stieß einen entrüsteten Kraftausdruck aus und blickte geringschätzig in Richtung Bank. Er stellte Tippin eine brüske Frage, woraufhin dieser hilflos den Kopf schüttelte und eine beschwichtigende Erklärung anbot, die den Darsh zu einem weiteren Fluch veranlasste. Tippin gab einen demütigen Kommentar ab, der die Situation allerdings nicht verbesserte. Der Darsh sprang auf und schritt über die Plaza. Tippin beobachtete, wie er fortging, dann blickte er seitwärts zu Gersen, der mit einem kühlen Starren reagierte. Tippin hoppelte an Gersens Tisch. Im Versuch, sich ein gesetztes und geschäftsmäßiges Gebaren zu geben, ließ er sich auf einem Stuhl nieder. »Diese Anteile waren nicht für Sie gedacht.«

»Für wen waren sie denn gedacht?«

»Einerlei. Sie müssen sie zurückgeben.«

»Wohl kaum. Ich gebe Ihnen Ihr Geld, wenn Sie das wollen.«

»Ich will die Anteile. Ich habe sie für diesen Darshherren in Verwahrung genommen.«

»Wer ist er? Woher kommt sein plötzliches Interesse an Kotzash-Anteilen?«

»Sein Name ist Bel Ruk. Ich weiß nicht, wieso Sie die Anteile haben wollen, und ich weiß nicht, warum er sie haben will.«

»Er will sie haben, weil Sie ihm gesagt haben, dass ich sie will – ganz im Gegensatz zu meinen Anweisungen.«

Tippin verzog den Mund zu einer zuckenden Grimasse. »Egal. Diese Anteile gehören mir und ich will sie zurückhaben.«

»Sie haben sie für mich gekauft und ich behalte sie. Wollen Sie Ihr Geld haben?« Gersen zählte einhundertachtzig SVE ab. »Hier ist es.«

Tippin nahm das Geld mit unschlüssigen Fingern an sich. »Das bringt mir große Unannehmlichkeiten ein.«

»Sie hätten nicht zum Dindarhaus gehen sollen. Die Unannehmlichkeiten haben Sie sich selbst zuzuschreiben.«

Tippin grunzte. »Um die Wahrheit zu sagen: Ich bin einmal Panshaws Partner gewesen. Ich habe keine Wahl in dem, was ich tue.«

»Bel Ruk arbeitet ebenfalls mit Ottile Panshaw?«

»Ich vermute, das ist der Fall.«

»>Mit< oder >für<.«

»>Für<, würde ich sagen.«

»Wie viele Anteile können Sie noch ausfindig machen?«

»Keine mehr! Mit diesem Geschäft habe ich abgeschlossen!«
Tippin sprang auf. Wie ein nervöser Vogel spähte er durch das
Laubwerk, als sich eine Gruppe junger Methlen an einem nahe-
gelegenen Tisch niederließ. Er blickte auf Gersen hinab. »Wissen
Sie, was die Darsh mit ›Rachepol‹ meinen?«

»Ich habe das Wort gehört.«

»Es bedeutet ›Stutzohr‹ – das ist das gleiche wie ›Ausgestoßener‹. Bel Ruk ist ein Rachepol. Er hat kein Gewissen. Er ist ein
geschickter Mörder. Wenn Ihnen Ihr Leben lieb ist, reisen Sie aus
Serjeuz ab.« Tippin verließ das Café und hinkte so gut es ging
über die Plaza.

Gersen wandte sich wieder seiner Lektüre zu. Einige Minuten
später sprang einer der jungen Methlen am Nebentisch auf und
näherte sich Gersen: ein großer junger Mann mit dünnen schwarzen Augenbrauen, einer langen Nase und hageren Patrizierzügen.
»Mein Herr! Einen Augenblick Ihrer Zeit!«

»Gewiss«, sagte Gersen. »Was wünschen Sie?«

»Ich bin verwirrt ob Ihres Verhaltens. Ich bitte um eine Erklärung.«

»Da gibt es nur wenig zu erklären. Mein Verhalten ist so, wie
Sie es sehen. Ich sitze hier, trinke Tee und lese dieses Buch, das ich
mir im Laden dort drüben gekauft habe. Es schildert die Gewohnheiten der Darsh.«

»Das ist nicht das Verhalten, welches ich im Sinn hatte.«

»Bitte erläutern Sie mir das näher.«

»Ich beziehe mich, im Wesentlichen, auf Ihren Handel mit
Kotzash-Anteilen.«

»Das Grundprinzip ist: ›Kaufe niedrig, verkaufe hoch‹. Weshalb ziehen Sie Ihre Erkundigungen nicht bei dem Edlen Adario
Chanseth ein? Er ist geschickt in diesen Angelegenheiten und
kann Ihnen bei Weitem mehr Informationen geben als ich.«

Der junge Mann schien nicht zu hören. »Ich bin besorgt wegen
Ihrer Unterstellungen und dem Argwohn, den Sie allgemein her-
vorgerufen haben.«

Gersen schüttelte lächelnd den Kopf. »Ich kann auf solch vage Angelegenheiten nicht eingehen. Wir würden stundenlang hier sitzen, um die Beziehungen zu definieren und ich, für meinen Teil, habe eine solche Zeitspanne nicht zur Verfügung.«

Die Tonlage des jungen Mannes wurde höher. »Sie haben eine seltsame Reihe von Ereignissen ausgelöst. Ich will wissen, was Sie noch beabsichtigen.«

»Eigentlich weiß ich das selbst nicht. Und nun entschuldigen Sie mich bitte.« Gersen wandte sich wieder der Lektüre zu. Der Methlen trat einen halben Schritt vor. Gersen seufzte und schickte sich an, die Bücher zusammenzupacken.

Eine zweite Person näherte sich dem Tisch. »Aldo, die Angelegenheit ist von keiner großen Bedeutung. Komm, wir wollen über den Ausflug reden.«

Als er zur Seite blickte, sah Gersen einen in weiches Dunkelgrün gekleideten Unterleib. Er hob die Augen und entdeckte den oberen Körperbereich und den Kopf von Jerdian Chanseth.

Aldo, der Gersen nicht aus den Augen ließ, sagte knapp: »Dieser Mann ist tatsächlich verschlagen. Ich finde ihn nicht sehr höflich.«

»Nun, was macht das schon? Die Dinge sind, wie sie sind. Hoffst du etwa darauf, seine Natur zu ändern?«

»Selbst Andropen können gelenkt werden. Vielleicht sollte ich ein Wort mit den Konstablern wechseln. Ein Ansporn mit dem Knüppel könnte bei der Veranlagung des Burschen Wunder wirken.«

»Oder ihn verdrießlicher machen denn je. Lass ihn sich in seiner Höhle verkriechen: Warum sich darum scheren?«

»Es ist nicht einfach. Seine Manipulationen sind bereits ein Quell der Schwierigkeiten für deinen Vater.«

»Nun gut, lass mich mit ihm reden. Vielleicht benimmt er sich gefälliger.«

»Ich denke nicht. Das ist eine Angelegenheit unter Herren.«

Jerdians Stimme wurde scharf. »Aldo, tritt beiseite oder, besser noch, geh zum Tisch zurück.«

»Ich werde hier warten«, erwiderte Aldo mit eisiger Würde.

Gersen hatte die Unterhaltung mit lediglich mildem Interesse verfolgt. Als Jerdian sich auf den von Tippin verlassenen Stuhl fallen ließ, erhob er sich höflich und setzte sich wieder. »Das ist eine unerwartete Freude. Darf ich Ihnen Tee anbieten? Ich bin übrigens Kirth Gersen.«

»Keinen Tee, vielen Dank! Warum sind Sie hier in Serjeuz?«

»Ich könnte Ihnen ein Dutzend Antworten geben«, entgegnete Gersen. »Ich reise viel. Ich mag es, seltsame Ecken der Galaxis zu erkunden. Ich bin interessiert an exotischen Leuten wie den Darsh und den Methlen; ich halte sie für malerisch.«

Die Lippen der Edlen Jerdian schürzten sich. Gersen konnte nicht entscheiden, ob sie verärgert war oder amüsiert. »Sie weichen mir aus.«

»Ganz und gar nicht. Es gibt viel zu viel zu erzählen. Schicken Sie diesen Burschen fort und wir verbringen den Rest des Tages und vielleicht auch den Abend miteinander.«

Aldo versteifte sich und wich zurück. »Ich habe noch nie einen solch erstaunlichen Unsinn gehört! Jerdian, komm mit. Die Impertinenz dieses Mannes ist ermüdend.«

Jerdian warf ihm einen ausdruckslosen Blick zu und Aldo wurde abrupt still. Mit sanfter Stimme richtete sie das Wort an Gersen: »Sie haben sich als Bankier vorgestellt.«

»Genau.«

»Sie sind nicht wie die Bankiers, die ich sonst kenne.«

»Ihre Instinkte sind gesund. Der gewöhnliche Bankier ist zurückhaltend und nur rücksichtslos, wenn die Kurse auf seiner Seite sind. Was denken Sie eigentlich über mich?«

»Wenn überhaupt, denke ich von Ihnen als dem Mann, der meinen Vater betrogen hat.«

Gersen hob die Augenbrauen. »Seltsam! Ihr Vater war sich sicher, meine Unbedarftheit auszunutzen.«

Aldo rief: »Diese Bemerkungen grenzen an Verleumdung! Sie werden Ihnen noch leidtun!«

Gersen sagte zu Jerdian: »Weshalb bitten Sie diesen Herrn nicht, uns zu verlassen? Er ist wie ein Rabe bei einem Festmahl.«

Jerdian blickte gedankenvoll in Richtung Aldo, dann wandte sie sich wieder Gersen zu. »Unsere Unterhaltung ist beendet, es sei denn Sie wollen aufrichtig sein.«

Gersen vollführte eine reuige Gebärde. »Möglicherweise bin ich ausweichend gewesen, aber ich habe Ehrfurcht vor Aldo. Seine Drohungen und Einwürfe hemmen mich.«

Jerdian drehte sich unvermittelt um. »Aldo, bitte geh zum Tisch zurück. Es ist tatsächlich kaum möglich, einen Gedanken zu fassen, wenn du mir über die Schulter guckst.«

»Wie du willst.« Aldo schlich von dannen. Gersen signalisierte dem Ober. »Bringen Sie uns eine neue Kanne Tee oder, besser noch, eine Flasche Flux-Spondent und zwei Gläser.«

Jerdian wich zurück, distanzierte sich von Gersens Geselligkeit. »Ich möchte nichts. In einem Augenblick muss ich wieder zu meinen Freunden gehen.«

»Weshalb sind Sie dann überhaupt gekommen? Offenbar finden Sie mich abscheulich.«

Die Bemerkung amüsierte Jerdian. Sie lachte und wurde einnehmender denn je. Gersen verspürte ein unvermitteltes Herzklopfen. Jerdian Chanseth zu lieben und von ihr geliebt zu werden wäre ein faszinierender Umstand.

Jerdian, die möglicherweise etwas von Gersens Stimmung spürte, sprach in sorgfältig neutralem Ton. »Ich will mein Interesse erklären. Es ist vollkommen simpel. Lens Larque ist in den Kotzash-Skandal verwickelt. Wenn wir das Wort ›Kotzash‹ hören, werden wir sofort nervös.«

»Verständlicherweise.«

»Warum kaufen Sie dann Kotzash-Anteile?«

»Es ist eine taktische Angelegenheit und keinesfalls diskreditierend. Wenn ich es Ihnen erklärte, würden Sie es Ihrem Vater erzählen, der es einem Dutzend anderen sagen würde, was mir sehr ungelegen käme.«

Jerdian blickte fort über die Plaza. Dann sagte sie: »Und Sie stehen nicht in Verbindung mit Lens Larque?«

»Definitiv nicht. Wenn, würde ich die Tatsache wohl kaum publik machen.«

Jerdian hob halb leichtfertig, halb verächtlich die Schultern.
»Sie scheinen sich seiner sehr wohl bewusst zu sein.«

»Wie Sie auch.«

»Aus gutem Grund. Er ist unser lokales Schreckgespenst. Tatsächlich hatten wir ein unerfreuliches kleines Abenteuer, in das Lens Larque verwickelt war. Natürlich ist er ein Darsh der übelsten Sorte und darüber hinaus ein Rachepol. Kennen Sie dieses Wort?«

»Es bedeutet ›Ausgestoßener‹.«

»Etwas in der Art. Die Darsh machen daraus eine großartige Zeremonie und schneiden dem Schurken eines seiner Ohren ab.«

»Ich habe ihm das andere abgeschnitten«, meinte Gersen.

Jerdian warf den Kopf herum. »Was haben Sie gesagt?«

»Welches war das Vergehen, das Lens Larque das Ohr gekostet hat?«

Jerdians Gesicht bekam einen Ausdruck kühler Würde. Lens Larques Vergehen war offenbar eines, das feine Methlenmädchen entweder für unvorstellbar oder für unaussprechlich hielten. »Mir sind die Einzelheiten nicht vertraut. Und Sie haben mir immer noch keine Informationen gegeben.«

Gersen nahm das Kelchglas auf, kniff die Augen zusammen und lugte durch die Kristallfacetten. »In Gegenwart von Vertretern der Chanseth Bank bin ich verschwiegen und ausweichend. In Gegenwart von jemand, deren Persönlichkeit als charmant, anregend, gar liebenswert betrachtet werden könnte, hätte ich in der Tat viele Dinge zu erzählen.«

Wieder vollführte Jerdian ihr leichtfertiges Achselzucken. »Sie sind definitiv impertinent und sehr direkt.«

Ihre Stimme, bemerkte Gersen, war weder herrisch noch beißend. Gedankenvoll fügte sie hinzu: »Ich hatte früher am Tag Grund, mich über Sie zu beklagen.«

»Sie haben es missverstanden. Ich habe von einem Brief aufgeschaut, der mich amüsiert hat, und Sie entdeckt, jedoch weder eine ›Grimasse geschnitten‹ noch ›gestarrt‹. Dann habe ich die Chanseth Bank gesehen und bin dorthin gegangen, um Geschäfte zu tätigen, wurde stattdessen allerdings hinausgeworfen.«

Jerdians Würde hatte sich nahezu in Nichts aufgelöst. »Nun denn, was ist mit dem Dindarhaus? Sie sind mir doch sicherlich gefolgt?«

»Wie ist das möglich? Ich war dort, bevor Sie angekommen sind.«

»Nun – richtig. Aber selbst jetzt drücken Sie sich in persönlichen Begriffen aus.«

»Ich kann mir nicht helfen, aber es ist faszinierend Sie anzuschauen und es macht Freude mit Ihnen zu reden. Soll ich fortfahren?«

»Bitte machen Sie sich keine Mühe.« Jerdian erhob sich. »Sie sind in der Tat ein seltsamer Mann. Ich kann mich nicht entscheiden, was ich von Ihnen halten soll.«

Gersen richtete sich auf. »Bei besserer Bekanntschaft werden Sie möglicherweise weniger skeptisch sein.«

»Unsere Bekanntschaft hat keine weiteren Aussichten. Wenn Sie sich bei Lens Larque einmischen, wird er Sie töten.«

»Er ist sich meiner noch nicht bewusst. Es ist immer noch Zeit.«

»Nicht wirklich. Ich kehre unmittelbar nach dem Dinklestown-Hadaul nach Methlen zurück. Ist es dann immer noch wahrscheinlich, dass Sie leben?«

»Ich hoffe es. Werde ich Sie vorher noch sehen?«

»Ich weiß es nicht.«

Jerdian ging zurück zu ihrem Tisch. Aldo und die anderen Freunde hatten verstohlen zugeschaut. Sogleich stellten sie ihr Fragen, auf die Jerdian geistesabwesende Antworten gab. Bald darauf machte sich die Gruppe auf zum Hotel *Sferinde Selekt*.

Cora glitt den kalkigblauen Himmel von Dar Sai hinab, erzitterte am Horizont, wurde rot und platt, verschwand geschwind und hinterließ einen limonengelben Nachglanz. Hunderte von Kilometern im Norden und Süden glitzerten hoch oben Flocken von Zirruswolken zinnoberrot, dann purpurn, danach verschwanden sie außer Sicht. Mit der aufkommenden Dämmerung kühlte sich die Wüstenluft ab. Die Wasserschleier von Serjeuz versiegten zu gelegentlichen Tropfen und die Abendbrise blies ungehindert zwischen den Kuppeln hindurch. Licht glomm hier und da zwischen den Kuppeln; bunte Feenblasen schwebten durch die Hotelgärten. Mit dem Versiegen des fallenden Wassers erschien Serjeuz seltsam still, und die weiß berobten Darsh, welche sich über die Plaza bewegten, verwandelten sich zu mysteriösen Wesen der Intrige.

Eine der weißberobten Gestalten war Gersen, der einen weichen Beutel mit einem Inhalt trug, den man als die Werkzeuge seines Geschäfts betrachten konnte. Als er vom Zentralschirm in die noch dunkleren Bezirke von Skansel-Schirm kam, dachte er daran, dass, wenn Jerdian Chanseth jetzt bei ihm wäre und um seine verschiedenen Handwerkszeuge wüsste, sie ihn für einen wahrlich seltsamen Mann halten müsste.

Es war gut, dass Jerdian woanders war, überlegte Gersen, vermutlich geborgen in der feinen Umgebung des Hotels *Sferinde Selekt*. Ebenso gut oder noch besser, wenn er sie aus dem Kopf bekommen könnte. In keiner seiner Vorstellungen könnte sie Teil seines gefährlichen Lebens werden, dem sie selbst ein jähes Ende vorhergesagt hatte.

Der Gedanke bekümmerte ihn und beflügelte ihn zugleich zu höchsten Leistungen. Er näherte sich dem Dindarhaus so wachsam, als beschliche er ein Tier mit all seinem Vermögen, bewusstem und unbewusstem, und überwachte die Umgebung.

Er hielt im Schatten neben dem Zeitungskiosk inne. Die Besitzerin war nach Hause gegangen und hatte die Ware und den Münzteller zur allgemeinen Verwendung für jeden zurückgelassen, der davon Gebrauch machen wollte.*

---

* Die Darsh neigen nicht zu geringfügigem Diebstahl. Und in der Tat ist Diebstahl abseits der Städte förmlich unbekannt. Mord, von Angesicht zu Angesicht, und Raub, besonders in Verbindung mit Duodezimaten, ist eher anzutreffen, wird aber immer noch als niederes Verbrechen angesehen. Der Täter wird, wenn er gefasst wird, blutig gepeitscht und anschließend draußen an die Felsen gekettet, wo er zur Beute für die Lanslarken, Kaukäfer und Skorpione wird.

Gersen wartete. Fünf Minuten vergingen. Das Dindarhaus
wies lediglich drei Lichter an den drei Masten der drei höchsten
Kuppeln auf. Durch die Nachtluft drangen Geräusche aus großer
Entfernung heran, klar wie leise Stimmen aus einem Kopfhörer.
Er hörte einen schnell versiegenden, heiseren Aufschrei aus der
Ferne und etwas näher das elektronische Getöse von Darshmusik:
ein geistloses Schlagen, Klimpern und Heulen. Diese Geräusche
akzentuierten die Stille des Dindarhauses nur noch.

Gersen verließ den tiefen Schatten. Still und leise, wie eine
Rauchsträhne, glitt er die Rampe hinauf und betrat die Eingangshalle. Hier hielt er erneut inne, um zu lauschen, doch nun waren

---

Das als niedrigste betrachtete Verbrechen der Darsh ist der Dieb-
stahl des Wüstenrollers oder des Wasserproviants eines anderen.
Die Strafe dafür besteht aus Auspeitschen mit anschließendem
Anpflocken auf dem Boden der örtlichen Senkgrube.

Als Anmerkung von möglichem Interesse: Das Vergehen, welches
Lens Larques Verstoß aus dem Bugold Schirm nach sich gezogen
hatte, war der Diebstahl eines Luftaufbereiters von der Leiche
eines Mannes, der trunken in giftige Kakteen gefallen war. Das
Verbrechen war für widerwärtig, nicht aber für übermäßig verab-
scheuungswürdig erachtet worden. Husse Bugold, wie er damals
bekannt war, erlitt den Verlust eines Ohrläppchens und wurde aus
dem Bugold Schirm fortgepeitscht.

Als weitere interessante Anmerkung mag erwähnt werden, dass
Jerdian Chanseth Husse Bugold, aus Mangel an genauen Informationen bezüglich seines Verstoßes, automatisch das als verwerflichste
betrachtete Vergehen zuschrieb, d.h. unnatürliches sexuelles Verhalten – eine Aktivität, welche die Darsh als gegeben ansehen: daher
ihre Reaktion auf Gersens Frage.

Der gesamte Umfang der vergleichenden Kriminologie ist auf
makabre Weise faszinierend und wird nicht nur in Buch VII von
Baron Bodisseys monumentaler Exegese über die Umstände des
menschlichen Lebens erörtert, sondern ebenfalls in spezielleren
Werken wie Faren Millers *Interplanetarische Verbrechen: Ursache
und Konsequenzen* oder Theodore Pedersens *Sündhafte Seelen*.
Richard Pelto behandelt in *Menschen der Coranne* ausgiebig die
nahezu konträren Soziologien von Methel und Dar Sai.

die Geräusche von draußen gedämpft, und nichts außer Toten-
stille war zu vernehmen.

Er knipste die Taschenlampe an, schwenkte sie in der Halle
umher und sah, wie bereits zuvor, moderigen Beton, massive
Bogentüren, altes lackiertes Holz. Er dimmte das Licht zu einem
Glimmen und ging mit langen, geschmeidigen Schritten die Halle
hinunter zu der hohen grünen Tür, welche in die Büros von Ottile
Panshaw führte.

Sorgfältig untersuchte er Eingang, Tür, Schloss und Riegel in
einer Lichtranke, fand aber keine Spur eines Alarms oder einer
Überwachungsvorrichtung. Er prüfte die Tür. Anders als die
meisten Darshtüren war diese mit einem manipulationsgeschütz-
ten Schloss gesichert. Bedeutsam, dachte Gersen. Schlösser waren
nur dort vorhanden, wo es Objekte von Wert gab.

Er zog sich zur Eingangsrampe zurück und schätzte die Umgebung noch einmal ein. Auf der anderen Seite der Plaza gab es zwei
von Laub verdeckte Biergärten mit Trauben grüner und weißer
Lichter. Niemand ging über die Plaza. Gersen sprang die schräge
Seite des Pfeilers hinauf, schob sich über eine Kuppel und ließ
sich auf eine weitere gewölbte Oberfläche hinab, die sich an einer
Fensterreihe entlang erstreckte. Gersen schätzte die Entfernungen
ab, erkannte jenes Fenster, das zu Ottile Panshaws Büro gehörte,
und näherte sich ihm über eine geeignete Neigung der Kuppel.
Anders als bei anderen Fenstern der Reihe schützte ein Vonda-
loy-Gitterwerk die Öffnung, welche zusätzlich mit einer Scheibe
massiven Glases verschlossen war.

Hier würde nicht leicht hineinzukommen sein.

Drinnen war der Raum dunkel. Gersen versuchte das Innere
mit der Taschenlampe zu beleuchten, wurde aber durch die Reflexionen geblendet.

Er zog sich einige Schritte zurück zum nächsten Fenster: dieses öffnete sich der Nacht, gleichgültig, ob jemand eindringen
mochte oder nicht. Gersen ließ das Licht hineinleuchten und
entdeckte etwas, was der Hauptsitz eines Importvertreters sein
mochte. Dieses Büro und das von Ottile Panshaw waren einst eine

Zimmerflucht gewesen. Eine Vitrine mit Büchern, Pamphleten und Mustern versperrte die Verbindungstür.

Gersen betrat das Büro, schob die Vitrine beiseite und untersuchte die Tür. Sie hing in Angeln und öffnete sich auf ihn zu. Er drehte den Knauf und zog. Die Tür blieb geschlossen, gesichert durch einen Riegel in Ottile Panshaws Büro.

Gersen wandte seine Aufmerksamkeit den Angeln zu. Sie waren eingelassen und halb verborgen, unmöglich sie auseinanderzunehmen, ohne die Tür zu beschädigen.

Gersen untersuchte die Tür selbst. Schlösser zu knacken, war keine seiner besonderen Fertigkeiten. Dennoch hegte er eine bescheidene Zuversicht in seine Geschicklichkeit. Aber es mochte einen einfacheren Weg geben.

Die Tür öffnete sich in seine Richtung. Der Riegel oder Bolzen war daher nur so sicher, wie die Befestigung, welche die Tür hielt. Gersen drückte das Knie gegen die Wand, packte den Türknauf, drehte, zog und setzte mittels des Knies die Kraft seines Beins ein.

Ein schwach splitterndes Geräusch ertönte und die Tür öffnete sich. Gersen machte sie sich nur wenige Zentimeter auf. Er ließ die Lampe über den Spalt leuchten, um unterbrochene Alarmdrähte zu suchen. Es waren keine sichtbar, was nur wenig bedeutete: Gersen kannte ein Dutzend unsichtbarer Methoden, eine Tür zu überwachen. Ebenso hatte er bereits Zimmer angetroffen, die angereichert waren mit einem tödlichen Gas, um einen unachtsamen Eindringling zu ersticken. Gersen schnüffelte in der Luft, nahm jedoch nur den ranzigen Geruch langer menschlicher Anwesenheit wahr. Jedenfalls war es unwahrscheinlich, dass Ottile Panshaw die Luft seines Büros als reguläre Vorsichtsmaßnahme vergiften würde. Er öffnete die Tür behutsam und ließ das Licht durch den Raum wandern. Er sah nur das, was er erwartet hatte: grünbraune Wände, Schreibtisch, Tisch, drei Stühle, Schrank und einen unpassend teuren Kommunikator.

Gersen arbeitete geschickt und flink. Er brachte ein wenig Rezeptorband im Winkel zwischen Türsims und Wand an, wo es nach menschlichem Ermessen unsichtbar bleiben würde. Unter

Verwendung einer unter Druck stehenden Dose sprühte er eine Spur Leitfilm vom Band ausgehend um den Türrahmen in das benachbarte Büro und an der Wand entlang zum Fenster. Nachdem er in Panshaws Büro zurückkehrt war, reparierte er den Riegel, den er losgebrochen hatte, so gut er konnte und befestigte den Verschluss wieder im Rahmen. Bei einer flüchtigen Musterung schienen Riegel und Rahmen wieder sicher angebracht zu sein.

Nun wandte Gersen seine Aufmerksamkeit dem Schreibtisch zu. Auf der Fläche lag eine mit *Wichtig, Vertraulich* gekennzeichnete Aktenmappe, die offenbar ein Bündel Papiere enthielt. Gersen hielt dies für eine etwas auffällige Einladung und, logisch weiter gefolgert, ganz allgemein für ein Zeichen der Gefahr. Ein umsichtiger Rückzug wurde zur unmittelbaren Notwendigkeit. Gersens Sinnesapparat, der bis beinahe zur Schmerzgrenze angespannt war, empfing in genau diesem Augenblick ein Signal. Er hielt nicht eine Sekunde lang inne, um die Warnung zu analysieren. Er glitt durch die Tür, hielt den Riegel gegen die Federspannung zurück, schloss die Tür, woraufhin der Riegel in den Rahmen schnappte, und die Tür war augenscheinlich gesichert. Gersen schob die Ausstellungsvitrinen zurück an ihren Platz, ging dann an die Tür zur Eingangshalle. Er drückte sein Ohr gegen das Paneel: kein Laut. Er öffnete die unverriegelte Tür behutsam und hörte sofort das Schlurfen von Schritten in der Eingangshalle. Er schloss die Tür, schob die Riegel vor und lief zum Fenster. Aus dem Schatten spähte er hinaus und dort, im hinteren Bereich der dunklen Fläche unten, stand ein Mann mit einem dunklen Umhang und einem weichen Schlapphut. Gersen vermeinte die Haltung und den Körperbau von Ottile Panshaw zu erkennen.

Für den Fall, dass er Nachtgläser trug, zog sich Gersen aus dem Sichtbereich von Panshaw zurück. Er drückte den Detektor auf die Leiterspur, welche er auf die Wand gesprüht hatte, und drehte die Lautstärke hoch. Einen Augenblick hörte er nichts. Dann: das Geräusch von Mobiliar; das Knarren einer sich öffnenden

Tür. Wieder Stille, während der Raum gemustert wurde. Danach Schritte und dann eine leise Stimme, die offenbar in ein Sende-Empfangsgerät sprach: »Nichts. Es ist niemand hier.«

Schwach und leise erwiderte Panshaws Stimme: »Hat sich etwas verändert?«

»Offensichtlich nichts.«

»Möglicherweise ein falscher Alarm. Ich komme hoch.«

Durch das Fenster blickend, sah Gersen wie Panshaw sich in Richtung der Vorderseite bewegte.

Unverzüglich trat Gersen durch das Fenster und hinaus auf die Oberfläche der Kuppel. Wieder drückte er den Detektor auf die Leiterspur. Kurz darauf hörte er Panshaws Stimme: »Was hat den Alarm ausgelöst?«

»Lichteinfall, kurz und von geringer Stärke.«

Stille. Dann abermals Panshaws Stimme, vorsichtig und gedankenvoll. »Nichts scheint verändert zu sein ... Seltsam. Ich frage mich wegen dieses Mannes. Aber ich bin häufig überempfindlich. Er mag genau das sein, als was er sich vorstellt.«

»Das als solches ist bereits ein überempfindlicher Gedanke.«

»Möglicherweise stimmt das ... Wir stehen vor einem Rätsel, das Großvogel ärgern wird. Aber alles der Reihe nach, was ich daran bemesse, was Vogel wahrscheinlich den größten Ärger verursacht. In diesem Fall kommt Cahouse als Erstes. Der Kerl im *Traveler's Inn* muss warten, bis er an der Reihe ist.«

Ein Grunzen, dann: »Cahouse ist nicht in Inkins Schirm. Es könnte einige Tage dauern, ihn ausfindig zu machen.«

»Nehmen Sie sich so viel Zeit, wie Sie brauchen, aber sehen Sie zu, dass die Arbeit getan wird. Sie müssen selbst die Initiative ergreifen: Ich breche unverzüglich nach Twanish auf.«

»So bald schon? Es wäre besser, Sie würden hierbleiben und Anteile sammeln.«

»Ich tue, was mir gesagt wird. Nun, soviel zum falschen Alarm. Ich sehe nichts, was uns hier hält ... Einen Augenblick! Die Tür zu Littos. Ich glaube, sie wurde aufgebrochen. Die Farbe ist abgeblättert ...« Ein Gemurmel von Worten, die Gersen nicht voneinander unterscheiden konnte, anschließend das Schlurfen eiliger Schritte.

Gersen rannte über die Kuppel zurück, ließ sich auf die Eingangsrampe fallen und erreichte den Schatten des Kiosks, bevor er sich umdrehte. Die Fenster beider Büros zeigten Lichter. Als Gersen schaute, erschien kurz eine dunkle Gestalt hinter Littos Fenster und verschwand wieder.

Gersen kehrte den Weg zurück, den er gekommen war. Als er die Zentralplaza überquerte, bemerkte er eine Truppe von Musikern im *Sferinde-Garten*. Sie spielten für eine große Gruppe Methlen, die allesamt in einer Gelb und Weiß gehaltenen Abendgarderobe gekleidet waren, zu der die Männer hellblaue Schärpen trugen.

Gersen schaute einen Augenblick lang zu, dann lächelte er etwas wehmütig und ging weiter zum *Traveler's Inn*.

Hinter dem Rezeptionsschalter stand Daswell Tippin. Der Anblick von Gersen rief einen kuriosen Ausdruck der Überraschung und Sorge auf seinem Gesicht hervor. Gersen näherte sich dem Schreibtisch. »Weshalb schauen Sie mich so an?«

Tippin lief rot an. »Jemand hat vor kaum fünf Minuten angerufen und nach Ihnen gefragt. Ich dachte, Sie seien auf Ihrem Zimmer und habe ihm dies mitgeteilt.«

»Wer hat angerufen?«

»Nun, er hat keinen Namen angegeben.«

»Panshaw? Nein? Ruk? Ich verstehe. Nun, keine große Angelegenheit. Ich gehe jetzt auf mein Zimmer, also haben Sie sich nur um fünf Minuten vertan – ein unbedeutender Zeitraum. Stimmen Sie mir da nicht zu?«

»Ich stimme Ihnen zu. Absolut!«

»Wo finde ich Nihel Cahouse?«

»In Inkins Schirm. Er ist vom Fogle Clan. Viele Fogles leben in Inkins Schirm.«

»Was, wenn er nicht in Inkins Schirm ist?«

Tippin warf die Hände in die Luft. »Er könnte überall sein.«

»Erwähnen Sie mein Interesse an Cahouse gegenüber niemandem.«

»Ihr Interesse an Cahouse gilt als gegeben«, knurrte Tippin. »Ich würde nichts Neues erzählen.«

»Dennoch – halten Sie Ihre Zunge im Zaum.«

»Wirklich, wirklich, wirklich! Meine Zunge ist so verschwiegen, als wäre sie herausgerissen worden!«

Gersen ging hinauf in seine Räumlichkeiten, die er sorgsam untersuchte. Dann, nachdem er seine eigenen Alarmvorrichtungen an Türen und Fenstern angebracht hatte, badete er, ging zu seiner Couch und schlief ein.

KAPITEL IX

Aus: *Menschen der Coranne* von Richard Pelto:

Die Darsh vermählen sich lediglich aus Berechnung. Die Frauen beurteilen das Gewicht der Duodezimaten eines Mannes. Die Männer kosten das Essen der Frau und testen den Komfort ihrer Dambeln: so werden Darsh-Ehen geschlossen. Die zwei werden sich wahrscheinlich nicht sexuell vereinigen. Beide werden gewiss in die mondbeschienene Wüste gehen, um ihren Liebesangelegenheiten nachzukommen.

Ihre eheliche Beziehung ist kühl und formell. Jeder Partner weiß, was von ihm oder ihr erwartet wird, und noch genauer weiß er, was er oder sie erwartet. Wenn ihr ein Strich durch die Rechnung gemacht wird, revanchiert sie sich mit ranzigem Ahagaree oder verschmortem Pourrian. Der Mann seinerseits wird weniger Duodezimaten auf den Tisch legen und seine Zeit in Biergärten verbringen.

Am Morgen, eine Stunde vor Cora-Aufgang, weckt die Frau den Mann, der mürrisch seine Tageskleidung anlegt und hinausgeht, um in den Himmel zu blicken. Er äußerst eine Phrase recht hohlen Optimismus', deren ungefähre Übersetzung lautet »Es wird schon gut werden!« und macht sich auf zum Sieben. Die Frau blickt ihm nach und äußert selbst eine düstere Phrase: »Begib dich an die Arbeit, Narr!«

Spät am Tag kehrt der Mann zurück. Wenn er unter den Schirm tritt, blickt er sich ein letztes Mal am Himmel um und sagt, wieder in einem recht hohen Ton: »Asi achih!«,

was heißt, »Und so ging es!« Die Frau, die aus dem Schatten
der Dambel zusieht, kichert lediglich leise in sich hinein.

≈

Gersen wachte in der Dämmerung auf. Strahlen von Coralicht leuchteten nahezu parallel zur Oberfläche der Wüste
und verursachten lange schwarze Schatten über die Plaza. Als
Gersen aus dem Fenster blickte, dachte er an das Rigellicht, das
ebenso weiß und brillant war. In der Entfernung von Alphanor
erschien Rigellicht kühl, spröde, knisternd, mit Untertönen
von Violett. Coralicht, aus kürzerer Entfernung, brutzelte und
stach.

Gersen bekleidete sich mit einer weiten grauen Hose, einem
blau-weiß gestreiften ärmellosen Hemd und Luftpolstersan-
dalen: konventionelle Heißwetterkleidung, wie sie überall im
menschlichen Universum genutzt wurde. Unter Verwendung des
Kommunikators rief er das *Bergbaujournal* an und erfuhr, dass die
Büros erst in einer Stunde öffneten.

Durch die leere Eingangshalle ging Gersen hinaus in den Garten, wo er lediglich einige wenige gewissenhafte Touristen antraf.
Er nahm ein Frühstück ein, bestehend aus Tee, Früchten, Paste-
ten und Käse, die über unbekannte Distanzen hinweg importiert
worden waren. Als er den Garten verließ, begann Wasser von den
Rändern der Sonnenschirme zunächst zu tröpfeln, dann in Schleiern zu fallen. Der Tag hatte richtig begonnen – Coras Ansturm
musste getrotzt werden.

Gersen begab sich unmittelbar zum Dindarhaus. Er ignorierte
die muffigen Korridore der ersten Etage und stieg zu den Räumlichkeiten des *Bergbaujournals* auf: einem großen und breiten
Raum, der von einer enormen Reliefkarte des Striemens entlang
einer der Wände dominiert wurde. Der vordere Schalter hatte auf
der Oberfläche ein Schachbrettmuster aus Jaspis und Jade und
darauf stand auf der rechten Seite ein Gestell mit Glasgefäßen,
die verschiedene Bruchstücke schwarzen Sandes enthielten. Darunter befanden sich kleine Scheiben mit dem entsprechenden

Metall. Zur Linken gab es einen tadellosen Würfel aus Pyrit mit einer Seitenlänge von einem halben Meter.

Ein Mann mittleren Alters, ernst, besonnen und mit weltmännischem grauem Bart, trat an den Schalter. »Mein Herr. Was ist Ihr Begehr?«

»Ich repräsentiere *Cosmopolis*,« sagte Gersen. »Ich bin ausgesandt worden, um eine Kurzserie über Dar Sai und die Darsh zu schreiben. Mein Budget erlaubt es mir, eine örtliche Hilfe anzuheuern, hoffentlich jemanden von Ihrem Personal.«

»Mein Personal besteht hauptsächlich aus mir. Aber ich bin froh, Ihnen zu Diensten zu sein, sei es als Mietling oder anderweitig.«

»Vorzüglich. Mein Name ist, nebenbei bemerkt, Kirth Gersen.«

»Ich bin Evelden Hoe. Welche Art von Angelegenheit verfolgen Sie?«

»Vielleicht eine Reihe von biografischen Impressionen. Mir wurde geraten, einen gewissen Nihel Cahouse aufzusuchen, möglicherweise ein Einwohner von Inkins Schirm.«

Hoe zupfte sich am Bart. »Ich kenne diesen Namen. Hm ... Ich kann mich des Zusammenhangs nicht genau entsinnen. Lassen Sie uns das Register prüfen. Kommen Sie mit, hierher, wenn es Ihnen recht ist.«

Hoe führte Gersen in ein Hinterzimmer. »Dies ist sozusagen die Bibliothek. Unser Register ist in gutem Zustand. Falls etwas im Journal erschienen ist, werden wir es finden.« Hoe setzte sich vor einen Bildschirm mit Bedienpult. »Nihel Cahouse. Hier ist es. Jetzt erinnere ich mich an die Geschichte. Soll ich Ihnen eine Zusammenfassung geben? Oder wollen Sie den Nachrichtenartikel lesen?«

»Ich würde es lieber von Ihnen hören.«

»Cahouse ist ein Fogle, von Inkins Schirm draußen, und ein Sandschürfer. An einem Ort namens Jamile-Suhle hat er einen reichhaltigen Sift ausfindig gemacht und mehr als tausend Unzen Sand geschürft. Er ging zurück nach Inkins Schirm und sah, dass gerade ein Hadaul stattfand – oder vielleicht ist er auch nur des

Haudauls wegen zurückgekehrt, was wahrscheinlicher ist. Er wettete, als hätte er Eingebungen, und als der Tag vorüber war, hatte er mehr als fünftausend Unzen gewonnen – ein fürstliches Vermögen. Zu dieser Zeit war Kotzash Mutual ein laufendes Unternehmen. Der Rechnungsprüfer von Kotzash, ein gewisser Ottile Panshaw, war zufällig bei der Hand. Cahouse tauschte seinen Sand um in sechshundert Kotzash-Coupons.

Zwei Tage später wurde das Kotzash-Lagerhaus geplündert. Nihel Cahouse verlor alles und wurde zum Gegenstand des Artikels ›Schlechte Nachrichten‹.«

»Wo ist er jetzt? Immer noch in Inkins Schirm?«

Hoe drückte auf Knöpfe. »Hier ist eine Fortsetzung.«

Auf dem Schirm erschien ein kurzer Absatz:

Nihel Cahouse, einstiger Millionär, ist wieder in die
Wüste gegangen. Er wird in die Jamile-Suhle zurückkehren und einen weiteren Sift suchen.

»Das ist ein recht neuer Artikel«, sagte Hoe. »Etwa drei Monate alt.«

»Wie kann ich die Jamile-Suhle finden?«

»Sie liegt im Westen, etwas südlich. Ich zeige es Ihnen auf der Karte.«

»Gut, aber zunächst noch ein anderes Thema: Lens Larque, der Cahouses Sand gestohlen hat.«

Hoes Gesicht wurde reglos und wachsam. »Das ist ein Name, den wir hier in Serjeuz nur sehr leise aussprechen.«

»Dennoch ist er Dar Sais berühmtester Bürger und wird gewiss Thema einer meiner Geschichten werden.«

Hoe zeigte ein unbehagliches Lächeln. »Verständlich. Er ist ein erstaunlicher Mann. Nebenbei bemerkt, er verabscheut ungünstige Reklame, und er hat weitreichende Verbindungen. Kurz, er ist ein Mann, den man nicht auf die leichte Schulter nehmen sollte.«

»So wurde mir gesagt. Sind Sie ihm je begegnet?«

»Nicht, dass ich wüsste. Ich hoffe, es wird auch nie der Fall sein.«

»Was ist mit Fotografien? Gibt es welche in Ihren Akten?«

Hoe zögerte, dann murmelte er: »Wahrscheinlich nicht. Nichts Nützliches.«

»Unsere Unterhaltung ist natürlich vertraulich«, meinte Gersen. »Das *Bergbaujournal* wird selbstverständlich weder zitiert noch als Quelle genannt werden. Dennoch benötigt *Cosmopolis* ein Bild. Tatsächlich wäre dies fünfzig oder sogar hundert SVE wert.« Gersen legte einen Schein hin. Hoe berührte ihn mit zaudernden Fingerspitzen, dann zog er bedauernd die Hand zurück. »Ich habe keine neueren Fotografien. Aber gerade erst vor ein paar Tagen habe ich zufällig etwas auf einem alten Bild bemerkt … Ich weiß nicht, ob es das ist, was Sie gern hätten oder nicht.«

»Zeigen Sie mir das Bild.«

Mit einem Blick über die Schulter betätigte Hoe einige Knöpfe. Er sprach in einem unvermittelt blechernen Ton: »Was ich Ihnen zeigen werde, ist eine Sammlung malerischer alter Clanbilder, die über viele Jahre hinweg aufgenommen wurden. Wo möchten Sie gerne anfangen?«

»Mit dem Bugold-Clan.«

»Gewiss. Das ist die älteste Fotografie in den Akten. Sie wurde vor nahezu zweihundert Jahren aufgenommen. Sehen Sie sich diese Leute an! Geben sie nicht einen malerischen Anblick ab? In jenen Tagen waren die Bugolds so etwas wie ein Clan der Gesetzlosen. Vielleicht zeigen sie uns ihren wildesten Ausdruck … Hier ist etwas neueres, vielleicht dreißig Jahre alt. Wieder die Bugolds, und vergleichsweise gesetzt. Auf dieser Seite stehen die ›Stümperjungen‹, dort drüben sind die ›Kitchets‹, wie sie genannt werden. Während dieser flüchtigen Wandlungsmonate sind die Darshfrauen am besten. Sehen Sie sich dieses Mädchen mit ihrer aufrechten Haltung und den blitzenden Augen an! Sie ist wirklich recht ansehnlich. Und dies sind die jungen Böcke, keine ›Stümper‹ mehr, aber auch noch nicht fleischig und mit dem vollen Gestank der Darsh-Männlichkeit behaftet. Schauen Sie sich insbesondere diesen an! Ich kenne seinen Namen nicht, aber mir wurde gesagt, dass er später einen Diebstahl begangen hat und zu etwas wurde, was die Darsh ›Rachepol‹ nennen. Wer weiß, was mit ihm geschehen ist? ... Wollen Sie noch andere Fotografien sehen?«

»Später gern. Ich hätte gern Kopien von diesen beiden. Sie geben höchst interessante Studienobjekte ab.«

Hoe drückte einen Wippschalter und Faksimiles fielen in eine Ablage. »Bitte schön, mein Herr.«

»Vielen Dank!« Gersen steckte die Fotografien in die Tasche. Hoe tat es ihm mit dem Geld gleich.

»Ich bin im Augenblick etwas in Eile«, sagte Gersen. »Zeigen Sie mir die Jamile-Suhle oder, besser noch, geben Sie mir die Koordinaten, und ich mache mich auf den Weg.«

Hoe drückte Knöpfe und händigte Gersen einen Ausdruck aus. »Werden Sie bald zurückkehren?«

»In einem Tag etwa.«

»Unsere Unterhaltung ist natürlich vertraulich.«

»Ohne Frage. Beiderseits.«

»Natürlich.« Hoe begleitete Gersen zur Tür. »Alles Gute! Bis demnächst.«

Im Touristenladen mietete Gersen einen Skimmer neueren Modells und Wüstenkleidung: ein Vorgang, der dank der Bedienung des trägen Angestellten eine ganze Weile dauerte. Gersen stellte sich vor, wie Bel Ruk zwischen den Sternen in Richtung Jamile-Suhle flog und quälte sich mit nervöser Frustration herum, die er allerdings zu verbergen vermochte. Endlich wurde ihm das Fahrzeug überlassen. Er sprang in die Pilotenkanzel, zog die Haube herunter, richtete den Sonnenschutz über seinem Kopf ein und brachte anschließend das Boot in die Luft. Er schwang durch den Wasserschleier, danach schräg nach oben und weg von der Ansammlung der Sonnenschirme von Serjeuz, fort in Richtung Westen.

Er stellte den Autopilot auf die Koordinaten der Jamile-Suhle ein, zog die Geschwindigkeitskontrolle weit zurück und entspannte sich im Sitz. Unter ihm glitt die Wüste in ihren Tausend subtilen Variationen dahin: eine Kiesebene, Sanddünen, die sich an Felsnasen aus schwarzem Tuff brachen, ein Gebiet winddurchtoster

Canyons, eine Ebene aus fahlem Sand, der sich auf Hügeln und Mulden um eine Siedlung von drei Sonnenschirmen ablagerte: Fotheringay-Schirm, der Karte zufolge. Am nördlichen Horizont stand ein einzelner Sonnenschirm: Duggs Schirm.

Eine Stunde verging, anschließend eine weitere. Cora hielt mit dem Skimmer Schritt und orientierte sich allmählich nach Norden, während das Boot schräg nach Süden flog.

Unterhalb befand sich ein weiterer einsamer Schirm, unbewohnt und verfallen: Gannets Schirm, der Karte nach. Es floss kein Wasser über den Sonnenschirm. Die verlassenen Dambeln kauerten unter einem Wirwarr ausgedörrter Dornenzweige und Baumskelette. Dass es sich um eine verlassene Siedlung handelte, war auf der Karte mit einem roten Kreis markiert. Gersen schaute den Kurs entlang zur Jamile-Suhle, die durch einen kleinen roten Stern gekennzeichnet war: immer noch eine Stunde entfernt.

Gersens Stimmung spannte sich an. In Abhängigkeit von Cahouses Aufenthaltsort, berechnete Gersen, würde er entweder eine Stunde vor Bel Ruk oder zwei bis drei Stunden nach diesem eintreffen. Falls Bel Ruk ihm in der Jamile-Suhle zuvorgekommen war, würde seine Mission gefährlich werden.

Am Horizont erschien ein niedriges Plateau und dort, wo eine niedrige Schlucht in den Wüstenboden einschnitt – die Jamile-Suhle. Gersen sah einen behelfsmäßigen Sonnenschirm, gefertigt aus Arafin-Schläuchen und metallbespannten Membranen. Das Gebilde war beschädigt. Der Sonnenschirm neigte sich trunken zur Seite und Wasser tropfte in willkürlichen Schwällen und Spritzern herunter. Der Sonnenschirm spendete drei Schuppen Schatten. Einer war teilweise eingefallen, zwei befanden sich in kaum besserem Zustand. Fünfzig Meter südlich, im prallen Coralicht, neben einem korrodierten Haufen Bergbauausrüstung, stand ein Werkzeugschuppen aus algenbehafteten Planken*.

Gersen ließ den Skimmer sinken und schwebte um den Schirm

---

* Bestimmte Sumpfalgen setzen, wenn sie gepresst und erhitzt werden, ein Gummi frei, das die Pflanzenmatrix nach dem Auskühlen zu einer wasserfesten Matte bindet.

herum, nahm jedoch kein Lebenszeichen wahr. Er führte eine zweite Umrundung durch, dann landete er die Maschine hinter der Gruppe von Hütten. Er öffnete die Haube und wurde sogleich vom Hauch der heißen Wüstenluft getroffen. Er lauschte ... Ein verlorenes Plätschern tröpfelnden Wassers, ein Seufzen des Windes im Strebewerk des Sonnenschirms – ansonsten Stille.

Die Hitze begann auf Gersens Haut zu prickeln. Er zog die Kapuze über den Kopf und aktivierte den Luftkühler. Er stülpte sich die durchsichtigen Metallhalbkugeln über die Augen und ließ seine Füße in die Wüstenschuhe gleiten. Er stieg aus dem Skimmer und musterte die Landschaft. Auf der einen Seite erstreckte sich kahl und weit die Wüste, auf der anderen kündeten ein Einfülltrichter, ein wackeliges Fördergerät und eine Anhäufung von Dünensand von der Arbeitsstätte Cahouses. Über seinem Kopf spie der abgesackte Sonnenschirm ein unregelmäßiges Wasserträufeln. Nihel Cahouse war nirgends zu sehen, und Gersen verspürte das hohle Gefühl der Niederlage.

Er ging los, spähte in die Steinhütten und entdeckte nur Abfall und einige heruntergekommene Möbelstücke. Der vierte Schuppen, fünfzig Meter südlich gelegen, beherbergte offensichtlich die Motoreneinheit, die Quelle und die Wasserpumpe. Gersen schickte sich an, sich über die freie Fläche aufzumachen, um nachzuforschen. Ein sich bewegendes Glitzern am Himmel erregte seine Aufmerksamkeit. Er fror in der Bewegung ein und machte das Objekt sogleich als ein sich näherndes Fluggerät aus: offensichtlich ein Skimmer, ähnlich dem seinen.

Gersen rannte erregt und mit einem Hochgefühl unter den Sonnenschirm zurück: Falls Bel Ruk an Bord des Skimmers war, hatte er Nihel Cahouse offensichtlich noch nicht gefunden. Gersen sprang an Bord seiner eigenen Maschine, ruckte an den Kontrollen und ließ sie hinter einen Haufen Abfallsand gleiten. Er warf einige Brocken von Arafin-Dachplatten darüber und erzeugte so eine vernünftige Tarnung. Er bewaffnete sich mit dem Projeck sowie einer Handwaffe und sprang hinter den Sandhaufen. Hier schreckte er drei skorpionähnliche Wesen auf, jedes dreißig Zentimeter lang,

weiß und braun gefleckt mit orangefarbenen Unterleibern. Sie rich-
teten Reihen glitzernder Schuppen auf, starrten ihn aus geschützt
liegenden smaragdgrünen Augen an, wippten mit Peitschensta-
cheln und begannen, ihn bewusst seitwärts zu umzingeln. Gersen
vernichtete sie mit schnellen Pulsen aus der Handwaffe, wobei er
drei kleine klirrende Explosionen verursachte.

Er blickte hinauf in den Himmel. Der sich nähernde Skimmer
wurde vom Sonnenschirm verdeckt. Sein Unterschlupf, entschied
er, war nicht gerade zufriedenstellend. Er duckte sich, versuchte
mit der Hügellandschaft zu verschmelzen und rannte hinaus zum
Planken-Schuppen. Als er um die Rückseite herum auswich,
hüpfte er hoch, drehte sich mitten in der Luft und entging nur
knapp einer Senke, in der sich ein Dutzend Skorpione sonnten.
Die Stacheln ruckten nach oben, smaragdene Augen blitzten und
blinkten. Gersen tötete sie mit einem einzigen Energiepuls und
sprang hinter den Schuppen.

Über seinem Kopf hing der Skimmer: ein grün-schwarz email-
liertes Fahrzeug, etwas größer als Gersens gemietetes Vehikel. Es
glitt unter den Sonnenschirm und ließ sich auf die Oberfläche
nieder. Zwei Männer in Darsh-Wüstenkleidung stiegen aus. Ihre
Gesichter, durch Kapuzen und hinter den metallenen Augen-
schützern verborgen, waren nicht zu erkennen. Keiner von ihnen
jedenfalls war Ottile Panshaw, dessen Gestalt ausgesprochen
schlank war. Die zwei Männer blickten sich niedergeschlagen im
Schirm um, so wie Gersen es getan hatte.

Die Kapuzen eng um sich schwingend, um die Wirkung der
kühlen Luft* zu erhöhen, gingen sie zu den Hütten. Nach einem
Blick ins Innere blieben sie stehen, deuteten hier- und dorthin
und besprachen ihre Ergebnisse. Gersen fragte sich, wofür sie
sich interessierten. Es war klar, dass sie nicht erwarteten, Nihel
Cahouse vorzufinden. Was sonst? Die Kotzash-Anteile?

Bei der dritten Hütte wurden die Männer fündig. Einer zeigte
mit einem Ausdruck der Zufriedenheit auf etwas. Er trat ein und

---

* Eine typische Darsh-Angewohnheit, die ständig wiederholt wird.

tauchte mit einer Metallkiste von offensichtlich großem Gewicht
wieder auf. Er setzte sie ab, warf den Deckel zurück, berührte
den Inhalt und schüttelte den Kopf, was nahezu alles bedeuten
konnte. Der andere Mann schloss den Deckel und trug die Kiste
zum Skimmer. Sein Kamerad blickte zur beplankten Hütte. Er
vollführte ein gebieterisches Signal. Die beiden überquerten die
sonnenüberflutete Fläche zur Hütte. Einer schwang die Tür auf,
blickte hinein und sprang mit einem erschreckten Ausruf zurück.
Gersen, an der Rückseite, legte das Auge an einen Spalt. Durch
das Licht, welches durch den Eingang schien, konnte er das Innere
erkennen.

Der zweite Mann näherte sich. »Was gibt es?«

Der Mann, der zuerst auf der Szene erschienen war, wedelte mit
der Hand. »Sieh selbst.«

»*Asi achih!*«*

»Der Ort stinkt. Es wimmelt von diesen Teufeln.«

»Sie verursachen ihren eigenen Gestank. Ah, wie grässlich!
Nun, hier gibt es keine Papiere.«

»Nicht so schnell. Der Schrigg† will zwölfhundert Scheine,
sechshundert von hier. Es ist besser, wir gehen sorgfältig vor.«

»Gib ihm die Hundert, die du bereits hast, und sag ihm, dass
keine weiteren mehr zu finden sind.«

---

* Ein Darsh-Ausruf der fatalistischen Ergebenheit: »So sei es!« oder
»So nimmt es seinen Lauf!« Die Darsh nehmen das Schicksal nicht
gefällig oder philosophisch hin, sie sind rechte Nörgler. »*Asi achih*«
bringt die letzte Anerkennung der Niederlage zum Ausdruck oder,
wie in diesem Fall, die unerbittliche Macht des Schicksals.

† Larve eines Sumpfgeschöpfes, das wegen seines geschmeidigen
Tanzschrittes auf einem Paar Schwanzfüßen bemerkenswert ist. Der
Schrigg wird einen Meter zwanzig bis einen Meter fünfzig groß und
verströmt eine gelbe Phosphoreszenz. Nachts tanzen Hunderte über
den Sumpf, was einen unheimlichen und faszinierenden Effekt her-
vorruft. Hier wird das Wort in einem abfälligen Sinn verwendet, um
einen dilettantischen, unpraktischen Kerl zu typisieren, der nicht
mit der Realität in Kontakt steht.

»Dazu mag es kommen. Pah, Cahouse würde die Papiere niemals hier draußen aufbewahren, falls er sich überhaupt die Mühe gemacht hat, sie aufzubewahren.«

»Haha! Cahouse der verrückte Luftikus! Er hat sie wahrscheinlich mit einem Fluch hoch in den Sansuun* geschmissen. Er war bekannt für seine prächtigen Flüche, habe ich gehört.«

»Er wird seine großen Flüche niemals wieder ausstoßen.«

»Lass uns von diesem erbärmlichen Ort verschwinden. Wir haben den Sand, den wir aufteilen können. Letzten Endes hat der Tag doch noch Profit eingebracht!«

»Der Schrigg will die Scheine und er spricht mit gewichtiger Stimme. Ich bin Bel Ruk, aber ich bin nicht ohne Furcht.«

»Auch Furcht kann das Erscheinen nichtexistenter Scheine nicht erzwingen.«

»Wie wahr … Sehen wir uns noch einmal in den Hütten um.«

Die zwei wandten sich ab und gingen auf den Schirm zu.

Hinter ihnen ertönte eine Stimme: »Meine Herren, bleiben Sie auf der Stelle stehen. Drehen Sie sich nicht um. Der Tod ist Ihnen dicht auf den Fersen.«

Die zwei Männer blieben ruckartig und zuckend stehen.

»Heben Sie langsam die Hände … Höher. Gehen Sie vorwärts, in Richtung Fuß des Schirms. Drehen Sie sich nicht um.«

Zehn Minuten später hatte Gersen die Angelegenheit zu seiner Zufriedenheit geregelt. Die zwei Männer hatten ihre Namen als Bel Ruk und Cleander angegeben. Sie standen mit den Gesichtern dem Strebewerk zugewandt da, die Kapuzen über die Augen gezogen und straff mit Bändern aus Stoff gefesselt. Ähnliche Stoffbänder, allerdings aus der eigenen Kleidung, sicherten die Arme am Strebewerk. Als beide Männer in Gersens kritischen Augen hilflos waren, führte er eine Inspektion ihrer Personen durch, entfernte Handwaffen und Bel Ruks Dolch. Bei ihrem Skimmer untersuchte er die Kiste, die sie aus der Hütte geholt hatten. Sie enthielt schwarzen Sand in einem Gewicht von vielleicht fünfzig

---

* Sansuun: die Abendbrise, die der Sonne um den Planeten herum folgt.

Pfund. Auf dem Sitz der Maschine ruhte Bel Ruks Tasche. Darin fand Gersen Kotzash-Zertifikate im Gesamtwert von 110 Anteilen, die er in Besitz nahm.

Er kehrte zu den zwei Gefangenen zurück. Beide hatten verstohlen an den Fesseln hantiert. »Ich hoffe, dass Sie diese Situation gutmütig betrachten«, sagte Gersen. »In gewissem Sinne ist dies Ihr Glückstag. Ich nehme einige Kotzash-Anteile, die ich drüben in einer Tasche gefunden habe. Im Gegenzug habe ich zehn SVE hinterlassen. Da die Anteile absolut wertlos sind, haben Sie daher Anlass zur Freude. Außerdem nehme ich Cahouses schwarzen Sand an mich.«

Weder Cleander noch Bel Ruk entgegneten etwas

»Ich zöge es vor, wenn Sie sich nicht in Ihren Fesseln winden würden«, riet Gersen. »Falls Sie freikämen, könnte ich gezwungen sein, Sie zu töten.«

Cleanders Schultern sackten herab. Bel Ruk stand starr und unversöhnlich da. Gersen beobachtete sie einen Augenblick, dann kehrte er über den hellen Sand zum Werkzeugschuppen zurück. Bel Ruk und Cleander hatten die Tür offen stehen lassen. Sonnenlicht fiel auf einen zerzausten Haufen Knorpel und trockener Knochen zwischen Fetzen weißen Stoffs. Nihel Cahouse war offenbar gestorben, während er versucht hatte, seine Pumpe zu reparieren, möglicherweise durch einen elektrischen Schlag. Dutzende von Skorpionen liefen im Kreis herum. Sie hatten Cahouses Kleidung fortgeschnitten, um sich an seiner Leiche gütlich zu tun.

Wie Bel Ruk und Cleander bemerkt hatten, überstieg der Gestank im Schuppen jedweden gewöhnlichen Grad an üblem Geruch.

Gersen ging zum Hopper, fand eine Schaufel, kehrte zum Schuppen zurück und grub und scharrte die Überreste von Nihel Cahouse aus dem Sand. Die Skorpione, welche vor Wut klimperten, vollführten Angriffe mit lodernden Smaragdaugen. Gersen tötete sie mit der flachen Seite der Schaufel.

Schließlich waren Leiche und Skorpione beiseitegeschafft. Gersen schlenderte unter den Schirm zurück und musterte die

Gefangenen. Bel Ruk fragte in flachem Ton: »Wie lange wollen Sie uns hier festhalten?«

»Nicht mehr lange. Haben Sie noch etwas Geduld.«

Gersen kehrte zum Schuppen zurück. Der Gestank hatte etwas nachgelassen und die Skorpione waren fort. Er trat vorsichtig ein. Zunächst betätigte er den Hauptschalter auf der Schalttafel, dann drehte er sich um, damit er sich das ansehen konnte, was er durch den Spalt entdeckt hatte.

Nihel Cahouse hatte seine Kotzash-Anteile dazu verwendet, die Wände des Werkzeugschuppens zu tapezieren. Der Kleister war durch die Hitze zu körnigen Krümeln zerfallen, die Zertifikate schälten sich ungehindert ab.

Gersen nahm die geborgenen Dokumente mit zurück unter den Schirm und zählte sie: 600 Anteile. Mit den 110 Anteilen, die er von Bel Ruk hatte, beliefen sich seine Anteile jetzt auf genau 2.000.

Gersen kehrte zu den Gefangenen zurück. Bel Ruk, der seine Fesseln am Metall scheuerte, hatte sich beinahe befreit. Kommentarlos sicherte Gersen die Fesseln erneut.

»Meine Herren«, verkündete Gersen. »Ich werde nun aufbrechen. Bel Ruk hat nachgewiesen, dass Sie nach etwa einer Stunde mühevoller Arbeit freikommen können.«

Bel Ruk platzte mit einer Frage hinaus: »Wieso nehmen Sie meine Kotzash-Anteile? Sie sind wertlos.«

»Weshalb haben Sie sie dann bei sich?«

Bel Ruk sagte in rauem Ton: »In Serjeuz bezahlt ein verrückter Iskisch Geld für Ramsch.«

»Kotzash-Anteile sind mit einem Mal gefragt«, entgegnete Gersen. »Möglicherweise bringt dieser ohrlose Schurke Lens Larque das Geld zurück, das er gestohlen hat.«*

Bel Ruk und Cleander wahrten beklommenes Schweigen.

Gersen beobachtete sie einen Augenblick, dann brachte er

---

* Worte wie »stehlen«, »Diebstahl«, »rauben« haben im Zusammenhang mit den Darsh eine höchst beißende Nebenbedeutung.

die Kiste mit schwarzem Sand zum Skimmer und verließ die Jamile-Suhle.

In Serjeuz, Cora hing halb hinter dem Horizont, setzte Gersen die Maschine auf dem Sand neben dem Fantamischen Flitzer-flügel auf. Er brachte den Koffer mit schwarzem Sand und die Kotzash-Anteile an Bord, dann ließ er den Skimmer durch den Wasserschleier und zurück zur Mietagentur gleiten.

Gersen überquerte die Plaza zum *Traveler's Inn* und wartete, bis Tippins Aufmerksamkeit abgelenkt wurde, dann schlüpfte er vor-bei und hinauf in sein Zimmer. Er badete, zog sich neue Kleidung an und kehrte in die Eingangshalle zurück. Er ließ sich von Tippin ausfindig machen, der ihn zum Empfangspult winkte. »Guten Abend«, sagte Gersen.

»Ja, ohne Zweifel. Wo waren Sie den ganzen Tag über?«

Gersen fixierte Tippin mit einem langen ruhigen Starren. Tippins Blick verlagerte sich. Gersen fragte: »Weshalb interessieren Sie sich dafür?«

»Es wurden Erkundigungen eingezogen«, erwiderte Tippin gereizt.

»Von wem?«

»Von Bel Ruk, wenn Sie es wissen müssen, und nicht einmal vor zehn Minuten. Er glaubt, dass Sie ihn in der Wüste ausgeraubt haben.«

Gersen erkundigte sich in flachem Ton. »Wie kann ich Bel Ruk ausgeraubt haben, wenn ich den ganzen Tag über in meinem Zimmer war?«

»Ich weiß es nicht. Waren Sie in Ihrem Zimmer?«

»Wissen Sie etwas anderes?«

»Ich weiß weder das noch etwas anderes.«

»Ist dies das erste Mal, dass Sie mich heute sehen?«

»Ja, natürlich.«

»Und ich bin gerade aus meinem Zimmer heruntergekom-men?«

»Das ist wahr.«

»Dann sagen Sie Bel Ruk, dass ich Ihres Wissens den gesamten Tag über mein Zimmer nicht verlassen habe.«

»Aber sind das auch die Fakten?« rief Tippin besorgt.

»Nach Ihrem besten Wissen sind sie das tatsächlich.« Gersen wandte sich ab und ging hinaus in den Garten. Er ließ sich an einem schattigen Tisch nieder und aß ohne Hast zu Abend.

Aus der Eingangshalle trat Daswell Tippin. Er durchsuchte den Garten, entdeckte Gersen und näherte sich ihm in einem aufgeregten Trott. Er warf sich auf einen Stuhl und sagte mit tragischer Stimme: »Bel Ruk hat mein Leben bedroht. Er behauptet, dass ich mich mit Ihnen verschworen hätte. Er nennt mich einen ›Räuber‹. Er sagt, dass er mich zum Sangwy-Schirm* bringt. Wissen Sie, was das bedeutet?«

»Nichts Gutes, offensichtlich.«

»Es bedeutet diese verfluchten Darsh-Peitschen, und spotten Sie nicht, solche Dinge passieren, das weiß ich mit Sicherheit!«

»Wann hat Bel Ruk diese Drohung ausgesprochen?«

»Vor nicht einmal fünf Minuten! Ich habe am Telefon mit ihm gesprochen und ihm gesagt, dass Sie, meines Wissens, Serjeuz nicht verlassen hätten. Er wurde rasend vor Wut.«

»Wo ist er jetzt?«

»Ich weiß es nicht. Hier in Serjeuz, nehme ich an.«

»Schauen Sie sich einen Augenblick lang dies hier an.« Gersen holte die Liste hervor, die Jehan Addels ihm besorgt hatte. »Als Sie mir diese Anteile beschafft haben, von wem hatten Sie sie? Markieren Sie die Namen.«

Tippin blickte ohne großes Interesse über die Liste. Er nahm Markierungen mit einem Griffel vor: »Dieser. Dieser. Dieser.« Mit einer Gebärde der Abscheu warf er den Griffel hin. »Das ist Wahnsinn! Wenn Bel Ruk mich sieht, zieht er mir das Fell über die Ohren.«

---

* Sangwy-Schirm: eine einsame, von Rüpeln, Rachepols und Flüchtlingen bewohnte Niederlassung in den Scheol-Öden. In Sangwy-Schirm traf sich der Einkaufsvertreter »Sudo Nonimus« mit Lens Larque, eine Episode, die er in *Reminiszenzen eines reisenden Einkaufsvertreters* aufgezeichnet hat.

»Heute hatte er hundert Anteile bei sich. Wo hat er sie her?«

Tippin starrte ihn entgeistert an. »Also haben Sie ihn wirklich beraubt?«

»Ich habe Besitztum an mich genommen, auf das er keinen Anspruch hatte. Letzten Endes hat Lens Larque das Lagerhaus geplündert.«

»Aber das ist keine Darsh-Logik«, wisperte Tippin. »Wir tanzen gemeinsam in Sangwy-Schirm.« Er wandte sich zur Seite und suchte die Plaza ab. »Ich muss Serjeuz verlassen. Ich kann nicht mehr länger hier leben.«

»Wohin wollen Sie gehen?«

»Nach Hause. Nach Svengay. Ich hatte vor langer Zeit etwas Schwierigkeiten, aber das ist jetzt sicherlich vergessen.«

»Dann gibt es keine Probleme. Nehmen Sie das nächste Schiff, das abreist.«

Tippin hob die Arme. »Womit soll ich bezahlen? Ich habe eine Frau unterhalten, die mich hat ausbluten lassen.«

Gersen kritzelte eine Notiz auf ein Stück Papier, holte hundert SVE hervor und händigte beides Tippin aus. »Bringen Sie diesen Brief Jehan Addels in Neu Wexford auf Aloysius. Er wird Ihnen tausend SVE auszahlen und Ihnen eine Anstellung in Neu Wexford besorgen, wenn Sie das wünschen. Ich rate Ihnen, der Frau nicht zu sagen, dass Sie gehen, obwohl es nicht meine Angelegenheit ist. Wenn Sie sie hat ausbluten lassen, wird sie es woanders wieder tun.«

Mit tauben Fingern nahm Tippin das Geld und die Notiz. »Vielen Dank … Ihr Rat ist vernünftig … Ja, sehr vernünftig. Ich werde morgen abreisen. Ein Postschiff legt ab.«

»Sagen Sie niemandem, dass Sie abreisen«, sagte Gersen. »Gehen Sie einfach.«

»Ja, genau so. Wird es nicht eine große Überraschung sein, wenn sie herausfinden, dass ich fort bin?«

»Zurück zu den Kotzash-Anteilen. Woher hat Bel Ruk die hundert Anteile?«

»Nun – zwanzig hat er von mir bekommen. Die anderen hat er am Melby-Sift eingesammelt.«

»Markieren Sie sie auf der Liste.«

Tippin studierte die Aufstellung und machte eine Reihe von Anmerkungen. »Bei einigen bin ich mir nicht sicher. Die Übrigen sind draußen im Tiefen Striemen und einige in den Randöden. Zu Hause finden Sie jetzt niemanden mehr. Sie sind alle in Dinklestown beim Großen Hadaul. Und dort wird auch Bel Ruk sein, wenn er mehr Kotzash haben will.«

»Was will Panshaw mit Kotzash?«

»Wenn Sie ›Panshaw‹ sagen, meinen Sie ›Lens Larque‹.«

»Was will Lens Larque mit Kotzash?«

Tippin suchte die Plaza ab. »Ich habe keine Ahnung. Panshaw denkt, Lens Larque ist verrückt. Er hatte Schwierigkeiten mit den Methlen und nun will er sein Eigen zurück. Von allen lebenden Menschen ist er am meisten zu fürchten. Stellen Sie sich ein Insekt in menschlicher Form vor ... Schauen Sie nur! Da kommt Bel Ruk!«

»Bleiben Sie ruhig sitzen! Er tut Ihnen nichts. Er ist nur an mir interessiert.«

»Er bringt mich fort!«

»Weigern Sie sich zu gehen. Sagen Sie nichts. Gehorchen Sie keiner seiner Anweisungen!«

Tippin gab ein asthmatisches, wimmerndes Geräusch von sich. Gersen blickte ihn angewidert an. »Beherrschen Sie sich.«

Bel Ruk betrat den Garten und marschierte mit stetem Schritt auf Gersens Tisch zu. Mit übertriebener Feinfühligkeit zog er einen Stuhl zurück und setzte sich. »Ich störe hoffentlich kein Privatgespräch?«

»Ganz und gar nicht«, entgegnete Tippin mit zitternder Stimme. »Ich muss Sie vorstellen: Kirth Gersen, dies ist Bel Ruk, ein bedeutender Mann auf Dar Sai.« Mit einem wilden Versuch der Witzelei fügte er hinzu: »Sie haben viel gemeinsam. Sie beide interessieren sich für Finanzen.«

»Oh, wir haben sehr viel mehr gemein als nur das«, stellte Bel Ruk fest. Er schüttelte die Kapuze zurück, um ein knochiges bronzefarbenes Gesicht, wuchtige Wangenknochen und gestutzte Ohren zu offenbaren. Als er Gersens Blick bemerkte, sagte er:

»Ja, es ist wahr: Ich bin ein Rachepol. Mein Clan ist hart mit mir umgesprungen. Dennoch, ich habe Vergeltung geübt und kann mich nicht beklagen.« Er signalisierte dem Ober. »Bringen Sie mir ein Viertel Bier und diesen Herren nach Ihrem Geschmack.«

»Nichts für mich«, meinte Gersen.

Tippin sagte vorsichtig: »Ich hätte gern ein Schlückchen Tivol.«

Bel Ruk musterte Gersen mit einer beinahe beleidigenden Bedächtigkeit. »Kirth Gersen, wie? Und wo befindet sich Ihre Heimatwelt?«

»Alphanor, im Concourse.«

»Und Sie kaufen Kotzash-Anteile auf?«

»Wenn ich Sie billig bekommen kann. Verkaufen Sie?«

»Ich habe keine zu verkaufen, nachdem ich durch Ihre Hand ausgeraubt und beschämt wurde.«

»Da irren Sie sich gewiss«, erwiderte Gersen. »Tippin hat etwas in diesem Sinne angedeutet. Ich bin nicht sicher, ob ich ihn überzeugt habe oder nicht.«

»Falls er sich hat überzeugen lassen, ist er ein größerer Narr, als ich gedacht habe. Bereden wir unsere Geschäfte eins nach dem anderen.« Er streckte die Hand aus. »Zuerst einmal geben Sie mir meine Anteile zurück.«

Gersen schüttelte lächelnd den Kopf. »Unmöglich.«

Bel Ruk zog den Arm zurück und wandte sich Tippin zu. »Sie haben die Bande unserer Freundschaft arg strapaziert.«

»Ganz und gar nicht!« protestierte Tippin. »Keineswegs! Niemals!«

»Wir werden diese Angelegenheit noch erörtern.« Bel Ruk hob den Bierhumpen und trank die Hälfte mit einem Schluck. Den Rest des Bieres schleuderte er lässig in Gersens Gesicht. Aufgrund großer Erfahrung hatte dieser das Muster der Ereignisse vorausgeahnt. Er entging dem Großteil des Bieres, indem er sich zur Seite beugte. In derselben Bewegung hob er den Tisch an, stieß ihn gegen Bel Ruks Brust und kippte diesen nach hinten um. Bel Ruk fiel der Länge nach in den Garten.

Zaghaft näherte sich der Ober. »Meine Herren, was ist los?«

»Bel Ruk hatte etwas zu viel zu trinken«, informierte ihn Gersen. »Bringen Sie ihn fort, bevor er sich noch selbst verletzt.«

Der Ober half Bel Ruk auf die Beine, dann hob er den Tisch auf und stellte ihn an seinen Platz.

Gersen beobachtete steinern Bel Ruk, der stehen blieb und seine Möglichkeiten abwog. Als er keinen offensichtlichen Vorteil bringenden Kurs erkannte, drehte er sich um und verschwand aus dem Garten.

Tippin sagte mit müder Stimme: »Er holt seine Pistole.«

»Nein. Er hat andere Sorgen.«

»Nun gibt es für mich kein Zurück mehr«, gab Tippin düster von sich. »Entweder Sangwy-Schirm oder Abschied für immer.«

Gersen überließ Tippin eine Fünfzig-SVE-Note. »Begleichen Sie meine Rechnung hier, bis morgen. Es könnte sein, dass auch ich abreise.«

Tippin fragte in träger Verwirrung: »Wohin gehen Sie?«

»Ich bin mir noch nicht sicher.« Gersen sprang auf. »Entschuldigen Sie mich. Ich bin in Eile.«

Er rannte hinauf in sein Zimmer und nahm einige Ausrüstungsstücke an sich, dann kehrte er nach unten zurück, verließ das Hotel und lief über die Plaza und zu Skansel-Schirm. Auf der Skansel-Plaza hielt er inne, um zum Dindarhaus zu blicken. Licht zeigte sich im Fenster von Panshaws Büro. Es gab keine Zeit zu verschwenden. Er kletterte über den Eingang, erklomm das gewölbte Dach und schlich zum Fenster, das in Littos Büro führte. Er holte den Detektor hervor und drückte die Kontrollen auf die Leiterspur, die er erst zwei Tage zuvor aufgesprüht hatte. Augenblicklich erklang Bel Ruks gutturale Stimme im Kopfhörer: »... nicht ganz so einfach. Sie sind hier und da im Striemen verteilt.«

»Sie werden in Dinklestown sein, zum Hadaul, die meisten von ihnen.«

»Aber das ist nicht notwendigerweise gut«, knurrte Bel Ruk.

»Diese Sifter sind keine Narren. Sie riechen ein Komplott und bestehen auf vollständiger Entschädigung.«

»Das ist gut möglich. Hier ist meine Idee. Rufen Sie ein Hadaul aus und veranschlagen Sie einen Einsatz. Fordern Sie hundert Kotzash-Anteile. Lassen Sie die Robler die Anteile für uns sammeln.«

Bel Ruk grunzte. »Und dann, wenn der Gewinner feststeht?«

Panshaws Stimme triefte vor Sarkasmus. »Muss ich denn jede Einzelheit selbst planen?«

»Sie waren unbedacht in Hinsicht auf Gersen oder wie auch immer sein Name sein mag.«

»Das ist eine andere Geschichte. Gersen wird nicht beim Hadaul sein.«

Bel Ruk machte sich mit einem stürmischen Schnauben Luft. »Das sagen Sie. Und wenn er es doch ist?«

»Auch das liegt in Ihrem Ermessen. Der Vogel würde gern ein Wort mit Gersen wechseln.«

»Sagen Sie dem Vogel, er soll zum Hadaul hinauskommen. Lassen Sie ihn seine berühmten Techniken zeigen.«

»Vielleicht kommt er ohne meine Aufforderung, um Ihre Arbeit zu kommentieren.«

Bel Ruks Stimme wurde unvermittelt zweifelnd. »Glauben Sie das wirklich?«

»Nein, tue ich nicht. Er ist besessen von seinem wundervollen Plan.«

Bel Ruks Stimme kam nun wieder leichter. »Solange er seine Streiche spielt, sind seine Energien abgelenkt.«

»Sie werden nicht abgelenkt sein, wenn er Kotzash verliert.«

»Ich kann nur mein Bestes geben. Gersen ist nicht unerfahren. Dennoch, er hat versäumt mich zu töten, als er die Möglichkeit dazu hatte.«

Panshaw kicherte in sich hinein. »Er betrachtet Sie als keine große Bedrohung.«

Bel Ruk entgegnete nichts.

»Nun denn«, sagte Panshaw, »tun Sie Ihr Bestes. Von hier

aus kann ich Ihre Schritte nicht lenken. Dem Ruf nach sind sie geschickt in den Robeln*. Kämpfen Sie in Ihrem eigenen Hadaul und holen Sie sich den Postentopf †.

»Der Gedanke ist mir auch gekommen.«

»So oder so, sammeln Sie zumindest siebenhundert Anteile. Dann sind wir auf der sicheren Seite, ob Gersen Cahouses Anteile hat oder nicht. Ich werde mich nun wieder auf mein Lager begeben. Twanishzeit ist ein strenger Zuchtmeister. Die verfluchten Methlen beginnen den Tag bei Sonnenaufgang, gerade, wenn gute Diebe wie Sie und ich ihn beenden. Oh, warum nur muss ich den Preis für des Vogels gesellschaftliche Bestrebungen bezahlen? Wenn es nicht so komisch wäre, würde ich vor Kummer heulen.«

»All das übersteigt mein Verständnis«, knurrte Bel Ruk. »Es hat nichts mit mir zu tun.«

»Gut so! Ansonsten wären Sie nutzloser denn je.«

»Eines Tages, Panshaw, werde ich Ihren Hals mit einer Hand zu einem dünnen Stängel quetschen.«

»Eines Tages, Bel Ruk, werde ich Ihr abscheuliches Bier vergiften. Es sei denn, natürlich, wir verlieren Kotzash und der Vogel überantwortet uns beide Panak.«

Bel Ruk stieß einen gedämpften Laut aus und die Unterhaltung war zu Ende.

Gersen wartete einen Augenblick darauf, ob Bel Ruk noch etwas von sich gäbe, doch das Büro blieb still, und Gersen ging kurz darauf den Weg zurück, den er gekommen war.

---

* Robel: das Hadaulfeld.

† Der Postentopf: die gesammelten Einsatzgelder, der Siegespreis.

KAPITEL X

Gersen flog im Fantamischen Flitzerflügel nach Osten. In der Glut des Coralichts stellte die Wüste unter ihm Farbschwaden und -flecken zur Schau: Rosa, Ocker, ein weißliches Gelb, wie Talkum gemischt mit Schwefel. Bis zum Horizont schichteten sich die Farben auf wie Sedimente, die mit Bleistiftstrichen in Zimtbraun, Graugrün, Pflaumenblau gezeichnet waren, unterbrochen durch gelegentliche harte Federstriche dort, wo Riffe schwarzer Felsen durch die Oberfläche brachen.

Gersen überquerte eine Region niedriger Dünen und eine Reihe rosenroter Restberge. Dahinter erstreckte sich ein mit Wüstenflora überwachsenes Plateau: seidene Korallen, hervorstehende Wabenohren, gelbe Sandkaldaunen, Klimperkraut, lila Magmold.

In großen Abständen spien Sonnenschirme Wasser über einsame Gemeinden, wo alte Darsh-Gebräuche in reinster Form überdauerten. Bunters Schirm, Ruph-Schirm, Juckende-Nolas-Schirm: so lasen sich die Namen auf der Karte. Dann, mit Beginn der Terwigwüste, gab es keine Schirme mehr.

Die Terwigwüste, ein vor leberfarbenem Bimsstein glimmendes Becken, das von einem reisenden Schriftsteller eindrucksvoll als »dem Tageslicht ausgelieferter Grund der Hölle« beschrieben wurde, endete an einer beinweißen Palisade. Jenseits davon lag der Boden gewellt und gekerbt in einer gewaltigen Einöde mit vom Wind erodiertem Sandstein und danach erstreckte sich einmal mehr die Wüste gen Norden, Süden und Osten. Schließlich tauchten die fünf Sonnenschirme von Dinklestown am Horizont auf.

Gersen näherte sich der Stadt und umkreiste sie. Auf der Landefläche im westlichen Außenbezirk stand eine Reihe von

Booten: zwei kleine Frachtschiffe, fünf Raumyachten verschiedener Qualität, Hunderte von Wüstenskimmern, Luftwagen und Frachtträgern.

Gersen landete nicht weit vor der Wasserwand, zog sich Darsh-Garderobe an, bewaffnete sich und stieg aus. Hitze traf sein Gesicht und er beeilte sich, den Wasserschleier zu passieren, um sich inmitten einer Anhäufung von Dambeln wiederzufinden, aus denen durchdringende Gerüche und laute Stimmen zu ihm drangen. Auf krummen Wegen gelangte er zu einer weit weniger großen Plaza als der in Serjeuz. Ein einziges Hotel-Restaurant bot bescheidenen Unterschlupf für Außenweltbesucher.

Um die Plaza herum gab es Biergärten unter Flipp-Flapp-Bäumen, die den Bedürfnissen der Darsh-Urlauber genüge taten. Vor dem Hotel trafen Handwerker letzte Vorbereitungen für das Hadaul. Kreise waren auf das Pflaster gemalt worden. Zwei kleine Tribünen und einige Reihen eng gestellter Bänke boten vorteilhafte Sitzgelegenheiten für Zuschauer.

Gersen überquerte die Plaza zum Hotel. Im Garten saß ein Dutzend Methlen. Jerdian Chanseth befand sich nicht unter ihnen.

Das Hotel konnte Gersen keine Unterkunft zur Verfügung stellen. »Es sind die Tage der Clantreffen!« informierte ihn der Angestellte in knappem Ton. »Schlafen Sie draußen in den Büschen, wie alle anderen!«

Gersen kehrte in den Garten zurück. Nicht drei Meter entfernt stand Bel Ruk und unterhielt sich mit einem fuchsgesichtigen Darsh. Bel Ruk trug iskische Kleidung und hatte eine weiße Schärpe um den Kopf geschlungen, um die verstümmelten Ohren zu verbergen. Sein Rücken war halb abgewandt und Gersen konnte vorübergehen, ohne seine Aufmerksamkeit zu erregen. Er hielt hinter einem ausladenden Nepharbaum inne und beobachtete ihn durch das schwarz-grüne Laub.

Bel Ruk sprach eindringlich und drängend. Er brachte ein Bündel SVE aus der Tasche zum Vorschein und schlug es sich im Rhythmus zu seinen Worten gegen die Hand. Der junge Mann nickte mit ernster Aufmerksamkeit. Schließlich gab Bel Ruk ihm das Bündel und vollführte eine knappe Gebärde. Der junge Mann schnipste mit den Fingern – das Darsh-Signal für Zustimmung – und verschwand über die Plaza. Gersen wartete fünf Sekunden, dann folgte er ihm in diskretem Abstand.

Der junge Mann marschierte in ausgreifendem »Plambosch«-Gang über die Plaza, durch einen Dschungel von Vegetation, an einem Dutzend Dambeln vorüber, unter dem Schleier eines zweiten Sonnenschirms her, schließlich auf eine zweite Plaza, wo er sich zu einer Gruppe gesellte, die dort saß und aus eisernen Krügen trank. Er redete, und kurz darauf wechselte Geld die Hände. Eiserne Krüge wurden gehoben, geleert, und alle brachen auf. Nur der junge Darsh, dem Gersen gefolgt war, blieb zurück.

Gersen setzte sich auf einen Hügel im Schatten eines Pisangbuschs. Ein Insekt kroch sein Bein hinauf. Schlagend und schüttelnd entledigte sich Gersen des Geschöpfes und begab sich in einen der Biergärten. Er ließ sich auf einem unauffälligen Platz nieder und bekam Bier in einem eisernen Krug.

Eine Stunde verging. Dann kehrte einer der Gruppe mit einem Bündel von etwas zurück, was Gersen als Kotzash-Anteile zu erkennen glaubte.

Er erhob sich, ging hinaus auf die Plaza, machte ein Aufhebens, als würde er an den Tischen suchen, dann arbeitete er sich an den Tisch vor, den er beobachtet hatte. Er setzte sich ohne Förmlichkeiten. »Mein Name ist Jaide. Bel Ruk wird meinen Namen erwähnt haben. Es gibt eine Änderung des Planes. Feinde beobachten ihn und er will sich verbergen. Sie müssen nun durch mich arbeiten. Wie viele Anteile haben Sie gesammelt?«

»Sechzehn bisher.« Es sprach der Mann, dem Gersen gefolgt war.

»Sie heißen?«

»Ich bin Delfin.« Er deutete auf den Mann, der die Anteile gebracht hatte. »Das ist Bartelmann.«

»Sehr gut, Bartelmann«, lobte Gersen. »Machen Sie sich wieder auf, finden Sie noch mehr Anteile.«

Bartelmann machte keine Anstalten, dem Folge zu leisten. »Es ist nicht leicht. Die Leute halten mich entweder für einen Narren oder für einen Gauner. Ich muss meine Würde bewahren.«

»Was ist daran unwürdig, gutes Geld für wertloses Papier zu bezahlen?«

»Es ist nicht wertlos, wenn jemand etwas dafür bezahlen will. Das ist die allgemeine Meinung, besonders im Zusammenhang mit Kotzash.«

»Nun denn, bieten Sie mehr Geld. Delfin, geben Sie ihm Geld, das er dafür verwenden kann.«

Delfin zählte ihm widerwillig zwanzig SVE ab. Gersen nahm die Anteile, faltete sie und steckte sie sich in die Tasche.

»Das Geld versickert nur so«, murrte Delfin. »Ruk hat gesagt, ich soll ihm die Anteile bringen und er gibt mir noch mehr Geld.«

»Ich kümmere mich um diese Seite der Angelegenheit«, entgegnete Gersen. Er holte die Liste hervor, die Jehan Addels für ihn vorbeireitet hatte. »Ein gewisser Lampeter verfügt über achtundneunzig Anteile. Finden Sie ihn auf der Stelle und kaufen Sie seine Anteile, so preiswert wie möglich.«

Bartelmann meinte verdrossen: »Für zwanzig SVE bekomme ich sie nicht. Und wo ist meine Provision?«

Gersen bezahlte zehn SVE von seinem Geld. »Holen Sie mir die achtundneunzig Anteile und Sie erhalten eine Provision.«

Bartelmann zuckte skeptisch mit den Schultern und zog von dannen.

Gersen sagte zu Delfin: »Denken Sie daran, Sie arbeiten über mich. Wenden Sie sich unter keinen Umständen an Bel Ruk! Es könnte Ihnen den Zorn eines gewissen Vogels einbringen. Verstehen Sie das?«

»Absolut.«

»Wenn Sie Bel Ruk auch nur sehen, schlagen Sie einen großen Bogen um ihn. Wickeln Sie alle Geschäfte über mich ab.«

»Das ist klar.«

Ein weiterer von Delfins Kurieren erschien mit neun Anteilen. Delfin gab ihm weitere zehn SVE von Bel Ruks Geld und schickte ihn wieder los. Gersen steckte die neun Anteile zu den ersten sechzehn. 2.025 insgesamt. Es fehlten noch 386.

Einer nach dem anderen kehrten die Kuriere zurück und brachten insgesamt vierundneunzig Anteile mit. Bartelmann kehrte ein zweites Mal zurück, etwas niedergeschlagen. In verdrießlichem Ton berichtete er: »Das Gerücht geht um. Alle sind argwöhnisch geworden, niemand will mehr verkaufen. Die Leute, die bereits verkauft haben, sind wütend. Sie heißen mich einen Gauner und wollen ihre Anteile zurück.«

»Das ist nicht möglich«, erwiderte Gersen. »Was ist mit Lampeter?«

»Dort sitzt er, in *Valts Laube*, und trinkt Bier.« Bartelmann deutete über die Plaza. »Dieser alte Mann mit der krummen Nase. Er sagt, er verkauft zum vollen Preis, nicht weniger.«

»Zum vollen Preis? So viel zahlen wir nicht für wertloses Papier.«

»Erklären Sie das Lampeter.«

»Genau das werde ich tun.« Gersen betrachtete wieder die Liste. »Kennen Sie Feodor Diamant?«

»Er ist wohlbekannt.«

»Er verfügt über zwanzig Anteile. Finden Sie ihn und kaufen Sie seine Anteile, falls möglich. Falls nicht, bringen Sie ihn her.«

»Wie Sie wünschen.« Bartelmann ging erneut davon.

Gersen schritt über die Plaza zu *Valts Laube* und näherte sich dem alten Mann mit der krummen Nase. »Sie sind Lampeter?«

»Der bin ich. Wer sind Sie, wenn kein Iskisch?«

»Ich bin ein Iskisch, gewiss. Als müßigen Zeitvertreib sammle ich wertlose Wertpapiere: Es ist wahrhaftig nicht mehr als eine Schrulle. Haben Sie irgendeinen Gebrauch für Ihre Kotzash-Anteile?«

»Überhaupt keinen.«

»In diesem Fall möchten Sie sie vielleicht mir überlassen. Wenn Sie wollen, kann ich Ihnen eine symbolische Bezahlung leisten, sagen wir zehn SVE für Ihren Stoß.«

Lampeter zupfte sich an der Nase und wandte Gersen ein

breites, zahnlückiges Grinsen zu. »Meine Erfahrung ist, dass, wenn jemand kaufen will, die Handelsware Wert besitzt. Ich verkaufe sie für das, was sie mich gekostet haben, nicht weniger.«

Gersen stellte Erstaunen zur Schau. »Das ist absolut unvernünftig.«

»Wir werden sehen. Wenn es mir etwas einbringt, bin ich gerechtfertigt. Wenn nicht, stehe ich nicht schlechter da als vorher.«

»Haben Sie die Anteile bei sich?«

»Natürlich nicht. Ich habe sie bis jetzt für wertlos gehalten.«

»Wo befinden sie sich?«

»In meiner Dambel dort drüben.«

»Lassen Sie sie uns holen gehen. Wenn Sie mir zusichern, nichts von der Übergabe zu sagen, zahle ich Ihnen achtundneunzig SVE.«

»Achtundneunzig SVE? Dieses Angebot ist beinahe beleidigend! Sie versuchen, mich um zweitausend SVE zu betrügen!«

»Lampeter, schauen Sie mich genau an. Was sehen Sie?«

Lampeter, der bereits einige Krüge Bier intus hatte, musterte Gersen mit unstetem Blick. »Ich sehe einen grünäugigen Iskisch, der entweder ein Gauner ist oder irre.«

»Ich ziehe es vor, Sie halten mich für irre. Nun fragen Sie sich selbst: Wie viele Male wird Ihnen in den wenigen spärlichen Jahren, die Ihnen noch bleiben, ein Iskisch Geld für wertlosen Ramsch anbieten?«

»Nie wieder, daran habe ich nicht den geringsten Zweifel. Deshalb muss ich diese besondere Gelegenheit nutzen.«

»Bei dieser besonderen Gelegenheit sind zwei SVE pro Anteil das Äußerste.«

»Der volle Wert oder nichts!«

Gersen vollführte ein Zeichen der Niederlage. »Ich zahle Ihnen ein Viertel des Wertes und das ist mein bestes Angebot. Mir geht langsam das Geld aus.«

Lampeter trank Bier, dann stellte er den Eisenkrug ab und erhob sich. »Kommen Sie mit. Ich werde betrogen, aber ich kann keine Zeit mehr verschwenden.« Er taumelte einen Pfad entlang, der durch den Dschungel führte und hielt an einem dunklen Eingang in eine Dambel inne. »Einen Augenblick.« Er trat ein, um mit einem schmierigen Umschlag wieder zu erscheinen. »Hier sind die Anteile. Wo ist das Geld?«

Gersen nahm den Umschlag, zog die Zertifikate heraus und zählte: achtundneunzig Anteile. »Schön und gut. Kommen Sie mit mir mit. Ich habe so viel Geld nicht bei mir.«

Er ging den Weg voran zur Wasserwand, entlang dem Grenzpfad, dann durch das Wasser zum Fantamischen Flitzerflügel. Er entriegelte das Luk und bedeutete Lampeter, die Leiter emporzusteigen. Lampeter blickte ihn argwöhnisch an: »Wohin bringen Sie mich?«

»Nirgendwohin. Ich kann Sie hier draußen in der heißen Sonne nicht bezahlen.«

»Geschwind jetzt. Mein Bier wird schal.«

Gersen holte die Kiste mit dem schwarzen Sand hervor, die er Bel Ruk in der Jamile-Suhle abgenommen hatte. »Achtundneunzig Anteile zu einem Viertelwert sind 223 Unzen.«

In missmutigem Ton erklärte Lampeter, dass er Bargeld vorziehen würde, doch Gersen schenkte dem keine Beachtung. Er wog 223 Unzen des schwarzen Sandes ab, die er in einen Kanister füllte, den er Lampeter gab. »Betrachten Sie sich als glücklichen Mann.«

»Ich kann meine Neugier nicht verhehlen. Wieso bezahlen Sie guten schwarzen Sand für wertlosen Ramsch, den ich beinahe fortgeschmissen hätte?«

Gersen kalkulierte. »Ich benötige wenigstens 248 weitere Anteile. Finden Sie sie für mich und ich erkläre Ihnen, wozu ich sie haben will.«

»Sie bezahlen mit schwarzem Sand?«

»Nicht zum Viertelwert. So viel Sand habe ich nicht.«

»Ich bezweifle, dass so viele Anteile in Dinklestown zu haben sind. Trotzdem, lassen Sie uns zu *Valts Laube* zurückgehen. Bringen Sie die Kiste mit. Mein Freund Jeus hat zehn oder zwanzig Anteile. Vielleicht stimmt er einem Verkauf zu.«

»Bringen Sie Ihren Freund Jeus zum Biergarten auf der anderen Seite der Plaza, wohin ich nun zurückkehren muss.« Gersen verabschiedete sich von Lampeter und gesellte sich wieder zu Delfin. Dessen Kuriere hatten zusammen lediglich einunddreißig weitere Anteile gesammelt, die Gersen an sich nahm. Bartelmann allerdings hatte einen kleinen, dicken Mann mit runden schwarzen Augen und einer Nase wie ein Papageienschnabel bei sich. »Das ist der Dicke Odo«, erklärte er. »Er hält fünfzehn Kotzash-Anteile.«

»Nun, mein Herr, was ist Ihr Preis?« fragte Gersen. »Ich habe in etwa alles, was ich für meine Zwecke brauche. Dennoch höre ich mir Ihr Angebot gerne an.«

»Der Preis ist auf die Zertifikate gedruckt«, sagte Odo.

»Die Unterschrift von Ottile Panshaw ebenfalls. Beides ist eine Verschwendung von Tinte.«

»Ich werde nicht verkaufen. Wieso sollte ich mich von einem Iskisch dazu verleiten lassen? Ich stehe nicht schlechter da, als vor einer Stunde. Auf Wiedersehen!«

»Einen Augenblick nur. Fünfzehn Anteile? Ich bezahle Ihnen den Viertelwert, nicht mehr.«

»Unmöglich.«

»Auf Wiedersehen. Das sind meine Bedingungen.«

»Oh gut, ich gebe die Hälfte des Wertes. Heute bin ich großzügig.«

Gersen zahlte gerade vierzig Unzen schwarzen Sandes aus, als Lampeter mit seinem Freund Jeus eintraf, der genauso alt, hager und trunken war wie er selbst. Lampeter deutete mit einer großartigen, schwungvollen Bewegung auf Gersen: »Dort sitzt er, der verrückte Iskisch, der schwarzen Sand für Kotzash bezahlt.«

»Hier sind meine Anteile«, rief Jeus. »Es sind nur achtzehn, aber zahlen Sie mir ruhig hundert Unzen, in aller Großmut!«

»Der Kurs liegt etwas niedriger«, stellte Gersen klar. Zwanzig Unzen für alle.«

Der Handel erregte Aufmerksamkeit. Kurz darauf war Gersen von Personen umgeben, die entweder einen oder zwei Anteile hielten und vollständige Bezahlung wollten, oder Personen, die bereits zu einem geringeren Preis verkauft hatten und nun wütend waren. Gersen kratzte den gesamten schwarzen Sand aus der Kiste, erhielt aber nur weitere dreiundvierzig Anteile. Sein Gesamtbestand belief sich nun auf 2.270 Anteile, 141 weitere benötigte er. Die Darsh standen nun um ihn herum und schwenkten eifrig ihre Anteile, doch Gersen konnte lediglich den Kopf schütteln. »Ich habe keinen Sand und kein Geld mehr, bis ich einen Bankwechsel gegen Bargeld eingelöst habe.«

Die Preise begannen zu fallen. Gersen, der nun so nahe an seinem Ziel war, bemühte sich entsprechend. Er wandte sich an Delfin. »Geben Sie mir das Geld, das Sie noch übrig haben.«

»Es sind lediglich fünf SVE«, sagte Delfin. »In Anbetracht der großen Summen, die heute unter die Leute gebracht wurden, ist das eine dürftige Bezahlung für die Arbeit eines Tages.«

»Bartelmann hat dreißig SVE, die er noch nicht abgerechnet hat.«

»Noch wird er es je tun. Gehen Sie um mehr Geld zu Bel Ruk.«

»Das wage ich kaum. Ich habe bereits zu viel ausgegeben ... Aber das bringt mich auf eine Idee. Schreiben Sie auf: ›Die Preise sind sehr hoch. Schicken Sie weitere zweihundert SVE mit dem Überbringer ... Delfin‹.«

Delfin schrieb die Notiz etwas skeptisch. Die Umstände waren verwirrend, aber wer war er, den verrückten Iskisch infrage zu stellen?

»Nun«, meinte Gersen, »schicken Sie sie an Bel Ruk, der das Geld sicherlich überbringen lassen wird.«

»Hardous! Hierher für einen Moment!« Delfin übergab Hardous die Notiz. »Geh in den Hotelgarten. Dort findest du einen Rachepol, der eine weiße Kopfschärpe mit smaragdener Schließe trägt. Gib ihm diese Notiz. Er wird dir Geld geben, das du hierherbringst. Beeile dich!«

Gersen, der nun wie auf glühenden Kohlen saß, rannte im Kreis jener herum, die Anteile angeboten hatten. Er nahm so viele von ihnen, wie er bekommen konnte. »Geben Sie mir Ihre und Ihre und Ihre. Holen Sie sich Ihr Geld von Delfin oder treffen Sie mich heute Abend im Hotel. Delfin kennt mich gut. Er wird für mich bürgen. Morgen werden Sie bezahlt oder möglicherweise heute Abend schon, wenn Bel Ruk das Geld zur Verfügung stellt.«

Einige der Anteileigner gaben wie benommen ihre Zertifikate heraus, andere zuckten zurück. Gersen durfte keine Zeit mehr verlieren. Er gab Delfin ein Zeichen. »Kommen Sie mit zur Plaza, lassen Sie uns sichergehen, dass Bel Ruk bei der Hand ist und das Geld bezahlt.«

Sie hielten unter dem Laub inne, blickten hinüber zum Hotelgarten, den Hardous gerade betrat. Bel Ruk saß in offensichtlicher Ungeduld an einem zentralen Tisch. Hardous reichte ihm die Notiz. Bel Ruk entfaltete sie und las. Einen Augenblick lang blieb er ruhig sitzen, dann hievte er sich auf die Beine. Er sagte etwas zu Hardous. Die zwei verließen den Garten und machten sich über die Plaza auf den Weg.

Gersen sprach düster zu Delfin: »Ich vermute, die Ereignisse laufen nicht gut für Bel Ruk. Er scheint außer Rand und Band zu sein. Meiden Sie ihn. Wenn er Sie sieht, will er eine Abrechnung haben, und was könnten Sie ihm sagen? Nichts. Halten Sie Distanz und alles wird umso leichter.«

Delfin entgegnete in besorgtem Ton: »Hier gibt es viel, was ich nicht verstehe.«

»Zweifellos. Aber tun Sie, was ich sage, und sobald ich einen Bankwechsel in Bargeld eingelöst habe, erhalten Sie Ihren Profit.«

Delfin wurde wieder etwas optimistischer. »Das wenigstens ist eine befriedigende Aussicht.«

»Gut. Dann kann ich mir Ihrer Zusammenarbeit sicher sein?«

»An jedem Punkt des Kreises.«

Die Metapher, erkannte Gersen, entstammte der Sprache des Hadauls und man konnte sich keineswegs darauf verlassen. »Ich brauche noch – lassen Sie mich zählen – 120 Anteile, wenigstens. Ich möchte, dass Sie sich heute Abend überall umsehen. Die Neuigkeit wird herumgehen. Ihnen werden gewiss Anteile angeboten werden: möglicherweise alle 120.«

»Heute Abend? Das ist nicht möglich. Mirassou schwebt hoch. Kitchets rennen durch die Wüste und ich ihnen knapp hinterher.«

»Und wer rennt hinter Ihnen her?«, fragte Gersen.

»Haha! Ich bin schon von einigen Flinken gejagt worden! Diese Nacht ist eine Nacht, in der man Acht geben muss! Gehen Sie aus? Lassen Sie sich einen Rat geben. Die Kitchets tollen inmitten der Chailles herum, aber jeder Schatten verbirgt eine Khoontz. Der weniger agile Mann, der gewöhnlich nicht so kritisch ist, geht im Differy-Hügelland aus, aber häufig kommt er steif und verdrossen heim, weil die Kitchets die Oberhand haben und ihre eigene Wahl treffen.«

»Ich werde mir Ihren Rat merken«, sagte Gersen. »Was ist mit morgen?«

»Morgen ist Hadaul. Das wird mich den gesamten Tag über beschäftigen. Kotzash muss warten.«

»Dennoch, schlagen Sie es nicht aus, wenn Kotzash angeboten werden. Nehmen Sie sie auf meine Rechnung an und halten Sie sich von Bel Ruk fern. Es ist gut möglich, dass er im Augenblick über uns alle verärgert ist.«

Delfins Stimmung wurde wieder gedrückt. »Hinter Ihren Worten ahne ich eine größere Bedeutung. Ich werde Bel Ruk gewiss meiden. Und nun wünsche ich Ihnen einen guten Abend und eine glückliche Nacht in der Wüste.«

Gersen ging hinaus zum Fantamischen Flitzerflügel, wo er seine Anteile zählte und sie in einem Schrank einschloss. Er wechselte die Kleidung, legte die Darsh-Gewänder ab und zog eine weite graue Hose sowie eine dunkelgrün und schwarz gestreifte Bluse an. Er überprüfte seine Waffen und schlenderte zurück unter den Sonnenschirm. Es war Dämmerungszeit. Der Wasserfluss war versiegt und Dinklestown lag zur Wüste hin offen.

Gersen näherte sich dem Hotelgarten und blieb im Schatten stehen, um jene abzuschätzen, die an den Tischen saßen: ein Dutzend Touristen, genauso viele Darsh mit offensichtlichem Vermögen, eine Gruppe junger Methlen mit zwei älteren Frauen von Vornehmheit und Würde.

Aus dem Hotel kam Jerdian Chanseth. Sie trug ein weiches
weißes Kleid und kam nahe an der Stelle vorüber, an der Gersen
stand. Leisen Tons rief er: »Jerdian! Jerdian Chanseth!«

Sie hielt inne, blickte verwundert dorthin, wo Gersen lässig an
einem Baum lehnte. Sie blieb stehen, wandte der Methlen-Gruppe
einen raschen Blick zu und trat dann zu ihm. »Was tun Sie hier?«

»Ich sehe Sie an und bin dankbar für diese Gelegenheit.«

Jerdian stieß einen spöttischen Laut zwischen ihren Zähnen
hervor. »Sssssss! Das ist eine galante Rede.« Sie blickte ihn von
oben bis unten an. »Sie sind entspannter, ungezwungener als der
grimmige Bankmann-Schwindler-Raumwanderer von Serjeuz.
Sie sehen beinahe wie ein junger Mann aus.«

»Das kann nicht sein. Ich bin wenigstens sechs Jahre älter als
Aldo. Dennoch, im Augenblick fühle ich mich ganz und gar nicht
grimmig.«

»Wie, in diesem Augenblick?«

»Muss ich das erklären? Ich stehe hier mit Ihnen und finde Sie
bezaubernd.«

»Noch mehr Galanterie!« Jerdian schien, trotz eines milden
kühlen Lachens, nicht verstimmt zu sein. »Worte sind billig. Sie
haben bereits eine Frau und eine große Familie.«

»Nichts dergleichen. Ich habe niemanden, außer mich selbst.«

»Wie sind Sie Bankier geworden?«

»Ich habe die Bank zu einem bestimmten Zweck gekauft.«

»Aber eine Bank kostet Geld! Sind Sie ein wohlhabender Verbrecher?«

»Ich bin gewiss kein Verbrecher. Wenigstens nicht vollkommen.«

»Was sind Sie dann? Seien Sie offen und ehrlich.«

»Ein Raumwanderer ist wirklich die beste Beschreibung.«

»Kirth Gersen, Sie erfreuen sich daran, mir Rätsel aufzuge-
ben, und ich mag keine Geheimnisse!« Dann fügte Jerdian in
einem Ton, der ihr von ihrer Erziehung als Methlen auferlegt worden war, hinzu: »Dennoch, Ihre Geheimnisse sind keine meiner
Belange.«

»Genau.« Gersen blickte über die Plaza hinweg, hinaus in die dunkle Wüste. »Tatsächlich sollte ich nicht einmal mit Ihnen reden. Das ist nur dazu angetan, mich selbst zu quälen.«

Jerdian starrte ihn eine Minute lang an, dann stieß sie ein unvermitteltes Lachen aus. »Welch wunderbare Dramen Sie aufführen! Der malerische Abenteurer; der Bankier, der meinen Vater übervorteilt; der Patrizier in lässiger Kleidung und nun der liebeskranke Junge, wehmütig und edel, der seiner Liebe entsagt.«

Gersens Amüsement war etwas befangener. »Ich erkenne mich in keiner dieser Rollen wieder.« Eine kühne Stimmung überkam ihn, beinahe ein Rausch. »Kommen Sie hier herüber, wo wir ungestört sind.« Er nahm ihren Arm und führte sie zu einem Tisch auf der entlegenen, dunklen Seite des Gartens. Sie ging steif, halb widerstrebend mit und setzte sich mit unverbindlicher und züchtiger Haltung. Sie blickte Gersen kalt an, nun ganz verächtliche Methlen. »Ich kann lediglich einen Moment bleiben. Wir machen eine Exkursion in die Wüste und ich muss bei den Vorbereitungen helfen.«

»Man sagt, die Wüste sei des Nachts wunderschön. Besonders im Mondlicht. Gehen Sie zu Fuß?«

»Eigentlich nicht. Wir haben einen offenen Kremser gemietet. Nun muss ich gehen. Mein Interesse an Ihren Angelegenheiten ist wirklich nur beiläufig.«

»Unsere Gefühle ergänzen sich, da ich Ihnen nichts erzählen will.«

Jerdian machte keine Anstalten, sich zu erheben. »Und warum nicht?«

»Sie könnten es jemand anderem erzählen und mir endlose Schwierigkeiten bereiten.«

Jerdian zog ein finsteres Gesicht. »Also glauben Sie, ich plappere alles, was ich erfahre, meinen Freunden weiter.«

»Nicht notwendigerweise. Aber wie Sie selbst aufzeigen, unser Interesse ist beiläufig. Sie könnten leicht eine müßige Bemerkung von sich geben, welche schließlich die falschen Ohren erreicht. Ich bringe Sie zu Ihren Freunden.« Er stand auf.

Jerdian weigerte sich eigensinnig, sich zu rühren. »Seien Sie so gut und setzen Sie sich wieder. Im Grunde genommen bitten Sie mich zu gehen, was beileibe nicht schmeichelhaft ist. Wo ist Ihre gerühmte Galanterie geblieben?«

Gersen setzte sich langsam wieder hin. »Ich habe mich keiner Galanterie gerühmt. Ich habe nur aus einem Impuls heraus gehandelt.«

»Sie nehmen nur wenig Rücksicht auf meine Eitelkeit«, sagte Jerdian verärgert.

»Ihre Eitelkeit ruht ganz sicher in meinen Händen«, erwiderte Gersen. »Darf ich freiheraus sprechen?«

Jerdian überlegte einen Augenblick. »Nun – es gibt hier niemanden, der Sie davon abhält.«

Gersen beugte sich vor und nahm ihre Hände in die seinen. »Die Wahrheit ist diese: Ich habe draußen ein Raumschiff. Ich würde nichts lieber tun, als Sie mitzunehmen und Ihnen inmitten sämtlichen Konstellationen des Universums den Hof zu machen. Aber ich darf nicht einmal darüber nachdenken.«

»Tatsächlich? Und – wiederum aus müßiger Neugier – warum nicht?«

»Weil ich eine Arbeit zu erledigen habe, die dringend und gefährlich ist.«

Verschmitzt fragte Jerdian: »Würden Sie Ihre Arbeit aufgeben, wenn ich zustimmen würde mitzukommen?«

»Schlagen Sie etwas Derartiges nicht einmal vor. Mein Herz setzt aus, wenn ich Sie höre.«

»Die Galanterie steht wieder in voller Blüte.«

Gersen beugte sich über den Tisch. Jerdian machte keine Anstalten sich zurückzuziehen. Ihre Gesichter waren nur noch Zentimeter voneinander entfernt, da hielt Gersen inne und zog sich abrupt zurück. Er spürte, wie Jerdians Hände in seinen zuckten.

Nach einem Augenblick sagte er: »Wie Sie sich erinnern, sprachen wir in Serjeuz von Lens Larque.«

Jerdian betrachtete ihn mit geweiteten Pupillen. »Er ist der böseste Mensch, der lebt!«

»Sie haben eine unerfreuliche Episode erwähnt. Was ist geschehen?«

»Es war nichts Wichtiges, einfach nur ein Zwischenfall. Wir wohnen in einem Bezirk, der als Llalarkno bekannt ist. Eines Tages wollte ein Darsh das Haus neben dem unseren kaufen. Mein Vater hält nicht viel von den Darsh. Er hasst den Geruch ihrer Nahrung. Er kann ihre Musik nicht hören. Leidenschaftlich rief er: ›Heben Sie sich hinweg. Verlassen Sie dieses Land! Sie dürfen das Haus nicht kaufen. Glauben Sie vielleicht, ich möchte jeden Tag aufblicken, um Ihr großes Darsh-Gesicht über meiner Mauer hängen zu sehen? Hinfort mit Ihnen!‹ Der Darsh verschwand. Später erfuhren wir, dass es sich um Lens Larque höchstselbst gehandelt hat.«

»Wie sah er aus?«

»Ich habe es kaum bemerkt. Ich hatte den Eindruck eines großen Mannes mit langen Armen. Er hatte einen großen, glatten Kopf und einen schwarzen Schnurrbart. Seine Haut war bräunlich-rosa, blass darshfarben.«

»Seitdem haben Sie ihn nicht mehr gesehen?«

»Nicht, dass ich wüsste.«

»Der Legende nach vergisst er keine Beleidigung, und er ist berüchtigt für seine cleveren Tricks.«

»Er kann so viel tricksen, wie er will. Wir unterhalten einen umsichtigen Sicherheitsdienst, weil wir uns so nahe am Jenseits befinden. Aber warum sind Sie an Lens Larque interessiert?«

»Ich hoffe, ihn zu vernichten. Zuerst muss ich ihn finden. Also kaufe ich Kotzash, um seine Aufmerksamkeit zu erregen.«

Jerdian starrte Gersen ehrfürchtig und verwundert an. Sie schickte sich an zu sprechen, doch eine große Gestalt türmte sich über ihnen auf: Aldo, den Kopf etwas nach hinten geneigt, den Mund streng herabgezogen. Er beugte sich ruckartig zu Jerdian hinab: »Wenn ich bitten darf – deiner Tante, der vortrefflichen Mayness, liegt daran, dass du dich zu ihr gesellst.«

»Nun gut, ich komme sofort.«

Gersen sprach zu Aldo. »Sie haben einen Ausflug in die Wüste vor.«

»Das ist richtig.«

»Wohin wollen Sie?«

»Wir besuchen die Chailles.« Aldos Ton war nun eisig. »Komm, Jerdian, wenn ich bitten darf.«

Gersen sagte: »Die Darsh, Männer und Frauen, werden in großer Zahl dort sein.«

»Das hat für uns keinerlei Belang, solange sie außerhalb unserer Sicht bleiben.«

»Es könnte durchaus sein, dass sie Ihnen Ärger bereiten.«

»Wir haben einen Kremser gemietet. Der Fahrer erklärt, dass es nicht die geringste Unannehmlichkeit geben wird. Jedenfalls sind wir Methlen – die Darsh werden Distanz wahren.« Er trat neben Jerdian. Langsam stand sie auf und ging mit ihm davon wie eine Schlafwandlerin.

Gersen saß eine Zeit lang brütend da, dann ging er hinaus zum Raumboot. Neben der Enterleiter hielt er inne, blieb stehen und blickte gen Osten über die Wüste, wo der aufgehende Mond bereits den Himmel beleuchtete. Kleine Gruppen schlüpften unter dem Schirm hinaus, auf Fahrzeugen sitzend oder zu Fuß, Frauen und Mädchen getrennt von Jugendlichen und Männern. Auf einem heruntergekommenen Luftwagen kam Delfin mit drei seiner Kameraden. Sie trugen leichte Roben und bunte Kopfschärpen. Sie flitzten dicht an Gersen vorüber, der ihnen zuwinkte. Delfin brachte den Luftwagen schlingernd zum Stehen. Gersen trat vor. »Wie läuft der Abend?«

»Bisher sehr gut.«

»Haben Sie noch weitere Anteile ausfindig gemacht?«

»Nein. Wie Sie bereits angedeutet haben, ist Bel Ruk mit den Ereignissen des Tages unzufrieden. Er hat vor, uns beide auspeitschen zu lassen.«

»Erst muss er uns kriegen«, entgegnete Gersen. »Dann muss er noch die Peitsche heben.«

»Wie wahr. Jedenfalls werden Sie keine weiteren Kotzash in

Dinklestown finden. Bel Ruk hat ein Großhadaul ausgerufen, zu einem Preis von tausend SVE. Die Robler* müssen entweder hundert SVE einsetzen oder zwanzig Kotzash-Anteile. Ohne Frage werden alle verbliebenen Kotzash verwendet, um die Einsätze zu finanzieren.«

»Eine Schande«, bemerkte Gersen.

»Dennoch, Sie haben Ihr Bestes gegeben, und das auf clevere Art und Weise. Sie sind ein trickreicher Mann. Aber wieso halten Sie uns auf? Die Kitchets saugen das Mondlicht in sich auf!«

Einer seiner Kameraden fügte hinzu: »Zusammen mit jeder alten Stolzfuß im Striemen.«

»Schauen Sie dort drüben!« rief Delfin in einem Ton heiteren Erstaunens. »Dort kommen die verstockten Methlen heraus, um sich des Mondlichts zu erfreuen! Sehen Sie den Mann, der den Kremser fährt? Das ist Nobius, ein Gauner, so schlau wie Sie selbst!«

Gersen bedankte sich für das Kompliment. »Meinen Sie, Nobius will den Methlen einen Streich spielen?«

Delfin vollführte ein witziges Zeichen. »Es gibt eine zarte Kitchet namens Farrero. Sie wird von drei enormen Khoontzen behütet. Nobius hat gelobt, dass er Farrero heute Nacht erobern wird. Wie er das erreichen will, während er den Kremser mit den Methlen fährt, bleibt abzuwarten. Wir müssen los! Dort geht Mirassou auf. Kitchets rennen über den Sand und träumen köstliche Träume! Hoi! Und los geht's! Cambousse† gebe uns Kraft!«

Der Wagen rollte auf weichen Rädern los. Gersen drehte sich um und schaute dem Kremser, der bereits ein dunkler Fleck auf dem Sand war, hinterher.

Besorgt und unruhig, verärgert über die im Konflikt miteinander stehenden Verlangen, beobachtete Gersen, wie das Gefährt

---

* Robler: Teilnehmer am Hadaul. Die »Robel« sind die gelb, grün und blau gefärbten konzentrischen Kreise eines Hadaulfeldes.

† Der Satyr Cambousse, Pittaugh der Sandkobold und Leino die Großmutter sind Grundgestalten der Darsh-Mythologie.

verschwand. Methlen-Angelegenheiten waren nicht seine Belange
– außer die Sicherheit und die Würde einer gewissen Jerdian
Chanseth, gegenüber der er eine ganze Reihe von Gefühlen hegte,
beschützende und andere.

Nun, er konnte sich nicht helfen. Mit einem gemurmelten
Fluch kletterte Gersen in das Boot, öffnete ein Seitenluk, schwang
Davits heraus und ließ das Allzweckboot hinab. Er setzte einen
Helm auf und brachte eine Nachtsicht-Panoptik am Visier an. In
einem Seitenfach verstaute er einige Waffen, dann trat er an Bord
und ließ das Boot in die Luft steigen.

Mirassou trieb frei über dem Horizont im Himmel: eine große
silberweiße Scheibe, subtil und klar – nichtsdestotrotz strahlte
sie eine brennende Kraft aus. Der Striemen wurde zu einem Ort,
an dem ansonsten undenkbare Ereignisse nicht nur vorstellbar,
sondern vernünftig erschienen. Gersen, der sich wie stets zumindest zweier Ebenen des Bewusstseins in seinem Verstand bewusst
war, amüsierte sich darüber herauszufinden, dass er für Mirassou nicht weniger anfällig war als Delfin … Er ließ das Boot vom
Kremser aus etwas weiter nach Süden abdrehen und blieb dann
in einer Höhe von dreihundert Metern Seite an Seite mit ihm. Er
zog die Panoptik über die Augen, schaltete die Nachtstufe ein und
erhöhte die Vergrößerung. Das Fahrzeug mit seinen Passagieren
schien nur Meter entfernt zu sein. Mit ihren prächtigen Gewan-
dungen und ihren mondschein-fahlen Gesichtern wirkte die
Gesellschaft unreal: eine Truppe von Pierrots auf einer frivolen
Eskapade. Gersen beobachtete sie fasziniert, halb sardonisch, halb
neidisch. Insgesamt fuhren zehn Methlen im Kremser mit. Drei
junge Männer saßen auf der Rückbank. Jerdian, die zerbrechlich
und blass wirkte, saß weit vorne, etwas abseits von den anderen.
Möglicherweise von Mirassou beeinflusst, verspürte Gersen das
Anschwellen eines Hochgefühls angesichts seiner eigenen Eskapade in dieser mondbeschienenen Nacht.

Hoch oben an der Vorderseite, auf der Kutscherbank, fuhr
Nobius bequem in einer lässigen Haltung und schaute gelegentlich mit sorgloser Herablassung zurück zu den Passagieren.

Wann immer die älteren Damen ihn zufällig bemerkten, wurden sie ob der vermeintlichen Beleidigung ärgerlich und vollführten hochmütige Gebärden, die Nobius anzeigen sollten, seine Aufmerksamkeit dem Fahren zuzuwenden. Anweisungen, die Nobius vollkommen ignorierte, wodurch er die eskapadenhafte Stimmung der Expedition noch steigerte.

Der Kremser bewegte sich über den seidenen Sand. Voraus und etwas zur Seite standen die Chailles: verfallene vulkanische Felsen, welche sich aus einer Reihe von Riffen und Felsnasen erhoben. Eine der älteren Damen gab Nobius neue Anweisungen und signalisierte ihm, von den Chailles abzudrehen. Nobius stimmte unterwürfig zu und zupfte an der Steuerung, um den Kurs zu ändern, doch sobald die Aufmerksamkeit der Dame abgelenkt war, schwang er den Kremser auf den alten Kurs in Richtung der Felsen zurück. Als er die Chailles absuchte, entdeckte Gersen das Flattern weißer Darsh-Roben. Auch anderes Volk war ausgezogen, um sich Mirassous zu erfreuen.

Wieder bemerkten die Damen die Nähe der Chailles. Unverzüglich und mit Vehemenz befahlen sie Nobius abzudrehen und dieser entsprach dem Befehl, nur um das Fahrzeug nach einem Augenblick verschmitzt wieder auf den ursprünglichen Kurs zu bringen. Sein Ziel schien ein felsiger Hügel von vielleicht sechs Metern Höhe zu sein, der sich einige Meter abseits der Hauptriffe erhob. Auf dem Hügelkamm stand, ruhig und nachdenklich, eine Kitchet, die nach Süden über den Sand blickte.

Nobius schwang den Kremser rasch in einer Kurve herum, beschleunigte und fuhr ihn auf den sandigen Weg zwischen dem Hügel und den Hauptriffen der Chailles. Die Damen protestierten scharf. Nobius beachtete sie nicht. Dann gab er unvermittelt vor, sie zu hören. Er hielt das Gefährt unmittelbar unterhalb des Hügels an und drehte sich auf dem Sitz um, als wolle er den Anweisungen genauer lauschen.

Die Damen sprachen brüsk und vollführten aufgeregte Gebärden, welche Nobius aufmerksam zur Kenntnis nahm. Er drehte sich wieder auf dem Sitz um, aber nun war etwas mit der

Maschinerie nicht in Ordnung. Der Kremser schlingerte einige
Meter vorwärts, hielt dann an, obwohl Nobius fleißig an Schaltern
und Hebeln hantierte. Im Heck des Fahrzeugs standen die drei
jungen Männer fragend von der Bank auf. Nobius ließ von seinen
Bemühungen ab und hielt vorsichtig Ausschau zur Seite.

Aus den Schatten torkelten drei wuchtige Gestalten in schwarzen Gewändern. Sie sprangen vor, und jede fasste jeweils einen
der jungen Methlen-Männer vom Rücksitz um die Körpermitte
und trug ihn, um sich schlagend und sich windend, fort in die
Dunkelheit.

Nobius kauerte sich nieder und spannte sich an. Aus den Schatten unter dem Hügel kam eine vierte Gestalt, noch wuchtiger als
die vorigen. Sie sprang an Bord des Kremsers, ergriff Aldo und
trug ihn, trotz seiner Schreie, davon.

Unverzüglich hoppelte Nobius aus dem Gefährt und hinauf
zum Kamm des Hügels. Er ergriff die Kitchet, führte sie auf der
anderen Seite des Hügels hinunter und in die Dünen hinein.

Von den Ereignissen benommen, erhoben sich die Damen
sprachlos von den Sitzen. In den Schatten und auf den Riffen gab es
weitere Bewegungen – das Wirbeln weißer Roben, dann ein unvermitteltes Gedränge um den Kremser und an Bord. Die ersten, die
das Fahrzeug erreichten, packten die Mädchen und die nächsten
nahmen sich, weniger enthusiastisch, der Anstandsdamen an, und
alle zogen sich zu den von ihnen bevorzugten Orten zurück.

Der Mann, der Jerdian ergriffen hatte, trug sie hinaus in die
Wüste, wobei er ihre Schreie und Schläge ignorierte. Hundert
Meter weiter in den Dünen hielt er inne und ließ sie auf den Sand
hinunter. Eine fliegende Plattform landete neben ihnen. Ger-
sen trat herab. Jerdian stieß einen Laut ungläubiger Freude und
Erleichterung aus.

Der Darsh nahm eine drohende Haltung ein. »Hinfort mit dir.
Ich bin dabei, diese Kitchet zu unterhalten.«

Ohne Worte richtete Gersen eine Handwaffe auf die Füße des
Mannes und brannte Sand zu einer geschmolzenen Pfütze. Der
Darsh sprang vor Furcht und Wut zurück. Gersen half Jerdian auf

die Beine und nahm sie an Bord des Bootes. Einen Moment später waren sie in der Luft und ließen den niedergeschlagenen Darsh, der ihnen hinterherschaute, zurück.

In nicht allzu großer Höhe schwebte das Boot südwärts über die Dünen. Jerdian blickte Gersen von Zeit zu Zeit entsetzt an. Nicht lange danach sagte sie in rauem Ton: »Ich bin Ihnen dankbar ... Ich weiß nicht, was ich anderes sagen soll ... Wie kommt es, dass sie so prompt bei der Hand waren?«

»Ich habe Sie im Kremser gesehen. Der Fahrer ist berüchtigt. Ich bin gekommen, um Sie vor seinen Tricks zu schützen – auch wenn Sie mich nicht gebeten haben, auf Sie Acht zu geben.«

»Ich bin froh, dass Sie es getan haben.« Jerdian seufzte tief. Sie blickte zurück in Richtung der schwarzen Felsen und gab ein seltsames Geräusch von sich, etwas zwischen einem Schnauben und einem Lachen. »Meine Tanten Mayness und Eustacia sind dort. Können wir ihnen irgendwie helfen?« Dann, durch eine stillschweigende Folgerung, beantwortete sie die Frage selbst: »Ich nehme an, es wird nichts allzu Schreckliches passieren.«

»Was immer auch passiert, es ist bereits im Gange.« Gersen nahm den Helm ab und legte ihn in einen Spind. Er ließ das Boot niedrig schweben, nur etwa zehn Meter über den Dünen. Jerdian lehnte sich auf dem Sitz zurück und blickte über den Sand. Sie zeigte weder Ärger noch drängende Verzweiflung, woanders zu sein. In leisem, gedankenvollem Ton sagte sie: »Die Wüste ist bei Mondlicht ein sehr seltsamer Ort. Sie strahlt einen Zauber aus, wie ein Traumort ... Kein Wunder, dass sie Dummheiten mit einem treibt.«

»Dessen bin ich mir sehr bewusst«, entgegnete Gersen. Er legte den Arm um ihre Schultern und zog sie dicht an sich heran. Sie blickte auf und blieb schlaff an ihn gelehnt sitzen. Er küsste sie, wieder und wieder.

Das Boot schwebte niedrig und lief auf einer Sanddüne auf. Die zwei blieben ruhig sitzen und hielten Ausschau über den mondbeschienenen Sand. Kurz darauf sagte Jerdian: »Ich bin unbeschreiblich überrascht darüber, mich hier mit Ihnen wiederzufinden ... Und doch, vielleicht nicht wirklich überrascht ... Ich kann mir nicht helfen, aber ich denke darüber nach, wie sich alle empören werden. Was werden sie morgen sagen? Werde ich die Einzige sein, die mit intakter Tugendhaftigkeit zurückkehrt?«

Gersen küsste sie erneut. »Nicht notwendigerweise.«

Zehn Sekunden vergingen. Dann sagte Jerdian mit rauer Stimme: »Aber ich habe die Wahl?«

»Ja, in der Tat«, sagte Gersen. »Sie haben die Wahl.«

Jerdian trat aus dem Boot hinaus und ging einige Schritte über die Düne. Gersen kam ihr nach und blieb neben ihr stehen. Bald darauf drehte sie sich um und wandte sich ihm zu. Wieder umarmten sie sich. Gersen breitete den weißen Darsh-Umhang auf den uralten Dünen des Striemens aus und sie erlagen dem magischen Licht von Mirassou.

Der Mond erreichte den Zenit und sank wieder. Die Nacht wurde alt. Allmählich schwand die Magie. Gersen brachte Jerdian wieder nach Dinklestown, anschließend kehrte er zum Kremser zurück. Die vier jungen Männer standen düster und ramponiert daneben. Eine der Anstandsdamen und eines der Mädchen saßen still im Innern. Als Gersen sich näherte, tauchte die andere Anstandsdame aus einer Kluft in den Felsen auf. Wortlos stieg sie an Bord.

Gersen trat vor. Sie blickten ihn mit argwöhnischem Starren an. »Ich kam zufällig vorbei und war in der Lage, Jerdian Chanseth zu helfen«, sagte er. »Sie ist wieder im Hotel und Sie müssen sich keine Sorgen um sie machen.«

Eine der älteren Frauen, Tante Mayness, bemerkte grimmig: »Wir haben genug mit uns selbst zu tun. Wir alle haben scheußliche Erfahrungen gemacht.«

Tante Eustacia sagte in etwas moderaterem Ton: »Ich schätze, wir müssen es philosophisch nehmen. Wir haben Schandtaten erlitten, aber keinen nicht wiedergutzumachenden Schaden. Lasst uns wenigstens dafür dankbar sein.«

»Dem kann ich mich gegenwärtig nicht anschließen«, schnappte Tante Mayness. »Ein ums andere Mal ist ein rohes Tier, das nach

Bier und diesem unerträglichen Essen gestunken hat, über mich hergefallen.«

»Der Geruch des Mannes, der mich angegriffen hat, war ebenso schlecht. Ansonsten war er beinahe höflich, wenn das Wort überhaupt angebracht ist.«

»Eustacia, du bist viel zu nachsichtig!«

»Vor allem bin ich müde. Wenn Jerdian zurück im Hotel ist, bleiben nur Millicent und Helen, die noch fehlen. Da kommen sie bereits, zusammen. Verlassen wir diesen furchtbaren Ort.«

»Und was ist mit unserem guten Ruf?« schrie Tante Mayness mit blecherner Stimme. »Wir werden zum Gespött von ganz Llalarkno!«

»Nicht, wenn wir uns zur Verschwiegenheit verpflichten.«

»Wie können wir diese bestialischen Darsh bestrafen lassen, wenn wir unsere Zunge im Zaum halten?«

Gersen warf eine Bemerkung ein. »Ich bezweifle, dass Sie in der Lage sein werden, die Darsh zu bestrafen. Sie gehen davon aus, dass, wenn Sie des Nachts hinaus in die Wüste gehen, Ihr Anliegen die Fortpflanzung ist. Der Schuldige ist Ihr Fahrer. Er hatte Vergnügen daran Sie auszutricksen.«

Tante Eustacia bekundete: »Das ist die traurige Wahrheit, also können wir es genauso gut akzeptieren. Lasst uns einfach vorgeben, dass nichts geschehen ist.«

»Dieser Mann weiß es! Die Darsh wissen es!«

»Ich werde nichts sagen«, versicherte Gersen. »Die Darsh mögen einige Scherze untereinander machen, aber das ist wahrscheinlich auch alles. Einer von den Männern sollte ein wenig Schneid zeigen! Fahren Sie den Kremser zurück nach Dinklestown!«

Aldo knurrte: »Wenn Sie das durchgemacht hätten, was ich durchgemacht habe, würde es Ihnen auch an Schneid fehlen. Ich ergehe mich lieber nicht in Einzelheiten.«

»Keiner von uns ist glücklich über die Geschehnisse dieser Nacht«, schnappte Tante Mayness. »Nun hinauf auf den Fahrersitz und rasch! Ich bin mehr als nur ein wenig begierig darauf, ein Bad zu nehmen.«

KAPITEL XI

Aus: *Spiele der Galaxis* von Everett Wright: Das Kapitel mit dem Titel »Hadaul«.

Wie alle guten Spiele zeichnet sich Hadaul durch Komplexität und multiple Ebenen, auf denen es gespielt wird, aus.

Die grundsätzliche Spielanlage ist simpel: ein geeignet dargestelltes Spielfeld und eine gewisse Anzahl von Spielern. Das Feld wird häufig auf das Pflaster einer Plaza aufgemalt. Gelegentlich wird es aus Teppichboden gefertigt. Es gibt viele Variationen, aber dies ist die übliche Anordnung: Ein Podest steht im Zentrum einer braunen Scheibe. Das Podest kann eine beliebige Form haben. Darauf steht gewöhnlich das Preisgeld. Der Durchmesser der Scheibe variiert zwischen einem Meter zwanzig und zwei Metern vierzig. Drei konzentrische Ringe, jeder mit dreieinhalb Metern Breite, umgeben die Scheibe. Diese Ringe sind bekannt als die »Robel« und sind (von innen nach außen) gelb, grün und blau ausgemalt. Die Fläche jenseits des blauen Ringes nennt man »Limbus«.

Es kann eine beliebige Anzahl an Wettkämpfern oder »Roblern« teilnehmen, üblicherweise jedoch beginnt das Spiel mit einem Maximum von zwölf und einem Minimum von vieren. Jeder weitere Spieler würde ein übermäßiges Gedränge verursachen, jeder Spieler weniger verringert den Umfang an Tricks, die ein wesentliches Element des Spiels sind.

Die Regeln sind einfach. Die Robler nehmen ihre Positionen im gelben Robel verteilt ein. Nun sind alles »gelbe

Robler«. Wenn das Spiel beginnt, versuchen sie, die anderen gelben Robler in das grüne Robel zu drängen. Einmal ins Grün gestoßen oder geworfen, wird ein Robler »grün« und darf nicht zurück ins Gelb. Nun wird er versuchen, andere grüne Robler ins Blau zu drängen. Ein gelber Robler darf sich ins Grün wagen und wieder Zuflucht im Gelb suchen. Ebenso darf ein grüner Robler das Blau betreten und zum Grün zurückkehren, es sei denn er wird von einem blauen Robler aus dem Blau geworfen.

Zuweilen endet ein Spiel mit einem gelben, einem grünen und einem blauen Robler. Gelb mag nicht geneigt sein, Grün oder Blau anzugreifen, Grün nicht geneigt Blau anzugreifen. In diesem Stadium ist keine Fortsetzung des Spieles möglich. Das Spiel endet und die drei Robler teilen sich den Preis im Verhältnis 3–2–1. Gelb erhält die »3« oder den halben Anteil. Grün oder Blau dürfen neue Summen in Höhe jener des Gewinns von Gelb setzen und damit wieder zu Gelben werden, ein Vorgang, der sich fortsetzen kann, bis ein einziger Robler übrig bleibt, um den gesamten Preis für sich zu beanspruchen. Von Hadaul zu Hadaul variieren die Regeln in dieser Hinsicht. Mitunter kann ein Herausforderer eine Summe in Höhe des Preises vorschlagen. Der vorherige Gewinner kann, in Übereinstimmung mit den örtlichen Regeln, die Herausforderung annehmen oder nicht. Häufig schlägt der Herausforderer die doppelte Summe des Preises vor und die Herausforderung muss akzeptiert werden, es sei denn, der Gewinner hat Knochenbrüche oder andere ernsthafte Behinderungen erlitten. Diese Herausforderungskämpfe werden häufig mit Messern, Stöcken oder – gelegentlich – Peitschen ausgetragen. Nicht selten endet ein freundschaftliches Hadaul mit einer Leiche, die auf einer Bahre abtransportiert werden muss. Ringrichter überwachen das Spiel mithilfe von elektronischen Vorrichtungen, die Übertretungen von Robelgrenzen signalisieren.

Die Verschwörung ist ein integraler Bestandteil des

Spiels. Bevor ein Spiel beginnt, bilden verschiedene Robler Angriffs- oder Verteidigungsbündnisse. Solche Absprachen können eingehalten werden oder auch nicht. Tricks, schlauer Verrat, Doppelspiele werden als natürliche Attribute des Spiels betrachtet. Deshalb überrascht es, wie häufig ausgetrickste Robler sich aufregen, auch wenn sie selbst die gleiche Tücke im Sinn gehabt hatten.

Hadaul ist ein sich stets im Fluss befindendes Spiel mit immer neuen Überraschungen. Kein Spiel ist wie das andere. Zuweilen sind die Wettbewerbe freundlich und gutwillig, jeder erfreut sich der Tricks. Mitunter ergibt sich eine Härte aufgrund von eklatanter Falschheit, woraufhin es gewöhnlich zu Blutvergießen kommt. Die Zuschauer wetten untereinander oder, bei großen Hadauls, gegen Gemeinschaftsagenturen. Jeder große Schirm veranstaltet jährlich etliche Hadauls zu den Festivalzeiten. Diese Spiele werden von Touristen als eine der Hauptattraktionen Dar Sais betrachtet.

~

Gersen schlief in seinem Raumboot, und als er aufwachte, fand er, dass Cora bereits halbwegs am Himmel stand. Einige Augenblicke blieb er still liegen. Die Geschehnisse der letzten Nacht hatten bereits ihre Wirklichkeit verloren. Was war mit Jerdian? Nicht länger berauscht vom Mondlicht noch emotional verletzlich ob ihrer Rettung: Wie würde sie sich fühlen?

Gersen badete und zog sich an, diesmal mit gewöhnlicher Raummannskluft. Er bewaffnete sich mit Umsicht, da er nicht wusste, was auf ihn zukommen mochte.

Er lief durch die Hitze, unter dem Wasserschleier hindurch und ging zum Hotelgarten. Die Methlen saßen bereits an ihrem Tisch. Jerdian bedachte ihn mit einem raschen Halblächeln und wedelte verstohlen mit den Fingern. Gersen war beruhigt: sie bedauerte nichts. Die anderen beachteten ihn nicht.

Während Gersen frühstückte, beobachtete er die Methlen. Die jungen Männer waren verdrossen und schwiegen. Die Frauen schienen gelassener zu sein, sprachen jedoch gemessenen Tons. Nur Jerdian war guter Stimmung, für die sie vorwurfsvolle Blicke erntete.

Schließlich beendete die Gruppe ihre Mahlzeit. Jerdian kam zu Gersens Tisch herüber. Er sprang auf. »Setz dich zu mir.«

»Das wage ich nicht. Alle sind etwas nervös und Tante Mayness hat bestimmte Ahnungen. Ich habe aber keine Sorge, das ist bei ihr immer so.«

»Wann kann ich dich sehen? Heute Abend?«

Jerdian schüttelte den Kopf. »Wir bleiben zum Hadaul, darum sind wir gekommen, anschließend fliegen wir zurück nach Serjeuz und morgen weiter nach Llalarkno.«

»Dann besuche ich dich in Llalarkno.«

Jerdian lächelte wehmütig und schüttelte den Kopf. »Alles ist so anders in Llalarkno.«

»Wirst du anders fühlen?«

»Ich weiß es nicht. Besser, es wäre so. Im Augenblick bin ich in dich verliebt. Ich habe die gesamte Nacht und den ganzen Morgen über an dich gedacht.«

Nach einem Augenblick sagte Gersen: »Ich bemerke, dass du sagst ›ich bin in dich verliebt‹, nicht ›ich liebe dich‹.«

Jerdian lachte. »Du bist sehr scharfsinnig. Es gibt einen Unterschied. Ich liebe etwas: dessen bin ich sicher. Vielleicht bist du es. Vielleicht – wer weiß?« Sie suchte in seinem Gesicht. »Bist du gekränkt?«

»Es ist nicht genau das, was ich gern gehört hätte. Dennoch – ich wundere mich oft über mich selbst. Bin ich ein Mensch? Oder ein motivierter Mechanismus? Oder ein absurd verdrehtes Konzept?«

Wieder lachte Jerdian. »Für mich gibt es da keine Frage – du bist ganz entschieden ein Mensch.«

»Jerdian!«, rief Tante Mayness mit kalter Stimme. »Komm mit. Wir gehen zur Tribüne.«

Jerdian lächelte Gersen matt zu und ging fort. Er sah sie, mit einem Schmerz am Halsansatz, gehen. Narretei, sagte er sich,

jugendlicher Unsinn! Er schmachtete wie ein Schuljunge! Er
konnte sich keine emotionalen Bindungen leisten, bis die Arbeit,
welche sein Leben beherrschte, getan war! ... Er folgte den
Methlen zur Mitte der Plaza, wo eine Menschenmenge um die
Robel herumlief.

Das Hadaul würde bald beginnen: die charakteristischste aller
Darsh-Attraktionen, eine Aktivität, irgendwo zwischen Spiel und
Bandenkrieg, das seine Würze durch Tricks, Vertrauensbruch und
Opportunismus erhielt – kurz, die Darsh-Gesellschaft als Mikro-
kosmos.

Ausreichende Vorkehrungen für Zuschauer zu treffen, war ein
den Darsh fremdes Konzept. Jene, die zusehen wollten, waren
gezwungen, die behelfsmäßigen Tribünen in Anspruch zu nehmen, sich auf umliegenden Gebäuden niederzulassen oder sich
dicht an den Zaun zu drängen, der die Robel umgab.

An einem Pfosten hing eine Reihe von Tafeln, welche die Teilnehmer an den verschiedenen Hadauls auflisteten. Gersen konnte
die verschlungene Darsh-Schrift nicht lesen. Er trat an die Regis-
trierbude und machte den Angestellten auf sich aufmerksam.
»Welches ist Bel Ruks Hadaul?«

»Das wäre die dritte Runde.« Der Offizielle tippte auf eines
der Plakate. »Der Einsatz beträgt hundert SVE oder fünfundzwanzig Kotzash-Anteile.«

»Wie viele Einsätze sind getätigt worden?«

»Bisher neun.«

»Wie viele Kotzash?«

»Hundert Anteile.«

Nicht genug, dachte Gersen. Er benötigte wenigstens 120
Anteile. Widerwillig blickte er zu den Robeln und der Tribüne,
die mit weißberobten Darsh überfüllt war. In peinlich eingehal-
tenem Abstand, in einem für Touristen reservierten Abschnitt,
saßen die Methlen. Gersen zuckte fatalistisch mit den Achseln.
Das Spiel war ihm fremd. Die Darsh würden schnell bei der
Hand sein, einen Iskisch zu übervorteilen. Trotzdem, hundert
Anteile würden ihn zum Greifen nah an die Kontrolle über die

Gesellschaft bringen. Er bezahlte mit dem Rest seines Geldes: einer einzelnen Hundert-SVE-Note. »Hier ist mein Einsatz. Für Bel Ruks Hadaul.«

Der Angestellte wich ungläubig zurück. »Sie haben vor, sich in den Robeln zu stellen? Mein Herr, Sie sind ein Iskisch und ich sage es Ihnen nur aus Gutwilligkeit, aber Sie riskieren gebrochene Knochen. Es nehmen einige für ihre Tricks berühmte und starke Teilnehmer an Bel Ruks Hadaul teil.«

»Das wird eine interessante Erfahrung werden. Ist Bel Ruk selbst dabei?«

»Er hat einen Tausend-SVE-Preis garantiert, aber er wird nicht selbst kämpfen. Sollten die Einsätze tausend SVE übersteigen, profitiert er.«

»Aber die Kotzash-Anteile sind Teil des Preises?«

»Ganz genau. Die Einsätze, einschließlich der Anteile, gehen auf das Preisbrett.«

»Dann setzen Sie meinen Namen auf das Plakat.«

»Wie Sie wünschen. Die Knocheneinrenker sitzen dort drüben unter der roten Flagge.«

Gersen fand einen günstigen Aussichtspunkt, von wo er das Feld überblicken konnte. Die Robler des ersten Durchgangs waren erschienen: zwölf junge Männer, welche die richtige Hadaulkleidung trugen: kurze Hose aus weißem Leinen, ein ärmelloses Unterhemd in Braun, Grau oder Blassrot, Stoffschuhe sowie ein Kopftuch, das so geknotet war, dass es baumelnde Ohrringe zurückhielt. Die Robler gingen im äußeren Blau in die Runde, hielten inne, um miteinander zu sprechen, mitunter vertraulich, Mund an Ohr, manchmal nicht mehr, als ein heiteres Wort wechselnd. Gelegentlich formten sich kleine Gruppen, um zu lauschen, während taktische Theorien dargelegt wurden. Ein weiterer Robler gesellte sich zu einer solchen Gruppe und hörte wohl Pläne, die nicht nach seinem Geschmack waren, woraufhin verärgert Worte gewechselt wurden und es bei einer Gelegenheit zum Handgemenge kam.

Aus einer nahe gelegenen Dambel kamen die Ringrichter: vier

alte Männer mit rot und schwarz bestickten Westen. Jeder von ihnen trug einen zwei Meter langen Schiedsstab, der in einem Pustwerfer endete. Der Oberringrichter hatte zusätzlich eine Glasschüssel bei sich, die den Preis enthielt – in diesem Fall ein Bündel SVE-Scheine. Er ging zur Zentralscheibe und platzierte den Preis auf dem Podest.

Die Ringrichter nahmen ihre Positionen ein. Der Oberringrichter schlug mit einem schweren Metallfingerhut auf den Brustgong. Die Wettbewerber ließen von ihren Gesprächen ab und stellten sich im gelben Robel verteilt auf.

Der Oberringrichter sprach: »Ich rufe nun ein gewöhnliches Hadaul von Geschick und Kraft aus. Hilfsmittel und Waffen sind nicht erlaubt. Der Preis beträgt einhundert SVE, gewährt von dem vertrauenswürdigen Luke Lamaras. Ich schlage nun die Sieb-zehn-Sekunden-Glocke an.« Er klopfte auf den Brustgong. Die Spieler begannen mit unruhigen schlurfenden Bewegungen, schli-chen auf Positionen, von denen sie sich Vorteile erhofften.

Wieder schlug der Oberrichter einen Ton auf dem Brustgong an. »Sechs Sekunden.«

Die Spieler kauerten sich nieder, warfen Blicke nach rechts und links, breiteten die Arme in formellen Posen aus.

Zwei scharfe Töne vom Brustgong. »Los!«

Die Spieler schritten zum Wettstreit, einige schnell, andere bedächtig. Einige würden versuchen, vorher besprochene Stra-tegien umzusetzen, andere würden eben diese verraten. Drei näherten sich einem wuchtigen Mann, um ihn ins Grün zu rennen. In seiner Wut zog er einen von ihnen mit sich. Der Schwung ließ ihn hindurch und ins Blau tanzen. Sofort benutzten die Ringrichter die Schiedsstäbe, um die beiden mit farbigen Fusseln zu markieren.

Sie rangen, stießen, stellten Beinchen, stolperten: einer nach dem anderen wurden die Spieler aus Gelb ins Grün, vom Grün ins Blau, vom Blau in den Limbus und damit aus dem Spiel geworfen. Einige Spieler setzten auf Agilität, andere auf wuchtige Stärke. Ein beliebter Kniff, um das Robel herumzulaufen, um den Gegner von hinten zu attackieren, hielt das Spiel in steter Bewegung. Im

Allgemeinen wirkte das Spiel gutmütig. Die Spieler glucksten bei einem schlauen Stoß oder einem besonders verstohlenen Angriff aus dem Rücken, doch als immer weniger Spieler in den Robeln übrig blieben und die Aussicht auf den Gewinn des Preises immer größer wurde, spannte sich die Stimmung an. Die Gesichter verzerrten sich und wurden verbissen, die Ausfälle heftiger. Zwei Spieler im Blau begannen Schläge auszutauschen. Als sie sich gegenseitig trafen, schnellte ein dritter Spieler aus dem Grün heraus und stieß beide in den Limbus. Die Kämpfer droschen weiter aufeinander ein – nicht allzu geschickt, wie Gersen bemerkte –, bis ein Ringrichter, aufgrund dieser Ablenkung vom eigentlichen Hadaul, einschritt.

Schließlich blieben ein einzelner Spieler im Grün und ein großer, schwerer Spieler im Blau übrig. Der Grüne rannte fintierend und springend die Grenze entlang, während der Blaue vor- und zurückhumpelte, wobei er Schmerz, Müdigkeit und Verzweiflung vorgab. Der Grüne allerdings dachte gar nicht daran, sich ins Blau vorzuwagen und zog sichere drei Fünftel des Preises der Möglichkeit leer auszugehen vor. Der Blaue begann schließlich, in der Hoffnung den Grünen in Wut zu bringen, Spötteleien zu rufen. Der Grüne stand stockesteif da, dachte einen guten Augenblick nach und drehte sich dann dem Oberringrichter zu, als wolle er das Spielende erbitten. Der Blaue wandte sich vor Empörung ab. Sofort fiel ihm der Grüne in den Rücken und stieß ihn in den Limbus. Der Oberringrichter schlug drei Töne auf dem Gong an, beendete das Spiel und der gesamte Preis ging an den findigen Robler, der seinen Gegner getäuscht hatte.

Die grundlegende Theorie des Spiels war einfach, befand Gersen. Flexibilität, Wachsamkeit und ein weites Sichtfeld waren beinahe ebenso wichtig wie Kraft und Gewicht. Stöße, Drehungen, Würfe und Schwünge waren ihm nicht neu. Sofern er das gemeinsame Vorgehen von vier oder fünf Gegnern gegen sich vermeiden konnte, meinte er zumindest ordentlich Chancen zu haben. Er ging zum Ringrichterschuppen, wo er erfuhr, dass seine Kleidung, auch wenn sie exzentrisch war und nicht der Norm entsprach, bis auf die Stiefel nicht als unzulässig eingeordnet werden konnte. Einer der Ringrichter stöberte in einer Kiste und entdeckte ein Paar schmutzige alte Schlüpfschuhe, die Gersen sich fatalistisch über die Füße zog.

Nachdem er nach draußen zurückgekehrt war, entdeckte Gersen Bel Ruk am Anmeldetisch. Er wirkte aufgebracht und erbost. Gersen schloss, dass er sich die Liste der Robler angeschaut und den Namen Kirth Gersen darauf entdeckt hatte.

Bel Ruk bewegte sich zur Seite und sprach mit einem hochgewachsenen kräftigen Mann in Roblertrikot: eine Unterhaltung, überlegte Gersen, die zweifellos ihn selbst betraf.

Das zweite Spiel, mit einem Preis von zweitausend SVE, verlief mit beträchtlich mehr Eifer und weniger Heiterkeit als das erste. Der Sieger war ein gewisser Dadexis: ein Mann mittleren Alters, dünn, sehnig und unverschämt clever. Er wurde auf der Stelle von einem frustrierten jungen Robler herausgefordert, der bereits früh in der Runde herausgeworfen worden war. Dadexis, nun mit der Wahl der Waffen, wählte *Afflocks*, das Gerät mit dem Stachelball am Ende eines elastischen Riemens, was dem Herausforderer ganz und gar nicht zusagte, der sich aber damit abfinden musste, wenn er seinen Einsatz nicht verlieren wollte.

Die Zuschauer standen auf und drängten sich so dicht an die Robel, dass die Ringrichter einen gewissen Abstand im Umkreis um das Spielfeld verfügten. Der Oberringrichter ließ den Gong erklingen. Die Wettkämpfer nahmen ihre Positionen ein und die Herausforderungsrunde nahm ihren Lauf. Diese war, zum Ärger des Publikums, kurz und bar von Blut, Schmerz oder Drama. Der schlaue Dadexis schwang den Afflock in einer eingeübten Bewegung mit solch furchterregendem Geschick, dass der Herausforderer unvermittelt mutlos wurde. Der Wettkampf begann. Dadexis schlich und sprang, entging leicht den Hieben der Waffe seines Gegners, dann ließ er selbst die Stachelkugel vorschnappen. Der Ball schwang sich um das Heft des anderen *Afflocks*, Dadexis zog, und der Herausforderer war seiner Waffe ledig. Dadexis grinste, schwenkte den Afflock auf dem Spielfeld herum und ging nach dem vierten Gongschlag des Ringrichters los, um den nunmehr angewachsenen Preis einzustreichen, während der Herausforderer von dannen zog.

Gersen blickte zur Tribüne und entdeckte Jerdian. Sie war mit den anderen zusammen aufgestanden, um die Herausforderungsrunde besser beobachten zu können. Nun ließ sie sich auf dem Platz zwischen ihrer Tante Mayness und Aldo nieder. Was würde sie denken, wenn sie ihn stoßend und schlagend, schleichend, schiebend und attackierend mit den Darsh in den Robeln sah?

Zumindest, sann Gersen, wäre sie perplex.

Die Wettkämpfer des dritten Hadauls versammelten sich um das Feld, unter ihnen, bemerkte Gersen, der Mann, den er im Gespräch mit Bel Ruk gesehen hatte.

Der Oberringrichter sprach in das Mikrofon. »Ein Hadaul mit eintausend SVE, garantiert von dem großzügigen Bel Ruk! Elf Teilnehmer haben ihren Einsatz von sechshundert SVE und 125 Anteilen von Kotzash geleistet. Darunter befinden sich einige Experten aus verschiedenen Clans und sogar ein Iskisch.«

Gersen fühlte sich ein wenig lächerlich; er ging hinaus, um sich zu den anderen zu gesellen, die sich in den Robeln verteilt hatten. Einhundertfünfundzwanzig Anteile! Wenn er das Hadaul gewänne, würde er das Kotzash Mutual Syndikat gewinnen.

Mit einem Mal kam ein stämmiger, rundgesichtiger Mann auf ihn zu, um sich mit ihm zu beraten. »Haben Sie jemals zuvor Hadaul gespielt?«

»Nein«, erwiderte Gersen. »Ich nehme an, ich habe viel zu lernen.«

»Das ist nur allzu wahr. Nun, lassen Sie uns ein Bündnis eingehen. Ich bin Rudo. Sie, ich und Skisch dort drüben sind ohne Zweifel die drei schwächsten Spieler hier. Wenn wir zusammenarbeiten, können wir unsere Chancen steigern.«

»Gute Idee«, meinte Gersen. »Wer ist der Stärkste?«

»Throngarro dort drüben ... «, dies war Bel Ruks Vertrauter » ... und Mize, der große, wuchtige Mann.«

»Lassen Sie uns erst Throngarro, dann Mize hinauswerfen.«

»Einverstanden! Das ist natürlich leichter gesagt, als getan. Unser Pakt gilt, bis diese zwei draußen sind.«

Gersen, der nun in den Geist des Spiels eintauchte, sah sich nach anderen möglichen Bündnispartnern um. Wieder wurde er angesprochen, von einem robusten jungen Mann, der jene kühne, forsche Haltung ausstrahlte, die man Plambosch nannte. »Sie sind Gersen? Ich bin Chalcone. Sie werden natürlich nicht gewinnen noch werde ich es, aber lassen Sie uns ein Bündnis gegen Furbil dort drüben eingehen. Er ist roh und abgefeimt und es ist besser, er ist früh aus dem Spiel.«

»Weshalb nicht?« erwiderte Gersen. »Ich würde Throngarro auch gerne hinauswerfen; ich habe gehört, er ist gefährlich.«

»Das ist wohl wahr. Furbil, dann Throngarro und wir achten aufeinander, zumindest bis zum Grün oder sogar zum Blau, einverstanden?«

»Einverstanden.«

»Also, so schmeißen wir Furbil raus. Sie fintieren von der Seite. Wenn er sich dreht, um sich um Sie zu kümmern, stelle ich ihm von hinten ein Bein, Sie stoßen zu und er stürzt.«

»Eine vernünftige Taktik«, entgegnete Gersen. »Ich werde mein Bestes geben.«

Einen oder zwei Augenblicke später kam Furbil heran, um mit Gersen zu sprechen. »Sie sind der Iskisch? Tja, viel Glück! Aber Sie werden mehr brauchen als nur Glück. Ich schlage vor, wir arbeiten als Duo.«

»Ich stimme allem zu, was mich im Spiel hält.«

»Gut. Sehen Sie diesen jungen Burschen dort drüben? Das ist Chalcone, ein unverschämter Schurke, aber flink und geschickt. So schaffen wir ihn uns vom Hals: Wir nähern uns ihm von zwei Seiten. Sie lassen sich vor ihm fallen und ich stoße ihn, sodass er halbwegs in die Ränge fliegt.«

»Zuerst Throngarro«, sagte Gersen. »Er ist der gefährlichste der ganzen Gruppe.«

»Oh, na gut, Throngarro zuerst, mit der gleichen Taktik, dann Chalcone.«

»Falls wir dann noch immer in den Robeln sind.«

»Nur keine Angst – solange wir zusammenarbeiten!«

Drei weitere Wettkämpfer traten an Gersen heran und schlugen Spielzüge und Kooperationen der verschiedensten Art vor. Gersen stimmte allen zu, nach dem Motto: Jeder Vorteil ist besser als gar keiner.

Unter den Zuschauern machte er Bel Ruk aus und für einen Moment begegnete er dessen stierem Blick. Ebenso nahm er die Gelegenheit wahr, einen Blick in Richtung der Methlen zu werfen, nur um zu sehen, dass Jerdian ihn mit völliger Verblüffung beobachtete.

Der Oberringrichter marschierte zum Zentralpodest und arrangierte dort die Einsätze: Bündel von SVE-Noten und gefaltete Kotzash-Anteile.

Er schlug auf den Brustgong. »Wettkämpfer: Nehmt eure Positionen ein!«

Die elf Männer gingen ins gelbe Robel.

Ein Gong. »Ich rufe einunddreißig Sekunden!«

Die Wettkämpfer begannen, sich hier- und dorthin zu bewegen, darauf hoffend einen günstigen Winkel für einen Angriff auf jene Gegner einnehmen zu können, die sie für die gefährlichsten hielten.

Ein weiterer Gong. »Ich rufe siebzehn Sekunden!«

Die Wettkämpfer kauerten sich nieder, blickten nach rechts und links, hüpften wachsam fort von offensichtlichen Stoßrichtungen.

»Sechs Sekunden!«

Dann: »Hadaul los!«

Elf Männer verursachten einen Wirbel an Bewegung. Gersen, der bemerkte wie Throngarro entschlossen auf ihn zu schlich, bewegte sich von diesem fort. Hinter Throngarro tauchte Chalcone auf. Er erregte Gersens Aufmerksamkeit, vollführte ein Zeichen und stieß Throngarro an, der sich umdrehte, um den Angriff abzuwehren. Gersen setzte nach, stieß zu und Throngarro wurde gegrünt. »Jetzt zu Furbil!« rief Chalcone. »Denken Sie an unseren Pakt! Sie fintieren. Da ist er, schnell jetzt!«

Bereitwillig fintierte Gersen Furbil, der vor Chalcone zurück-
wich, der dessen Arm packte und versuchte, ihn ins Grün zu
schleudern. Furbil gewann geschickt den Fußhalt zurück und
nutzte das gemeinsame Bewegungsmoment, um Chalcone ins
Grün zu befördern. Gersen tauchte dahinter auf, stieß zu und
Furbil stolperte ebenfalls ins Grün. Im gleichen Augenblick traf
Gersen ein wuchtiger Stoß von der Seite: der gewaltige Torso von
Mize, dessen Methode brutal einfach war – er ging lediglich im
Gelb umher und schulterte jeden, den er traf, ins Grün. Durch
pures Glück konnte sich Gersen an Skisch festhalten, der einem
anderen Gegner auswich. Durch das Grünen von Skisch gewann
Gersen wieder die Balance und blieb im Gelb. Er winkte Rudo
zu und deutete auf Mize. Dieser ahnte den gemeinsamen Angriff,
stellte sich mit dem Rücken gegen den Zentraltisch und schwang
die dicken Arme in gefährlichen Kreisen. »Kommt her, wenn ihr
es wagt!«

Gersen packte einen Arm und wurde beinahe von den Beinen
gerissen. Gleichzeitig ergriff Rudo, sein bisheriger Verbündeter,
ihn von hinten um die Hüfte und versuchte, ihn aus dem Gelb
zu drängen. Gersen ruckte den Kopf zurück auf Rudos Nase. Er
durchbrach den Griff und tauchte hinter den großen Torso von
Mize. Hier drückte er seinen Rücken gegen das Podest, hob seine
Füße an, stieß zu und schickte Mize taumelnd in Richtung Grün,
wobei Rudo, aus dessen Nase Blut floss, mithalf. Wütend und
röhrend griff Mize Throngarro an, der behände beiseitetrat. Vier
der grünen Robler packten verschiedene Teile von Mize und
stießen ihn taumelnd, tänzelnd, fluchend und röhrend durch das
Blau in Richtung Limbus, doch dieser warf sich nach hinten, trat
aus und entkam.

Gersen wich zurück, um die Situation abzuschätzen. Throng-
garro und Mize, die zwei gefährlichsten Gegner, waren aus Gelb
geworfen worden, wo er sich noch gemeinsam mit vier anderen
Spielern befand. Jeder der fünf konnte sich nun, da Throngarro
und Mize aus dem Spiel waren, Hoffnung auf den Sieg machen,
und alle wurden entsprechend vorsichtig. Es gab keine Bündnisse

mehr, die eingehalten oder verraten werden konnten; jeder zögerte die Initiative zu ergreifen, aus Furcht vor einem Angriff aus dem Rücken.

Gersen bemerkte, dass die anderen Robler ihn mit misstrauischem Respekt betrachteten. Einen Iskisch, der so lange durchgehalten hatte, musste man ernst nehmen.

Aus dem Augenwinkel sah Gersen, dass Rudo mit einem gewissen Hement einige Worte wechselte. Dann schlich Rudo in Richtung Gersen. »Gilt unser Pakt immer noch?«

»Natürlich«, meinte Gersen.

»Dann ist Dexter der Nächste, der große, schielende Mann. Sie dringen von der Seite auf ihn ein, ich weiche aus und nehme ihn in einen Abdomen-Konstriktor und draußen ist er. Los geht's!«

Wie angewiesen schlich Gersen sich an Dexter heran, wobei er gleichzeitig Hement beobachtete. Gerade als er in Armreichweite von Dexter kam, sprangen Hement, genau wie Dexter selbst und auch sein bisheriger Verbündeter Rudo von hinten auf ihn zu. Gersen hatte diesen Zug erwartet. Er zog Dexter gegen Hement, warf Rudo Hals über Kopf ins Grün, ergriff dann Dexters Bein und hievte ihn ebenfalls ins Grün, gerade als ihn ein fliegender Körper von hinten traf. Gersen bückte sich, langte über den Kopf, ruckte und sein Angreifer stürzte über Dexter hinweg ins Grün. Als sie sich schwankend aufrichteten, wurden beide ergriffen und gebläut. Hement packte etwas zögerlich Gersens Arm und versuchte ihn herumzuschwingen. Gersen schlug zu, fintierte, langte vor, zog. Hement sauste ins Grün und Gersen war allein im Gelb, bis auf einen einzigen anderen Spieler: einen wuchtigen jungen Mann, der in erster Linie im Gelb geblieben war, weil er allen anderen aus dem Weg gegangen war. Gersen rückte auf ihn vor – er zog sich zurück. Gersen jagte ihn einmal im Kreis umher, dann ein zweites Mal, woraufhin der junge Robler sich nicht weiter zurückziehen konnte: Drei Mal um den Ring gejagt zu werden, bedeutete automatisch den Hinauswurf ins nächste Robel. Misstrauisch näherten sich beide einander. Gersen streckte den Arm aus; der andere fasste ihn behutsam am Handgelenk, versuchte zu ziehen. Gersen fiel nach vorn, wandte einen Armgriff an, schwang den jungen Mann herum und führte ihn hüpfend und sich windend zum Grün.

Gersen war nun allein im Gelb. Er konnte sich, wenn er wollte, ins Grün wagen oder gar ins Blau und immer noch ins Gelb zurückkehren – es sei denn, er würde gewaltsam vom Grün ins Blau befördert oder vom Blau in den Limbus gestoßen. Aber er hatte kein Interesse, sich in grüne oder blaue Kämpfe verstricken zu lassen, wo die Robler, nun wütend und auf Rache bedacht, ihr gemäßigtes Verhalten ablegten. Sie schlugen, traten und stießen mit Köpfen und Knien zu, wobei sie mit Hingabe keuchten, röhrten und fluchten. Gersen lehnte sich gegen das Podest und beobachtete sie bei dieser Tätigkeit. Throngarro, im Blau, war Rudo auf den Leib gerückt. Gersen beobachtete Throngarros Taktik mit Interesse. Er war zweifellos ein gewandter Kämpfer: schnell, stark und einfallsreich. Dennoch langte er nicht an Mize heran, dessen schiere Masse ihn nahezu unbezwingbar machte. Bei dem Gedanken, Mize eins zu eins gegenüberzustehen, schnitt Gersen eine Grimasse. Wahrscheinlich würde er mit Schlägen und Tritten und dem Versuch, Mizes Augen anzugreifen, gewinnen, aber er würde sich gewiss Stauchungen und Verletzungen zuziehen, möglicherweise auch Knochenbrüche oder gar ein gebrochenes Genick.

Throngarro hatte Rudo hinausgeschmissen. Nun wandte er seine Aufmerksamkeit Mize zu. Er bildete mit zwei anderen Blauen eine Kabale und griff Mize an. Die drei wurden umhergeschleudert wie Ameisen auf einem Käfer. Mehr aus Glück denn mit Absicht schafften sie es schließlich, Mize in den Limbus stolpern zu lassen, wo er sich auf den Bauch schmiss und mit den Fäusten auf den Boden schlug. Gleichzeitig nutzte Throngarro die günstige Situation, um seine beiden Helfer zusammen mit Mize hinauszustoßen.

Gersen sah sich im Kreis der Zuschauer um. Er begegnete Bel Ruks stierem Starren und ließ den Blick weiterschweifen. Er sah zu den Methlen und erhaschte für einen flüchtigen Moment die

Augen Jerdians. Er konnte ihren Gesichtsausdruck nicht deuten. Ihre Tante Mayness rief sie und Jerdian blickte fort.

Das Hadaul erreichte ein statisches Stadium. Throngarro stand im Blau, Chalcone im Grün und Gersen im Gelb. Wenn das Hadaul jetzt endete, würde der Preis 3-2-1 geteilt werden.

Gersen sprach zu Throngarro und Chalcone: »Ich nehme die Kotzash-Anteile, Sie können sich das Geld teilen: sechshundert SVE. Sind Sie beide damit einverstanden?«

Chalcone rechnete. »Ich bin einverstanden.«

Throngarro schickte sich an zu sprechen, dann blickte er sich nach Bel Ruk um, der streng den Kopf schüttelte. Throngarro sagte zögernd: »Nein. Der gesamte Preis muss aufgeteilt werden.«

Gersen winkte Chalcone nahe an die gelb-grüne Grenze heran. »Lassen Sie uns einen Pakt schließen, den ich einzuhalten garantiere, wenn Sie sich ebenfalls daranhalten.«

»Was haben Sie im Sinn?«

»Lassen Sie uns beide ins Blau gehen und Throngarro hinausschmeißen, dann kehre ich ins Gelb zurück und Sie ins Grün. Ich nehme die Kotzash-Anteile und Sie bekommen das Geld, die gesamten 600 SVE.«

»Ich stimme dem Pakt zu.«

»Denken Sie daran«, stellte Gersen klar, »das ist eine ehrliche Vereinbarung, kein Hadaul-Spielzug. Falls Sie Ihr Versprechen brechen, werde ich diese Angelegenheit sehr ernst nehmen. Sie können mir vertrauen. Kann ich Ihnen auch vertrauen?«

»Für dieses eine Mal: ja.«

»Nun gut. Sie gehen links, ich rechts mit einer Armlänge zwischen uns, und wir stoßen ihn rückwärts hinaus.«

»Einverstanden.«

Ohne großes Aufheben trat Gersen ins Grün, dann ins Blau, mit Chalcone an seiner Seite. Throngarro wartete geduckt. In der Annahme, dass seine besten Chancen im Angriff lagen, sprang er auf Chalcone zu und hoffte, ihn um die Mitte packen zu können, um ihn herumzureißen und in den Limbus rennen zu lassen. Gersen hakte sich in seinen Arm ein, woraufhin Chalcone den anderen Arm

ergriff. Gersen trat in Throngarros Kniekehle. Dieser brach zusammen, doch während er niederging, trat er Chalcone in den Unterleib,
der daraufhin sein Gemächt haltend zu Boden ging. Throngarro
trat nach Gersen, der dessen Knöchel ergriff und herumdrehte.
Throngarro schrie auf, als die Bänder rissen. Er kämpfte, um sich
herum- und fortzurollen. Gersen verdrehte den Knöchel noch einmal. Sein Gegner war gezwungen, sich wieder herumzudrehen,
zum Rand des Limbus' hin, wo er sich wie rasend umherwand und
taumelte. Als er mit dem freien Fuß um sich trat, traf er Gersen in
die Seite. Erneut verdrehte Gersen ihm den Knöchel. Throngarro,
der verzweifelt aufschrie, rollte sich hinaus in den Limbus.

Gersen zog sich keuchend zurück. Chalcone war wieder auf die
Beine gekommen, stand aber vor Schmerz gekrümmt da und hielt
sich den Unterleib. Die zwei betrachteten einander, Chalcone mit
glasigen Augen. Gersen kehrte ins Gelb zurück und Chalcone
humpelte wieder ins Grün. Gersen rief dem Oberringrichter zu.
»Geben Sie mir die Kotzash-Anteile. Chalcone soll das Geld
bekommen und das Hadaul ist zu Ende.«

Der Oberringrichter fragte Chalcone: »Stimmen Sie der Auf-
teilung zu?«

»Ja. Ich bin mehr als zufrieden damit.«

»Dann sei es.« Er sprach in das Mikrofon. »Zum ersten Mal,
seit ich mich erinnern kann und vielleicht in den gesamten Anna-
len unseres glorreichen Spiels, hat ein Iskisch ein großes Hadaul
gewonnen, im Kampf gegen die Besten von Dar Sai. Nun rufe ich
nach Herausforderungen. Fordert jemand den Sieger, den formi-
dablen Iskisch, heraus?«

Bel Ruk stand in wütendem Gespräch mit Throngarro da, der
mit bereits geschwollenem, verstauchtem Knöchel auf einer Bank
saß. Throngarro schüttelte lediglich den Kopf. Wild wandte Bel
Ruk sich von ihm ab. »Ich fordere ihn heraus!« rief er heiser.
»Ich, Bel Ruk, und wir werden mit Peitschen kämpfen.«

»Die Waffen sind die Wahl des Herausgeforderten, wie Sie sehr
gut wissen«, erwiderte der Oberringrichter. »Fordern Sie beide
heraus, Chalcone und Gersen?«

»Nein, ich fordere nur Gersen.«

Der Oberrichter gab Chalcone die SVE-Noten. »Gehen Sie mit Stolz von diesem Hadaul!«

»Das werde ich, und meine Anerkennung an Gersen, der mit großem Geschick spielt.« Chalcone nahm das Geld und humpelte dankbar vom Spielfeld.

Bel Ruk marschierte vor. Er gab dem Ringrichter zwei SVE. »Hier ist das Doppelte des Wertes der 125 Anteile von Kotzash, die bekanntlich wertlos sind.«

Der Ringrichter wich missbilligend zurück. »Sie selbst haben diesen Anteilen einen Wert von jeweils vier SVE verliehen!«

»Keineswegs! Ich habe einen Preis von tausend SVE garantiert. Ich war damit einverstanden, dass fünfundzwanzig Anteile hundert SVE repräsentieren. Wenn Gersen mir die 125 Anteile geben will, zahle ich ihm 500 SVE. Ansonsten verliert er sein Leben, da ich ihn töten werde, wenn er gegen mich antritt.«

»Sie nehmen eine harte Haltung ein«, beschied der Ringrichter. »Nun, Gersen, wie entscheiden Sie sich? Bel Ruk fordert Ihre Kotzash und Ihr Leben und all das kostet ihn kümmerliche zwei SVE. Wenn Sie zurücktreten wollen, wird Bel Ruk Ihnen 500 SVE für Ihre Kotzash-Anteile bezahlen und Sie können den Tag profitabel abschließen. Ich muss Sie darüber informieren, dass Bel Ruk berühmt ist für sein Geschick mit Peitschen und Waffen. Ihre Chancen stehen nicht allzu gut. Dennoch, Sie dürfen angeben, welche Waffen, falls überhaupt, verwendet werden.«

Gersen zuckte mit den Schultern. »Wenn ich mit ihm kämpfen muss, werde ich entweder Messer verwenden oder die bloßen Hände, wie es ihm beliebt.«

»Messer!« schrie Bel Ruk. »Ich werde ihn zerlegen.«

Einer der Ringrichter holte einen Auslegekasten, in dem zwei Dolche mit schwarzen Holzgriffen und doppelschneidigen Klingen von nahezu dreißig Zentimetern Länge lagen.

Gersen nahm einen der Dolche und wog ihn in der Hand ab. Die Klinge, ein langes schmales Dreieck, breit am Griff, ließ jegliche Balance, wie sie Gersen bevorzugte, vermissen. Dennoch, entschied er, war sie gut genug. Gewiss, es war keine für einen Wurf geeignete Waffe, was darauf hindeutete, dass dies keine der Fähigkeiten der Darsh war. Er blickte zu den Tribünen hinauf, um einen Ausdruck faszinierten Schreckens auf Jerdians Gesicht zu entdecken.

Der Oberringrichter sprach: »Der Kampf wird innerhalb der Robel ausgetragen und so lange andauern, bis eine der Parteien des Wettkampfes ihre Aufgabe signalisiert – durch Handheben, lautes Rufen, Verlassen der Robel oder bis einer von ihnen unfähig ist weiterzumachen oder ich Einhalt gebiete. Der Kampf ist frei. Es gibt weder Vorschriften noch Einschränkungen. Sie dürfen Ihre Positionen im Gelb einnehmen, auf gegenüberliegenden Seiten des Podests. Der Kampf beginnt mit dem vierten Gongschlag und wird fortgesetzt, bis ich einschreite, dann muss er auf der Stelle zum Halt kommen, bei Strafe von drei Tagen in der Senkgrube. Also halten Sie Ihre Begeisterung im Zaum und stoppen Sie den Kampf auf mein Kommando, da ich nicht zulassen werde, dass ein kampfunfähiger Mann zerstückelt wird.« Diese Worte wurden begleitet von einem bedeutungsvollen Blick in Richtung Bel Ruks. »Drei Rückzüge oder Verfolgungsrunden um das Podest herum bedeuten ebenfalls die Aufgabe. Ich schlage nun den Einunddreißig-Sekunden-Gong. Nehmen Sie Ihre Plätze ein.«

Gersen und Bel Ruk starrten sich über das Podest hinweg an.

»Siebzehn Sekunden.«

Bel Ruk wedelte mit der Klinge hin und her, erfreute sich am Gefühl des Todes. »Ich habe auf diese Gelegenheit gewartet.«

»Ich bin ihr nicht abgeneigt«, entgegnete Gersen. »Sagen Sie, waren Sie beim Mount-Pleasant-Überfall dabei?«

»Mount Pleasant? Das war vor langer Zeit.«

»Also waren Sie dort.«

Bel Ruks einzige Erwiderung war ein kaltes Grinsen.

»Nun kann ich Sie ohne Gewissensbisse töten«, meinte Gersen.

»Sechs Sekunden! Meine Herren, schwingen Sie Ihre Waffen! Beim nächsten Gongschlag beginnt der Kampf!«

Die Sekunden marschierten vorüber, überquerten jene mysteriöse Grenze, welche die Zukunft von der Vergangenheit trennt.

Der Gong ertönte.

Bel Ruk rückte mit gesenktem Messer, das er wie ein Schwert
hielt, um das Podest herum vor. Gersen wartete in geduckter
Haltung, dann warf er das Messer gezielt auf Bel Ruks Herz. Die
Klinge flog direkt ins Ziel, traf mit einem metallischen klink auf,
prallte ab und fiel zu Boden. Bel Ruk trug offenbar eine Weste
aus Dympnet-Pailletten unter dem ärmellosen Hemd. Der Ringrichter erhob keinen Einwand, offensichtlich wurde die Weste als
legale Ausstattung betrachtet.

Sobald das Messer auf dem Boden auftraf, trat Bel Ruk es in
Richtung Limbus; gleichzeitig sprang Gersen vor und Bel Ruks
Aufmerksamkeit war abgelenkt. Das Messer blieb einige Zentimeter innerhalb des Blaus liegen.

Bel Ruk stieß vor, Gersen duckte sich seitwärts nach links,
hackte mit der Hand auf die Seite des kräftigen Halses und boxte
nach Bel Ruks linkem Auge. Dieser hieb auf Gersens Rippen ein:
Die Klinge schnitt durch dessen Bluse und legte sechs Zentimeter
Haut frei. Blut quoll hervor.

Wie rasend packte Gersen Bel Ruks Arm, setzte zu einem Griff
an, stellte seinem Gegner ein Bein und nutzte dessen Momentum,
um ihm das Ellbogengelenk zu brechen.

Bel Ruk grunzte. Das Messer fiel aus seinen schlaffen Fingern.
Doch er packte mit der linken Hand zu, ergriff das Heft, schnitt
rückwärts nach oben und stach das Messer in Gersens Wade.
Dieser wich entgeistert zurück. War er so schwerfällig geworden?
Nun blutete er aus zwei Wunden, bald wäre er schlaff und schwach
und würde getötet werden … Noch nicht! Er hackte erneut auf
Bel Ruks Hals ein. Als dieser versuchte loszukommen und ihn
niederzustechen, packte Gersen dessen linken Arm, konnte aber
keinen Griff ansetzen. Bel Ruk riss sich los, um keuchend stehen
zu bleiben. Sein rechter Arm hing schlaff herab, das linke Auge war
nahezu geschlossen.

Aus Rippen und Wade blutend, hinkte Gersen hinüber zu

seinem Messer. Bel Ruk stürzte hinterher, den Dolch für das
Zustechen von oben hoch erhoben. Gersen packte den erhobenen
Arm und langte nach unten, um Bel Ruks Knie zu packen, als
dieses zu seinem Gemächt hinaufruckte. Er hievte, sein Gegner
wankte zurück und Gersen holte sich sein Messer. Bel Ruk kam
schwankend vor, mit offenem Mund, geblähten Nasenflügeln
und verletztem Auge. Gersen warf das Messer ein zweites Mal.
Es drang bis beinahe zum Heft in Bel Ruks knotigen Hals ein.
Dieser brach in die Knie und warf mit einer letzten Bemühung,
nahezu aus einem Reflex heraus, sein Messer auf Gersen. Die
Spitze drehte sich nach unten weg; die Klinge schnitt in Gersens
Hüfte. Bel Ruk sackte nach vorn, das Gewicht seines Körpers trieb
den Dolch gänzlich durch seinen Hals, und die Spitze ragte sechs
Zentimeter aus dem Genick heraus.

»Ich erkläre das Hadaul für beendet!« rief der Ringrichter.
»Gersen ist der Gewinner, sein Preis sind 125 Anteile von Kotzash
und zwei SVE.«

Gersen nahm die Zertifikate an sich und taumelte aus den
Robeln. Ein Arzt führte ihn zu einer nahe gelegenen Dambel und
kümmerte sich um seine Wunden.

Einhundertundfünfundzwanzig Anteile von Kotzash! Gersen
hielt nun 2.416 Anteile, sechs mehr als die Hälfte. Er kontrollierte
Kotzash Mutual.

Gersen trat aus der Dambel heraus und sah, dass Bel Ruks
Leiche beiseitegeschafft worden war. Er blickte zu den Tribünen
hinauf. Die Methlen waren verschwunden; sie hatten offenbar
genug gesehen.

Gersen hinkte aus dem Spielbereich und hinaus zu seinem
Raumschiff. Er kletterte an Bord, sicherte die Luks, brachte das
Boot in die Luft und flog nach Osten in Richtung Serjeuz.

Gersen verbrachte die Nacht, über der Wüste schwebend, im
Raumschiff.

Am Morgen landete er neben dem Wasserschleier von Serjeuz.
Von Willkür getrieben, bekleidete er sich mit einer weiten Hose

aus schwarzem Twill, einer weißen Leinenbluse und einer dunkelgrünen Schärpe: Eine Kombination, die ein wohlhabender junger Aristokrat von Avente auf Alphanor bei einem Spaziergang tragen mochte. Er hinkte durch das morgendliche Sonnenlicht, unter dem Wasserschleier hindurch und auf die Plaza. Der Garten des *Sferinde Selekts* war nahezu verlassen. Im *Traveler's Inn* saßen einige Touristen und frühstückten.

Gersen ging in die Eingangshalle. Von einem Telefon rief er das *Sferinde Selekt* an und bat darum, mit Fräulein Jerdian Chanseth verbunden zu werden. Kurz darauf drang ihre sanfte Stimme aus dem Sprecher. »Ja? Wer da?«

»Kirth Gersen.«

»Warte einen Augenblick, während ich die Türe schließe ... Kirth Gersen! Warum hast du getan, was du getan hast? Alle halten dich für verrückt!«

»Ich brauchte noch weitere hundertzwanzig Anteile von Kotzash. Nun habe ich die Kontrolle über die Gesellschaft.«

»Aber das Risiko, das du auf dich genommen hast!«

»Ich konnte es nicht vermeiden. Hast du dir Sorgen um mich gemacht?«

»Natürlich! Mein Herz hat mir im Hals geschlagen. Ich wollte nicht zusehen, aber ich konnte nicht anders. Alle sagen, dass Bel Ruk ein berüchtigter Mörder war, äußerst geschickt mit Waffen. Sie denken, dass du genauso bist.«

»Das ist nicht der Fall. Darf ich dich sehen?«

»Ich wüsste nicht wie. Wir reisen gleich nach Llalarkno ab und Tante Mayness weicht mir keinen Augenblick von der Seite. Sie ist sich nahezu sicher, dass mit mir etwas nicht stimmt ... Wo bist du? Im *Traveler's Inn*?«

»Ja.«

»Ich komme zu dir; eine Viertelstunde kann ich riskieren.«

»Ich treffe dich im Garten, dort wo wir neulich gesessen haben.«

»Wo ich zum ersten Mal festgestellt habe, dass ich in dich verliebt bin. Erinnerst du dich?«

»Ich erinnere mich.«

»Ich bin sofort da.«

Gersen ging hinaus in den Garten. Zwei Minuten später erschien Jerdian. Sie trug dasselbe dunkelgrüne Kleid, in dem er sie zuerst gesehen hatte. Er stand auf; sie lief in seine Arme und sie küssten sich: einmal, zweimal, dreimal. »Es ist so sinnlos«, sagte Jerdian. »Es ist das allerletzte Mal, dass ich dich sehe.«

»Das sage ich mir auch. Aber ich finde es schwer, mich selbst davon zu überzeugen.«

»Irgendwie musst du einen Weg finden.« Jerdian blickte über die Schulter. »Ich würde in Ungnade fallen, wenn ich hier mit dir gefunden würde.«

Gersen ärgerte sich ein wenig über die Bemerkung. »Würde es dir so viel ausmachen?«

»Nun – ja. In Llalarkno haben wir ganz bestimmte Vorstellungen.«

»Was wäre, wenn ich mit nach Llalarkno käme?«

Jerdian schüttelte den Kopf. »Unsere Welt ist klein. Jeder kennt jeden und wir haben den Erwartungen zu entsprechen. Das garantiert eine glückliche Existenz – für gewöhnlich.«

Für eine lange Minute blickte Gersen sie an. Dann sagte er: »Wenn ich dir ein glückliches, heiteres Leben bieten könnte, würde ich nicht auf dich hören. Aber ich kann dir nichts zusichern, außer Sorgen, Reisen zu seltsamen unbequemen Orten und möglicherweise Gefahr ... Nicht in der absehbaren Zukunft zumindest ... Also, lebe wohl.«

Tränen stiegen in Jerdians Augen. »Ich kann dieses Wort nicht ausstehen; es ist wie der Tod ... Mitunter wünsche ich mir, du würdest mich einfach mit auf dein Schiff nehmen und mit mir abfliegen. Ich würde mich nicht wehren oder schreien; ich wäre hingerissen vor Freude!«

»Für eine Weile wäre es wundervoll. Aber ich kann es nicht. Ich würde nur Kummer über dich bringen.«

Jerdian erhob sich, zwinkerte die Tränen fort. »Ich muss gehen.«

Gersen stand auf, näherte sich ihr jedoch nicht. Sie zögerte, dann kam sie zu ihm und küsste ihn auf die Wange. »Ich werde dich nie vergessen.« Sie wandte sich um und ging aus dem Garten.

Gersen lehnte sich auf dem Stuhl zurück. Die Episode war zu Ende. Er würde Jerdian Chanseth so schnell und so vollständig wie nur möglich vergessen. Nun war Eile geboten. Panshaw würde immer noch nichts von Bel Ruks Tod wissen noch von Gersens neuem Status als größter Aktionär von Kotzash. Er verwendete einen der zwei SVE, die er von Bel Ruk gewonnen hatte, um sich ein Frühstück zu kaufen, dann kehrte er zum Schiff zurück. In ein Etui packte er eine Reihe von Werkzeugen, anschließend humpelte er geschwind zum Dindarhaus unter Skansel-Schirm. Er ging unmittelbar zu Panshaws Büro.

Wie bereits zuvor war die Tür verschlossen. Gersen holte Werkzeuge aus der Tasche, schnitt um das Schloss herum und stieß, ohne Rücksicht, ob ein Alarm ausgelöst werden würde, die Tür auf. Da Ottile Panshaw außerplanet war und Bel Ruk tot, mochte es niemanden geben, der einen solchen Alarm beachtete. Er betrat den Raum, der, wie das vorige Mal, abgestanden und ranzig roch.

Er hörte eilige Schritte in der Eingangshalle. Zwei Männer blickten durch die Tür. Gersen musterte sie kühl. »Wer sind Sie und was wollen Sie hier?«

Einer der Männer sagte scharf: »Ich bin Verwalter dieses Gebäudes. Herr Bel Ruk hat mich gebeten, Ausschau nach Eindringlingen zu halten. Wie können Sie es wagen, in dieses Büro einzubrechen?«

»Ich halte die Kontrolle über Kotzash Mutual. Dieses Büro liegt in meiner Verantwortung; es ist mein Recht es zu betreten und zu tun, was mir beliebt, mit oder ohne einen Schlüssel.«

»Bel Ruk hat mir nichts davon gesagt.«

»Noch wird er es je. Bel Ruk ist tot.«

Das Gesicht des Verwalters wurde ernst. »Das ist eine traurige Nachricht.«

»Nicht für einen ehrlichen Menschen. Bel Ruk war ein Schurke. Er hat ein schlimmeres Ende verdient, als das, was ihm

beschieden gewesen ist. Nun gehen Sie bitte fort; ich habe vor, die
Kotzash-Akten zu studieren. Wenn Sie sich über mich erkundigen
wollen, wenden Sie sich an Adario Chanseth von der Chanseth
Bank.«

»Wie Sie meinen, mein Herr.« Die zwei Männer zogen sich
zurück, und nach einer geflüsterten Beratung in der Eingangshalle
zogen sie endgültig von dannen.

Gersen begann mit den Aktenschränken, dann ging er zu den
Regalen, danach erkundete er den Schreibtisch. Er fand Aufzeichnungen von Kotzash-Geschäften, von Golderwerben und
der entsprechenden Herausgabe von Anteilsscheinen – Informationen, die er vor einiger Zeit gern in seinem Besitz gehabt hätte.
Nun bedeuteten sie ihm nichts mehr. Er entdeckte Kopien von
Pachten, Lizenzen und Mineralerschließungsrechten, die Kotzash
erteilt worden waren: alles wertlos, so war ihm versichert worden.
Er schnürte daraus ein Paket und legte es beiseite.

Der Schreibtisch enthielt nichts von Interesse.

Gersen blickte sich ein letztes Mal im Büro um. Es hatte Ottile
Panshaw, Bel Ruk und, nahezu mit Gewissheit, Lens Larque
beherbergt; die Luft wirkte immer noch verdorben.

Gersen verließ das Dindarhaus. Er ging direkt zu seinem
Fantamischen Flitzerflügel und war einige Minuten später im
Raum verschwunden.

TEIL III: METHEL

KAPITEL XII

Aus: *Menschen der Coranne* von Richard Pelto.

Methel! – Der bezaubernde Planet, auf dem ein superbes, ansehnliches, stolzes und prächtig gekleidetes Volk mit Privilegien, ostentativer Privatsphäre und der oft verwirrenden Überzeugung der eigenen Überlegenheit lebt.

»Arroganz«, ein zweckmäßig treffendes Wort, wenn es auf die Methlen angewandt wird, besitzt bei Weitem zu viele unrichtige Konnotationen und missinterpretiert den unbefangenen Charme dieser Menschen vollkommen. Selbst ihre Diener und Funktionäre – die sogenannten »Mischlinge« – betrachten die Methlen mit einer amüsierten und überdies anerkennenden Toleranz, welche, obwohl häufig trocken, nur selten bitter ist.

Für die Studenten der menschlichen Lebensumstände und ihrer unendlichen Permutationen sind die Methlen ein faszinierender Fall. Ihre Geschichte ist relativ ereignislos. Methel wurde lokalisiert und freigegeben für die Mitglieder von Aretioi, einem exklusiven Club in Zangelberg auf Stanislas. Landgebiete wurden unter den Mitgliedern aufgeteilt; der Rest des Planeten wurde zum Wildreservat erklärt. Viele Aretioi, die von Zangelberg zu Besuch kamen, machten sich dort sesshaft, und alle steigerten ihren Wohlstand durch den Handel mit Duodezimaten enorm.

Mit großer Hingabe haben die Methlen ihre Welt privat und unzugänglich gehalten. Ein Raumhafen in der Dienstleistungsstadt Twanish ist die einzige Station für die Ein- und Ausreise. Die Bevölkerungszahl der Methlen ist gering.

Zwanzigtausend Methlen wohnen in Llalarkno, vielleicht genauso viele halten sich auf den Landgütern auf. Twanish ist im Grunde genommen eine Enklave, die von fünfzig-tausend »Mischlingen« bewohnt wird – Außenweltlern vieler Arten: tatsächlich eine Mischrasse, welche auch die Abkömmlinge von einer Methlen/nicht-Methlen-Liaison umfasst, sowie eine große Kolonie von Darsh, die niederen Tätigkeiten nachgehen.

Llalarkno ist mehr wie ein großes Dorf, keine Stadt. Die wundervollen Methlenhäuser sind den Familien, welche sie bewohnen, heilig. Jedes hat einen Namen, jedes besitzt eine Reputation, eine Atmosphäre oder Stimmung, die einzig-artig und wohlbekannt ist. In diesen Häusern begehen die Methlen ihre Rituale, spielen ihre Spiele und feiern Feste, die Abwechslung und Farbe in ihr Leben bringen. Hunderte Arten von Turnieren, Schauspielen, Opernzyklen, Pava-nen, klassischen Pantomimen finden statt; die Attraktionen schreiten einher mit den Jahreszeiten; jeder hat seine Rolle.

Das Drama ist das Leitmotiv der Methlenexistenz. Teil des Spiels ist es vorzugeben, dass alle anderen Völker der Ökumene primitiv oder bestenfalls ungehobelt sind. Die einfühlsameren Methlen erkennen das Spiel als das, was es ist: Eine Fantasie oder eine Frivolität, die um ihretwillen genossen werden muss. Andere halten das Konzept für eine fundamentale Wahrheit. Die Methlen im Allgemeinen sind sich ihrer Neigungen nicht bewusst. Sie tendieren dazu, zu übertreiben, große Gesten zu vollführen, extravagante Hal-tungen einzunehmen. Jeder Moment wird zu einem neuen Bild, für das sie sich neu arrangieren, um möglichst vorteil-haft auszusehen. Alles in allem sind die Methlen nüchterne Leute, welche nur wenige Fehler begehen, und die nicht erlauben, dass eine Extravaganz sich so weit entwickelt, dass sie lästig wird.

Acht Forts umkreisten Methel in einer Entfernung von eineinhalb Millionen Kilometern. Gersen erklärte sich gegenüber einem dieser Forts, indem er sich an die Prozeduren hielt, welche in *Raumpilot und Landeregister* angegeben waren. Ein Methlen-Leutnant und zwei Kadetten kamen an Bord und inspizierten das Schiff, anschließend erhielt er die Erlaubnis zur Landung. Ihm wurden eine Landeplattform auf dem Raumhafen von Twanish und ein Verkehrskanal zur Anleitung seines Autopiloten zugewiesen.

Die Fortbeamten gingen von Bord; der Fantamische Flitzerflügel fiel in Richtung Methel, einer erhabenen und prächtigen Kugel, die wie dunkelblau und grün gesprenkelter Samt im Coralicht lag. Etwas abseits schwebte der Mond Shanitra, ein kantiger Sinterklumpen in der Farbe von Asche, ein Objekt, für dessen mineralogische Erschließung Gersen die Exklusivrechte besaß, was immer sie auch wert sein mochten.

Die Verkehrskontrolle zog ihn hinunter nach Twanish, der einzigen Stadt von Methel, und landete ihn auf der ihm zugewiesenen Landeplattform auf dem Raumhafen von Twanish.

Es war Mittnachmittag. Durch die Luks fiel Coralicht, leuchtend und klar, jedoch ohne die brutale Wirkung des Coralichts auf Dar Sai. Gersen trat hinaus auf den Boden von Methel: Jerdian Chanseths Welt.

Im Westen zeigten sich die Glas- und Betongebäude von Twanish, die auf einem, zwei oder mehr Trägersäulen ruhten und damit einen Effekt luftiger Solidität erzeugten. Dahinter erhob sich ein bewaldetes Hochland: Llalarkno. Im Norden war das Land mit Feldfrüchten und Obstgärten bepflanzt. Im Süden hob und senkte sich eine Parklandschaft mit Wiesen und gewaltigen alten Bäumen, die schließlich in einer langen Kette uralter Berge mündete.

Eine ruhige und angenehme Aussicht, dachte Gersen. Er überquerte das Feld auf einem Pfad von zementiertem Sinter, um zum Raumterminal zu gelangen, einem vieleckigen Gebäude aus schwarzem Metall und Glas mit einem zentralen Verkehrs- und

Kontrollturm. Ein Schild leitete ihn zu einem Schalter, an dem ein uniformierter Angestellter seine Personalien in eine Informationsbank eingab und so ein kleines gelbes Licht auf einem Anzeigepult tilgte: offenbar die Vervollständigung einer Überprüfungsprozedur, welche im Raumfort begonnen worden war.

Ein öffentliches Verkehrsmittel brachte ihn in die Stadtmitte. Im *Kommerzhotel* wurde ihm ein Zimmer mit Bad angeboten, das seinen Bedürfnissen entsprach. Seine dringendste Angelegenheit war Geld, denn er besaß keines mehr. Er führte ein Telefongespräch und machte die örtliche Vertretung der Cooneys Bank ausfindig, welche er sogleich aufsuchte. Gegen Vorlage eines Akkreditivs wurden ihm eintausend SVE ausgehändigt.

An einem Kiosk kaufte er eine Stadtkarte, anschließend nahm er in einem nahegelegenen Straßencafé Platz.

Eine Kellnerin kam, um die Bestellung aufzunehmen. Gersen deutete auf einen Tisch, an dem ein Mann mit einer frostigen, hellgrünen Komposition saß. »Was trinkt dieser Herr?«

»Das ist unser Schielpunsch, mein Herr. Er besteht aus Fruchtsaft und gutem Alkohol – Arrak und Reifbeeren-Rum, gefroren und geschlagen.«

»Bringen Sie mir einen solchen«, sagte Gersen und lehnte sich zurück, um die Einwohner von Twanish zu beobachten. Es waren überwiegend Mischlinge: Leute von verschiedenen Typen, die aber alle ähnliche Kleidung trugen – Jacken, die in dunklen oder gedämpften Farben senkrecht gestreift waren, und schwarze Hosen oder Röcke. Der Effekt war einer der Formalität und Korrektheit. Es gab vereinzelte Grüppchen von Außenweltlern: Geschäftsleute, Vertreter und einige Touristen. Gersen erkannte auch Darsh, die lehmfarbene Kniehosen und weiße Blusen oder weiße Pyjama-Anzüge trugen, und Methlen, die sich durch dunkles Haar, olivfarbenen Teint, ihre Kleidung und eine undefinierbare Leichtigkeit ihres Benehmens abhoben. Eine interessante Vielfalt von Personen, dachte Gersen.

Die Kellnerin brachte ein gekühltes Fläschchen Schielpunsch. Gersen schlug die Karte der Stadt auf, welche, wie er erkannte, von nicht sehr großer Ausdehnung war. Die Straßen und Orte von Twanish waren sorgfältig aufgezeichnet und markiert, doch der Bereich im Westen, welcher als Llalarkno gekennzeichnet war, wies keinerlei Details auf. Die Wohnsitze der Methlen und deren Zufahrtswege sollten gemeinen Blicken offenbar nicht ausgesetzt werden. Gersen hob schwach die Achseln. Die Eitelkeiten der Methlen waren nicht sein Belang.

Der Schielpunsch war ein Glücksgriff. Auf ein Signal hin brachte die Kellnerin ein zweites Kelchglas. »Das sollte für Ihre Bedürfnisse reichen, mein Herr«, riet sie ihm ernst. »Es ist ein starkes Getränk, und ein Fremder erkennt seinen Gehalt nicht, bis er versucht aufzustehen. Zuweilen ist er als ›Fahrkarte zur Wiedergutmachung‹ bekannt, weil die Leute, wenn sie mehr trinken als nötig, aufsässig werden und Bestrafung verdienen.«

»Ich weiß die Warnung zu schätzen«, entgegnete Gersen. »Wie werden diese Aufsässigen bestraft?«

»Das hängt von dem Vergehen ab, aber oft werden Arme und Beine mit Stoff umwunden und Kinder dürfen mit weichen Früchten nach ihnen werfen, die häufig, so fürchte ich, verdorben und schlecht sind.« Das Mädchen schauderte vor Unbehagen. »Ich für meinen Teil würde mich nie zum öffentlichen Gespött machen lassen.«

»Noch würde ich es«, sagte Gersen. »Würden Sie mir bitte das Telefonverzeichnis bringen?«

»Gewiss, mein Herr.«

Gersen blätterte durch die Seiten und fand sogleich den Eintrag Kotzash Mutual, Skohuneturm, gefolgt von dem Telefoncode.

Gersen rief die Kellnerin und bezahlte die Rechnung. »Und wo befindet sich der Skohuneturm?«

»Schauen Sie dort drüben, mein Herr, auf der anderen Seite des Parks. Sehen Sie das Gebäude mit dem großen Zentralportal? Das ist der Skohuneturm.«

Gersen schlenderte durch den Park und näherte sich dem Turm: Ein Gebäude von acht Geschossen, mit Böden aus weißem Beton und Glaswänden auf vier tragenden Säulen aus schwarzem

Metall – ein erheblicher Unterschied zum Dindarhaus in Serjeuz.
Für einen bankrotten und schuldenbehafteten Konzern wie
Kotzash Mutual erschien der Skohuneturm als eine erstaun-
lich teure Adresse. Irgendwoher war Geld gekommen: vom
Versicherungsausgleich für die *Ettilia Gargantyr*? Dem Verkauf
der geplünderten Kotzash-Duodezimaten?

Gersen überquerte die Avenue und betrat die Eingangshalle
im Erdgeschoss: einen glasumfassten Bereich zwischen den
vier Säulen. Ein Verzeichnis unterrichtete Gersen darüber, dass
Kotzash Mutual Zimmer 307 im dritten Geschoss einnahm.
Gersen überdachte die Möglichkeiten, die ihm offenstanden. Er
konnte in die Kotzash-Büros marschieren und seine Kontrolle
geltend machen: eine direkte Vorgehensweise, die gewiss die
Aufmerksamkeit von Lens Larque erregen würde. Damit konnte
ein Vorteil für Gersen einhergehen oder auch nicht; gewiss wäre
es wünschenswert zu handeln, bevor Panshaw von Bel Ruks Tod
erfuhr, was lediglich eine Angelegenheit von Stunden sein konnte.

Gersen durchquerte die Eingangshalle zu dem Geschäftsbüro,
wo er einen windhundschmalen Mischling mit scharfen Zügen
und wachsamen schwarzen Augen entdeckte, der die orthodoxe
schwarze Hose, eine schwarz, braun, matt senffarben und röt-
lichbraun gestreifte Jacke und glänzende schwarze Schuhe trug.
Auf einem Messingschild auf dem Schalter stand: Udolf Testel,
Vorsteher.

Gersen gab sich als Außendienstmitarbeiter der Cooneys
Bank zu erkennen. »Wir ziehen ernsthaft eine Zweigstelle hier
in Twanish in Betracht«, sagte Gersen in erhabenstem Ton. »Ich
benötige eine Geschäftsadresse, und ein Büro hier könnte meinen
Bedürfnissen gut entsprechen.«

»Ich wäre höchst erfreut ihnen gefällig zu sein«, erwiderte Testel, der nicht nur interessiert zu sein schien, sondern auch etwas
pompös und aufgeblasen. »Unsere Belegung ist nahezu kom-
plett. Dennoch kann ich Ihnen eine Suite im zweiten Geschoss
anbieten oder ein einzelnes Zimmer im fünften.« Er holte Karten hervor und deutete auf die jeweilige Lage, auf welche er sich

bezog. Gersen nahm die Karten, studierte sie einen Augenblick und musterte dann den Plan des dritten Geschosses. Kotzash Mutual belegte ein einzelnes Zimmer, 307, zwischen einem Einzelzimmer, das von Irie Pharmazeutische Importe, 306, und einem Drei-Zimmer-Büro von Jarkow Maschinenbau: 308. »Das dritte Geschoss würde mir am besten passen«, meinte er. »Was ist dort verfügbar?«

»Gar nichts.«

»Schade. Jedes dieser beiden Büros würde exakt meinen Bedürfnissen entsprechen.« Gersen deutete auf »306« und »307«. »Sind die Mieter permanent anwesend? Ich frage mich, ob sie dazu bewegt werden könnten, in den fünften Stock umzuziehen?«

Testel entrüstete sich über diesen etwas überheblichen Vorschlag. »Ich bin sicher, dass sie nicht dazu bereit wären«, beschied er steif. »Herr Coost von Irie ist recht bestimmt in seiner Art und Weise. Herr Panshaw in 307 arbeitet mit Jarkow Maschinenbau zusammen. Niemand von ihnen könnte einen Umzug in Betracht ziehen: dessen bin ich sicher.«

»In diesem Fall sehe ich mir das Büro im fünften Geschoss an«, sagte Gersen. »Wenn Sie mir den Schlüssel geben wollen, schaue ich mich schnell um.«

»Erlauben Sie mir, Ihnen das Büro zu zeigen«, entgegnete Testel. »Es macht überhaupt keine Umstände.«

»Ich ziehe es vor, mir die Örtlichkeit allein anzusehen«, erklärte Gersen. »Dann bin ich nicht abgelenkt, wenn ich mir eine Meinung bilde.«

»Ganz wie Sie wünschen«, meinte Testel in einem näselnden Ton. Er ließ eine Schublade aufgleiten u nd suchte einen Schlüssel heraus. »Nummer 510, zur Rechten, wenn Sie aus dem Lift treten.«

Gersen fuhr mit dem Aufzug zum fünften Geschoss. Der Schlüssel, ein Streifen laminierten Metalls, steuerte das Schloss durch variierende Durchlässigkeiten magnetischer Felder. Solch ein Schlüssel konnte nicht leicht dupliziert werden und würde auch den Zugang in 306, 307 oder 308 nicht leichter machen. Nichtsdestotrotz hatte Gersen sich die Schublade gemerkt, in welcher der Geschäftsführer seine Ersatzschlüssel aufbewahrte.

Gersen vollzog eine schnelle Inspektion in Zimmer 510, dann kehrte er in Testels Büro im Erdgeschoss zurück und übergab ihm den Schlüssel. »Ich informiere Sie in Kürze über meine Entscheidung.«

»Wir wären glücklich, Ihnen zu Diensten sein zu können«, bekundete dieser.

In einer Seitenstraße fand Gersen eine Schlüsselmacherwerkstatt, wo er drei ungeprägte Schlüssel, ähnlich jenen, die im Skohuneturm verwendet wurden, erwarb und sie mit den Nummern 306, 307 und 308 gravieren ließ. Dann kehrte er zum Raumhafen und zum Schiff zurück, wo er verschiedene Typen von Abhörausrüstungen in einen Koffer packte. Wenn er Panshaw mit den neuen Umständen konfrontierte, mochte die daraus folgende Unterhaltung unmittelbar zu Lens Larque führen oder zumindest einige Hinweise auf dessen Aufenthalt geben.

Zurück im *Kommerzhotel* legte er die Ausrüstung ab. Es war nun Dämmerungszeit, möglicherweise zu spät, sein Programm noch weiter fortzuführen. Trotzdem fühlte Gersen sich unruhig und nervös. Ihm dräute etwas; die Ereignisse liefen aufeinander zu. Er durchquerte den Park zum Skohuneturm und dachte daran, eine Erkundung vorzunehmen. Falls Ottile Panshaw im Gebäude war, wer konnte wissen, wohin er einen führen würde, sofern er es verließ?

Vom Park aus zählte Gersen die Fenster. In 306 war noch immer Licht. Herr Coost von Irie Pharmazeutik arbeitete noch spät. 307 war dunkel; Ottile Panshaw würde sich des Abends anderswo erfreuen. 308, die Büros von Jarkow Maschinenbau, waren ebenfalls dunkel. Gersen überquerte die Straße und blickte in die Eingangshalle. Die Tür zum Geschäftsbüro stand offen und der fleißige Udolf Testel stand immer noch am Schalter und schaute stirnrunzelnd auf das Hauptbuch.

Gersen ging zu einem Telefon an der gegenüberliegenden Seite der Eingangshalle. Er rief Testels Büro an und lauschte der scharfen Ansage: »Skohuneturm, Büro des Geschäftsführers.«

Gersen hob die Stimme zu einem zittrigen Halbfalsett: »Herr Testel, kommen Sie sofort zum Dachgarten! Hier ist Unfug im Gange; Sie müssen dem ein Ende bereiten! Kommen Sie schnell!«

»Wie?«, rief Testel. »Was soll das Ganze? Wer spricht da, bitte?«

Gersen hatte die Verbindung unterbrochen. Er nahm eine Position ein, von wo er durch die Eingangshalle sehen konnte.

Testel kam aus dem Büro herausgerannt, seine Gesichtszüge zeugten von Sorge und Ärger. Er sprang in den Aufzug und verschwand aus der Sicht.

Gersen ging zu Testels Büro, trat hinter den Schalter und ließ die Schlüssellade aufgleiten. Er entfernte die Schlüssel von den Steckplätzen 306, 307, 308 und ersetzte sie mit den ungeprägten Schlüsseln. Er schloss die Lade, trat aus dem Büro, durchquerte die Vorhalle und verließ den Skohuneturm.

Zufrieden mit der Arbeit des Abends, speiste Gersen im *Medaillonrestaurant*, das mit Klassische Küche: Authentische Gerichte im Stile der großen Meister warb. Gersen, der nur wenig an abstruser Gastronomie interessiert war, lieferte sich der Gnade des Kellners aus, der ihm eine in Silber und Schwarz eingefasste Karte aushändigte. »Dies ist unser Großes Mahl von heute, mein Herr, sehr zu empfehlen!«

Hors d'oevres von Zehn Welten
Fleischbrühe mit Aloenüssen und Wasserblumen
nach Art von Benitres, Capella VI.
~

Rosa Narden-Gratin mit Kresse und Breitling,
serviert wie bei Sigismond im Grandhotel,
Avente, Alphanor.
~

Schnitzel bester Qualität vom Fünfhorndarango,
importiert aus den Oxygenmarschen, Cuenos Notos.

~

Knödel aus Belsiferwurzeln mit Safran,
nach Art der Lebewohl-Station, Miriotes.

~

Würzpaste aus kurz angebratenen Pilzen,
gekühltes Ananas- und Mango-Chutney
aus den Gärten der Alten Erde.

~

Grüner Kräutersalat,
angemacht mit Öl von mediterranen Oliven
und elsässischem Essig.

~

Bissen, Häppchen, Kleinigkeiten
wie man sie entlang der Esplanade in Avente verkauft.

~

Kaffee aus den Sonnigregen-Hochlanden, Krokinole,
am Tisch in einer Porzellankanne aufgegossen und
mit Schlückchen von Maskarenen-Rum serviert,
nach Art der Fetten Hannah am Raumhafen Copus.

~ ❋ ~

Das Menu wird, passend zu jedem Gang,
abgerundet mit fünf exzellenten Weinen.

Der Preis von dreißig SVE setzte dieses Mahl in die Kategorie
luxuriös. Nun, weshalb nicht?, fragte sich Gersen und wies den
Kellner an: »Sie dürfen mir dieses ›Große Mahl‹ bringen.«
»Sofort, mein Herr!«
Die Gerichte waren schön verziert, von Expertenhand garniert
und wurden mit elegantem Schwung serviert. Möglicherweise
waren sie tatsächlich authentisch, so erschien es Gersen jedenfalls, der an vielen der aufgezählten Örtlichkeiten gespeist und
oft einen Schluck Rum in der *Fetten Hannah* auf Copus zu
sich genommen hatte. Die Kundschaft, bemerkte er, bestand

wenigstens zur Hälfte aus Methlen. Was wäre, falls Jerdian Chanseth mit einem Mal hereinspaziert käme? Was würde sie denken? Was würde sie tun? Gersen fragte sich, was er selbst tun würde. Nichts, wahrscheinlich.

Er verließ das Restaurant und spazierte die Hauptstraße von Twanish entlang: eine baumgesäumte Allee, die als *Die Mall* bekannt war und welche, nach einer weit ausholenden Kurve um den Erfüllungspark, nach Llalarkno ausscherte.

Außer Taxen fuhren nur wenige andere Fahrzeuge die Straßen entlang. Das Kontrollsystem der Methlen, sollte Gersen erfahren, war einfach: Sie erhoben hohe Lizenzgebühren und bauten keine Straßen, außer in der unmittelbaren Umgebung von Twanish.

Aus einem Impuls heraus rief Gersen ein Taxi herbei: Ein schmales Gefährt mit weichen Reifen und einem Passagierabteil in der Frontpartie, hinter dem der Fahrer saß.

»Wohin, mein Herr?«

»Llalarkno«, entgegnete Gersen. »Fahren Sie einfach ein wenig herum.«

»Sie haben kein bestimmtes Ziel im Sinn, mein Herr?«

»Genau. Fahren Sie mich durch Llalarkno und bringen Sie mich wieder hierher zurück.«

»Nun – ich nehme an, das ist machbar, jetzt, im Dunkeln. Die Methlen, Sie als Außenweltler wissen es nicht, sind sehr auf ihre Privatsphäre bedacht. Sie mögen es gar nicht, große Omnibusse, beladen mit Touristen, durch Llalarkno rollen zu sehen.«

»Solange es nicht unrechtmäßig ist, riskiere ich den Ausflug.«

»Wie Sie wünschen, mein Herr.«

Gersen stieg in das Fahrgastabteil. Der Fahrer erkundigte sich: »Gibt es einen bestimmten Ort, den Sie zu sehen wünschen, mein Herr?«

»Kennen Sie die Residenz von Adario Chanseth?«

»In der Tat, mein Herr; das Chanseth-Haus trägt den Namen Altenholz.«

»Bitte geben Sie mir Bescheid, wenn wir Altenholz passieren.«

»Sehr wohl, mein Herr.«

Das Taxi rollte *Die Mall* entlang, umkurvte den Erfüllungspark und fuhr die Anhöhe nach Llalarkno empor. Trauerakazien
verdeckten die Lichter von Twanish; nahezu sofort vermeinte
Gersen sich in einer neuen Umgebung zu befinden.

Der Weg wand sich durch ein bewaldetes Hochland und
zwischen den Methlen-Heimstätten hindurch. Gersen hatte,
möglicherweise durch seine Einschätzung von Adario Chanseth
voreingenommen, Großartigkeit und Zurschaustellung erwartet.
Etwas zu seiner Überraschung entdeckte er weitläufige alte
Landhäuser, die offensichtlich für keinen anderen Zweck erbaut
waren, als jene zu erfreuen, die dort wohnten. Er erspähte mit
blühendem Wein überwachsene Veranden, Rasen und Teiche.
Bunte Laternen schwebten durch die Gärten. Hohe Fenster
mit vielen Scheiben schimmerten golden. Die Leute, welche in
diesen Heimstätten lebten, dachte Gersen, würden sie hegen und
pflegen, als seien sie lebendige Wesen. Kinder würden sie niemals
verlassen wollen, doch der älteste Sohn erbte und, Herzeleid oder
nicht, die anderen mussten sich davon verabschieden. Gersen,
der sich kaum an das Zuhause seiner Kindheit erinnerte, wurde
melancholisch. Er könnte ein solches Zuhause besitzen, wenn er
es wollte, so geräumig und komfortabel wie jedes von diesen. Die
Ausgaben waren gewiss kein Hindernis, nur der Stil seines Lebens,
der eine solche Vorstellung zu einem weit hergeholten Tagtraum
werden ließ. Einen angenehmen Tagtraum, nichtsdestotrotz, an
dem sein Gemüt festhielt. Wo würde er leben wollen, wenn die
Umstände es erlaubten? Gewiss nicht auf Alphanor noch sonst
wo im Concourse noch auf einer der Wega-Welten, wo sich solche
Häuser wie diese nicht gut einfügen würden. Vielleicht auf der
Alten Erde oder sogar hier auf Methel. Mit Jerdian Chanseth?
Der Gedanke vertiefte sich, noch während Gersen darüber
nachdachte. Aber unmöglich.

Gersen rief dem Fahrer zu. »Wo ist Altenholz?«

»Wir nähern uns. Dort: Parnassio, das Haus der Zames. Da,
Andelmore, von den Floristys. Und dort ist Altenholz.«

»Bleiben Sie einen Augenblick stehen.« Gersen trat aus dem

Taxi und blieb auf dem Weg stehen. In einer noch melancholi-
scheren Stimmung betrachtete er das Haus, in dem Jerdian ihr
Leben verbracht hatte. Bis auf einige Wachlampen waren die
Fenster dunkel; die Chanseths waren noch nicht wieder zu Hause.

Der Fahrer sprach. »Sehen Sie das Haus genau dahinter? Das
ist Moss Alrune, ein wirklich schönes Haus. Es gehört einer alten
Dame, der letzten der Azels. Sie hat den Preis auf eine Million
SVE festgesetzt und wird nicht einen Deut weniger dafür akzeptieren. Kennen Sie Lens Larque, den großen Korsaren?«

»Natürlich.«

»Eines Tages kam er durch Llalarkno gewandert, gerade so wie
wir, und hat das Haus gesehen. Er entschied sich zum Kauf; was
sind letzten Endes eine Million SVE für Lens Larque? Er schlenderte durch den Garten, untersuchte dies und das, schnupperte an
den Blumen, kostete von den Beeren. Adario Chanseth war zufällig in seinem Garten und erspähte den fremden Mann. Er rief:
>Hallo dort! Was haben Sie in dem Garten zu schaffen?< – >Ich
sehe mir den Besitz an, wenn es Sie etwas angeht<, erwiderte Lens
Larque. >Ich habe mich zum Kauf entschieden.< Adario Chanseth
brüllte: >Denken Sie nicht einmal daran! Ich werde nicht dulden,
dass Ihr großes Darsh-Gesicht über meinem Gartenzaun hängt,
ganz zu schweigen von Ihrem Geruch und Gestank. Sehen Sie
zu, dass Sie aus Llalarkno verschwinden und bleiben Sie fort!<
Lens Larque röhrte zurück: >Denken Sie nicht einmal daran! Ich
kaufe, was ich will und zeige mein Gesicht, wo ich will.< Chanseth
stürzte in sein Haus und rief die Sicherheitswächter, welche Lens
Larque natürlich von dem Besitz drängten. Und dort ist er immer
noch, so vakant wie eh und je und niemand ist gewillt, die Million
SVE zu bezahlen.«

»Und was ist aus Lens Larque geworden?«

»Wer weiß? Man sagt, er sei wütend davongegangen und hätte
ein Dutzend Jungen gepeitscht, um seine Gefühle zu beschwich-
tigen.«

»Und er ist immer noch auf Methel?«

»Noch einmal: Wer weiß? Niemand hat ihn als Lens Larque

erkannt, als er um Moss Alrune feilschte; sein Name wurde erst
später gemunkelt.«

Durch die Bäume konnte Gersen Moss Alrune nur flüchtig
sehen. Auf dem jenseits gelegenen See reflektierte das Wasser den
Mond Shanitra* in einem glitzernden Pfad.

Gersen stieg wieder in das Taxi, welches weiter durch Llalarkno
fuhr: durch Wäldchen und bewaldete Täler, über mondbeschienene Lichtungen, an den großen alten Häusern vorüber, denen
Gersen keine weitere Beachtung schenkte. Das Taxi kehrte die
Anhöhe hinab zurück auf *Die Mall*. Die Stimme des Fahrers drang
in Gersens Sinnen. »Wohin möchten Sie, mein Herr?«

Gersen überlegte. Eile war von äußerster Wichtigkeit, doch er
fühlte sich müde und nicht ganz wohl. Morgen früh würde seinen
Zwecken genauso genügen. »Bringen Sie mich zum *Kommerzhotel*.«

---

* Der Mond ist nach einem grotesken Clown der methlenschen *Opera
buffa* benannt.

KAPITEL XIII

Aus: *Menschen der Coranne* von Richard Pelto.

Als Reaktion auf die Exklusivität der Methlen-Aristokratie haben die Mischlinge von Twanish eine gesittete, vornehme und umsichtige Gegengesellschaft entwickelt. Vielleicht sollte hier angemerkt werden, dass »Mischling« kein Methlenbegriff ist. Die Methlen nehmen nur drei Arten von Menschen zur Kenntnis: Methlen, alle anderen Völker, außer den Darsh, und die Darsh. Der Begriff »Mischling« wurde spaßhaft vom *Twanishen Schreiber* eingeführt, um die verschiedenen Ursprünge der Bürger von Twanish zu charakterisieren; der Begriff kam als ironischer Bezug auf die methlenschen Ansprüche in Mode: ein Scherz, der natürlich völlig an den Methlen vorbeiging.

Die Mischlinge ziehen es vor, ihre ökonomische Abhängigkeit von den Methlen zu ignorieren. Sie mögen es, von sich als tatkräftige und hart arbeitende Unternehmer mit einer allgemein vielrassigen Klientel zu denken. Ihre Gesellschaft entspricht im Grunde genommen der Mittelklasse und wird beherrscht von einer anspruchsvollen und pingeligen Etikette.

Alles in allem betrachtet sind die Fantasien der Mischlinge nicht weniger schamlos als jene der Methlen, wenn auch von defensivem Ursprung. Im Gegensatz zur eigenen Würde, dem eigenen Menschenverstand und der eigenen Stabilität betrachten die Mischlinge die Methlen als leichtfertig, eitel, genießerisch und überzüchtet. Die Methlenfeste erachtet man als extravagant, pompös und etwas lächerlich,

wie man eine Reihe einherstolzierender Pfauen betrachten
würde. Nichtsdestotrotz sind die Aktivitäten der Methlen
eine Quelle des endlosen Klatsches unter den Mischlingen,
und jeder Methlen, der von Llalarkno nach Twanish kommt,
ist namentlich bekannt.

Die zwei Völker mit ihren kontrastierenden Kulturen
leben in Harmonie miteinander. Die Mischlinge befleißi-
gen sich einer geringschätzigen Verachtung gegenüber den
Schwächen der Methlen; die Methlen ihrerseits beachten die
Mischlinge gar nicht.

~

Gersen stand früh auf und nahm seine Ausrüstung mit zum
Skohuneturm. Die Eingangshalle war still und leer, die Tür
zu Udolf Testels Büro verschlossen.

Gersen fuhr mit dem Aufzug zum dritten Geschoss. Er passierte
Zimmer 307 ohne auch nur anzuhalten. Ottile Panshaws Vorliebe
für Fallen und Alarme machten seine gegenwärtige Aufgabe
unmöglich. Vor 308 hielt er inne und steckte, nach einem Blick
den Korridor hinauf und hinunter, den Schlüssel ein. Die Tür glitt
auf. Gersen blickte in die Büros von Jarkow Maschinenbau. Er
sah einen großen Empfangsraum mit einem durch eine Glaswand
abgetrennten Sekretariatsbüro zur Linken und einen Flur zur
Rechten, der zu einem, ebenfalls mit Glaswänden separierten,
Planungszimmer und einigen Privatbüros führte.

Die Zimmer waren leer. Gersen trat ein und schloss hinter sich
die Tür. Der Empfangsraum bestand aus einer Couch, zwei Sesseln,
einem Tisch und Regalen, die Modelle von Raum-Bergbauausrüs-
tung ausstellten: Träger, Gräber, Mahler, Zentrifuger, Hopper,
Transportsysteme. Die Sekretariatskabine grenzte an Ottile Panshaws Büro. Aus seinem Koffer nahm Gersen eine Bohrnadel und
bohrte ein kleines Loch in die Wand. In das Loch fügte er eine
Sonde derart ein, dass die Spitze Kontakt zur äußeren Fläche der
Wand in Ottile Panshaws Büro erhielt. Unter dem Sekretariats-
schreibtisch befestigte er eine Aufzeichnungsmaschine in einer

schwarzen Kiste, die er mittels Leiterfilm mit der Sonde verband. Er entfernte das Rückteil der Telefonkonsole, zog Drähte aus der schwarzen Kiste und befestigte diese an den Klemmen im Inneren des Telefons.

Er hatte schnell und effizient gearbeitet; es war immer noch früh. Aber als er das Rückteil der Konsole wieder anbrachte, öffnete sich die Tür und in den Empfangsraum kam eine junge Frau im Sekretärinnenkostüm: einem schwarzen Rock und einer steifen, prüden, bunt in violett, rot und weiß gestreiften Bluse. Die Sekretärin als solche sah nicht gar so prüde aus. Sie war keck, temperamentvoll und hübsch und hatte blonde Locken, die unter einer weißen Kappe hervorlugten. Als sie Gersen sah, blieb sie wie angewurzelt stehen. »Und wer sind Sie?«

»Kommunikationstechniker, Fräulein«, sagte Gersen. »Ihre Leitung hatte irreguläre Impulse. Ich habe es gerade in Ordnung gebracht.«

»Tatsächlich.« Das Mädchen durchquerte den Empfangsraum und warf die Handtasche in einen Sessel. »Ich habe etwas in der Art bemerkt, besonders bei unseren Anrufen nach Shanitra.«

»Alles sollte jetzt reibungslos und glatt verlaufen. Es gibt ein kleines Teil, das oft korrodiert. Im Allgemeinen können wir das in fünf Minuten wieder richten und sind fort, bevor jemand zur Arbeit kommt, aber heute habe ich mich verspätet.«

»Nein, so etwas. Nun, ich bin heute sehr früh. Ich möchte einige Privatbriefe schreiben. Arbeiten Sie die ganze Nacht über?«

»Nur, wenn ich gerufen werde. Ich arbeite lediglich in Teilzeit. Eigentlich bin ich erst seit einem Monat auf Methel.«

»Oh? Von welcher Welt kommen Sie?«

»Ursprünglich komme ich von Alphanor, im Concourse.«

»Ich würde gern den Concourse besuchen! Ich bin schon froh, wenn ich nach Dar Sai komme, so ein Mist!«

Das Mädchen war sehr gelassen, dachte Gersen, voller Lebensgeister und weit davon entfernt unattraktiv zu sein. »Wenn jemand für eine Raum-Bergbaufirma tätig ist, so wie Sie, könnte man meinen, Sie würden viel reisen.«

Das Mädchen lachte. »Ich bin nur Empfangsdame. Herr Jarkow schickt mich kaum auf Botengänge in ein Geschäft. Ich nehme an, unter bestimmten Umständen könnte ich mit ihm zusammen reisen, wenn Sie wissen, was ich meine, aber von der Sorte bin ich nicht.«

Gersen nahm den Koffer auf. »Nun, ich muss mich auf den Weg machen.« Er zögerte. »Wie ich sagte, ich bin fremd in der Stadt und kenne absolut niemanden. Würden Sie mich für unverfroren halten, wenn ich Sie fragte, ob Sie sich heute Abend mit mir treffen wollen? Vielleicht könnten wir irgendwo schön essen gehen.«

Das Mädchen warf den Kopf zurück und lachte, ein wenig zu laut. »Sie sind tatsächlich unverfroren. Wir Mischlinge sind ein sehr eigenes Volk und ich bin nicht sicher, was Sie im Sinn haben.«

»Nicht mehr, als womit Sie leicht zurechtkommen«, erwiderte Gersen und versuchte sich an einem unbefangenen Grinsen, welches, ohne dass er es wusste, seinem dunklen Gesicht lediglich einen listigen, anzüglichen Ausdruck verlieh.

Das Mädchen bemerkte es nicht. »Sind Sie verheiratet?«

»Nein, das bin ich nicht.«

»Ich sollte wirklich entrüstet ›nein‹ sagen.« Sie bedachte Gersen mit einem schelmischen Seitenblick. »Aber, tja – warum eigentlich nicht?«

»Genau, weshalb nicht? Wann und wo soll ich Sie treffen?«

»Oh – lassen Sie uns sagen, in der *Schwarzen Scheune*, die ist fröhlich und es wird in Hülle und Fülle getanzt. Sind Sie ein guter Tänzer?«

»Nun – nein. Nicht wirklich.«

»Wir werden diesen Mangel beheben! Beim Klang der Abendstunde. Ich warte gleich bei der roten Tür.«

»Verstanden, außer wie man die Schwarze Scheune findet.«

»Meiner Treu, Sie sind wirklich ein Fremder! Jeder kennt die Schwarze Scheune.«

»Ich werde sie ohne Schwierigkeiten finden. Aber gestatten Sie, dass ich nach Ihrem Namen frage.«

»Lully Inkelstaff. Sagen Sie mir Ihren.«

»Kirth Gersen.«

»Was für ein seltsamer Name! Er klingt ziemlich mittelalterlich. Haben Sie Ihr Handwerk auf Alphanor gelernt?«

»Zum Teil, und zum Teil hier und dort im Weltraum.« Gersen nahm den Koffer. »Ich gehe besser. Wir sind angehalten, während der Geschäftsstunden keine Gespräche zu führen. Ich möchte Herrn Jarkow nicht verärgern.«

»Zu spät«, meinte Lully Inkelstaff. »Ich höre ihn auf dem Korridor. Aber er ist niemand, der sich übermäßig um Derartiges kümmert. Er bemerkt kaum etwas – außer mir, wie ich sagen muss.«

Die äußere Tür glitt auf. In das Büro traten zwei Männer: der erste hager und grau, mit schmalen Schultern und einem schmalen melancholischen Gesicht; der zweite hochgewachsen, massiv, mit groben Gesichtszügen, einem kränklichen Teint und einer Überfülle unpassender goldener Ringellocken. Er trug einen weiten und unordentlichen Mischlingsanzug: schwarze Hose und eine schwarz, grün und orange gestreifte Jacke, die sich mit seinem Teint biss. Der hagere Mann ging direkt in das Planungsbüro. Jarkow hielt inne, um Gersen mit einem kalten Starren von oben bis unten zu mustern. Er wandte sich Lully zu, die in heiterem Ton sagte: »Guten Morgen, Herr Jarkow. Erlauben Sie mir, Ihnen meinen Verlobten Dorth Koosin vorzustellen.«

Jarkow bedachte Gersen mit einem Nicken, dem es an Freundlichkeit mangelte. Gersen verbeugte sich seinerseits höflich, woraufhin Jarkow in sein Büro stolzierte. Lully legte die Hand auf ihren Mund, um ein Kichern zu unterdrücken. »Der Gedanke kam mir gerade. Gelegentlich versucht Herr Jarkow es mit Vertraulichkeiten und ich wollte ihn ohne großes Aufhebens entmutigen. Zuweilen ist er wirklich ziemlich herrisch. Ich hoffe, es macht Ihnen nichts aus.«

»Ganz und gar nicht«, entgegnete Gersen. »Ich bin froh, dass ich Ihnen helfen konnte. Aber nun muss ich gehen.«

»Ich sehe Sie heute Abend.«

Gersen verließ das Büro und begab sich sogleich zu Zimmer 307, dem Hauptquartier von Kotzash Mutual. Er versuchte, die Tür zu öffnen und fand sie verschlossen. Gersen klopfte, doch niemand reagierte.

Gersen überlegte einen Augenblick, dann stieg er ins Erdgeschoss hinunter. Als er das Verzeichnis konsultierte, erfuhr er, dass Evrem Dai, Rechtsberater und Rechtsfakturist, Suite 422 besaß.

Gersen fuhr mit dem Aufzug in das vierte Stockwerk und ging zur Suite 422. Ein Angestellter führte ihn in ein inneres Büro, wo Evrem Dai an einem Schreibtisch saß.

In knappen Worten legte Gersen sein Geschäft dar. Evrem Dai wollte, wie Gersen erwartet hatte, einige Tage Zeit, um die Anforderungen zu erfüllen, doch Gersen beharrte nicht nur auf Eile, sondern auf Dringlichkeit, und Evrem Dai stellte, nach einem Moment des Nachdenkens, ein Dokument aus. Dann benutzte er den Kommunikator, sprach mit verschiedenen Angestellten und schließlich mit einem beleibten Herrn an einem enormen Schreibtisch, der aus schwarzem Gagat und Gold gefertigt war. Evrem Dai zeigte Gersens Kotzash-Anteile und das Dokument, welches er ausgestellt hatte. Der beleibte Herr vollführte eine zustimmende Bewegung; Evrem Dai legte das Dokument in den Kommunikator, wo es eine übermittelte Unterschrift und ein Siegel erhielt.

Gersen bezahlte eine nicht unbeträchtliche Gebühr und verließ die Büros von Evrem Dai. Er stieg zum dritten Geschoss hinab, gerade rechtzeitig, um Ottile Panshaw in Raum 307 eintreten zu sehen. Gersen rannte vor, packte die Tür, bevor sie zugleiten konnte, und trat ins Büro. Panshaw blickte sich mit einem Ausdruck milden Erstaunens um. »Mein Herr?«

»Sind Sie Ottile Panshaw?«

Panshaw schielte Gersen mit zur Seite gelegtem Kopf an. »Kenne ich Sie? Ich habe den Eindruck, dass wir uns irgendwo bereits begegnet sind.«

»Haben Sie kürzlich Dar Sai besucht? Möglicherweise haben wir uns dort getroffen.«

»Möglicherweise. Wie ist Ihr Name und was ist Ihr Geschäft?«

»Ich bin Spekulant. Mein Name ist Jard Glay und ich halte die Mehrheitsanteile von Kotzash Mutual.«

»Wirklich.« Panshaw schickte sich an, auf den Schreibtisch zuzugehen. Gersen sagte: »Einen Augenblick, Herr Panshaw. Ich bin jetzt Ihr Arbeitgeber. Sie sind doch bezahlter Angestellter von Kotzash Mutual?«

»Ja, dem ist so.«

»Dann ziehe ich es vor, dass Sie diesen Sessel benutzen, während wir uns unterhalten.«

Panshaw lächelte ironisch. »Sie haben noch nicht nachgewiesen, dass Sie tatsächlich der Mehrheitshalter sind.«

Gersen holte das von Evrem Dai ausgestellte Dokument hervor. »Ich habe hier eine offizielle Bescheinigung in diesem Sinne, zusammen mit einem richterlichen Befehl, dass Sie unverzüglich alle Dokumente in meinen Gewahrsam zu geben haben: Aufzeichnungen und Korrespondenzen, die Kotzash Mutual betreffen, sowie alle Vermögenswerte, einschließlich Geld, Wertpapiere Anteile, Kontrakte, Grundbesitz, verbundenes Eigentum – kurzum: alles.«

Panshaws Lächeln begann zu beben. »Das ist ein höchst heikler Umstand. Natürlich bin ich mir bewusst gewesen, dass Sie Kotzash-Wertpapiere erwerben. Darf ich mich nach Ihren Beweggründen erkundigen?«

»Weshalb geben Sie sich die Mühe zu fragen? Sie würden mir nicht glauben, was ich Ihnen sage.«

Panshaw zuckte mit den Schultern. »Ich bin nicht so skeptisch, wie Sie offensichtlich zu glauben scheinen.«

»Einerlei«, meinte Gersen. »Welches ist Ihre nominelle Stellung hier bei Kotzash?«

»Leitender Direktor.«

»Wer ist, nach mir, der Hauptanteilseigner?«

Panshaw entgegnete wachsam: »Ich halte ein recht großes Anteilspaket.«

»Und worin besteht das gegenwärtige Hauptgeschäft von Kotzash?«

»Im Wesentlichen aus der Forschung nach Duodezimaten.«

»Seien Sie so gut und führen Sie das weiter aus.«

Panshaw vollführte eine feinfühlige Gebärde. »Es gibt nicht viel, was ich Ihnen sagen kann. Kotzash kontrolliert verschiedene Patente und Exklusivrechte und wir versuchen, diese zu nutzen.«

»Wo und wie genau?«

»Im Augenblick konzentrieren wir uns auf Shanitra.«

»Wer hat diese Entscheidungen getroffen?«

»Ich natürlich. Wer sonst?«

»Woher kommt das Geld?«

Wieder Panshaws feinfühlige Gebärde. »Die Tochtergesellschaften haben gute Profite abgeworfen.«

»Die Sie nicht an die Anteilshalter weitergegeben haben.«

»Wir brauchen dringend Arbeitskapital. Der leitende Direktor muss nach seinem besten Wissen Mittel ausfindig machen.«

»Ich beabsichtige, mir jeden Zug von Kotzash sorgfältig anzusehen. Im Augenblick möchte ich, dass alle Aktivitäten aufgeschoben werden.«

»Sie scheinen in einer Position der Autorität zu sein«, sagte Panshaw glatt. »Sie müssen nur die notwendigen Anweisungen geben.«

»Genau. Haben Sie vor, in Ihrer gegenwärtigen Funktion zu bleiben?«

Panshaws empfindsames Gesicht verkniff sich vor Verblüffung. »Sie überraschen mich; ich brauche Zeit, um die Situation einzuschätzen.«

»Kurz: Sie verweigern die Zusammenarbeit mit mir?«

»Bitte«, murmelte Panshaw. »Legen Sie keine unnatürlichen Bedeutungen in meine Bemerkungen.«

Gersen ging zum Schreibtisch. An einer Seite standen der Schirm des Kommunikators und die Codierbedienung. Dahinter befand sich eine kleine Aktenablage für aktuelle Unterlagen. Viele, wenn nicht gar sämtliche Verästelungen von Kotzash würden nur hinter der zerbrechlichen Stirn von Ottile Panshaw abgelegt sein.

Panshaw saß in melancholische Träumerei versunken da. Gersen beobachtete ihn von der Seite, jetzt etwas verärgert; in gewissem

Sinne hatte er sich selbst überlistet. Um Panshaw die Möglichkeit zu einem Telefongespräch zu geben, vermutlich mit Lens Larque, musste er ihn im Büro allein lassen und damit die Vernichtung oder Änderung der Kotzash-Aufzeichnungen riskieren.

Ein annehmbares Vorgehen ergab sich von selbst. In einem vernünftigen Gesprächston sagte er. »Diese Veränderungen müssen Ihnen wie ein unerfreulicher Schock vorkommen. Angenommen, ich gebe Ihnen einige Minuten, Ihre Position zu überdenken.«

»Das wäre höchst großzügig von Ihnen«, erwiderte Panshaw, der nicht mehr als lediglich eine Spur Ironie in seine Stimme legte.

»Ich werde den ein oder anderen Augenblick im Korridor auf- und abspazieren«, meinte Gersen. »Bleiben Sie an Ihrem Schreibtisch sitzen, wenn es Ihnen genehm ist, aber bitte machen Sie sich nicht an den Aufzeichnungen zu schaffen.«

»Natürlich nicht«, erklärte Panshaw empört. »Halten Sie mich für einen Schurken?«

Gersen verließ das Büro, wobei er die Tür ostentativ offen ließ. Er schlenderte zum Aufzug, dann wieder zurück und blickte durch die offene Tür, als er vorüberging. Wie er erwartet hatte, redete Panshaw ernst in den Kommunikator. Gersen konnte den Schirm, der zweifellos ohnehin leer sein würde, nicht sehen. Er ging weiter, zum Ende des Korridors und einmal mehr zurück, und Panshaw beschäftigte sich immer noch am Kommunikator, obwohl er nun vor nervöser Unzufriedenheit die Stirn runzelte.

Gersen wiederholte den Marsch, und als er die Tür erneut passierte, saß Panshaw bedächtig grübelnd im Sessel zurückgelehnt da.

Gersen betrat das Büro. »Sind Sie zu einer Entscheidung gelangt?«

»Ja, in der Tat«, sagte Panshaw. »Mein rechtlicher Berater sagt mir, dass mir nur zwei ehrenhafte Vorgehensweisen offenstehen. Ich kann entweder das Büro auf der Stelle verlassen oder darauf hoffen, dass ich meine bezahlte Funktion bei der Gesellschaft fortführen darf. Ich denke, ich würde meinen Zwecken schlecht dienen, wenn ich nun vergrämt zurücktreten würde.«

»Vernünftig, natürlich«, bekundete Gersen. »Daraus soll ich entnehmen, dass Sie bereit sind, mit mir zusammenzuarbeiten?«

»Das ist richtig, vorausgesetzt wir einigen uns über die finanziellen Dinge.«

»Bevor ich ein Angebot unterbreiten kann, muss ich mehr über die Gesellschaft wissen; ihre Ressourcen, Verpflichtungen und Vermögenswerte.«

»Verständlich«, meinte Panshaw. »Um zu beginnen, erlauben Sie mir, Ihnen Folgendes zu sagen. Ihre Instinkte sind überragend scharf. Ich gebe mir selbst die Schuld an Torheit und Unentschlossenheit; ich hätte mich vor langer Zeit bereits einer kontrollierenden Anteilsmenge versichern sollen. Ich habe versäumt, dies zu tun und muss nun die Strafe mit so viel Würde wie möglich akzeptieren.«

Gersen lauschte nach dieser kaum wahrnehmbaren Falschheit, die anzeigte, dass sich der Redner eines Mithörenden bewusst war. Er bemerkte nichts. »Wenn die Umstände es erlauben, werde ich mir Ihre Dienste zu einem angemessenen Gehalt erhalten. Für den Augenblick bitte ich Sie, mir eine umfassende Aufstellung der Vermögenswerte von Kotzash zu geben.«

Panshaw schürzte die Lippen. »Eine solche Aufstellung gibt es nicht. Wir haben einige tausend SVE auf der Bank ... «

»Welcher Bank?«

»Sweechams, gleich die Straße hinunter.«

»Welches sind die Tochtergesellschaften von Kotzash?«

Panshaw zögerte. »Wir haben hier und da Arbeitsgemeinschaften geschlossen ... «

Gersen unterbrach. »Lassen Sie uns diesen Torheiten ein Ende bereiten. Ihnen ist die Unfähigkeit angeboren, die Wahrheit zu sagen, außer, vermute ich, unter Zwang. Ich habe einen gewissen Umfang an Nachforschungen betrieben. Zum Beispiel weiß ich von Hector Transit und ich weiß von dem Ausgleich für die *Ettilia Gargantyr*. Wo ist dieses Geld?«

Panshaw zeigte weder Unbehagen noch Verlegenheit. »Der Großteil ist als Bezahlung an Jarkow gegangen.«

»Bezahlung wofür?«

»Sondierungen auf Shanitra. Wir sind dabei, massive Anstrengungen zu unternehmen.«

»Weshalb?«

»Berichten zufolge befindet sich auf Shanitra eine ungeheure Duodezimat-Ader. Wir haben versucht, sie ausfindig zu machen.«

»Shanitra besitzt keine Duodezimaten«, sagte Gersen. »Die Methlen hätten sie vor langer Zeit schon abgebaut.«

Panshaw zuckte weltmännisch mit den Achseln. »Es werden laufend neue Duodezimat-Adern entdeckt.«

»Nicht auf Shanitra. Kotzash steht nun unter meiner Kontrolle und ich möchte das Geld von Kotzash nicht verschwenden. Stoppen Sie die Sondierungen, auf der Stelle.«

»Leichter gesagt als getan. Gewisse Unternehmungen sind bereits finanziert ...«

»Wir bekommen eine Rückvergütung. Gibt es einen Kontrakt?«

»Nein. Ich habe auf Vertrauensbasis mit Jarkow gearbeitet.«

»Dann wird er jetzt vielleicht vernünftig sein. Weisen Sie einen sofortigen Stopp an.«

Wieder vollführte Panshaw das weltmännische Schulterzucken, erhob sich dann und verließ das Büro. Gersen ging sogleich zum Kommunikator und stellte den Kontakt zu Jarkows Büro her. Das dekorative Bild von Lully Inkelstaff erschien auf dem Schirm. Gersen hatte das Auge des Kommunikators ausgeschaltet und so schaute sie vergeblich, um zu sehen, wer anrief. »Sie sprach: »Jarkow Bergbau. Wer bitte ruft an?«

Gersen blieb still. Nach einem Augenblick legte Lully den Schalter um. Gersen kontrollierte allerdings immer noch die Leitung zu den Büros von Jarkow. Er tippte einen Code gegen das Mikrofon, um die Abspielfunktion des Aufzeichnungsgerätes zu aktivieren.

Zunächst ein knatterndes Geräusch, Schritte, als Panshaw das Büro betrat, und einen Augenblick später sein eigenes Erscheinen und die einleitende Unterhaltung mit Panshaw. Dann die

Geräusche, als er das Büro verließ und beinahe sofort Panshaws Stimme in den Kommunikator. »Neuigkeiten von dieser Seite. Bel Ruk hat versagt. Ich hatte gerade Besuch vom neuen Mehrheitsbesitzer. Er besitzt eine Verfügung.«

Als Erwiderung kam eine raue Stimme, die Schauder entlang Gersens Nerven jagte. »Wer ist es?«

»Er nennt sich Jard Glay. Ich habe ihn auf Dar Sai gesehen; ich kann mich der Umstände nicht genau erinnern. Er ist ein seltsamer Bursche. Ich werde nicht schlau aus ihm.«

Eine kurze Stille. Dann wieder die ominöse Stimme: »Halten Sie ihn hin. Beobachten Sie ihn. In ein oder zwei Tagen übernehme ich ihn; dann werden wir erfahren, wer er ist.«

»Es mag besser sein, auf der Stelle zu handeln«, sagte Panshaw vorsichtig. »Er könnte Schwierigkeiten verursachen. Angenommen, er weiß von Didroxus Bergbau? Oder dem Hector-Transit-Konto? Oder Theremus? Er könnte uns finanziell blockieren.«

»Wie sollte er davon wissen?«

»Hector Transit ist auf Aloysius registriert. Die Konten sind alle bei Sweechams.«

»Stellen Sie einige Überweisungen mit dem gestrigen Datum aus. Kosema wird die Angelegenheit mühelos erledigen.«

»Das ist leicht getan. Dennoch ist etwas an dem Burschen, was mich alarmiert. Da ist er, beobachtet mich vom Korridor aus.«

»Lassen Sie ihn nur beobachten. Sobald ich das Gesicht zeige, werde ich mich mit ihm beschäftigen. Aber zuerst muss ich das Gesicht zeigen.«

»Nun gut.« Panshaws Stimme fehlte es an Überzeugung.

»In der Zwischenzeit: Kooperieren Sie mit ihm – bis zu einem gewissen Punkt. Finden Sie heraus, was er will; vielleicht erfahren wir von ihm etwas, wovon wir profitieren können. In vier, möglicherweise fünf Tagen machen wir ihm ein Ende.«

»Wie Sie meinen.«

Gersen tippte einen Code für das Abhörgerät, beendete die Kommunikation, stand anschließend auf und ging zur Tür.

Panshaw sollte nun von seinem Besuch in Raum 308 zurückgekehrt sein. Gersen ging zurück zum Kommunikator und rief
erneut Jarkows Büro an. Diesmal erlaubte er Lully, sein Gesicht zu
sehen. »Ich bin es, Ihr Verlobter, erinnern Sie sich?«

»Oh ja! Aber ...«

»Sagen Sie mir, ist Ottile Panshaw in Ihrem Büro?«

»Er ist gerade vor einem Augenblick gegangen.«

»Vielen Dank! Heute Abend in der *Schwarzen Scheune*, nicht
vergessen!«

»Das werde ich nicht.«

Gersen verließ das Büro, stieg zum Erdgeschoss hinunter und
ging hinaus auf die Straße. Etwa dreißig Meter nördlich sah er ein
Schild:

SWEECHAMS BANK
Geschäftliche Betreuung – Interwelten-Transfers

Gersen lief zur Bank und betrat sie durch eine hohe Glastür. Ein
Angestellter trat an ihn heran. »Mein Herr, wie kann ich Ihnen
helfen?«

»Wer ist Herr Kosema?«

»Sein Büro ist dort drüben. Im Augenblick ist er beschäftigt.«

»Diese Angelegenheit betrifft mich. Ich gehe hinüber.«

Gersen durchquerte die Eingangshalle und betrat Kosemas
Büro. Ein rosiger, pummeliger Mann mit rundem Gesicht und
einem geschürzten rosigen Mund saß an einem Schreibtisch
Ottile Panshaw gegenüber. Er hatte stirnrunzelnd auf ein Papier
hinabgeschaut. Mit einem nervösen Zucken blickte er auf. Ottile
Panshaw lächelte bekümmert.

Gersen nahm das vor Kosema liegende Papier an sich. Er sah,
dass es sich um eine Zahlungsanweisung über eine Gesamtsumme
von 4.501.100 SVE von den Konten bezeichnet als Kotzash 2: Theremus, Kotzash 4: Hector Transit, Kotzash 5: Didroxus Bergbau
und Kotzash 9: Wundergast Wertpapiere handelte. Der Begüns-
tigte der Anweisung, datiert auf den Vortag, war die Basramp
Investitionsgesellschaft.

Gersen starrte Kosema an. »Sie beteiligen sich an Ottile Panshaws verbrecherischem Diebstahl großen Stils?«

»Selbstverständlich nicht«, stotterte Kosema. »Ich war gerade dabei, Herrn Panshaw zu informieren, dass ich ihm nicht helfen kann. Wie können Sie es wagen, etwas Derartiges anzudeuten!«

»Ich könnte es den Behörden gegenüber andeuten; ich könnte Ihnen diese Anweisung zeigen, die auf einem Sweechams-Vordruck steht.«

»Absurd!« Kosemas Stimme brach und bebte. »Sie haben keine Veranlassung, Treulosigkeit zu argwöhnen.«

Gersen schnaufte sardonisch. »Schauen Sie sich diese Dokumente an. Ich bin der leitende Direktor von Kotzash.«

»Ja, so scheint es. Nun, Herr Panshaw hat möglicherweise versäumt, mich zu informieren … «

Panshaw erhob sich. »Ich muss mich auf den Weg machen.«

»Sie werden warten«, sagte Gersen. »Setzen Sie sich, wenn ich bitten darf.«

Panshaw zögerte, dann nahm er wieder Platz.

»Herr Kosema, ich setze Sie hiermit in Kenntnis darüber, dass Herr Panshaw keine weitere Autorität in Hinsicht auf die Gelder von Kotzash besitzt. Ich werde jedweden Wechsel anfechten, den Sie von diesem Augenblick an ausstellen, es sei denn, er trägt meine Unterschrift.«

Kosema verbeugte sich kurz. »Ich verstehe vollkommen. Ich versichere Ihnen … «

»Ja. Ihre unerschütterliche Treue. Kommen Sie, Panshaw.«

Ottile Panshaw folgte Gersen hinaus auf die Straße. »Einen Augenblick«, meinte er. »Lassen Sie uns auf dieser Bank dort drüben Platz nehmen.«

Die beiden überquerten *Die Mall* zum Park und setzten sich auf eine Bank.

»Sie sind ein erstaunlicher Mann«, sagte Panshaw. »Ich fürchte, dass Ihre Taten Sie teuer zu stehen kommen.«

»Wie das?«

Panshaw schüttelte den Kopf. »Ich werde keine Namen

nennen. Aber ich sage Ihnen, was ich nun tun werde. In zwei Stunden verlässt ein Postschiff der Schwarzen-Pfeil-Linie Methel mit Ziel Sadal Suud. Ich beabsichtige, an Bord zu sein. Nehmen Sie meinen Rat an und reisen Sie an Bord desselben Schiffes ab. Wenn eine Person, deren Namen auszusprechen ich nicht über mich bringe, entdeckt, dass Sie nahezu fünf Millionen SVE von Geld genommen haben, das er als sein Eigen betrachtet, wird er Sie in einer Weise behandeln, an die ich nicht denken möchte.«

»Ich bin überrascht, dass Sie mich warnen.«

Panshaw lächelte. »Ich bin ein Dieb, ein Schwindler, ein Erpresser. Ich bin ein Schurke, durch und durch. Aber wenn mein Selbstinteresse nicht berührt ist, neige ich dazu anständig, sogar großzügig zu sein. Ich ergreife nun die Flucht, aus Panik davor, dass dieser Mann mir die Schuld an Ihren Taten geben wird. Sie werden mich niemals wieder sehen, es sei denn, Sie begeben sich mit mir an Bord der Anvana Syntro. Ansonsten werden Sie an einen geheimen Ort gebracht; dort werden Sie langsam und sorgfältig ausgepeitscht.«

»Sagen Sie mir, wo ich diesen Mann finde. Ich werde ihm das Handwerk legen.«

Panshaw erhob sich. »Das wage ich nicht. Er vergisst niemals ein Unrecht, wie Sie noch erfahren werden. Fahren Sie nicht in einem Taxi; wechseln Sie jede Nacht Ihr Hotel. Gehen Sie nicht zurück zum Kotzash-Büro, es gibt dort für Sie nichts von Interesse. Er hat das Büro nur gewählt, weil es neben Jarkows liegt.«

»Haben Sie Jarkow angewiesen, die Operationen zu stoppen?«

»Mein Wort hat bei Jarkow kein Gewicht. Sagen Sie mir: Wo sind wir uns zuvor begegnet?«

»In Rath Eileann, im Estremont und im *Domus*. Erinnern Sie sich an Richter Dalt?«

Ottile Panshaw hob die Augen gen Himmel. »Leben Sie wohl.« Er ging rasch durch den Park davon.

KAPITEL XIV

Aus: *Das Leben*, Band III von Unspiek, Baron Bodissey:

Immer wieder bin ich entsetzt und häufig amüsiert über die verschiedenen Haltungen in Bezug auf Wohlstand, die man unter den Menschen der Ökumene findet.

Einige Gesellschaften setzen Reichtum mit krimineller Geschicklichkeit gleich; für andere repräsentiert Wohlstand die Dankbarkeit der Gesellschaft für die Ausführung wertvoller Dienste.

Meine eigene Vorstellung in dieser Hinsicht ist einfach und klar, und ich bin sicher, dass von meinen Kritikern das Wort »simplistisch« verwendet werden wird. Dieses Volk ist vom Intellekt her unreif und schwülstig; ihr Heulen und Japsen beruhigt mich.

Für die augenblicklichen Zwecke schließe ich aus Verbrechen stammenden Wohlstand, dessen Erwerb keiner Ausführung bedarf, und den Wohlstand durch Glücksspiele, der Flitter ist, aus.

In Hinblick auf Wohlstand:

1. Luxus und Privilegien sind Vergünstigungen des Wohlstandes. Dies scheint eine bemerkenswert nichtssagende Bemerkung zu sein, ist aber weitaus bedeutender als es scheint. Wenn man aufmerksam lauscht, hört man tief und weit unten das klagende Läuten der Unvermeidlichkeit.
2. Um Wohlstand zu erlangen, muss man im Allgemeinen wenigstens drei der fünf folgenden Eigenschaften nutzen:
   a. Glück
   b. Mühe, Beharrlichkeit, Courage

c. Selbstverleumdung

d. Kurzfristi ge Intelligenz: Gerissenheit, Improvisations-
   geschick

e. Langfristige Intelligenz: Planung, Gespür für Trends.

Diese Eigenschaften sind gewöhnlich. Jeder, der Privilegien und Luxus wünscht, kann vorläufigen Wohlstand erlangen, nur unter Anwendung seiner angeborenen Fähigkeiten.

In einigen Gesellschaften wird Armut als jämmerliches
Unglück oder noble Entsagung betrachtet, die eilends unter
Verwendung öffentlicher Mittel behoben werden muss.
Andere, unerschütterlichere Gesellschaften, halten Armut
für ein Maß des Menschen als solches.

Die Kritiker entgegnen:

Was für ein unbeschreiblicher Esel ist dieser Kerl Unspiek!
Ich kann nur noch furiose Kratzer und Kritzeleien mit meinem Federhalter vollführen!

Lionel Wistofer in: *Der Monstrator*

Ich bin arm, ich gebe es zu! Bin ich deshalb ein Flegel
oder ein Dummkopf? Ich leugne es mit der ganzen Vehemenz meiner Seele! Ich nehme meinen Bissen Kümmelku-
chen und meinen Schluck Tee mit dem gleichen Genuss ein,
wie jeder dicke Plutokrat mit hervorstehenden Augen, dem
das Fett aus dem Mund fließt, wenn er Ortolane in Brandy,
krokinolische Austern und ein Filet des Fünfhorndarango
verschlingt! Mein Reichtum ist mein Bücherregal! Meine
Privilegien meine Träume!

Sistie Fael in: *Der Ausblick*

... Er bringt mich zu zähneknirschender Wut; er hat
mich persönlich mit einem Hagel aus purem Quatsch und
gefaselten Beleidigungen belegt, was bis zum Himmel nach
Sühne schreit. Ich werde meine Faust in seinen redseligen
Schlund stoßen, besser noch, ich werde ihn auf den Stufen

seines Clubs mit der Reitgerte auspeitschen. Wenn er keinen Club hat, lade ich ihn hiermit zu den breiten und geeigneten Stufen der Höheren Federschwinger ein, obgleich ich sagen muss, dass die Tintenfässer eine bessere Bar unterhalten – das ist meine Wahl, da ich, nachdem ich den alten Narren geprügelt habe, ihn zweifellos bitten werde, mit mir anzustoßen.

McFarquhar Kenshaw in: *Der Gaeaner*

—

Die Büsche hinter Gersen raschelten; er duckte sich, ließ sich in Kauerstellung hinter die Bank fallen. Als er sich umdrehte, lag eine kleine Waffe in seiner Handfläche und die Kanüle ragte zwischen Zeige- und Mittelfinger hervor.

Ein Gärtner in weißem Overall blickte ihn verwundert an. »Entschuldigen Sie, ich wollte Sie nicht erschrecken, mein Herr.«

»Ganz und gar nicht«, sagte Gersen. »Ich bin ein nervöser Mensch.«

»Das habe ich bemerkt.«

Gersen ging zu einer anderen Bank und setzte sich so, dass er in alle Richtungen sehen konnte. Seit Langem bereits hatte er sich als Mensch abseits von allen anderen gefühlt, mit einer gewissen Bestimmung; häufig hatte er Schrecken und Wut und Mitleid erlebt, Furcht jedoch, wenn sie in seinen Verstand drang, war ihm fremd.

Gersen erforschte sich mit Abstand. Furcht hatte Tintle, Daswell Tippin, Ottile Panshaw und nun ihn beeinflusst. Nun, weshalb sollte er sich nicht fürchten? Der Gedanke an eine Auspeitschung, bei der Lens Larque Panak schwang, war schrecklich genug, einer Leiche das Fürchten zu lehren.

Gersen blieb reglos sitzen, entmutigt und niedergeschlagen. Die Quellen seiner Stimmung lagen deutlich auf der Hand. Er hatte sich in Jerdian Chanseth verliebt. Er beneidete die Methlen um ihre schönen Heimstätten. Beide Gefühle waren über seine harschen und besessenen Absichten hereingebrochen wie Wellen, die sich an einem Felsen brechen. Und nun, da Panshaw fort war, bestand seine einzige Verbindung zu Lens Larque in einem oder zwei brüchigen, zerschlissenen Strängen. Einer dieser Stränge war Jarkow. Oder er konnte sich gefangen nehmen lassen, um vor Lens Larque geführt zu werden; allein beim Gedanken daran prickelte ihm die Haut.

Gersen blickte auf die Ereignisse zurück, die ihn nach Twanish gebracht hatten. Sie hatten von Rath Eileann über *Tintles Schirm* nach Serjeuz, Dinklestown und schließlich nach Methlen geführt. Er hatte große Anstrengungen unternommen, doch was hatte er erreicht? Nichts von Bedeutung. Was hatte er erfahren? Nur, dass Lens Larque Jarkow Maschinenbau aus unbekannten Gründen für eine unnötige, umfassende Untersuchung des Mondes Shanitra engagiert hatte.

Nun denn, fragte er sich bedrückt, was als Nächstes? Bisher hatte er Panshaws Büro noch nicht inspiziert, was, wahrscheinlich jedenfalls, eine Zeitverschwendung wäre; tatsächlich hatte Panshaw ihm dies ausdrücklich versichert. Ohne großen Enthusiasmus kehrte Gersen zum Skohuneturm und Zimmer 307 zurück. Er ließ die Tür zurückgleiten und musterte den Raum, der sich bereits unbenutzt und tot anfühlte. Die einfachste Methode, einen Menschen gefangen zu nehmen, war Narkosegas. Gersen schnüffelte in der Luft, die ungefährlich roch. Er überprüfte den Türrahmen auf Sensoren, suchte auf dem Läufer nach Buckeln, die auf Minen deuten mochten. Der Läufer selbst mochte aus explosiven Fasern gewebt sein, die ihn bei Berührung in Stücke reißen würden.

Vorsichtig betrat er den Raum und schlich, den Läufer meidend, zum Schreibtisch. Indem er ausgeklügelte Vorsichtsmaßnahmen traf, erkundete er Panshaws Akten, in denen er verschiedene Pachtverträge, Ermächtigungspapiere und Subventionen fand, welche ursprünglich als die einzigen Vermögenswerte von Kotzash Mutual deklariert gewesen waren. Der Großteil von ihnen besaß jeweils eine kurze, in roter Tinte geschriebene Anmerkung: »wertlos«. Der Shanitra-Pachtvertrag räumte Kotzash Mutual alleiniges und exklusives Recht für »Forschungen, Tests,

Erschließung und Ausbeutung aller wertvollen Substanzen, die auf der Oberfläche oder im Inneren vorhanden sind« ein und untersagte »allen anderen Personen, Agenturen und Wesen, einschließlich bemannter und unbemannter mechanischer Vorrichtungen«, das Betreten Shanitras für die Dauer des Pachtvertrages, der über einen Zeitraum von sechsundzwanzig Jahren ausgeschrieben war.

Interessant, dachte Gersen, wenn auch nicht besonders erleuchtend. Die Schlüsselfrage blieb unbeantwortet: Weshalb investierte Lens Larque so viel Zeit und Geld in Shanitra?

Gersen fand nichts mehr für ihn Interessantes. Die Einzelheiten der Zahlungen, die an Jarkow oder andere Ingenieurfirmen getätigt worden waren, waren nirgends zu finden; vermutlich waren sie in einem Bankcomputer gespeichert.

Gersen rief Sweechams Bank an, und ihm wurde, nach einer Reihe von Formalitäten, die er geduldig über sich ergehen ließ, der Code übertragen, welcher den Zugriff auf die finanziellen Aufzeichnungen Kotzashs erlaubte.

Eine halbe Stunde studierte Gersen die Informationen, die ihm präsentiert wurden, und wusste am Ende kaum mehr als zuvor, obwohl die Höhe der Zahlungen an Jarkow etwas überraschend war. Mehr als ein Jahr lang hatte Kotzash monatlich Rechnungen von Jarkow beglichen, in Summen, die zwischen 80.500 SVE und 145.720 SVE lagen. Die Zahlungen sanken auf 42.000 SVE. Was immer auch gesucht wurde, es schien nachzulassen und auszulaufen. Einem unvermittelten Gedanken nachgehend, schaute Gersen in das Stadtverzeichnis. Jarkow Maschinenbau musste notwendigerweise einen Maschinenpark unterhalten, Beschäftigungs- und Buchhaltungseinrichtungen, Transportdocks, ebenso ein Lagerhaus.

Im Verzeichnis entdeckte Gersen unter »Jarkow« vier Einträge: eine Wohnadresse für »Lemuel Jarkow«, eine weitere für »Swiat Jarkow«, »Jarkow Maschinenbau« im Skohuneturm und »Jarkow Maschinenpark« im Glückshornweg.

Gersen legte das Verzeichnis beiseite, lehnte sich im Sessel zurück und versuchte, einen Aktionsplan zu formulieren. Ottile Panshaw hatte als eine Art Richtungsweiser gedient, der die Anwesenheit Lens Larques anzeigt, wie eine Boje die Lage eines Riffs markiert. Nun, da Panshaw fort war, wurde Gersen selbst zum Schlüssel für den Aufenthaltsort von Lens Larque, ähnlich wie ein überwachtes Lamm der Schlüssel zur Anwesenheit eines Tigers ist. Gersen zuckte zusammen. Es war weitaus besser, wenn er Lens Larque ausfindig machte, bevor dieser ihn aufspürte.

Die einzige Untersuchung, die auch nur entfernt günstig erschien, war mit der Frage verbunden: Weshalb investierte Lens Larque so viel Mühe in Shanitra?

Jarkow mochte es wissen, doch dieser würde Gersen gewiss nichts sagen. Der melancholische Planer mochte es ebenfalls wissen. Jarkows Angestellte – jene, die auf Shanitra gearbeitet hatten – mochten es wissen.

Gersen, den es vor Tatendrang juckte, sprang auf. Er durchquerte den Raum, ließ die Tür ein wenig aufgleiten und blickte den Korridor auf und ab; er war verlassen. Der Glückshornweg ging, seiner Karte zufolge, von der *Mall* aus und verlief gekrümmt gen Nordost.

Ein Taxi schwang sich an den Randstein und hielt an, als ob es um Kundschaft werben würde. Gersen ging weiter *Die Mall* entlang und schaute kurz darauf über die Schulter. Das Taxi, alt und recht gewöhnlich, gekennzeichnet nur durch einen verblassten weißen Streifen auf der Schürze, fuhr hinaus in den Verkehr und verschwand. Der Fahrer war ein wuchtiger, flachgesichtiger Mann unbestimmten Alters und von unbekanntem rassischem Hintergrund.

Gersen vollführte eine Reihe von Vorgehensweisen, die geeignet waren, jegliche Spürmechanismen irrezuführen, welche ihm angeheftet worden sein mochten. Auf dem Glückshornweg betrat er einen Bekleidungsladen, in dem er eine graue Twillhose, ein hellblaues Hemd, eine mit Streifen versehene Jacke und eine schwarze Stoffkappe kaufte. Er zog alles sofort an, ließ seine bisherige Kleidung vor Ort liegen und ging dann hinaus auf die Straße, nun in der Gestalt eines Handwerkers.

Der Glückshornweg bog gen Osten ab, vorüber an kleinen Läden und verschiedenerlei Unternehmen: Mietshäusern,
Tavernen, Restaurants, schummerigen Läden, die mit Kuriosa
handelten, Apotheken, Barbieren, öffentlichen Protokollführern.
In den Außenbezirken der Stadt stieß Gersen auf den Jarkow
Maschinenpark, wo Jarkow seine Baumaschinen unterhielt:
Fördermaschinen, Rotationsschweißgeräte, Portalkrane, Vertikal-
verdichter, Druckstößel, Ladeschote, zwei mobile Krane. Etwas
abseits stand eine Reihe kleiner Gebäude. An dem ersten befand
sich ein Schild: ANSTELLUNGSBÜRO. Über dem Eingang hing ein
zweites Schild: HEUTE KEINE EINSTELLUNGEN. Dahinter befanden sich ein Belegschaftsbüro und ein Werkzeuglager, danach ein
kleines Landefeld, auf dem ein Paar verwitterter Personentrans-
porter und ein schwerer Frachtlift standen.

Mangels einer besseren Beschäftigung betrat Gersen das
Anstellungsbüro. Hinter einem Schalter saß ein alter Mann mit
einem narbigen braunen Gesicht. »Mein Herr?«

»Ich habe das Schild gesehen«, sagte Gersen. »Heißt das, es
wird morgen niemand eingestellt?«

»Das nehme ich an«, erwiderte der Angestellte. »Wir schließen gerade eine große Arbeit ab und es ist nichts anderes in
Aussicht. Tatsächlich haben wir den Großteil unserer Mannschaft
entlassen.«

»Was für eine Arbeit haben Sie abgeschlossen?«

»Eine große Sondierungsarbeit, oben auf Shanitra.«

»Haben Sie etwas gefunden?«

»Freund, was immer auch gefunden wurde, ich bin der Letzte,
dem man es sagen würde.«

Gersen wandte sich ab und schlenderte wieder hinaus auf die
Straße. Gegenüber bemerkte er ein baufälliges Gebäude, das mit
außergewöhnlichen schwarz-weißen Blitzstrahlen vor einem zie-
gelroten Hintergrund geschmückt war. Das Dach trug ein Schild,
so grell wie das Gebäude selbst: einen Halbmond mit einem
nackten Mädchen, das sich in die Wölbung schmiegte; sie hielt
ein Kelchglas mit einer hellen Flüssigkeit in die Luft, aus dem

elektrische Funken schlugen. Das Schild wies einen Text auf:
STERNENWANDERERS SCHENKE.

Gersen überquerte die Straße. Die Musik eines mit Begeisterung und Entschlossenheit gespielten Euphoniums wurde lauter,
als er sich näherte. Während seiner Fahrten in der Ökumene war
Gersen in etlichen solcher Tavernen gewesen, wo er Zeuge vieler Geschehnisse gewesen war und viele seltsame Geschichten
gehört hatte, nicht wenige von ihnen wahr.

Er trat in einen langen, von Bierdunst geschwängerten Raum
mit niedriger Decke. In der entgegengesetzten Ecke spielte eine
alte Frau mit scharfgeschnittenem Gesicht in einem Gewand aus
schwarzem Lamé, weiß getönter Haut und blau gefärbtem Haar
das Euphonium. Ihr gegenüber war der Schanktisch: eine einzelne Platte versteinerten Holzes. Dazwischen saßen Gruppen
von Männern und einige wenige Frauen an hölzernen Tischen.
Allein an einem Tisch im Hintergrund saß ein großer Darsh und
starrte brütend in einen gewaltigen Bierhumpen.

Gersen ging zum Schanktisch. Ein Regal an der Rückseite stellte
eine Vielfalt von Bierkrügen, bedruckt mit ebenso vielen Emble-
men, zur Schau. Gersen sah eine Reihe bekannter Aufschriften:
Vergence und Treuer Gefährte von Alphanor, Obladense und Alt
Unterirdisches von Copus, Smades Eigen von Smades Planet,
Basbier, Hinano, Tusker, Ankerdampf von der Erde, Mahagoni
Selekt von Derdyra, Edelfrimpschen von Bogardus: Gersen fühlte
sich wie in der Gegenwart alter Freunde. Im Geist der Zeit und
des Ortes bat er um eine Flasche des örtlichen Bräus, Hangrys
Weißbier, das er ausgesprochen schmackhaft fand.

Er drehte sich um und ließ den Blick durch den Raum schwei-
fen. An einem großen, auf Böcken stehenden Tisch saß eine
Gruppe Männer, deren Unterhaltung sie als Beschäftigte von Jarkow Maschinenbau identifizierte. Sie hatten beträchtlich viel Bier
konsumiert, sprachen mit lauten, überzeugten Stimmen und hielten sich nicht zurück, ihre Ansichten offen zu bekunden.

» ... habe Motry gesagt, dass, wenn er mich an diesem Män-
nermörder haben will, er mir meinen Schwamper zurückgeben

muss und auch eine Art Hülle, um den Staub zurückzuhalten. Er hat es versprochen, und ich habe für einen Monat mit dem Ding gearbeitet und mir die Krätze, eine rote Nase und sonst was geholt und dann finde ich heraus, dass Motry meinen Schwamper dem alten Twaidlander gegeben hat, der für ungefähr zwei Stunden am Tag diesen Dreiventiler bedient und sich die Finger dabei nicht schmutzig macht.«

»Motry ist schon seltsam. Man muss ihn nur richtig behandeln.«

»Na, ich arbeite jetzt nicht mehr für Jarkow und es könnte gut sein, dass ich Motry die Dinge einmal erklären werde.«

»Er ist immer noch an der Arbeit, zusammen mit dem Techniker.«

»Meinetwegen können sich die beiden gegenseitig in die Luft jagen.«

Gersen nahm an dem Tisch Platz. »Arbeiten die Herren alle bei Jarkow?«

Ein Augenblick der Stille, während er von sechs Augenpaaren abgeschätzt wurde. Einer sagte knapp: »Nicht mehr. Die Arbeit ist erledigt.«

»Das habe ich im Einstellungsbüro gehört.«

Ein Mann sagte: »Sie sind etwa ein Jahr zu spät dran.«

Ein anderer grollte: »Sie haben nicht viel versäumt. Schlechtes Essen, niedrige Bezahlung und Claude Motry als Aufseher.«

»Und keine Prämie!«

Gersen meinte nachdenklich. »Keine große Chance auf eine Prämie, es sei denn, sie hätten eine Ader schwarzen Sandes gefunden.«

»Sie konnten keinen schwarzen Sand finden, weil es dort draußen keinen gibt. Jedermann weiß das, außer den reichen Irren, die die Rechnungen bezahlen.«

Gersen deutete an: »Vielleicht haben sie gar nicht nach schwarzem Sand Ausschau gehalten.«

»Vielleicht nicht, aber was gibt es dort sonst, wonach man Ausschau halten kann?«

Ein anderer argumentierte: »Trotz und alledem haben sie nie
eine angemessene Sondierung vorgenommen. Alles nur flache
Tunnel, keine Tiefenbohrungen. Wo sie hätten Sand finden können, ist ganz unten in der Tiefe, aber nirgends haben wir tiefe
Tunnel gemacht. Mehr wie Maschen oder ein Netzwerk, als hätten sie etwas an der Oberfläche gesucht.«

»Draußen in Abschnitt D sind wir einen guten Kilometer nach
unten gegangen, bevor wir die Horizontalen angefangen haben.«

Gersen gab eine Runde, und die Arbeiter sprachen ihm ihre
besten Wünsche aus.

Etwas abseits saß ein junger Mann, der die Kniehose eines
Arbeiters, eine feine grüne Jacke und gelbe Schuhe trug. In ruhi-
gem Ton sprach er, zu niemand Bestimmtem, ein einziges Wort:
»Twittle.«

Einer der Handwerker stieß Gersen an. »Schauen Sie hin.
Sehen Sie sich den Darsh an.«

Gersen blickte zu dem Darsh, der wie zuvor dasaß und in sein
Bier starrte.

»Pfit«, sagte der junge Mann mit den gelben Schuhen.

Der Darsh legte die Hand an den Humpen und begann mit den
massiven roten Fingern zu spielen.

»Pfat«, machte der junge Mann.

Der Darsh zog den Kopf zwischen die Schultern, hob den Blick
jedoch immer noch nicht. Der junge Mann sprang auf und ging
zur Tür. Entlang der Straße kam ein untersetzter Herr mit einem
Mondgesicht und zwei glänzenden Schnurrbärten; er trug einen
schicken Mischlingsanzug.

»Pfhut«, sagte der junge Mann und rannte geschwind die
Straße hinunter davon. Der Darsh kam mit einem Satz auf die
Beine und trampelte aus der Tür nach draußen. Der untersetzte
Herr versuchte, zur Seite auszuweichen, doch der Darsh packte
ihn, warf ihn zu Boden, trat ihn in den rundlichen Rumpf, schüt-
tete ihm den Krug Bier über den Kopf und zog die Straße hinunter
von dannen.

Der Herr im schwarzen Anzug setzte sich auf, um perplex

hier- und dorthin zu starren. Langsam erhob er sich, schüttelte den Kopf vor Verwunderung und ging seiner Wege.

Die Arbeiter nahmen die Unterhaltung wieder auf. »Die seltsamste Arbeit, die ich je gehabt habe«, meinte einer. »Ich habe sechsundzwanzig Asteroiden vermint und niemals auch nur zehn Minuten auf einen solchen Block Bimsstein verschwendet. Alles Oberflächendreck, habe ich Motry gesagt. Er wollte nichts davon hören.«

»Er hat sich so oder so nie um etwas geschert, solange Jarkow ihm seinen Lohn gezahlt hat.«

»Nicht Jarkow, jemand namens Kotzash.«

»Wie auch immer, sie haben uns bohren lassen, wie Rüsselkäfer im Käse, und nun sind sie endlich zufrieden.«

Ein Neuankömmling hatte sich an den Tisch gestellt. »Sei da nicht zu sicher! Wir sind gerade heute damit fertig geworden, Dexaxstränge auszulegen – Motry und der Techniker bereiten die Leitungen vor. Wenn sie erst gesprengt haben, sagt Motry, gehen wir zurück und graben weitere Tunnel. Ich habe ihn gefragt: ›Motry, wonach im Namen von Delilahs Hinterbein suchen wir hier eigentlich? Dann könnte ich meine Augen offen halten.‹ Er hat nur sein sarkastisches Grunzen ausgestoßen und gesagt: ›Wenn ich deinen Rat brauche, frage ich danach.‹ – ›Ich gebe ihn Ihnen trotzdem, Herr Motry‹, habe ich erwidert. ›Kostenlos!‹ Und er meinte: ›Kostenloser Rat ist das wert, was er kostet, und wie kommt es überhaupt, dass du hier stehst und Ratschläge erteilst, statt zu arbeiten?‹ – ›Weil ich mit meiner Arbeit fertig bin, Herr Motry.‹ – ›Dann stemple deine Karte ab und bring den Träger runter. Für jetzt ist die Arbeit erledigt!‹ Also bin ich hierhergekommen und habe gerade erst meine Bezahlung erhalten. Niemand ist jetzt mehr oben, bis auf Motry und Jarkow und einige Techniker, die eine Art Funkkontakt einrichten.«

Gersen blieb noch einige Minuten sitzen und entschied nicht lange danach, dass die Handwerker nicht mehr über das Shanitra-Projekt wussten als er selbst. Er verabschiedete sich und kehrte auf dem gleichen Weg zum Glückshornweg zurück, den er gekommen war. Im Bekleidungsladen nahm er seine übliche Kleidung wieder an sich und ging *Die Mall* entlang zum *Kommerzhotel*. Aus Furcht, dass jemand ihm einen Besuch abgestattet und eine unangenehme Überraschung hinterlassen hatte, ergriff er sorgfältige Vorsichtsmaßnahmen, bevor er in sein Zimmer eintrat. Er fand jedoch nichts Ungewöhnliches.

Er aß im Hotelrestaurant zu Mittag und bemerkte kaum, was er zu sich nahm. Vieles hatte sich während der letzten Stunden ereignet, allerdings nichts, dem er bedeutende Informationen hätte entnehmen können.

Er verließ das Restaurant und ging, nach rechts und links Ausschau haltend, hinaus auf *Die Mall*. Er sah nichts, was ihm hätte gefährlich werden können, es sei denn ... war dieses Taxi mit dem weißen Streifen an der Schürze dasselbe, welches ihm zuvor aufgefallen war? Er war sich nicht sicher. Er überquerte *Die Mall* und begab sich in den Park. Zehn Minuten lang ging er über die Kieswege und fragte sich, was als Nächstes zu tun sei. Lens Larque war irgendwo in der Nähe: vielleicht in einem Raumboot, möglicherweise hier auf Methel.

Gersens Geist war müde geworden; er war von seinen Problemen gelangweilt und sah keinen Weg, ihnen zu entkommen. Einem Impuls nachgebend, trat er auf eine Seitenstraße, wo er ein vorüberfahrendes Taxi heranwinkte: eines, welches keinen verblassenden weißen Streifen an der Schürze besaß. Er sagte zum Fahrer: »Bringen Sie mich nach Llalarkno.«

Wie bereits zuvor machte der Fahrer Schwierigkeiten. »Es ist wie ein großer, privater Park. Die Methlen mögen keine Besucher; tatsächlich erhält jedes Taxi, das sie mit Touristen erwischen, Strafpunkte.«

»Ich bin kein Tourist«, sagte Gersen. »Ich bin ein Interwelten-Bankier und ein Mann von großer Bedeutung.«

»Alles gut und schön, mein Herr, aber die Methlen machen keine solchen Unterschiede.«

Gersen holte einen Fünf-SVE-Schein hervor. »Und ich bin in der Lage, die Gebühr zu bezahlen.«

»Wie Sie meinen, mein Herr. Aber falls man an mich herantritt und mich aufschreibt, dann müssen Sie die Erhebung bezahlen.«

»Einverstanden«, erwiderte Gersen. »Bringen Sie mich nach Altenholz, dem Chanseth-Haus.«

Die Lichtungen und kleinen Täler von Llalarkno belegten Gersens Gemüt mit einem Zauber. Als er zu den halb verborgenen Häusern aufblickte, begannen seine Ängste und inneren Zwänge unwirklich zu erscheinen.

Als sie bei Altenholz anlangten, bremste der Fahrer das Taxi. »Die Chanseth-Residenz, mein Herr.«

»Halten Sie für einen Augenblick«, wies Gersen ihn an. Der Fahrer gehorchte zögernd. Gersen warf die Tür auf und stellte sich auf den Einstiegsflansch. Ein Rasen verlief an einer Böschung mit blühenden Büschen und einem ausladenden Kerzennussbaum entlang hinunter bis nach Altenholz. Etwas hinter dem Haus erhaschte Gersen einen Blick auf eine Gruppe weiß, gelb und hellblau gekleideter junger Leute. Sie schienen bei einem Spiel zuzuschauen, das außerhalb von Gersens Sichtbereich gespielt wurde, möglicherweise Tennis oder Badminton.

»Kommen Sie, mein Herr«, forderte ihn der Fahrer in drängendem Ton auf. »Bankier oder Interwelten-Finanzier, sie mögen es nicht, wenn man späht und starrt. Sie haben eine Manie, was ihre Privatsphäre angeht, diese Methlen.«

Gersen kehrte wieder in das Taxi zurück. »Fahren Sie hinüber zu Moss Alrune.«

»Wie Sie wünschen, mein Herr.«

Als sie Moss Alrune erreichten, stieg Gersen aus dem Taxi und ging, ungeachtet der bangen Proteste des Fahrers, um das Gelände herum, schätzte das Haus, die Wiese, welche bis zum See hinunter abfiel, und die umliegenden Bäume ab. Er vernahm keinerlei Geräusch, außer einem schwachen Tirilieren von Insekten.

Gersen kehrte zum Taxi zurück. »Fahren Sie mich zurück nach Twanish.«

»Vielen Dank, mein Herr!«

Gersen stieg bei der Carina-Crux-Bank aus, wo er den Kauf

des Anwesens, das unter dem Namen Moss Alrune bekannt war, durch die Cooneys Bank, abgewickelt über die ihr angeschlossene Carina-Crux-Bank, bei dem Immobilienmakler, der Cytherea Azel vertrat, in die Wege leitete.

KAPITEL XV

Aus: »Der Avatarlehrling« in:
Schriften aus der Neunten Dimension:

An diesem schicksalhaften Nachmittag zeigten die Himmel wahrhaftige Omen: eine grelle Düsterkeit im Osten, eine Wolke von bedeutungsvoller Form über der Ymmyr-Marsch im Westen.

Seit dem ersten Erröten des Morgens war Marmaduke die Brüstung entlanggeschritten und hatte die Horde im Blick behalten, welche die Maninguez-Ebene bedeckte. Überall zeigte sich der Fluss finsterer Absichten. Auf der Shadimstraße fuhren Maniablen ihre Kriegswagen: Der Cham-Fluss war vor Frachtkähnen, beladen mit Maschinen, Peinigern und Galgen, nicht zu erkennen. Halbwegs den Yar hinauf schwärmte die Menge; von Nord nach Süd blinkten ihre Leuchtfeuer.

Schließlich trat der Heilige Bernissus in würdevoller Robe hinaus auf die Brüstung.

Augenblicke lang starrte er, sich den Bart zupfend, über die Ebene.

Marmaduke trat ehrfürchtig vor. »Heiliger Herr, es scheint, dass wir beide allein gegen diese unversöhnliche Schar stehen.«

Bernissus äußerte WORTE: »Es ist gut.«

Marmaduke wich verblüfft zurück. »Höchst Ausgezeichneter! Erleuchtet meine Ignoranz, wenn es Euch beliebt! Wie können wir unter diesen einsamen Bedingungen Zufriedenheit finden?«

Bernissus äußerte WORTE: »Die guten Zeiten werden es zutage bringen.«

»Ich bin dankbar für diese Versicherung«, entgegnete Marmaduke. »Um die Wahrheit zu sagen, diese abscheuliche Horde hat mich entmutigt.«

»Felfaw kann nicht die Oberhand gewinnen«, waren die WORTE, »selbst wenn er großen und bedeutenden Schaden angerichtet hat.«

»Heiliger Appodex: Erlaubt mir die Opfer seiner grausamen Täuschung aufzuzählen. Von der Horde, welche nun die Ebene verunreinigt, sind alle entweder Devarianten oder Oblatizen, mit Ausnahme von zehntausend Katharern. Viele kennen Silben des Unaussprechlichen Namens. Dort drüben stehen die Purpurnen Myrmidonen, dort die Hypogroten von Lissam, dort die Glamen, welche wenigstens die Etikette besitzen, uns mit den Gesichtern voran gegenüberzutreten, da sie ansonsten mit nackten Kehrseiten in die Schlacht ziehen. Die Schwäne von Porving sammeln sich um ihre Magnaten; sie bedrohen uns mit hoch erhobenen Standarten! Ich erkenne Obus von Thraw, Vilnisser, den Roten Basilisken, Pleighborn, Flynch und Sandsifer von Hutt. Noch vor zehn Tagen verbrannten sie blauen Weihrauch in den Tempeln entlang der Wegwoden!«

Einmal mehr bewegte sich Bernissus vor, um majestätisch stehen zu bleiben; der Wind wehte ihm die Robe und den weißen Bart zurück. Er hob die Arme empor und sprach ein Schlagwort aus, welches zur Maninguez-Ebene hinunterwirbelte und sich in kurzen Blitzschlägen am Yar brach. Der Feind zitterte, fasste jedoch alsbald Mut und stieß die Standarten in die Höhe. Sie riefen: »Die Dekrete müssen geändert werden! Wir nominieren Felfaw als Säule! Bernissus, Treulosester aller Treulosen, muss niedergeworfen werden!«

Bernissus sprach sanfte WORTE: »Nicht alle sind böse. In diesem Fall führt das Schlechte das Gute.«

»Die Schwerter beider sind lang und scharf«, verkündete Marmaduke. »Ich fürchte, dass diese edlen Brüstungen
entzweibrechen müssen, mit nur uns beiden als Verteidigung. Wo sind die Gläubigen? Wo Helgebort und die Uner-
müdlichen? Wo Nish und Nesso und Kleine Maus? Wo die
Vervilen?«

»Ihr Schicksal liegt woanders«, waren die WORTE. »Sie
sind die Kader; sie werden lehren und beraten; sie werden
die Pantikel deklamieren und den Beginn des Zweiten Rei-
ches vorbereiten. So soll es sein!«

»Gesegneter Bernissus! Welches muss meine Rolle in
den kommenden Tagen sein?«

»Jeder spielt seine Rolle. Ich gehe nun zum Oratorium,
um ein unwiderstehliches Schlagwort vorzubereiten, auf
dass diese armen Esel forttaumeln. Für den Augenblick pat-
rouilliere auf der Brüstung, postiere die Standarten hoch,
stoße die Leitern ab, trotze dem Feind.«

»Ich werde alles Notwendige tun«, erklärte Marmaduke
standhaft. »Aber, Euer Wohltätigkeit, eilt Euch! Der Feind
wartet nur auf das Zeichen.«

»Alles wird gut werden.« Mit besonnenem Schritt stieg
Bernissus hinab zur Heiligen Kammer.

Das Zeichen kam herab; die Legionen stießen einen
gewaltigen Schrei aus und rückten auf die Brüstungen vor.

Marmaduke rief in den Durchgang: »Teurer Bernissus!
Das Zeichen von Achernar ist gekommen; die Legionen
sind über uns! Ihre Schwerter sind aus dreifach geschärf-
tem Stahl; sie haben Lanzen, Katapulte und Kriegshaken;
sie richten Leitern auf, um die Brüstungen zu erklimmen!
Ich habe die Standarten postiert; meine Schlagworte haben
verheerenden Schaden angerichtet, aber ich bin einer gegen
Achthunderttausend. Ich werde notwendigerweise in kleine
Stücke geschnitten werden, da jeder Krieger seinen Eifer auf
meine einzelne Leiche richtet! Unaussprechlicher, die Zeit
ist gekommen!«

Marmaduke lauschte, vernahm jedoch keine Entgegnung. Besorgt stieg er den Durchgang hinunter und rief den heiligen Namen, doch seine Stimme klang hohl durch die verlassenen Kammern. Hinab zu den tiefsten Fundamenten stieg er, und durch ein Sickerloch kroch er hinaus auf die Marsch. Er floh gen Norden und überholte alsbald Bernissus, der sich, mit hochgerafften Roben und sehnigen Beinen, die schwerfällig, aber stet durch den Matsch stapften, nach Norden in Richtung Warramwald fortbewegte.

≈

Gersen ging von seinem Zimmer hinunter in die Eingangshalle des Hotels und blickte aus dem Frontfenster auf die Straße. Drei Taxis standen, augenscheinlich auf Kundschaft wartend, am Randstein. Das erste, welches einen verwitterten weißen Streifen an der Schürze aufwies, wurde von einem dunkelhäutigen, flachgesichtigen Mann mit schwarzen Locken und zu Spitzen getrimmten Ohren gefahren. Gersen setzte sich so, dass er die Straße beobachten konnte.

Ein Mann und eine Frau verließen das Hotel. Sie traten an das erste Taxi heran, doch ihnen wurde der Dienst verweigert. Sie versuchten es beim zweiten und danach beim dritten, mit dem gleichen Ergebnis, und winkten schließlich ein Taxi heran, das die Straße entlang kreuzte.

Drei Taxis in einer Reihe, jedes mit einem Tank Narkosegas ausgerüstet? Möglich, dachte Gersen: sehr gut möglich, in der Tat.

Er trat durch die Vordertür und blieb für einen Augenblick wie in Überlegung versunken vor dem Hotel stehen. Aus den Augenwinkeln bemerkte er, dass alle drei Fahrer aufmerksam geworden waren. Gersen achtete nicht auf sie. Er überquerte *Die Mall* und ging in den Park. In einem Wäldchen beobachtete er die Taxis von hinter einem Schnupfgestrüpp aus. Das erste blieb an seinem Platz; das zweite und das dritte glitten eilig davon und um *Die Mall* herum.

Gersen kehrte hundert Meter westlich des Hotels auf *Die Mall* zurück, wo er einem vorüberfahrenden Taxi, definitiv keinem jener, die vor dem Hotel gewartet hatten, Signale gab.

»Bringen Sie mich zur *Schwarzen Scheune*«, sagte Gersen.

Das Taxi schwang herum und drehte, statt den Hang in Richtung Llalarkno zu erklimmen, nach Süden ab und hinaus aufs Land.

Die Schwarze Scheune stand in der Mitte eines Feldes, etwa einen Kilometer außerhalb der Stadt: ein rundes Gebäude mit niedrigen Bretterwänden und einem riesigen konischen Dach, auf dem sich eine schwarze Wetterfahne in Form eines krähenden Hahnes aus Eisen befand. Lully Inkelstaff war noch nicht eingetroffen.

Die Sonne sank hinter die fernen Hügel und hinterließ einen mandarinenfarbenen und goldenen Himmel; nun erschien Lully Inkelstaff. Sie trug ein schwarzweißes Kleid mit einem großen roten Gazebausch, der die blonden Locken am Hinterkopf zusammenhielt. Sie begrüßte Gersen mit einem heiteren Winken der Hand. »Ich glaube nicht, dass ich zu spät bin – ein paar Minuten vielleicht, was für mich ziemlich gut ist. Waren Sie bereits drinnen?«

»Noch nicht. Ich dachte, ich warte besser hier auf Sie.«

»Das ist genauso gut. Es ist so leicht sich zu verpassen; dummerweise passiert das häufiger. Und – muss ich es zugeben? – gewöhnlich ist es meine Schuld. Sollen wir hineingehen? Ich glaube, Sie werden Spaß haben. Alle mögen die Schwarze Scheune, selbst die Methlen. Sie sind stets in großer Zahl hier. Warten Sie ab, bis Sie ihr seltsames Tanzen sehen! Aber kommen Sie!« Lully nahm Gersens Arm mit beinahe zärtlicher Höflichkeit, als seien sie bereits seit Jahren befreundet. »Wenn wir Glück haben, bekommen wir meinen Lieblingstisch.«

Sie gingen durch zwei eisenbeschlagene Brettertüren und gelangten in eine Vorhalle, die mit ausgedienten alten Farmgeräten eingerichtet war. Zur Rechten und Linken befanden sich Ställe, aus denen die Köpfe simulierter Farmtiere lugten.

Eine Rampe führte hinunter in den Hauptraum, vorbei an zwei

wackeligen alten Wagen. Hunderte von Tischen säumten die Tanzfläche. Ein Musikpodium an der Rückseite war mit zwei Musikern
in Tierkostümen besetzt, die Tambour und Oboe spielten.

Lully ging den Weg zu einem Tisch voran, den Gersen nicht
anders fand, als alle anderen auch, an dem sich Lully jedoch mit
einem Ausruf glücklicher Zufriedenheit niederließ.

»Sie halten mich bestimmt für dumm, aber dies ist mein
Glückstisch. Ich habe fröhliche Zeiten hier verbracht! Wir werden
sicher einen wundervollen Abend haben!«

»Sie machen mich nervös«, sagte Gersen. »Möglicherweise
bin ich dem Ereignis nicht gewachsen. Dann werden Sie sich über
mich und den Tisch ärgern.«

»Sicher nicht«, entgegnete Lully. »Ich habe beschlossen, dass
wir uns amüsieren, und der Tisch soll sich auf seine Manieren
besinnen.«

Eine entschieden forsche und bestimmte junge Frau, dachte
Gersen; besser, er achtete ebenfalls auf seine Manieren.

Lully, die ihren Kopf zur Seite geneigt hatte, schien etwas von
Gersens Bedenken zu erahnen. Forsch-fröhlich meinte sie: »Auf
der anderen Seite mag sich eine Tragödie an uns heranpirschen;
alles ist möglich. Wir könnten beim Tanzen hinfallen …«

»Tanzen?« erkundigte sich Gersen alarmiert. Lully schien ihn
nicht zu hören.

»… dann würde ich einfach einen anderen Tisch versuchen,
bis dieser entscheidet, dass die alten Wege die besten sind. Haben
Sie Hunger?«

»Ja, den habe ich tatsächlich.«

»Ich ebenfalls. Lassen Sie mich bestellen, ich weiß genau, was
gut ist.«

»Aber selbstverständlich«, erwiderte Gersen. »Was immer Sie
wünschen.«

»Zuerst nehmen wir einen Teller mit Kostproben und sauer
eingelegtem Stint, danach Schipps mit schwarzer Soße, zusammen mit einer doppelten Portion Zwiebeln, Bohnenkraut und
Cottrell-Schnitzel. Ist Ihnen das recht?«

»Absolut.«

»Das Chirret ist sehr gut hier, aber vielleicht ziehen Sie Bier vor?«

»Was ist Chirret?«

»Es ist ein sehr feiner Cidre aus Damaszenerpflaumen, keineswegs stark. Zuweilen machen sich die Leute zum Narren, indem sie zu tanzen versuchen, nachdem sie das Schwarze-Scheunen-Bier getrunken haben.«

»Dann Chirret, selbstverständlich, obwohl, was das Tanzen anbelangt ...«

Lully gab bereits einer Kellnerin Zeichen. Wie alle anderen Kellnerinnen und Kellner trug sie eine festliche Bauerntracht: eine voluminöse schwarz-grüne Bluse über einem blauen Rock, rote Strümpfe und schwarze Gamaschen. Lully bestellte entschlossen, bestimmte genau, wie die Teller vorbereitet und serviert werden sollten. Beinahe sofort brachte die Kellnerin einen Krug Chirret und danach Schalen mit Nüssen, gesalzenen Seeflocken und sauer eingelegtem Stint.

»Wir sind früh«, bemerkte Lully. »Die Masse ist eigentlich noch nicht hier. In einer Stunde gibt es beinahe zu viel Aktivität und wir finden kaum noch Platz zum Tanzen. Zuerst essen und reden wir. Erzählen Sie mir alles über sich und die Orte, an denen Sie gewesen sind.«

Gersen lachte unbehaglich. »Ich weiß kaum, wo ich anfangen soll.«

»Einfach irgendwo. Ich habe ein Interesse an Eidolologie entwickelt und kann Ihre Skarmatiken überhaupt nicht deuten. Sie sind gegensätzlich; Sie scheinen ein ungewöhnlicher Mann zu sein!«

»Ganz im Gegenteil, ich bin völlig gewöhnlich: außerdem schwerfällig und unbeholfen.«

»Ich glaube Ihnen kein Wort. Übrigens, haben Sie beschlossen, sich hier in Twanish niederzulassen? Ich hoffe es zumindest!«

Gersen, der an Moss Alrune dachte, lächelte nachdenklich. »Zuweilen bin ich versucht, es zu tun.«

Lully seufzte. »Es muss wundervoll sein, zwischen den Sternen zu reisen! Ich bin noch nirgendwo gewesen. Wie viele Welten haben Sie besucht?«

»Ich weiß es nicht genau; ich habe sie nie gezählt. Dutzende um Dutzende, wenigstens.«

»Mir wurde gesagt, jede Welt sei anders; dass Raummänner, selbst wenn sie nicht wissen, wo sie sind, in den Himmel blicken, die Luft riechen und auf der Stelle den Namen des Planeten benennen können. Sind Sie dazu auch in der Lage?«

»Mitunter. Aber ich irre mich genauso oft, wie ich recht habe. Erzählen Sie mir von sich. Haben Sie Brüder und Schwestern?«

»Jeweils drei. Ich bin die Älteste und die Erste, die einen Beruf ergriffen hat. Früher habe ich eine Heirat nie in Betracht gezogen; ich hatte immer eine fröhliche Zeit, es erscheint wie eine Schande, das zu ändern.«

Gersens empfindsame Antennen bebten und zitterten; ihm wurde noch unbehaglicher als zuvor. »Ich habe ebenfalls vor, eine Heirat auf absehbare Zeit zu meiden. Erzählen Sie mir von Ihrem Beruf.«

Lully rümpfte die Nase. »Vor dem Kotzash-Auftrag war es netter. Tatsächlich habe ich Herrn Lemuel Jarkow sehr gern gemocht. Herr Swiat Jarkow ist nicht über Vertraulichkeiten erhaben.«

»Kommen viele Darsh, um Herrn Jarkow zu sehen?«

»Nicht viele; eigentlich nur sehr wenige.«

»Vielleicht ist ein großer Darsh zusammen mit Ottile Panshaw gekommen.«

Lully schürzte die Lippen, zuckte mit den Achseln. »Ich kann mich nicht erinnern. Ist es wichtig?«

»Ich habe Herrn Panshaw zuvor bereits gesehen. Auf Dar Sai, glaube ich.«

»Sehr wahrscheinlich. Kotzash war ursprünglich eine Darsh-Gesellschaft. Das sind alles solch mysteriöse Fragen. Tatsächlich sind Sie ein mysteriöser Mann. Ich wäre nicht überrascht, wenn Sie von der IPCC wären. Sind Sie es?«

»Selbstverständlich nicht. Wäre ich es, würde mir kaum

gestattet sein, es dem ersten hübschen Mädchen mitzuteilen, das danach fragt.«

»Das ist wahr. Dennoch, Sie sehen gewiss nicht wie ein gewöhnlicher Techniker aus.«

»Wenn ich Feierabend habe, verändert sich meine Persönlichkeit«, sagte Gersen in einem gekünstelten Versuch der Witzelei.

Lully musterte ihn mit großer Aufmerksamkeit. Warum haben Sie nie geheiratet? Wollte Sie niemand haben?«

Gersen schüttelte den Kopf. »Ich würde es nicht wagen, jemanden zu bitten, die Art von Leben, die ich führe, mit mir zu teilen.«

Nach einem nachdenklichen Augenblick meinte Lully: »In Twanish ist es üblich, dass die Frau dem Mann einen Antrag macht, was nur angemessene Etikette ist. Es ist überall verschieden, habe ich gehört.«

»Ja, das ist ganz richtig.« Gersen suchte nach einem Weg, das Thema zu wechseln. »Ich sehe einige Darsh dort drüben beim Eingang. Kommen sie oft in die Schwarze Scheune?«

»Selbstverständlich! Sie sind angehalten, dort drüben zu sitzen, unter dem Ventilator, wo ihr Geruch keinen Anstoß erregt.« Lully sah zu, wie sich die beiden Darsh seitwärts durch den Raum schoben. »Sie sind beinahe Barbaren. Sie tanzen niemals, sondern hocken nur an den Tischen und verschlingen ihr Essen.«

»Wo sitzen die Methlen?«

»Drüben neben dem Musikpodium. Gewöhnlich kommen sie in Karnevalskostümen; es ist eine recht törichte Mode bei ihnen … Solch ein seltsames Volk, stets spielen sie Spiele, nehmen Rollen an, tun so als ob und tollen herum. Ohne Zweifel ist es ein großer Spaß, wenn man wohlhabend ist und in Llalarkno wohnt.«

»Das denke ich auch. Würden Sie gern einen Methlen heiraten?«

»Das ist kaum möglich! Tatsächlich würde ich es niemals wagen, einen zu fragen. Sie sind immer so pingelig, stimmen Sie mir da nicht zu?«

»Ja, in der Tat.«

»Sie haben natürlich ihre eigenen Gewohnheiten, aber keine

wirkliche Etikette. Würden Sie ein Methlenmädchen heiraten, wenn Sie Ihnen einen Antrag machen würde?«

»Das hängt von dem Mädchen ab«, entgegnete Gersen, der mit dem Verstand woanders war. Er beeilte sich, seine Bemerkung auszuführen. »Natürlich erwarte ich nicht, überhaupt irgendjemanden zu heiraten.«

Lully tätschelte ermahnend seinen Arm. »Sie haben jetzt eine gute Stelle. Es ist an der Zeit, dass Sie sesshaft werden.«

Gersen schüttelte lächelnd den Kopf. »Ich habe entschieden nicht diese Veranlagung ... Sehen Sie: da kommt das Orchester.«

Lully schaute zu den Musikern hinüber. »Es sind Denzel und seine Sieben Scheunenschlucke. Ein höchst seltsamer Name, da es nur fünf sind. Ich mag es nicht, wenn Dinge falsch dargestellt werden. Dennoch, sie sind recht gut, besonders bei Spitzen- und Hüpftänzen ... Welches sind Ihre liebsten Tänze?«

»Ich kenne überhaupt keine Tänze.«

»Wie seltsam! Keine Muster, keine Giguen, keine Galopps?«

»Nicht einmal einen langsamen Marsch.«

»Das müssen wir ändern! Es ist eine Schande! Ich könnte Ihnen nie einen Antrag machen!« Lully brach in Gelächter aus. »Auf der anderen Seite könnte ich mir eine Lähmung zuziehen, was sollte ich dann mit einem Jig tanzenden Ehemann? ... Hier kommt unser Essen und wir wollen doch nicht mit leerem Magen über eine Heirat nachdenken.«

Das Orchester, das aus Flachgott, Bassflöte, Gitarre, Beulhorn sowie Tympanillo bestand, setzte zu einer Melodie an und die Leute begaben sich zum Tanz. Die Vielfalt der Bewegungstechniken erstaunte Gersen. Zur ersten Melodie vollführten sie einen kompliziert wirbelnden Reel, der durch hochgeworfene Beine und Sprünge akzentuiert wurde. Zur nächsten Melodie strömten sie in einem hoppelnden Gleiten mit lockeren Knien vor und zurück; zur dritten Melodie übten sie eine Reihe von Figuren aus, die darin endeten, dass jeweils vier Tänzer mit zusammengepressten Rücken und nach hinten gereckten Armen eine Übung vollführten, indem sie auf der Stelle liefen und die Knie hochstießen.

Gersen kommentierte die Vielseitigkeit der Tänzer. Lully blickte ihn mit großäugiger Verwunderung an. »Ich habe vergessen, dass Sie kein Tänzer sind! Wir vollführen Dutzende von Schritten. Es wird als stumpfsinnig erachtet, den gleichen Schritt zweimal zu machen. Würden Sie nicht gern eine einfache kleine Polka lernen?«

»Nun, nein. Nicht wirklich.«

»Kirth Gersen, Sie sind wirklich ein schüchterner Mann! Es ist an der Zeit, dass Sie jemand an die Hand nimmt. Ich glaube, wir verordnen Ihnen einfach Tanzstunden: Beginn morgen.«

Gersen suchte nach einer passenden Erwiderung, wurde jedoch durch die Ankunft einer Gruppe Methlen abgelenkt. Wie Lully angemerkt hatte, trug der Großteil von ihnen Pierrot-Kostüme mit Pompons auf weißen Hüten sowie lange Pantoffeln mit aufwärts gebogenen Zehenteilen. Sie strömten fröhlich zu dem Bereich, der ihrem Aufenthalt vorbehalten war.

Bald darauf gingen einige von ihnen zum Tanz und wahrten stets einen gewissen Abstand zu den Mischlingen. Sie verwendeten eine Vielzahl von Schritten, tanzten in Paaren, und dies auf eine Weise, die weitaus weniger schwungvoll war, als die Art der Mischlinge.

Gersen ließ die Augen über die Gruppe wandern, entdeckte jedoch niemanden, den er kannte. Währenddessen redete Lully über dies und jenes, deutete auf Bekannte, erklärte Tanztechniken, kommentierte die Köstlichkeit der Schipps und die Vorzüglichkeit des Stints.

Gersen versuchte, die Unterhaltung auf Jarkows Büro zu lenken, mit nur wenig Erfolg.

Gegen Ende des Mahles, das Orchester spielte eine fröhliche Melodie und die Tänzer vollführten in einem schnellen hüpfenden Gang untereinander komplizierte Verflechtungen, wurde Lully unruhig. Sie wandte Gersen leuchtende Augen zu. »Morgen Abend bringe ich Ihnen diesen Schritt bei!«

Gersen schüttelte den Kopf. »Ich kann unmöglich kommen.«

Lully sprach in vorwurfsvollem Ton: »Sie treffen ein anderes Mädchen?«

»Selbstverständlich nicht«, äußerte Gersen verächtlich. »Ich habe einen Geschäftstermin.«

»Dann übermorgen Abend. Ich bereite ein kleines Abendessen vor, und wir haben eine gute Grundlage.«

»Ich würde einen armseligen Schüler abgeben«, sagte Gersen. »Tatsächlich leide ich an Schwindelanfällen; Tanzen würde sie gewiss auslösen.«

»Sie treiben Ihre Scherze mit mir«, meinte Lully bekümmert. »Sie treffen sich mit einer anderen Frau. Daran kann kein vernünftiger Zweifel bestehen.«

Gersen suchte nach neuen Entschuldigungen, wurde jedoch von der Ankunft eines von Lullys Freunden unterbrochen, einem jungen Mann, der einen modischen Anzug in Hellbraun und Schwarz trug.

»Warum tanzt du nicht?« fragte er Lully. »Das Orchester erreicht gerade den Höhepunkt.«

»Mein Freund tanzt nicht«, entgegnete Lully.

»Wie bitte? Sicherlich will er nicht, dass du den Abend verschwendest! Komm, sie beginnen mit Wilde Flucht der Popanze.«

»Macht es Ihnen etwas aus?« erkundigte sich Lully bei Gersen.

»Keineswegs!«

Lully und ihr Freund gingen forsch hinaus auf die Tanzfläche und nahmen kurz darauf eifrig am Tanz teil. Gersen sah einen Augenblick ohne großes Interesse zu. Sein Verstand ging auf Wanderschaft; er lehnte sich auf dem Stuhl zurück und dachte über den stagnierenden Zustand seiner Angelegenheiten nach. Zweifel, Unentschlossenheit, Rückschläge behinderten ihn überall. Er hatte seine Initiative gegenüber Lens Larque verloren, der nun tatsächlich selbst gegen Gersen vorrückte. Die Gefahr war zur Bedrohung geworden. Bisher war er den recht beiläufigen Versuchen, ihn zu fassen zu bekommen, entgangen; zweifellos würden sie direkter werden. Wenn Lens Larque ungeduldig wurde, würde ein von der anderen Straßenseite abgeschossener Glassplitter genügen, das Ärgernis, welches durch Gersens Aktivitäten verursacht wurde, abzustellen. Derzeit erschien es, dass Lens Larque

lediglich verdrossen und verstimmt war. Gersen konnte möglicherweise mit einem weiteren Tag rechnen, bevor sich Lens
Larque ernsthaft an die Arbeit machte ...

Gersens Träumereien wurden durch die Ankunft einer zweiten
Gruppe Methlen unterbrochen. Er fragte sich, ob Jerdian nach
Llalarkno zurückgekehrt war und ob er sie sehen würde ... Er hatte
gerade an sie gedacht, da wandte sie sich um und er erkannte ihr
Gesicht. Wie ihre Freunde trug sie ein Karnevalskostüm: bequeme
weiße Kleidung, die sie von Kopf bis Fuß einhüllte, mit blauen
Pompons vorn, exzentrischen Pantoffeln und einen, von einem
hellblauen Pompon gekrönten, konischen weißen Hut, der schräg
über ihre dunklen Locken gezogen war. Sie sah so frisch und attraktiv und unschuldig-fröhlich aus, dass ihm sein Herz im Hals schlug.

Ohne nachzudenken erhob er sich und durchquerte den Saal.
Sie drehte den Kopf und sah ihn; einen Augenblick lang sahen
sie sich Aug in Auge an. Ihre Gruppe war im Begriff, durch den
Raum zu gehen. Jerdian zögerte, warf einen schnellen Blick hinter
ihren Freunden her, ging dann dorthin, wo Gersen in den Schatten stand. Sie sprach in einem heiseren Wispern. »Was machst du
denn hier?«

»Zum einen habe ich gehofft dich zu sehen.« Gersen legte die
Hände unter ihre Arme, zog sie an sich heran und küsste sie.

Nach einem Augenblick löste sie sich von ihm und trat zurück.
»Ich dachte, ich würde dich niemals wiedersehen!«

Gersen lachte. »Und ich wusste, du würdest es. Liebst du mich
immer noch?«

»Ja, selbstverständlich ... Ich weiß nicht, was ich dir sagen
soll.«

»Kannst du deine Gruppe verlassen und mit mir fortgehen?«

»Jetzt? Das wäre nicht möglich. Ich würde einen Skandal auslösen.« Sie blickte durch den Saal. »In einem Augenblick wird
mein Begleiter nach mir sehen.«

»Er wird denken, du wärest zum Erfrischungsraum gegangen.«

»Vielleicht. Was für ein unwürdiger Vorwand, einen geheimen
Liebhaber zu treffen!«

»Kann ich dich später am Abend treffen, wenn du von hier fortgegangen bist?«

Jerdian schüttelte den Kopf. »Wir haben ein Mitternachtsessen mit Gästen geplant, dem kann ich mich unmöglich entziehen.«

»Dann Morgen, gegen Mittag.«

»Also gut, aber wo? Du kannst nicht nach Altenholz kommen; mein Vater wäre ungehalten.«

»Vor Moss Alrune, auf der zum See gelegenen Seite.«

Sie blickte ihn überrascht an. »Dort können wir uns nicht treffen, es ist Privatbesitz!«

»Nichtsdestotrotz steht es leer und niemand wird uns belästigen.«

»Also gut. Ich werde dort sein.« Sie blickte über die Schulter. »Nun muss ich gehen.« Wieder blickte sie sich um: »Schnell.« Sie trat nahe an ihn heran und hob das Gesicht; sie umarmten sich. Gersen küsste sie einmal, zweimal; dann zog sie sich, atemlos und halb lachend, zurück. »Bis morgen Mittag!« Sie ging rasch hinter der Gruppe her.

Gersen drehte sich um und begegnete dem betroffenen und unfreundlichen Blick von Lully Inkelstaff, die gerade aus dem Durchgang kam, der zum Damenerfrischungsraum führte. Wortlos rauschte sie zum Tisch davon, an dem sie mit Gersen gesessen hatte, schnappte sich Handtasche sowie Umhang und marschierte davon, um sich zu ihren Freunden zu gesellen.

Gersen zuckte reuevoll mit den Schultern. »Zumindest entgehe ich so der morgigen Tanzstunde.«

KAPITEL XVI

Gersen bezahlte die Zeche und verließ die Schwarze Scheune. An einer Seite warteten ein halbes Dutzend Taxis auf Fahrgäste. Das erste Taxi in der Reihe besaß einen verblassten weißen Streifen an der Schürze. Gersen wandte sich ungezwungen ab und blieb stehen, als warte er auf jemanden von drinnen. Wie hatte er bis zur *Schwarzen Scheune* verfolgt werden können? War ihm ein Aufspürer angeheftet worden? Vielleicht ein Wurfstoff, der, als Reaktion auf einen Suchstrahl, ein Signal zurücksandte? ... Heute Abend würde er sich gewissenhaft baden und seine gesamte Kleidung wechseln.

Heute Abend – falls er lebendig im Hotel eintraf. Er würde ganz entschieden keines der Taxis aus der Reihe in Anspruch nehmen. Gersen schlenderte mit dem Ausdruck eines gedankenverlorenen Mannes langsam vor und zurück; als er in einen Bereich gelangte, von wo er die Taxis nicht mehr sehen konnte, lief er die Straße nach Twanish hinunter los.

Die Nacht war klar und dunkel. Ihm fremde Konstellationen hingen am Himmel und zeigten die Straße als ein fahles Band mit dunklen Feldern zu beiden Seiten. Während Gersen lief, schien sein Körper zum Leben zu erwachen; seine gesamte Seele dehnte sich aus. Dies war das Leben, für das er bestimmt war und in dem er sich wohlfühlte: auf einer fremden Welt durch die Nacht laufen, mit der Gefahr hinter sich, und er selbst die Verkörperung der rächenden Gefahr. Die Schwermut und die düsteren Bedenken waren verflogen; er fühlte sich wie der Gersen alter Zeiten ... Gegen den Himmel zeichnete sich ein Baumdickicht ab. Gersen hielt unvermittelt inne, um zu lauschen. Von der *Schwarzen Scheune*, die nun beinahe einen halben Kilometer entfernt war, vernahm er das Wispern von Musik und er sah die Lichter eines Taxis. Gersen blickte zu der, den Bäumen gegenüberliegenden, Straßenseite. Er erkannte einen flachen Graben und, dahinter, ein Gebüsch Unkraut. Er sprang über den Graben und warf sich flach hinter das Unkraut.

Das Taxi kam mit hoher Geschwindigkeit heran, die Lichter beleuchteten die Straße. Als das Taxi in Höhe der Bäume war, hielt es abrupt an, beinahe neben Gersen. Aber die Aufmerksamkeit des Fahrers und der Insassen waren auf die Bäume gerichtet, nicht auf das Unkrautgebüsch, welches Gersen kaum verbergen konnte.

Der Fahrer sprach in einem milden Ton: »Er ist nicht die Straße hinunter. Er hätte nicht viel weiter kommen können.«

Aus dem Fahrgastabteil stiegen drei Männer aus; Gersen konnte im Glanz des reflektierten Scheinwerferlichts nur ihre Silhouetten ausmachen.

Wieder sprach der Fahrer: »Er versteckt sich zwischen den Bäumen, es sei denn, er ist in die Felder geflüchtet.«

Einer der Passagiere, ein kleiner gedrungener Mann, sprach in getragenem Bass: »Richte die Lichter so aus, dass sie zwischen die Bäume scheinen.«

Der Fahrer tat wie ihm geheißen und fuhr das Taxi beinahe bis zum Graben zurück.

Der kleine gedrungene Mann sagte: »Ang, nach rechts. Dofty, nach links. Bleibt aus dem Licht, fasst ihn lebendig. Das ist wichtig. Vogel will ihn lebendig.«

Gersen erhob sich hinter dem Unkraut. Lautlos sprang er über den Graben. Er stieg die zwei Stufen zum Fahrerabteil hinauf und stieß das Vipernzungenstilett in das Genick des Fahrers. Beißzangen durchtrennten die Nervenbahn der Wirbelsäule und führten zum sofortigen Tod. Gersen legte die Leiche in den Fußraum und setzte sich selbst ans Steuer. Der kleine Mann stand auf der Straße, links vom Taxi: ein Mann, mit dem Gersen eine ernsthafte und ehrliche Unterhaltung führen wollte.

Drei Minuten vergingen. Gersen saß mit der Splitterpistole

da, wartete. Ang und Dofty tauchten zwischen den Bäumen auf. Sie traten vor und hinein in den Lichtschein des Taxis: Ang, ein gebeugter, kantiger junger Mann mit langer Sattelnase und einem kurzen schwarzen Bart; Dofty, kräftig, mit Kindergesicht, der mit geschlitzten Augen umherspähte. Gersen hatte ihresgleichen oft im Jenseits getroffen, in verrufenen Hintergassenschenken oder bei ihren Geschäften, wie jetzt.

Der kleine gedrungene Mann trat einen ungeduldigen Schritt vor. »Nichts?«

»Dort ist er nicht«, entgegnete Ang.

Gersen wartete, bis die beiden dicht vor dem Taxi waren, dann feuerte er die Waffe, ohne Skrupel oder Gewissensbisse zu verspüren, einmal, zweimal ab, trieb Splitter explosiven Glases durch die Stirnen von Ang und Dofty und noch einmal durch den Ellbogen des kleinen Mannes, als dieser herumwirbelte. Die Waffe des kleinen Mannes fiel auf die Straße.

Gersen sprang vom Fahrersitz. »Ich bin der Mann, nach dem Sie Ausschau halten.«

Der kleine Mann sagte nichts, sondern starrte Gersen nur an, das Gesicht schmerzverzerrt.

Gersen sprach in beiläufigstem Ton: »Haben Sie jemals einen Menschen an Kluthe sterben sehen? Nein? Ja? Sie können Kluthe wählen oder ich schieße Ihnen in den Kopf. Was wollen Sie?«

»Schießen«, wisperte der kleine Mann.

»Dann beantworten Sie meine Fragen. Falls Sie mich zu fassen bekommen hätten, was sollten Sie mit mir machen?«

»Sie mit dem Band fesseln und Sie zu einem Schuppen bringen.«

»Was dann?«

»Hätte ich wegen Anweisungen angerufen.«

»Wer gibt Ihnen Anweisungen?«

»Der kleine Mann starrte lediglich. Gersen trat vor, die Hand in einem Handschuh. Er hob die Hand, streckte den Arm vor. »Schnell!«

»Der Vogel.«

»Lens Larque?«

»Sie haben den Namen genannt.«

»Wo befindet er sich jetzt?«

»Ich weiß es nicht. Ich erhalte meine Befehle per Funk.«

Aus der Richtung der *Schwarzen Scheune* kamen neue Lichter. Der kleine Mann stürzte sich auf Gersen, der ihm genau in die Stirn schoss. Gersen legte den furchtbaren Handschuh vorsichtig in die Halterung zurück, dann wandte er sich ab und sah im zurückgeworfenen Licht einen verwitterten weißen Streifen an der Basis des Taxis. Er lief die Straße hinunter in Richtung Twanish.

Das Taxi, das von der *Schwarzen Scheune* kam, hielt an, als es den Weg blockiert fand. Gersen, der innehielt, um über die Schulter zurückzublicken, sah, wie der Fahrer und die Insassen ausstiegen und erschreckt auf die Leichen starrten.

Im Café Steinbock, das den Erfüllungspark überblickte und halbwegs zwischen dem *Kommerzhotel* und dem Skohuneturm lag, saß Gersen mit einer Kanne Tee und beurteilte die Ereignisse des Abends. Seine Stimmung, bemerkte er erfreut, war nun weniger quälend. Aktivität hatte die stagnierenden Kanäle seines Verstandes ausgewaschen. Die vier Tötungen? Er bedauerte lediglich, dass er so wenige Informationen aus dem kleinen Mann herausbekommen hatte. Er dachte an Jerdian Chanseth und verspürte eine heiße Erregung; er dachte an Lully und lachte laut auf … Unter Lullys Schreibtisch bei Jarkow Maschinenbau ruhte der Aufzeichnungsapparat, den er vor so kurzer Zeit erst dort angebracht hatte. Er war für das Kotzash-Büro gedacht gewesen und diente nun keinem Zweck mehr. Er wäre von weitaus größerem Vorteil, wenn er Unterhaltungen in Jarkows Büro aufzeichnen könnte.

Gersen blickte in Richtung des Skohuneturms, der zu dieser Stunde nur die gedämpfte Beleuchtung der Nachtkugeln zeigte.

Gersen trank den Tee aus. Er ging zum Hotel, nahm die Ausrüstungstasche, kehrte zur Straße zurück und schlenderte durch den Park zum Skohuneturm. Die Eingangshalle war verlassen. Er fuhr

mit dem Aufzug in das dritte Geschoss, verwendete den Schlüssel
zu Zimmer 308 und betrat die Büros von Jarkow Maschinenbau.

Unmittelbar hinter der Tür hielt er inne, um zu lauschen. Kein
Geräusch, kein Hinweis auf menschliche Präsenz. Er trat in Lullys
Nische, wo er die Aufzeichnungseinheit fand und herausnahm.
Am geeignetsten, entschied er, wäre es, die Geräuschsonde in
Jarkows Büro zu platzieren.

Gersen brachte das Mikrofon unter Jarkows Schreibtisch an,
wo er eine Reihe von Gerätschaften entdeckte, die ihn aufschreck-
ten. Gersen entsann sich eines alten Aphorismus': *Wer mit dem
Teufel·isst, sollte einen langen Löffel verwenden.* Jarkow, der mit Lens
Larque zusammenarbeitete, hatte verschiedene Versionen des
»langen Löffels« installiert, wo sie am nützlichsten waren.

Gersen arbeitete schnell und effektiv und richtete das System
binnen einer halben Stunde zu seiner Zufriedenheit ein. Das Auf-
zeichnungsgerät war an das Kotzash-Telefon angeschlossen und
Mikrofone befanden sich an günstigen Orten im gesamten Raum.
Er packte die Werkzeuge zusammen und war im Begriff aufzubre-
chen, blieb aber unvermittelt vor dem Planungszimmer stehen. Er
öffnete die Tür und blickte hinein, um das übliche Brimborium
vorzufinden: Zeichenmaschine, Oberflächenintegratoren, Auto-
zeichner, eine Mustersammlung. In Arbeit befindliche Prozesse
lagen ausgebreitet auf einem Tisch: Kartenseite um Kartenseite,
Spalten und Reihen von Zahlen. Jede Seite wies eine Notation auf:
Abschnitt 1A, Abschnitt 1B, die letzte Seite war mit 20F beschriftet.
Unter dem Tisch entdeckte Gersen zwei seltsame Gegenstände:
der erste eine unregelmäßige Masse einer kalkartigen Substanz
von etwa dreißig Zentimetern Durchmesser. Die Oberfläche war
in ungefähr hundert Flächen unterteilt worden, jede in gleicher
Weise wie die Kartenseiten mit schwarzer Tinte beschriftet. Der
zweite Gegenstand war eine vergrößerte Nachbildung des ersten, gefertigt aus einer leichten, durchsichtigen Substanz und auf
ähnliche Weise in kleine Flächen eingeteilt. Unter der Oberfläche
verliefen unzählige scharlachrote Fäden, die in keinem offensichtlichen Muster umherkurvten, sich bogen, verdrehten, schlängelten.

Sehr eigenartig, dachte Gersen. Er hob den Gegenstand auf, blickte ihn von dieser und jener Seite an. Sehr eigenartig. Höchst kurios ... Gersen stieß einen unvermittelten Schrei aus und fing unkontrolliert an zu lachen.

War eine solch bemerkenswerte und großartige Narretei möglich? Er dachte über die Monate zurück und hundert Informationsstücke setzten sich unvermittelt zu einem stimmigen Gesamtbild zusammen.

Gersen legte den durchsichtigen Gegenstand zurück. Er nahm die Tasche und verließ die Büros von Jarkow Maschinenbau. Er hatte seine Absichten erfüllt. Unterhaltungen, die in Jarkows Büro aufgezeichnet wurden, konnten nichts anderes als interessant sein.

Ohne Zwischenfall kehrte Gersen zum Hotel zurück. Die Alarmvorrichtung, welche er an der Tür seines Zimmers eingerichtet hatte, war an ihrem Ort und unverändert. Gersen trat ein, schloss und verriegelte die Tür, badete und begab sich zu Bett.

Gersen verbrachte eine unruhige Nacht. Gesichter schwebten vor seinem geistigen Auge: Lens Larque – Karikaturen, Zeichnungen und verschwommene Fotografien. Der arme gebrochene Tintle und seine Frau, Daswell Tippin, Ottile Panshaw, Bel Ruk, Lully Inkelstaff, Jerdian Chanseth ...

Am Morgen bestellte er Frühstück auf sein Zimmer, dann, geplagt von Zweifeln, aß er nichts davon. Er zog sich sorgfältig an, stieg hinab ins Erdgeschoss, schlüpfte hinaus auf *Die Mall*, ging zum Café Steinbock und frühstückte dort. Heute würde ein wichtiger Tag werden. Mittags: Moss Alrune und Jerdian. Später – wer konnte das sagen? Möglicherweise ein Treffen mit Lens Larque. Er kehrte zum Hotel zurück und ging hinauf in sein Zimmer. Die Alarmvorrichtung war berührt worden. Gersen legte ein Ohr an die Tür und vernahm eine Reihe seltsamer Geräusche. Mit höchst übertriebener Feinfühligkeit ließ er die Tür aufgleiten, um ein Zimmermädchen vorzufinden, das sein Zimmer herrichtete.

Er trat ein und entbot ihr einen guten Morgen. Einige Minuten später zog sie sich zurück. Sogleich ging Gersen zum Telefon.

Er rief das Kotzash-Büro an und aktivierte das Aufzeichnungs-
gerät. An sein Ohr drangen die vier Unterhaltungen, welche an
diesem Morgen aufgezeichnet worden waren. Zunächst ein Anruf
von Zerus Belsaint vom Stellar-Fort Sicherheitsverband, der eine
Unterhaltung mit Herrn Jarkow zu führen wünschte.

»Es tut mir leid«, sagte Lully in keckem Ton. »Herr Jarkow ist
nicht anwesend.«

»Wann erwarten Sie ihn?«

»Ich weiß es nicht, mein Herr. Morgen vielleicht.«

»Bitte sagen Sie ihm, dass ich angerufen habe, und dass ich es
morgen wieder versuchen werde.«

»Sehr wohl, mein Herr.«

Als nächstes war ein Anruf von Jarkow zu hören, der sich nach
Ottile Panshaw erkundigte.

»Er war nicht hier, mein Herr.«

»Wie bitte?« Jarkows Ton war scharf. »Hat er eine Nachricht
hinterlassen?«

»Nicht ein Wort! Niemand hat angerufen, außer Herrn Zerus
Belsaint, der mit Ihnen sprechen will.«

»Ein Herr Zerus wer?«

»Herr Zerus Belsaint vom Stellar-Fort Sicherheitsverband.
Darf ich ihm sagen, wann es Ihnen möglich ist, ihn zu sehen?«

»Ich komme spät nachmittags herein, aber ich will nicht mit
Belsaint sprechen. Wenn Panshaw anruft, bestellen Sie ihn ins
Büro und lassen Sie ihn nicht wieder gehen.«

»Ja, mein Herr.«

Als nächstes lauschte Gersen Lullys Privatgespräch mit einer
Freundin, aus dem er mehr erfuhr, als ihm lieb war. Lully beschrieb
ihre Abenteuer des vorigen Abends und verwendete Bilder und
Metaphern, die Gersen nicht gerade schmeichelhaft fand. »Und
mit einem Methlenmädchen, ist es zu glauben?« Lullys Stimme
war hochtönend vor Entrüstung. »Ich kann mir nicht vorstellen,
was für eine Sorte Mann er ist! Ich habe ihn mit meinem furcht-
barsten Blick angesehen, ihn einfach darben lassen! Dann bin ich
mit Nary fortgegangen. Wir haben drei Suiten getanzt und einen

Großen Galopp. Und das ist noch nicht alles! Auf dem Weg nach Hause sind wir auf einen furchtbaren Mord gestoßen – eigentlich vier Morde, an einem Taxifahrer und drei Passagieren. Sie lagen auf der Straße herum wie Hundekadaver. Das war eine Nacht, die ich nicht vergessen werde!«

»Wer war das Methlenmädchen?«

»Dieses flatterhafte Chanseth-Stück. Man sieht sie überall.«

»Ja, ich kenne sie.«

Die Unterhaltung endete und der letzte Anruf kam durch: von Motry, Jarkows Vorarbeiter. »Herrn Jarkow, bitte.«

»Er ist noch nicht da. Er kommt später heute.«

»Ich bin gerade von Shanitra heruntergekommen. Ich rufe an, um zu berichten, dass wir mit den letzten Überprüfungen fertig sind. Er kann die Nachricht an seine Auftraggeber weitergeben. Werden Sie ihm die Botschaft ausrichten?«

»Gewiss, Herr Motry.«

»Vergessen Sie es nur nicht!«

»Natürlich werde ich es nicht vergessen! Tatsächlich werde ich ihm noch in dieser Minute eine Notiz auf seinen Schreibtisch legen.«

»So muss es sein! Ganz richtig, mein Mädchen! Ich komme morgen früh ins Büro.«

»Sehr gut, Herr Motry. Ich werde es Herrn Jarkow sagen.«

Danach war die Leitung tot. Gersen setzte sich im Sessel zurück und überlegte. Heute musste der Tag sein. Er blickte aus dem Fenster. Das Wetter war kühl, Coralicht fiel schräg aus einem herbstlichen Himmel. Das Hochland von Llalarkno zeigte sich verschwommen durch den Dunst; die Stadt, der Park, die gesamte Landschaft schienen mit melancholischer Ruhe durchflutet zu sein, die Gersen im Einklang mit seiner eigenen Stimmung fand. Probleme waren gelöst, Geheimnisse hatten sich offenbart, zu einem Effekt, so haarsträubend, harsch und wild, dass Gersens Geist abschweifte.

Er dachte über die Gespräche nach, die er mitgehört hatte. Jarkow erwartete wichtige Besucher während des Nachmittags:

Um wen konnte es sich handeln? ... Seine Gedanken wanderten zu Jerdian Chanseth und brachten ihm ein Zwicken dumpfer Ungewissheit ein. Was würde sie denken? Nun, in diesem Augenblick? Gersen, so scharfsinnig, clever und fähig er war, fand sich von Zweifeln und Sorgen befallen. Er sah sie, wie er sie zum ersten Mal gesehen hatte, in ihrem dunkelgrünen Kleid mit dunkelgrünen Strümpfen, das dunkle Haar lockig über den Ohren und der Stirn. Sie hatte lediglich mit einem hochmütigen, flüchtigen Blick Notiz von ihm genommen; wie anders war nun ihre Beziehung! Gersens Herz schmolz in seinem Inneren ... Er sah nach der Zeit: weniger als eine Stunde bis Mittag – nicht zu früh, sich nach Moss Alrune aufzumachen.

Gersen betrachtete die Taxis, welche neben dem Hotel warteten. Unwahrscheinlich, dass eines von ihnen als Bedrohung betrachtet werden musste; nichtsdestotrotz durchquerte er den Park und winkte ein Taxi heran, das die Straße entlangfuhr. Wie immer stieß er auf Widerstand, und der Fahrer stimmte dem Ausflug erst zu, nachdem Gersen sich bereit erklärte, ganz hinten im Schatten des Inneren Platz zu nehmen, wo er nicht zu sehen war.

Auf der Straße bei Moss Alrune stieg Gersen aus und bezahlte den Fahrpreis; der Fahrer verschwendete keine Zeit und fuhr ab.

Gersen ging die Straße entlang zurück zum Eingangsbogen. Große Bäume einer ihm unbekannten Art hingen über der Steinmauer und warfen gesprenkelte Schatten. Die Luft war ruhig und still. Zur Linken und Rechten des Bogens trugen Steinsäulen die Büsten von in dunkelgoldenes Metall gegossenen Nymphen; ihre Augen blickten blind zu ihm hinab.

Er ging unter dem Bogen hindurch auf das Anwesen. Die Auffahrt bog sich hinauf zu einem breiten Portikus. Dahinter führte ein Pfad um das Haus herum in den Garten, den Gersen bisher noch nicht erkundet hatte. Er schritt inmitten von Kreationen blühender Büsche und sorgfältig gepflegter Bäume dahin und kam bald darauf zu einer niedrigen Steinmauer. Auf der anderen Seite erstreckte sich das Altenholz-Anwesen. Gersen blickte über den

Rasen auf dem sich gerade zwei kleine dunkelhaarige Mädchen befanden, nackt bis auf mit Blumen verzierte weiße Strohhüte. Sie sahen Gersen und hielten inne, um ihn anzustarren. Ihr Herumtollen wurde gesetzter. Kurz darauf rannten sie davon in einen abgelegeneren Bereich.

Gersen kehrte den Weg zurück, den er gekommen war, und fragte sich, ob jemals seine eigenen Kinder so selig über den Rasen von Moss Alrune laufen würden ... Er ging zur Vorderseite des Hauses. Auf den Stufen saß Jerdian und blickte nachdenklich über das Wasser. Sie erhob sich. Er legte die Arme behutsam um sie und küsste sie. Sie fügte sich ohne Leidenschaft.

Einige Minuten standen sie da, dann sagte Gersen: »Hast du deiner Familie von mir erzählt?«

Jerdian lachte bekümmert. »Mein Vater denkt nicht gut über dich.«

»Er kennt mich kaum. Soll ich gehen und mit ihm reden?«

»Oh nein! Er würde kühl sein ... Ich weiß wirklich nicht, was ich sagen soll. Die ganze letzte Nacht habe ich über dich und mich nachgedacht und den gesamten Morgen ... Ich bin immer noch verwirrt.«

»Ich habe ebenfalls nachgedacht. Ich sehe drei mögliche Wege. Wir können einander Lebewohl sagen, für immer und ewig. Oder du kannst mit mir fortgehen – jetzt, wenn du willst. Morgen verlassen wir Methel und machen uns auf in den Raum.«

Jerdian seufzte und schüttelte langsam und trübsinnig den Kopf. »Du weißt nicht, wie es ist, eine Methlen zu sein. Ich bin ein Teil Llalarknos, gerade als wäre ich hier gewachsen wie ein Baum. Fort von meinem Zuhause wäre ich immer einsam, einerlei wie sehr ich dich auch lieben würde.«

»Oder ich könnte hier auf Methel bleiben und mir hier ein Zuhause schaffen, mit dir zusammen.«

Jerdian blickte ihn zweifelnd an. »Würdest du das wirklich für mich tun?«

»Ich habe kein anderes Zuhause. Llalarkno gefällt mir. Weshalb sollte ich nicht hier wohnen?«

Jerdian lächelte reuevoll. »So einfach ist es nicht. Außenweltler werden nicht oft willkommen geheißen, wenn überhaupt. Wir
sind sehr exklusiv, wie du sicher weißt.«

»Diesen Teil habe ich bereits erledigt. Wir besitzen bereits ein
Zuhause.«

»Hier? Auf Methlen?«

Gersen nickte. »Moss Alrune. Ich habe es gestern gekauft.«

Jerdian blickte ihn erstaunt an. »Der Preis war eine Million
SVE! Ich hatte dich für, nun, einen armen Abenteurer gehalten –
einen Raummann!«

»Das bin ich auch, in gewisser Weise, aber kaum arm. Ich
könnte ein Dutzend Moss Alrunes kaufen und würde es nicht
einmal merken.«

»Ich bin ganz durcheinander.«

»Ich hoffe, du denkst nicht schlecht von mir, dass ich nicht arm
bin.«

»Nein. Nicht wirklich. Du bist ein größeres Geheimnis als
zuvor. Warum hast du dein Leben riskiert und beim Hadaul gegen
diesen großen Darsh gekämpft?«

»Weil es getan werden musste.«

»Aber warum?«

»Morgen werde ich dir alles erzählen. Heute … ist nicht die
rechte Zeit.«

Sie blickte ihn fragend an. »Du bist kein Krimineller? Oder ein
Pirat?«

»Ich bin nicht einmal Bankier.«

Jerdian, die an Gersen vorbeischaute, erstarrte. Eine wütende
Stimme rief: »Hallo dort, Bursche! Was tun Sie hier? Jerdian?
Was geht hier vor?« Ohne auf eine Antwort zu warten, gab Adario
Chanseth zwei stämmigen Lakaien ein Zeichen. »Nehmen Sie
diesen Burschen und werfen Sie ihn hinaus auf die Straße.«

Die Lakaien rückten selbstsicher vor. Einen Augenblick später
lag einer mit dem Gesicht nach unten im Blumenbeet, der andere
saß benommen daneben und fasste sich ans blutende Gesicht.
Gersen sagte: »Sie haben mich aus Ihrer Bank hinausgeschmissen,

Herr Chanseth, aber dies ist mein Anwesen und ich mag es nicht, belästigt zu werden.«

»Was meinen Sie damit – Ihr Anwesen?«

»Ich habe Moss Alrune gestern gekauft.«

Chanseth stieß ein raues Lachen aus. »Sie haben nicht sehr viel gekauft. Haben Sie die Llalarkno-Charta gelesen? Nein? Dann machen Sie sich auf eine Überraschung gefasst. Llalarkno ist eine Privatdomäne und behält seine eigentliche Eignerschaft bei, auf alle Ewigkeit. Sie haben keinen Titel erworben; Sie haben erworben, was im Grunde genommen eine Pacht ist, die von den Llalarkno-Treuhändern rechtskräftig gemacht werden muss. Ich bin einer von ihnen. Ich will nicht, dass Ihr Außenweltlergesicht über meiner Gartenmauer hängt und auf meine Kinder starrt, genauso wenig wie ich diesen Darsh-Bösewicht dulden würde.«

Gersen blickte zu Jerdian, die händeringend dastand; Tränen rannen ihr die Wangen hinab. Chanseth warf ihr einen Blick zu. »So ist das also, wie? Ein romantisches Drama. Nun, schlag dir diese Rolle aus dem Kopf. Du bist eine ungeratene kleine Kreatur. Deine Einbildung bringt dich in Situationen, die du nicht kontrollieren kannst. Das Drama ist vorüber; hier ist jetzt Schluss. Es ist an der Zeit, dass du Anstand lernst. Geh sofort ins Haus!«

»Nur einen Augenblick«, bat Gersen. Er ging zu Jerdian und blieb, in ihr tränenüberströmtes Gesicht hinunterblickend, stehen. »Du musst ihm nicht gehorchen. Du kannst mit mir kommen – wenn du es willst.«

Jerdian sagte mit leiser Stimme: »Er hat wahrscheinlich recht. Ich bin eine Methlen, und ich werde niemals etwas anderes sein. Ich nehme an, ich muss dem ins Gesicht sehen. Lebewohl, Kirth Gersen.«

Gersen verbeugte sich steif. »Lebewohl.« Er wandte sich an Adario Chanseth, der steinern danebenstand, doch er fand keine , um seine Gefühle auszudrücken. Er machte auf der Stelle kehrt, schritt die Auffahrt hinunter davon, ging unter dem Bogen hindurch, und die Bronze-Nymphen starrten aus blinden Augen auf ihn hinab.

Die Straße war verlassen. Gersen ging südwärts in Richtung Twanish, mit dem Anwesen Altenholz zu seiner Rechten. Er warf einen einzigen Blick über den abfallenden Rasen. Die beiden kleinen Mädchen, die nun Kleider trugen, bemerkten sein Vorübergehen und hielten in ihrem Spiel inne, um ihn anzuschauen. Gersen ging weiter, durch die ruhigen Wälder, schließlich die Anhöhe hinunter auf *Die Mall* und zum Café Steinbock. Er fühlte sich hungrig, durstig, müde und bedrückt; er ließ sich an einen Tisch sinken und aß Brot und Fleisch, anschließend blieb er mit einer Kanne Tee sitzen und starrte durch den Park.

Die Episode hatte ihren Lauf genommen. Gefühle, Hoffnungen, galante Beschlüsse: alles vergangen und verschwunden wie Funken im Wind.

Das Muster, überlegte Gersen, war das einer simplen Tragikomödie in zwei Akten: Spannungen, Konflikte, Konfrontationen auf Dar Sai, ein kurzes Zwischenspiel, während sich die Schauplätze änderten, ein Spannungsbogen bis zum Höhepunkt bei Moss Alrune. Der dynamische Schub für die Produktion rührte von Gersens Torheit. Wie absurd, sich vor dem beschaulichen Hintergrund von Moss Alrune vorzustellen, an den Methlenfrivolitäten teilzunehmen, einerlei, wie seine Sehnsüchte auch aussehen mochten! Er war Kirth Gersen, besessen von inneren Geboten, die niemals befriedigt werden mochten.

Das Drama war zu Ende. Die Spannungen hatten sich gelöst; die in Konflikt stehenden Angelegenheiten hatten sich mit schwerfällig schlingernder Endgültigkeit in ein Gleichgewicht begeben. Er brachte ein bitteres Lächeln zustande, als er an seinem Tee nippte. Jerdian würde nicht sehr lange oder besonders schmerzvoll leiden.

Gersen erhob sich und ging zum Hotel. Er badete und zog sich Raummannskluft an. Er rief seine Aufzeichnungsvorrichtung an und lauschte erneut einem von Lullys Privatgesprächen, mit einem Nary Balbroke, und einem weiteren Anruf von Jarkow, der sich in schärferem Ton als zuvor noch einmal nach Ottile Panshaw erkundigte.

»Er hat nicht angerufen, Herr Jarkow.«

»Sehr seltsam. Er ist nicht im Büro nebenan?«

»Das Büro stand den gesamten Tag über leer, mein Herr.«

»Nun gut, ich werde vor dem späten Nachmittag nicht da sein; ich habe wichtige Geschäfte zu tätigen. Gehen Sie zur gewohnten Zeit nach Hause. Falls Panshaw anruft, hinterlassen Sie mir eine Notiz.«

»Ja, Herr Jarkow.«

Gersen schaltete den Kommunikator aus. Er blickte auf den Zeitmesser: Lully würde das Büro bald verlassen.

Gersen traf seine Vorbereitungen, prüfte und überprüfte erneut alles mit sorgfältiger Geduld. Endlich zufrieden, verließ er das Hotel, ging durch den Park und erreichte den Skohuneturm gerade rechtzeitig, um Lully forsch hinaus auf die Straße trotten und *Die Mall* hinauf verschwinden zu sehen. Gersen betrat das Gebäude, fuhr mit dem Aufzug in das dritte Geschoss und ging unmittelbar zu Zimmer 308.

Er legte das Ohr an die Tür. Kein Laut. Er steckte den Schlüssel ein, ließ die Tür zur Seite gleiten und musterte das Innere. Die Räume waren verlassen. Er trat in den Empfangsraum und schloss die Tür.

Er ging zu Jarkows Büro und blickte hinein. Verlassen, wie zuvor. Gersen durchquerte den Flur zum Planungsraum und setzte sich an die Seite.

Er wartete. Eine halbe Stunde verging. Die Strahlen von Coralicht, welche durch die Westfenster fielen, waren im Begriff, sich der Horizontalen zu nähern.

Gersen spannte sich immer mehr an. Die Sekunden vergingen mit beinahe hörbarem Schlag.

Er wurde des Sitzens müde. Er ging, um sich dorthin zu stellen, von wo er durch die Glasabtrennung in Richtung der äußeren Tür und, mit einer Drehung des Kopfes, in Jarkows Büro sehen konnte. Die Situation war nicht zu seiner Zufriedenheit; er fühlte sich übermäßig auffällig. Er schloss die Tür, ließ sich auf die Knie nieder und schnitt mit dem Messer einen kleinen Schlitz in das untere Paneel, was ihm erlaubte, schräg in Jarkows Büro zu sehen.

Schritte im Flur. Gersen lauschte: ein einzelner Mann. Wer immer Jarkows »wichtiger Besuch« sein mochte, er war noch nicht eingetroffen.

Die Tür glitt zurück; in das äußere Büro trat Jarkow. Gersen, der hinter einem Schrank stand, sah durch eine Lücke in einem Bücherstapel.

Jarkow kam in das Büro und hatte einen kleinen Koffer bei sich. Er hielt inne, blickte in Lullys Nische und runzelte die Stirn. Ein hässlicher, rau aussehender Mann, dachte Gersen, was von dem kunstvollen blonden Haarteil noch betont wurde. Aber keinesfalls ein Mann, den man auf die leichte Schulter nehmen durfte. Jarkow trat, vor sich hinmurmelnd, schwerfällig in sein Büro. Gersen ließ sich auf die Knie nieder und schob sich außer Sichtweite.

Durch einen Schlitz blickend, sah Gersen wie Jarkow zum Schreibtisch ging, wo er den Koffer öffnete und einen schwarzen Kasten hervorholte, der von einem bernsteinfarbenen Knopf gekrönt war. Jarkow platzierte den Kasten im genauen Zentrum des Schreibtisches, dann setzte er sich in den Sessel. Er lehnte sich zurück, drehte sich um und blickte verdrossen über den Park in Richtung Llalarkno.

Gersen trat aus dem Versteck und in den Flur. Jarkow hörte ein Geräusch. Er sprang auf und sah Gersen in sein Büro kommen. Die buschigen Augenbrauen senkten sich, die gelb-grauen Augen wurden schmal. Einen Augenblick lang starrten er und Gersen einander an. Gersen rückte drei langsame Schritte vor, sodass er beinahe vor dem Schreibtisch stand.

Schließlich sprach Jarkow: »Nun, wer sind Sie?«

»Mein Name ist Kirth Gersen. Haben Sie je von mir gehört?«

Jarkow gab seinem Kopf einen Ruck. »Etwas weiß ich über Sie.«

»Ich habe Panshaw Kotzash abgenommen. Ich habe ihn angewiesen, alle Arbeiten auf Shanitra einzustellen. Ich nehme an, er hat Sie davon in Kenntnis gesetzt.«

Jarkow nickte langsam. »Das hat er in der Tat. Wieso haben Sie solche Mühen auf sich genommen?«

»Erst einmal wollte ich das Kotmah Geld haben. Gestern habe ich beinahe fünf Millionen SVE auf mein Konto überwiesen.«

Jarkows Augen verengten sich noch mehr. »In diesem Fall werde ich meine Rechnungen Ihnen vorlegen.«

»Geben Sie sich keine Mühe.«

Jarkow schien die Bemerkung nicht gehört zu haben. Er nahm den schwarzen Kasten vom Schreibtisch und stellte ihn auf die Fensterbank neben dem Sessel. »Also: Was wollen Sie von mir?«

»Einen Augenblick der Unterhaltung. Erwarten Sie Gesellschaft?«

»Vielleicht.«

»Wir haben Zeit für eine kleine Plauderei. Lassen Sie mich etwas über mich selbst erzählen. Ich wurde an einem Ort geboren, den man Mount Pleasant nennt und der später von einem Syndikat von Sklavenhändlern zerstört wurde. Einer dieser Gruppe war ein gewisser Lens Larque: ein Mörder, Dieb und ganz allgemein ein Bösewicht. Dieser Lens Larque ist ein Darsh und wurde ursprünglich als Husse Bugold geboren. Er wurde zu einem Ausgestoßenen, einem ›Rachepol‹ und verlor sein Ohr. Das andere Ohr hat er vor Kurzem erst verloren, in *Tintles Schirm* in Rath Eileann. Woher ich das weiß? Ich selbst habe es ihm abgetrennt. Madame Tintle hat es wahrscheinlich am nächsten Tag zusammen mit dem Ahagaree gekocht.«

In Jarkows Augen flackerten gelbe Lichter. Unvermittelt erhob er sich. In einem wohlmodulierten Ton sagte er: »Ihre Sprache beleidigt mich und zwar insofern, da ich selbst Lens Larque bin.«

»Dessen bin ich mir bewusst«, entgegnete Gersen. »Ich bin gekommen, um Sie zu töten.«

Lens Larque langte unter den Rand des Schreibtisches. »Wir werden sehen, wer wen tötet. Zunächst werde ich Ihnen die Beine brechen.« Er drückte, doch es entfaltete sich kein entsprechender Kraftfächer; Gersen hatte die Schaltkreise während seines Besuches unterbrochen.

Lens Larque stieß einen gutturalen Fluch aus und zog eine Waffe aus der Tasche. Gersen feuerte die eigene Pistole ab, was

die Waffe aus der Hand seines Feindes katapultierte. Lens Larque
röhrte vor Schmerz auf. Er sprang um den Schreibtisch herum und
warf sich vorwärts. Gersen schwang einen Stuhl nach oben und
stieß ihn seinem Gegner ins Gesicht. Dieser warf ihn mit einem
Schwung bullenstarker Arme beiseite. Gersen trat näher, rammte
das Knie in Lens Larques Unterleib, schlug mit der rechten Hand
in dessen Genick. Er trat zurück, duckte sich unter einem massiven Schlag hinweg und trat gegen Lens Larques Knie, was diesen
aus der Balance brachte und ihn ausgestreckt zu Boden gehen ließ,
wo das blonde Haarteil abrutschte, um eine gewellte kahle Kopf-
haut und leere Ohrlöcher zu offenbaren.

Gersen lehnte am Schreibtischrand und richtete die Pistole auf
Lens Larques Taille. »Sie sind im Begriff zu sterben. Ich wünschte,
ich könnte Sie ein Dutzend Mal umbringen.«

»Panshaw hat mich verraten.«

»Panshaw ist fort«, sagte Gersen. »Er hat niemanden verraten.«

»Wie haben Sie mich sonst erkannt?«

»Ich habe Ihr Gesicht im anderen Zimmer gesehen. Ich kenne
Ihren Plan und weiß, weshalb Sie Kotzash benutzt haben. Alles
ohne Erfolg.«

Lens Larque spannte die Muskeln an und versuchte, Gersens
Beine zu packen, vollführte jedoch lediglich eine schwache, ver-
krampfte Bewegung. Er starrte zu Gersen hinauf. »Was haben Sie
mir angetan?«

»Ich habe Sie mit Kluthe vergiftet. Ihr Genick brennt jetzt. Ihre
Arme und Beine sind bereits gelähmt. In zehn Minuten werden
Sie tot sein. Denken Sie, während Sie sterben, an das Leid, wel-
ches Sie unschuldigen Menschen zugefügt haben.«

Lens Larque keuchte. »Der Kasten dort drüben – geben Sie
ihn mir.«

»Nein. Ich habe Freude daran, Ihre Pläne zu durchkreuzen.
Erinnern Sie sich an Mount Pleasant? Dort haben Sie meinen
Vater und meine Mutter umgebracht.«

»Nehmen Sie den Kasten«, wisperte Lens Larque. »Ziehen
Sie den Schutz ab; drücken Sie den Knopf.«

»Nein«, sagte Gersen. »Niemals!«

Lens Larque begann auf den Boden einzuschlagen, als seine Eingeweide sich verknoteten und verkrampften. Gersen ging in das Empfangszimmer und wartete. Die Minuten vergingen. Die Laute hielten an, während sich Lens Larques Muskeln wanden, verknoteten und in verschiedene Richtungen zogen. Sein Atem kam in rasselndem Keuchen. Nach neun Minuten lag er verdreht in einer grotesken Verrenkung da. Nach zehn Minuten hörte er auf zu atmen und eine Minute später war er tot.

Gersen, der in einem Empfangssessel saß, holte tief Luft und entspannte sich. Er fühlte sich alt, kläglich und müde.

Zeit verging. Gersen erhob sich und ging zurück in jenen Raum, der als Jarkows Büro bekannt war. Die Dämmerung vertiefte sich zur Nacht. Über Llalarkno erhob sich Shanitra als volle Scheibe.

Gersen hob den schwarzen Kasten auf. Er hielt ihn einen Augenblick lang, wog ihn, spürte seine Macht. Gegensätzliche Impulse zerrten an ihm. Er entsann sich Adario Chanseths strengen Gesichts. Gersen lachte freudlos. Lens Larque hatte lange gearbeitet, um den sardonischsten seiner Tricks vorzubereiten. Sollten solche Mühe und Ausgaben vergebens sein, insbesondere da Gersen sämtliche Beweggründe Lens Larques teilte?

»Nein«, meinte Gersen. »Selbstverständlich nicht!«

Er ließ die Schutzkappe zurückgleiten und legte den Finger auf den bernsteinfarbenen Knopf.

Er drückte.

Die Oberfläche Shanitras explodierte: große Stücke fielen mit majestätischer Bedächtigkeit fort; Fragmente sprühten in verschiedene Richtungen; eine Wolke von Staub schuf einen Nimbus, der im Coralicht schimmerte.

Der Staub verzog sich. Das zerrissene Material ließ sich in neuer Anordnung nieder. Die unregelmäßige Oberfläche Shanitras war nun das Ebenbild von Lens Larques Gesicht: die Ohrläppchen lang, der Schädel kahl, der Mund verzogen zu einem freudlosen, idiotischen Starren.

Gersen ging zum Kommunikator. Er rief Altenholz an und wurde mit Adario Chanseth verbunden.

Chanseth spähte auf den Schirm. »Wer ruft an?«

»Gehen Sie hinaus in Ihren Garten«, sagte Gersen. »Dort hängt ein großes Darsh-Gesicht über der Gartenmauer.«

Er unterbrach die Verbindung, verließ den Skohuneturm und ging zum Hotel, wo er die Rechnung bezahlte, anschließend reiste er ab.

Ein Taxi brachte ihn zum Raumhafen. Er ging hinaus zum Fantamischen Flitzerflügel, stieg an Bord und verließ den Planeten Methel.

✦

ANHANG

Ich kam zur Welt in Gaggars Schirm, unterm Nepharbaum;
Ich kriegte gutes Ahagaree und Bier mit sehr viel Schaum.
Mein Hängsel war ganz schrumpelig, alle sahen es mit Graus;
Eine Kitchet kam dann hier vorbei, da schlug es richtig aus.
Tingel tangel wingel wangel fingel fangel feit
All die vergangenen Äonen sind nur vertane Zeit.

Ich sah eine Chelt im natürlichen Pelz und spürte eine Regung.
Das herzlose Ding verspottete und verhöhnte meine magere
    Erhebung.
Täglich jagte ich die Chelts und pirschte durch die Nacht.
Und fragte mich, wohin die Kitchets geh'n, wenn Mirassou erwacht.
Tingel tangel wingel wangel fingel fangel feinen
Die Chelts, zwar keck, haben keinen Bart, die Kitchets auch nur einen.

Oh, wo geh'n all die Kitchets um Mitternacht spazier'n?
Oh, was zieht die zarten Dinger so weit von Gaggars Schirm?
Sie geh'n zu Dobbins Brunnen, sie klettern Knobkelly Row hinan;
Hinaus auf den Bagshilly-Sand, die zarten Kitchets gehen dann.
Tingel tangel wingel wangel fingel fangel fecht
Welch furchtbarer Nervenkitzel, zu versuchen sein Geschick beim
    weiblichen Geschlecht.

Nachdem ich Stümperjunge geworden war und Mirassou schien
    hell,
rannte ich über Bagshilly Plain, um zu fangen eine Kitchet schnell.
Doch wer erhaschte mich – die gemeine, alte Khoontz, sie kam in
    großer Rage,

Mit Biffelbauch, monströsem Arsch und Brabbelkopf-Visage.
Tingel tangel wingel wangel fingel fangel flecken
Im fahlen Mondlicht herrscht auf Bagshilly Plain nur noch Angst
    und Schrecken!

Sie packte sich mein Dingen und spielte mit meinen Emotionen;
Sie rieb meine intimen Teile ein mit skrofulaktischen Lotionen.
Sie brachte mich in Verlegenheit und trieb mich zur Bestürzung.
Sie ließ mich nicht mehr los, erst zur Morgendämmerung.
Tingel tangel wingel wangel fingel fangel firm
Nackt und bleich kroch ich zurück zu Gaggars Schirm.

Jetzt, da ich ein stolzer Gockel bin, geh ich, wohin ich will
Ich jag' die Kitchets hin und her, in höchst herablassendem Stil.
Gelassen und heiter wagte ich mich auf den Bagshilly-Sand;
Wer anderes kam hervor als die alte Khoontz, die mich prompt auch
    wieder fand!
Tingel tangel wingel wangel fingel fangel fang
Gelassen und sanft ging ich über den Sand in meinen Untergang.

Ich kämpf' mich lieber durch den dicksten Modder oder wage mich
    zum kalten Pol;
Ich fordere lieber fünfzehn Meister im Dinklestown-Haudaul,
Auf den Bagshilly-Sand aber wage ich mich nicht mehr,
Aus purer Angst, dass ich wieder Beute der gemeinen, alten
    Khoontz wär'.
Tingel tangel wingel wangel fingel fangel fehr
Bagshilly Plain ist mein Fluch, dorthin geh ich nimmermehr.

✣

Der Autor

Jack Vance (richtiger Name: John Holbrook Vance) wurde am 28. August 1916 in San Francisco geboren. Er war eines der fünf Kinder von Charles Albert und Edith (Hoefler) Vance. Vance wuchs in Kalifornien auf und besuchte dort die University of California in Berkeley, wo er Bergbau, Physik und Journalismus studierte. Während des 2. Weltkriegs befuhr er die See als Matrose der US-Handelsmarine. 1946 heiratete er Norma Ingold; 1961 wurde ihr Sohn John geboren.

Er arbeitete in vielen Berufen und Aushilfsjobs, bevor er Ende der 1960er Jahre hauptberuflich Schriftsteller wurde. Seine erste Kurzgeschichte, »The World-Thinker« (»Der Welten-Denker«) erschien 1945. Sein erstes Buch, »The Dying Earth« (»Die sterbende Erde«), wurde 1950 veröffentlicht.

Zu Vances Hobbys gehörten Reisen, Musik und Töpferei – Themen, die sich mehr oder weniger ausgeprägt in seinen Geschichten finden. Seine Autobiografie, »This Is Me, Jack Vance! (»Gestatten, Jack Vance!«), von 2009 war das letzte von ihm geschriebene Buch. Jack Vance starb am 26. Mai 2013 in Oakland.

Kolophon

Die in diesem Buch verwendete Hauptschriftart ist Adobe Arno Pro,
die Coverschriftart Brioso Pro.

Die Übersetzung dieser Ausgabe folgt
dem Text der Vance Integral Edition (VIE)
www.jackvance.com

Satz/Gestaltung: Joel Anderson
Management: John Vance, Koen Vyverman